Berlin Werwolf

Rainer Stenzenberger

BLUTIGE JAGD

BERLIN WERWOLF

berlin edition im
be.bra verlag

Mehr Informationen im Internet

Bibliografische Information der Deutschen Nationalbibliothek
Die Deutsche Nationalbibliothek verzeichnet diese Publikation in der Deutschen Nationalbibliografie; detaillierte bibliografische Daten sind im Internet über http://dnb.d-nb.de abrufbar.

KulturBrauerei Haus 2
Schönhauser Allee 37, 10435 Berlin
post@bebraverlag.de
Lektorat: Marijke Topp, Berlin
Umschlag: Ansichtssache, Berlin
Satzbild: Friedrich, Berlin
Schrift: Garamond 10/12
Druck und Bindung: FINIDR, Český Těšín
ISBN 978-3-8148-0203-9

www.bebraverlag.de

Vor wenigen Tagen

Sie dreht ihren Kopf nach rechts zum Beifahrerfenster, damit er ihr Strahlen nicht bemerkt. Das wird eine geile Nacht! Voller Sex und Abenteuer, und wenn sie Glück hat, vielleicht sogar mit ein bisschen Liebe.
Ann-Cathrin streckt ihre Nase aus dem Fenster und genießt die nächtliche Luft. Danach lässt sie sich zurück in den Sitz fallen und blickt an ihren Beinen herab. Ihre Schenkel zeigen sich frisch rasiert und gebräunt, die Füße stecken in hohen Sommerhacken, der Körper in einem gelben Sommerkleid. Sie hat sich den halben Nachmittag für ihn hübsch gemacht und das Ergebnis kann sich sehen lassen. Verstohlen blickt sie zu ihm und trifft dabei seinen Blick.
»Alles klar?«, fragt er und schiebt seinen rechten Mundwinkel ein wenig nach oben.
Er sucht in der Brusttasche seines Hemdes nach einer Zigarette, was ihr weniger gefällt. Aber davon lässt sie sich den Abend nicht verderben. Alles kann man eben nicht haben, denkt sie sich. Ihr Faible für böse Jungs hat ihr schon einige ungute Erlebnisse beschert, auf die sie lieber verzichtet hätte. Aber irgendeinen Ausgleich braucht sie für ihr perfektes Leben. Mit den weichen, lieben Jungs aus der Greenpeace-Zentrale kann sie privat wenig anfangen. Wenn die wüssten, in was für einem Benzinfresser sie gerade sitzt, gäbe es erst mal eine Predigt.
Sie lächelt bei dem Gedanken und blickt in ihren Ausschnitt. Was ein Push-Up doch ausmacht! Als sie sich vorhin zum zweiten Date trafen, bemerkte sie sofort, wie er in ihr Dekolleté starrte.
Na und, warum denn nicht?
Immerhin hat er sich bei der ersten Verabredung richtig benommen. Sie war mit Steffi anschließend alles noch einmal durchgegangen: Er hat bezahlt, sie abgeholt und nach Hause gebracht. Und er drängte beim ersten Treffen nicht gleich auf Sex.
Heute kann es passieren. Nein, heute soll es passieren!
Inzwischen haben sie die Außenbezirke der großen Stadt verlassen. Erster Programmpunkt: Ein feines Essen im Schwarzen Eber.
»Ich bin ein Jäger. Esse am liebsten Wild. Ist das okay für dich?«, hatte er sie vorgestern gefragt und seine Stimme klang so, als erwar-

tete er keinen Widerspruch. Diese harte Kerlsnummer zog immer bei ihr. Dass sie sich künftig vegan ernähren will, hat sie ihm verschwiegen. Alle Kolleginnen verzichten inzwischen auf Fleisch und überhaupt auf Tierprodukte. Aber sie will ihm gegenüber nicht zickig oder wie eine verklemmte Ökotante erscheinen.

Sie blickt erneut aus den Augenwinkeln zu ihm. Was für ein attraktiver Kerl! Auf der Brust und an den Wangen ein bisschen zu behaart für ihren Geschmack, aber sein markantes Gesicht, seine athletische Figur und seine schönen, kräftigen Hände gefielen ihr auf Anhieb. Vielleicht wird sogar mehr daraus als nur ein heißes Abenteuer.

Was ihr weniger behagt, ist das zunehmende Keuchen und Husten, das ihn seit einigen Minuten plagt. Leidet er unter Asthma oder Heuschnupfen?

Er biegt mit seinem sportlichen Schlitten von der Landstraße ab und verreißt kurz das Lenkrad, als er wieder einen Hustenanfall bekommt, der so stark ausfällt, dass er sich im Sitz krümmt. Ann-Cathrin glaubt, ein Hinweisschild auf ein Lokal gesehen zu haben, konnte die Aufschrift beim Vorbeifahren aber nicht lesen. Nach zwei Kurven lässt er den Wagen ausrollen und hält nur wenige Meter vom Seeufer entfernt an.

»Sind wir schon da?«, fragt sie. Er räuspert sich, schlägt mit der Faust auf seinen Brustkorb und nickt, scheint nicht sprechen zu können.

Sie steigt aus und läuft vergnügt auf den See zu. Wie verlockend! Zu schade, dass sie keinen Bikini dabei hat. Wenn er glaubt, dass sie noch vor dem Essen hier nackt ins Wasser springt, hat er sich allerdings geschnitten. Erst wird fürstlich gespeist!

Vielleicht danach. Wenn er sich benimmt.

Sie blickt auf die Oberfläche des Wassers, das so ruhig wie die spiegelnde Platte eines Glastisches wirkt. Erstaunlich, dass sie sich um diese Uhrzeit fast darin erkennen kann.

So hell strahlt der Mond heute Nacht.

»Wo…?«, fragt sie in Richtung Auto, kann ihn aber nicht sehen. Leicht irritiert geht sie ein paar Schritte zurück und erkennt ihn schemenhaft im Nachtschatten eines Baumes hinter dem Wagen. Ist er das überhaupt? Er kniet auf dem Boden, zuckt und krümmt sich, als würde ihm jemand ein Messer in den Leib jagen.

»Du?«, fragt sie zaghaft mit aufkommender Besorgnis. Muss er sich übergeben? Inzwischen hat er sich beruhigt. Er richtet sich ächzend auf, wirkt größer und kantiger als zuvor. Schließlich verlässt er leicht gebückt den Schatten. Das Mondlicht beleuchtet sein Gesicht.
Ann-Cathrins Puls beschleunigt in wenigen Sekunden, ihr Herz schlägt bis zum Hals, als sie IHN erkennt. Bevor sie einen klaren Gedanken fassen kann, setzt er zum Sprung an. Sie stolpert vor Schreck nach hinten, wodurch er sie nur an der Schulter streift, dann aber mit seinen Krallen den Unterarm aufschlitzt und an ihr vorbei in das schlammige Ufer stürzt.
Ihr Überlebensinstinkt verdrängt die Fassungslosigkeit und sie wird nur noch von einem Gedanken beherrscht: Weg hier! Sie rennt, schreit, gibt Gas, so gut sie kann. Im Laufen schleudert sie die High Heels von den Füßen und spürt kaum die warme Erde des Ufers. Soll sie ins Wasser springen? Ja! Gute Idee! Sie setzt zum Sprung an.
Bevor sie abhebt, wird sie mit ungeheurer Wucht von den Beinen gerissen. Beide verknäulen sich und rutschen ins Wasser.
»Tu mir nicht weh!«, wimmert sie, als er sie auf den Rücken dreht.
Doch sie wird nicht erhört.

Tag 1, 18.30 Uhr

»Mann, Gero, das ist ein Traum hier! Morgen kaufe ich mir einen Bart, lasse mir einen Norwegerpulli wachsen … halt, umgekehrt! Du weißt, was ich meine? Der Dude fühlt sich sauwohl! Wie ein Flummi in der Turnhalle! Schade, dass du nicht hier bist.«
»Erzähl mir was Neues, Dude«, knurre ich ins Telefon. »Ich wäre auch lieber auf den Lofoten geblieben.«
»Ich war mit deinem Vater fischen. Dein Alter ist noch ganz schön fit! Wie der die Netze an Bord zieht, meine Herren! Im Ernst, Gero, das ist … und heute Abend gehen wir zum Sommertanz. Der Dude wird sich an eine schöne Maid in Clogs und mit blonden Zöpfen ranmachen! Norwegen-Prom-Queen, falls du verstehst, was ich meine.«
Ich antworte nicht und wünsche mir, dass er sich beim Tanzen den Knöchel bricht. Okay: Den Fuß verdreht. Warum darf er sich amüsieren, während ich wieder zurück nach Berlin musste?

»Isser eigentlich aufgetaucht?«, fragt der Dude nach.
»Normalerweise spüre ich schon von Weitem, wenn er in der Nähe ist. Aber bisher habe ich nichts bemerkt.«
»Pass auf dich auf, Gero. Was die hier alle über deinen Cousin erzählen, klingt gar nicht gut.«
»Mach dir da ma keene Platte drum«, berlinere ich.
Wir plaudern noch ein wenig, dann gibt er das Telefon an meine Mutter weiter, die ebenfalls nach Ansgar fragt. Wir tauschen ein paar Freundlichkeiten aus, bis mir meine Mutter erzählt, dass sie mit meinem Vater im Herbst nach Berlin kommt. Vermutlich hat sie sich das spontan ausgedacht, um mich über den abgebrochenen Trip hinweg zu trösten. Meine Mutter eben. Paps bekommt man seit Jahren nicht mehr weg von seiner Insel, da mache ich mir keine Illusionen. Ich schicke ihr eine Umarmung durchs Telefon und lege auf.

Im Sommer ist Norwegen einfach fantastisch. Am Polarkreis kann man Ende Juni um Mitternacht noch Zeitung lesen. Die salzhaltige Luft, der raue Wind, die Orcas in der Ferne und natürlich meine Eltern, das alles steht für meine alte Heimat. Ich hatte großes Heimweh danach, bezahlte dem Dude und mir die Flugtickets und musste schon nach einer einzigen Nacht wieder abreisen, weil mein unberechenbarer Cousin Ansgar sich auf den Weg zu mir nach Berlin gemacht hatte.
Einen großen Teil meiner Kindheit habe ich mit ihm verbracht. Dickste Freunde waren wir, wie Brüder, nein, wie Blutsbrüder. Unseren ersten Lachs haben wir gemeinsam geangelt und uns in den dunklen, langen Polarnächten Geschichten von zornigen Göttern erzählt. Wir schworen uns ewige Freundschaft und unseren Feinden den Tod.
Dann wurden wir älter.
Die Pubertät bedeutet für einen Lupus noch sehr viel mehr als für einen Menschen. Sie fungiert als Weggabelung und markiert die Richtung, die ER danach einschlägt.
Ansgar nahm einen anderen Pfad als ich und uns beiden war bewusst, was das bedeutete.
Seit zwei Tagen sitze ich nur in der Bude und mir fällt die Decke auf den Kopf. Bevor ich die Wohnung verlasse, streife ich wie immer mit

den gespreizten Fingern meiner rechten Hand durch das Rentierfell an der Wand.
Jetzt besuche ich erst mal denjenigen, an dem ich besonders hänge. Meinen Wagen.
Kaum trete ich vor die Tür, empfängt mich der für diesen Teil Kreuzbergs so typische Mix aus Gerüchen und Geräuschen. Ich sehe und spüre die Vibration der U-Bahn, die hier oberirdisch verläuft. Ein Zug der U1 verschwindet eben hinter der Kurve beim Schlesischen Tor.
Ich muss kurz warten, bis der Strom der Autos, Lieferwagen und Radler auf der Skalitzer Straße abreißt, um die Fahrbahn überqueren zu können.
Der Mustang steht wie immer unter der Hochbahn. Ich nutze eine Lücke im dichten Verkehr und springe auf den erhöhten Mittelstreifen, der als Fundament für die Stahlträger der darüber fahrenden Hochbahn und natürlich auch als Parkplatz dient. Auch beim fünftausendsten Mal freue ich mich noch, meinen Schlitten zu sehen.
Der dunkelgrüne Mustang steht nur ein paar Schritte entfernt. Selbst in den wenigen Tagen hat er ordentlich Staub angesetzt, was einiges über die Luftqualität aussagt. Ich blicke ins Innere und sehe Sammy eingerollt auf der Rückbank schlafen.
Vorsichtig klopfe ich an die Scheibe, doch er hört nichts. Mein persönlicher Park- und Autowächter Sammy, dessen Nachnamen und Eltern niemand kennt, schläft wie ein Murmeltier. Kein Wunder, denn normalerweise pennt dieser aus Nepal stammende Straßenjunge unter den Stahlträgern der Hochbahn. Der Rücksitz meines Wagens muss sich dagegen himmlisch anfühlen.
Ich starte den Motor. Das kräftige »Dumm-dumm« des Anlassers legt auch bei mir den Schalter um, meine Laune geht steil nach oben. Ich fahre vorsichtig über die Kante auf die Straße und reihe mich in den Verkehr ein. Da mir der Magen knurrt, steuere ich einen Hähnchenstand an. Als ich an der Ampel scharf bremsen muss, weil ein Angsthase bei Orange in die Eisen steigt, purzelt Sammy von der Rückbank in den Fußraum.
»Scheiße!«, krächzt er, rappelt sich auf und klettert auf den Vordersitz. Er gähnt so herzzerreißend, dass ich ihm leicht eine Billardkugel in den Mund stopfen könnte.

»Willste mich umbringen, Alter? Und wieso biste schon zurück?«, fragt er, während er sich die Augen reibt und das Beifahrerfenster herunterkurbelt.
»Ich bekomme Besuch«, erwidere ich. »Hast du Hunger, Sammy? Ich wollte mir im Hühnerhaus 36 was holen.«
»Alter, da war ich gestern schon. Lass zu Mäckie!«
»Hmkay.« Ich beschleunige den Wagen, biege vor dem Schlesischen Tor nach links in die Wrangelstraße zu McDonald's ab und muss scharf bremsen, weil eine Gruppe asiatischer Touristinnen mitten auf der Straße ihren Stadtplan entfaltet. Sie kichern und entschuldigen sich, laufen zurück und bringen fast einen Fahrradkurier zum Sturz. Wir nehmen uns beim Drive-In zwei Big Macs, vier Hamburger und zwei Cokes mit. Während wir am Außenschalter auf unser Fleisch warten, knufft Sammy mich und hält die Hand auf.
»Du weißt schon.«
Ich weiß schon und pflücke einen Zehner aus meinem Geldbeutel, den ich ihm für seine Wachdienste in die offene Hand lege. Wie immer küsst er den Schein, rollt ihn zusammen und schiebt ihn in die Hosentasche.
»Wo ist denn das Gothic-Mädel?«, frage ich ihn nach seiner hübschen Begleitung von neulich. Auch wenn Sammy schätzungsweise erst elf oder zwölf sein dürfte, bewegt er sich gern mit Mädchen durch Kreuzberg, die mindestens vierzehn sind.
»Die wollte nur meinen Körper!«, grinst er und fummelt eine Zigarette hinter seinem rechten Ohr hervor.
»Sammy!«, schnauze ich ihn an.
»Was denn?«, blökt er zurück.
»Nicht vor dem Essen! Wir bekommen doch gleich die Burger.«
Kurz darauf befinden wir uns wieder auf der Skalitzer und mampfen dabei unsere Hamburger, während sich mein Pony durch die türkischen Dreier BMWs, die Taxen, Paketausfahrer, Fahrschulautos und verirrten Lkws hindurchschlängelt.
»Was machen wir eigentlich, alter Mann? Nur rumcruisen? Ist cool für mich«, meint Sammy und schlürft geräuschvoll die letzten Colareste aus seinem Becher, während er sich aus dem Fenster lehnt.
»Weiß ich selbst noch …«, will ich antworten, als ich ein Plakat an der Wand des Audi Händlers kurz vor dem Kottbusser Tor sehe. Ich

ziehe halb auf den Bordstein und zeige auf das bunte Poster, das schöne Erinnerungen weckt.
»Deutsch-Amerikanisches Volksfest. Wie wär's, Sammy? Bist du schon mal Achterbahn gefahren?«
Er schüttelt den Kopf und zieht die Stirn in Falten.
»Hat der große Sammy etwa Angst?«, grinse ich ihn an.
»Maul!«, lacht er. »Fahr los, Cowboy!«

Tag 1, 21 Uhr

Sammy futtert eine Portion Zuckerwatte, die fast so groß ist wie er selbst. Auch wenn er sich sonst rotzig und abgezockt gibt, auf diesem Rummelplatz verwandelt er sich zurück in ein Kind, das Freude an dem Getöse und den bunten Lichtern hat. Wie ich.
Im linken Arm hält er ein unglaublich hässliches, aber dafür umso größeres Stofftier, dessen Gattung ich nicht ermitteln kann und für das ich mindestens zwanzig Euro in Losen investiert habe. Wir sind bereits Achterbahn gefahren, ich habe uns zwei Plastikrosen geschossen, die hinter unseren Ohren klemmen, dann haben wir uns in einer Art schrägem Fass gegen die Wände pressen lassen und jetzt schlendern wir an den restlichen Fahrgeschäften vorbei. Weiter hinten leuchtet die Aufschrift der »Wilden Maus«, einer Kinderachterbahn, die es allerdings in sich hat.
Vor allem der Mix aus Gerüchen ist für meine hochempfindliche Nase ein kleines Fest. Mandeln, Zuckerwatte, Schaschlik, all die feinen Essensdüfte kriechen in meine Nase und die fast ebenso empfindlichen Ohren erfreuen sich an der Kakophonie aus Discoklängen, kreischenden Teens und zusammenstoßenden Autoscootern. Was mir sonst oft zu viel wird, der Overkill an Eindrücken aus Nase und Ohren, mixt sich hier zu einer herrlichen Rummelplatz-Sinfonie.
Langsam senkt sich die Sonne, was für ein Volksfest ja nicht das Schlechteste ist – umso besser erkennt man die Illuminationen an den Fahrgeschäften. Von denen gibt es allerdings nicht mehr allzu viele, denn das Deutsch-Amerikanische Volksfest erlebt seit Jahren einen Niedergang. Seit sie von dem angestammten Gelände an der Clayallee vertrieben wurden und hinter den Hauptbahnhof gezogen

sind, geht es abwärts. Jedes Jahr werden weniger Attraktionen aufgebaut, aber immerhin ist der amerikanische Teil mit dem großen Zelt, den Steakbuden, dem elektrischen Bullen und der großen Bühne für Bands geblieben.
Aus der Ferne höre ich bereits vertraute Country- und Western-Klänge. Wir schlendern in die Richtung, aus der die Musik kommt, als mich Sammy am Ärmel zerrt. Er deutet auf eine kleine Menschenmenge, die vor einer Bühne steht, hinter der sich zwei Kassen befinden. Diese führen in eine Arena, wie ich auf dem großen Schild über der Bühne lese: »Frankie's Box Tempel«, illustriert mit handgemalten Porträts großer Boxveteranen wie Muhammad Ali, Mike Tyson oder der Berliner Rocky.
Ein Ansager bellt in sein gigantisches Mikrofon und stellt die Boxer auf der Bühne vor, einer hässlicher als der andere. Ob die fürs Wochenende Ausgang aus dem Knast bekommen haben, um sich hier ein paar Kröten dazuzuverdienen?
»Zweihundertfünfzig Euro, meine Damen und Herren! Demjenigen, der einen unserer Boxer besiegt. Natürlich nur per K.O. Sie können dabei …«, rhabarbert er weiter wie ein Staubsaugerverkäufer und spricht gezielt einige potenzielle Opfer an, zum Beispiel die üblichen Gruppen junger Türken und Araber, die sich stets untereinander beweisen müssen. Schon zieht sich ein relativ kleiner, aber sehr bulliger Kerl aus einem Pulk von Türken die Sommerjacke aus. Er reckt seinen rechten tätowierten Oberarm nach oben, der Ansager nickt und bittet ihn auf die Bühne sowie die Umstehenden um Applaus. Die Freunde des Muskelprotzes johlen. Sammy knufft mich.
»Na los! Du hast doch nie Kohle! Zwohundertfuffzich, Alter!«
Ich rolle mit den Augen und schüttle den Kopf. Sammy weiß, dass ich Jahre lang bei den Einzelkämpfern im Einsatz war, bis zum Hauptmann hatte ich es gebracht. Und in Kombination mit meiner anschließenden, unglücklich verlaufenen Karriere als Stuntman bin ich für ihn so etwas wie Superman. Nur kann ich leider überhaupt nicht boxen, jedenfalls nicht im sportlich sauberen Sinn. Meine Reflexe sind erstklassig, das verdanke ich den Lupusgenen, und ich habe allein deshalb schon etliche Prügeleien siegreich bestritten, aber richtig nach Regeln boxen? No way.
Andererseits …

Zweihundertfünfzig Euro sind für einen Mann mit chronisch knapper Kasse eine Menge Holz. Trotzdem kann ich mich nicht aufraffen, zu gering erscheinen mir die Chancen. Sammy reagiert auf mein erneutes Kopfschütteln, indem er eine steile, ärgerliche Falte auf die Stirn zaubert.
»Hat der große Gero etwa Angst?«

Ich sitze auf einem harten Schemel im hinteren, von dunkelblauen Planen abgeschirmten Teil des Zeltes, während mir ein stoisch dreinblickender, hagerer Typ mit Geiernase und versifftem Unterhemd die Boxhandschuhe anzieht und zuschnürt. Mein Hemd musste ich ausziehen, die Cowboystiefel ebenfalls. Meine Füße stecken in getragenen Boxschuhen, am Oberkörper trägt man natürlich nichts. Sammy steht neben mir und freut sich ein Loch in den Bauch. Mit seinen Fäusten bearbeitet er die Luft, knockt imaginäre Gegner aus. Während ich den Geruchsmix draußen noch genossen habe, verfluche ich nun meine empfindliche Nase. Hier vermengen sich Angstschweiß, Pisse und abgestandene Luft zu einem ekligen Gestank.
Die Geiernase prüft nochmal den Sitz der Handschuhe.
»Mf Minuten«, würgt er heraus, klopft mir auf die Schulter und geht zum nächsten Leichtsinnigen, der auf einem Schemel links von mir sitzt. Ein hoch gewachsener, italienisch aussehender Schrank mit wuchtigem Kiefer und langen Koteletten. Allerdings schwankt er bedenklich auf seinem Schemel und lächelt vor sich hin. Die lassen einen Angetrunkenen in den Ring? Ob sich seine Signora freut, wenn er mit ein paar Zahnlücken nach Hause kommt? Er grinst mir zu, ich winke mit dem Handschuh.
»Viele Glücke! Mein Name Francesco.«
»Gero. Dir auch. Mach ihn platt!«
Aus dem Zentrum des Zeltes höre ich einen dumpfen Aufschlag und anschließendes Gejohle der Zuschauer. Der Ansager bellt etwas, schon sticht Geiernase ums Eck und winkt mir zu.
Ich stehe auf und mache beim Gehen Trippelschritte, um meine Muskeln aufzuwärmen, gleichzeitig trainiere ich noch etwas Schattenboxen. Geiernase drückt mich ins Hauptzelt.
Im Boxring steht der siegreiche Kämpfer aus Frankie's Crew und lässt sich von seinem Trainer mit einem grauen Handtuch den Schweiß

abtrocknen. Sein Publikumsgegner kommt mir entgegen, genauer gesagt wird er auf einer Bahre an mir vorbeigetragen. Die rot-blaue Pampe auf seinem Hals müsste das Gesicht sein, aber immerhin atmet er und stöhnt Unverständliches.
Das Innere des Zeltes besteht im Wesentlichen aus dem Boxring und einer Tribüne, die sich wie ein U um den Ring formt. Ich laufe an einer der dicht belegten Sitzbänke vorbei und bemerke einige Amerikaner oder zumindest Fans der Vereinigten Staaten, denn sie tragen kleine Stars-and-Stripes-Fähnchen in der Hand. Vielleicht boxt einer ihrer Freunde nach mir. Für einen kurzen Moment treffen meine Augen auf jene einer Frau in dieser Gruppe. Azurblau, umgeben von zahlreichen Sommersprossen und rotblonden Haaren. Sie lächelt mich an und in diesem Augenblick, in dem die Zeit stillzustehen scheint, weiß ich mit Gewissheit, dass ich siegen werde.

Sportsgeist ist offensichtlich ein Fremdwort für Frankie und seine Gang. Mein Gegner wiegt mindestens dreißig Kilo mehr als ich und ist einen Kopf größer. Mit seinem ordentlichen Bauch wirkt er nicht sehr athletisch, eher wie der jüngere Bruder von Jabba the Hutt. Der immense rötliche Backenbart soll ihm wohl etwas Furchterregendes verleihen. Das Riesenbaby grinst debil in meine Richtung, ich nicke zurück.
Okay, der Homunkulus ist riesig und hat bestimmt einen ordentlichen Wumms drauf, aber ich bin mit Sicherheit schneller. Der Ringrichter bittet uns zu sich, erzählt etwas von unerlaubten Tiefschlägen und drei Runden, in denen ich meinen Gegner K.O. schlagen muss, um zu siegen, dann ertönt der Gong.
Tatsächlich gelingt es mir, seinen Schlägen auszuweichen. Ich wende den Ali-Shuffle an und tänzle um den Backenbärtigen herum, ducke mich und setze immer wieder Körpertreffer bei ihm, allerdings ohne jede Wirkung. Es fühlt sich an, als würde ich in einen Reifenstapel schlagen. Es wabbelt, aber dann kommt das Gummi wieder zurück. Die ersten Zuschauer buhen, weil sie sich eine deftige Prügelei wünschen.
Könnt ihr haben! Ich werde leichtsinnig und versuche, ihn am Kinn zu treffen. Ich verschätze mich bei der Distanz und rutsche nur an seiner Wange vorbei. Sein brettharter Konter trifft mich am Ohr und

ich spüre Metall hinter dem Handschuh. Hat der Kerl Hufeisen da drin?
Der Schmerz fährt unfassbar grell in meinen Kopf, als wäre ich gegen eine Abrissbirne gelaufen. Die Beine sacken weg und ich klatsche auf die Bretter, mein Gesicht hängt direkt in den Seilen vor Sammy, der am Ring steht.
»Nicht schlappmachen, Alter! Wir brauchen die Kohle! Steh auf!«
Wir? Welches wir?
Während mich der Ringrichter anzählt, rapple ich mich auf und fühle mich wie betrunken. Das Riesenbaby grinst mich an.
Ich komme wieder zu mir und passe nun besser auf, weiche jedem Schlag aus und treffe ihn immer wieder an Schlüsselbein und Hals – an den Kopf schaffe ich es nicht, dafür ist er einfach zu routiniert. Soll das Publikum buhen, ist mir scheißegal. Mühsam nährt sich das Eichhörnchen und ich merke, wie ihm meine Schläge nicht nur zusetzen, sondern wie er auch langsam wütend wird. Sollte er jetzt seine Konzentration verlieren, erwische ich ihn sicher bald am Kinn und kann mit meiner Belohnung nach Hause.
In der dritten Runde geht ihm langsam die Luft aus, wie allen Typen mit zu viel Körpermasse. Ich bewege mich ebenfalls langsamer, wittere aber meine Chance. Als ich den Riesen in die Seile dränge und zu meinem entscheidenden Schlag ansetzen will, zieht mich etwas am Fuß. Ich blicke nach unten: Geiernase hält meinen Knöchel fest.
»Was zur Hölle …?«, frage ich ihn. Er grinst dreckig und lässt sofort wieder los.
Der kurze Moment der Ablenkung hat ausgereicht. Das Riesenbaby verpasst mir mit seinen Metallhandschuhen einen mächtigen Schlag von unten gegen die Leber und meine Rippen.
Von einer Sekunde auf die nächste möchte ich sterben. Der Schmerz ist unbeschreiblich, steigert sich aber noch, als ich es knacken höre. Eine Rippe?
Ich kippe nicht mehr auf die Bretter, sinke aber auf die Knie, bekomme keine Luft mehr. Der Ringrichter hält das Riesenbaby von mir ab, zählt mich an und beendet nach »zehn« den Kampf. Das Publikum johlt und buht im Wechsel, aber allzu viel bekomme ich davon nicht mit. Mir ist schwarz vor Augen und ich kann wegen der höllisch schmerzenden Rippe nur noch flach atmen. Zwei Männer

haken mich unter und schleppen mich aus dem Ring, am Riesenbaby vorbei. Der kommt nah an mich heran, umarmt mich und schenkt mir einen gefühlten Liter seines Schweißes.
»Schulligung«, nuschelt er mir ins Ohr. Es klingt ehrlich. Ich will ihm antworten, kann aber weder einen klaren Gedanken fassen noch meine Zunge kontrollieren. Außerhalb des Rings setzen mich die zwei Männer auf einen Stuhl und plötzlich erhalte ich eine kalte Ladung ins Gesicht. Sammy spritzt mir Wasser aus einer Sprudelflasche in die Augen, was meine Lebensgeister weckt.
»Aufwachen, du Opfer!«, höre ich Sammy und spüre eine Ohrfeige.
»Mhm«, brumme ich und stehe auf. Jetzt schnell nach hinten, umziehen, nach Hause fahren und drei Tage schlafen. Ich stütze mich auf Sammy und laufe an den Zuschauerbänken mit den Amerikanern vorbei. Die jubeln nun laut, weil einer der ihren den Ring betritt. Nur die hübsche Lady mit den Sommersprossen blickt zu mir und hebt den Daumen.
»Good Fight!«

Frankies Truppe war so entgegenkommend, mir eine halbvolle Tube Salbe gegen Prellungen sowie einen uralten Verband in die Hand zu drücken. Sammy hat mir das Zeug auf die lädierte Stelle oberhalb der Leber geschmiert, die inzwischen ziemlich fies aussieht. Ob die Rippe gebrochen ist? Anschließend habe ich den Verband mit Sammys Hilfe um den Oberkörper gewickelt.
Wir schlendern im Schneckentempo über den Rummelplatz. Vermutlich sollte ich mich hinlegen, aber mir gehen die Sommersprossen nicht mehr aus dem Kopf, vor allem das schöne Gesicht darunter. Und wenn ich mich vorsichtig bewege, spüre ich die Rippe kaum.
»Alter, du hast super gekämpft. Der war fast fertig, wieso hast du plötzlich aufgehört?«, fragt mich Sammy, während wir ein paar gebrannte Mandeln futtern.
»Mich hat einer festgehalten. Am Fuß«, spiele ich kurz die Szene nach.
»Ja ja, am Fuß! Was geht?«, lacht Sammy. Toller Freund.
Wir kommen am großen Zelt der Amerikaner vorbei, wo am späteren Abend Line Dance und Ähnliches dargeboten wird. Die

Hauptattraktion ist der elektrische Bulle. Natürlich wartet das Publikum vor allem auf junge Frauen, die immer wieder gegen den Knauf des Bullen gepresst werden. Sammy knufft mich erneut.
»Keine Chance. Jetzt bist du dran, Sammy.«
In diesem Moment höre ich Gelärme von einer Gruppe, die hinter mir das Zelt betritt. Die Amis. In ihrer Mitte bewegt sich ein gut aussehender Typ der Marke Surferboy, dessen einziger Makel ein riesiges Veilchen im Gesicht ist. Das war also der Mutige aus ihrer Reihe, der sich in den Ring gewagt hat. Miss Sommersprosse löst sich aus der Gruppe und kommt auf uns zu.
»Mikey fragt, ob ihr euch nicht zu uns setzen wollt?« Sie zeigt auf den Surferboy, der mir zuzwinkert. Solidarität unter Kämpfern. Bevor ich antworten kann, fragt sie nach. »Oder hast du schon etwas vor?«, höre ich ihren niedlichen Akzent.
»Ja!«, antwortet Sammy.
»Nein«, erwidere ich und trete Sammy in die Kniekehle.

Wir sitzen eng gedrängt auf Bierbänken und ich habe den besten Platz im ganzen Zelt, gegenüber von Amy. So heißt Lady Sommersprosse, die mir nicht nur Mikey vorgestellt hat, der ihr Freund zu sein scheint, sondern auch ihren Bruder Buck. Der sieht aus, als wäre er einem Reagenzglas für amerikanische Superhelden entsprungen. Groß, rotblond wie seine Schwester, muskulös, mit Bürstenschnitt und einem Kinn, unter dem sich Kinder verstecken können. Wenn er lacht, vibriert der Boden. Vermutlich war er Captain im Football-Team seines Colleges und leitet jetzt das Kinderkrankenhaus von Boston. So viel positive Ausstrahlung ist schwer auszuhalten. Was er und Amy in Berlin machen, konnte ich noch nicht herausfinden.
Alle starren zum Bullriding, ich blicke auf Amy. Bei allen nordischen Göttern, ich bin schon jetzt vernarrt in dieses verflucht schöne Wesen, das bestimmt schon einige Beziehungen vergiftet hat. Ganz meine Liga.
Wie ihr Bruder lacht sie viel und zeigt dabei ihre etwas zu großen Schneidezähne, eine jener kleinen Besonderheiten bei Frauen, auf die ich stehe. Obwohl sie höchstens Ende zwanzig sein dürfte, bilden sich bereits Lachfalten an den Seiten ihrer blauen Augen heraus, auch das ein Pluspunkt, der Lebensfreude verrät. Ganz reizend: Ihre Som-

mersprossen, die ihr etwas Mädchenhaft-Fröhliches verleihen und Grübchen, die sich beim Lachen an ihren Wangen bilden. Sie trägt ein Top mit dem Aufdruck einer Uni aus Michigan und ich tue jetzt schon zum dritten Mal so, als würde ich die Aufschrift lesen, dabei blicke ich nur in den Ausschnitt, denn ihre Beine, mein primäres Objekt der Begierde, kann ich unter der Bierbank leider nicht inspizieren. Sammy bemerkt das und grinst mich wissend an, worauf ich noch ein Bier für mich und ein Spezi für ihn bestelle. Kleiner Bastard!
Als die Bedienung das Bier bringt, steht Amy auf, um den elektrischen Bullen zu erklimmen. Nun erhasche ich doch noch den Blick auf ihre Beine und sehe Cowboystiefel.
Cowboystiefel! Ein Cowgirl und der Mustangfahrer. Ride on, Girl! Wenn das keine Fügung des Schicksals ist!
Ich möchte ihr wie alle anderen aufmunternd zuprosten, als mir das Glas aus der Hand fällt. Das Bier ergießt sich über Sammy und mich, das Glas donnert auf den Boden. Sammy springt hinterher, hebt das halbvolle Glas auf und stellt es auf den Tisch.
»Pennst du, Alter, oder was?«
Schlimmer, Sammy. Schlimmer.

Meine Finger verkrampfen sich, als hätte ich Zement in meinen Adern. Während Amy unter lautem Gejohle ihrer Freunde den Bullen reitet, blicke ich unter dem Zeltdach hinaus nach draußen. Der Mond steht bestenfalls halb gefüllt am Himmel, aber ich erahne, was die Verwandlung in Gang gesetzt haben könnte. Meine Verletzung. Vermutlich hat sich die gebrochene Rippe ins Fleisch gebohrt und eine Menge Adrenalin freigesetzt. Adrenalin, der Trigger Nummer eins bei jedem Lupus, auch wenn uns kein Vollmond ins Gesicht strahlt.
Verflucht! Ich muss weg hier, solange ich noch kann!
»Sammy. Mein Magen! Muss kotzen. Bleib hier. Oder fahr nach Hause«, würge ich durch das Gelärme in Richtung Sammy heraus, der mich verständnislos ansieht. Ich nicke nochmal zur Bekräftigung und stolpere dann eilig aus dem Zelt. Meine Beine knicken bereits weg, ich beginne, zu keuchen, weil mein Hals anschwillt und die Kehle zuschnürt.
Weg, weg, weg! Wohin?

Zum Boxring! Dahinter lag viel Gerümpel und Müll, es gab sogar Büsche, wenn ich mich recht erinnere. Beeilung!
Während ER erwacht und von innen gegen die Wände trommelt, haste ich davon. Humpelnd, kriechend, rennend, an überraschten und angewiderten Menschen vorbei, die mich für einen Betrunkenen halten, die Losbude links liegen lassend, während kochend heißes Öl durch meine Adern pulst. Ich beiße mir vor Schmerz in die Zunge, als ich den Boxwagen endlich erreiche.
ER streckt sich bereits in mir, was sich anfühlt, als würde ein Blitz von der Schläfe in den Knöchel fahren. Der Schmerz streckt mich nieder. Spitze Krallen wachsen aus den Enden meiner Fingerglieder und kratzen auf dem Boden.
Auf allen Vieren krieche ich im Dunkeln hinter den Wagen und spüre bereits das Fell auf Bauch und Rücken. Mein Kiefer knackt, schiebt sich nach vorn, um Platz für eine neue Zahnreihe zu schaffen. Niemand zu sehen. Meine Farbsicht lässt bereits nach. In wenigen Sekunden werde ich schwarz-weiß sehen und wenn ER schließlich erscheint, schaltet sich alles auf Rot.
Dort, hinter das Fass. Wie ein verwundetes Insekt krabble ich zwischen ein großes Bierfass und einen Busch. Ich zucke ein letztes Mal, falle dabei mit offenem Maul auf die Erde und fresse Staub.
Dann erhebt ER sich. In mir. Aus mir heraus.

Strecke mich! Recke mich!
Durst. Will Blut!
Von Geiernase. Hat Lupus betrogen!
Wo… bist… du?
Schnüffle. Nase hoch! Wo… da!
Rückseite von Zelt.
Ganz nah. Ist er. In Zelt. Rieche ihn.
Mache Satz nach vorn. Zu Zelt.
Strecke Kopf rein. Vorsicht. Ist laut drin. Jubeln.
Bin hinten. Wo ich war. Vorhin.
Viele Gerüche. Schweiß. Aber… wo… riecht…
Hier! Geiernase! Sehe ihn. Rechts an Plane. Innen. Steht allein. Macht Pause. Raucht.
Lupus muss schnell sein.

Großer Satz. Geier sieht mich. Zigarette fällt. Vor Schreck.
Packe ihn am Knöchel. Das kennst du!
Renne weg. Mit Beute. Er schreit. Aber in Zelt laut.
Bin draußen. Renne weiter weg. Mit Beute an Hand. Geiernase schleift an Boden.
Lupus rast wie Teufel. Weg von Platz.
Geiernase schleift, Kopf auf Boden. Immer wieder. Geiernase schreit.
Dann leise.
Irgendwann.
Lupus jetzt weit weg.
Wo? Was das? Da vorn?
Schiffe. Hafen. Großes Haus. Schornstein.
Kommt warm raus. Großer Ofen. Gut!
Geiernase stöhnt. Liegt. Verwundet. Holt Messer aus Hose. Hand zittert.
Lupus sieht Geiernase an. Stich zu!
Geiernase will Lupus in Hand treffen. Weiche aus.
Er versucht nochmal. Gelingt nicht.
Bist müde?
Jetzt wirst du schlafen!
Öffne Maul weit.

Tag 2, 6.30 Uhr

Etwas krabbelt über meine Wange. Ich verscheuche es mit geschlossenen Augen, bekomme die Lider nicht nach oben.
Wieso fuhr der 38-Tonner dreimal über mich? Über die Knöchel, den Brustkorb und meinen Schädel. Jedenfalls fühlt es sich so an, als wäre jeder Knochen gebrochen.
Jetzt habe ich es. Das war kein Unfall mit einem Truck. Irgendein urzeitliches Monster hat mich gefressen, verdaut und wieder ausgespuckt, an einem gottverlassenen Fleck kurz vor der Hölle.
Nicht nur die Knochen, auch meine Muskeln jammern. Die Bezeichnung Muskelkater wird dem Stechen nicht gerecht, das mich plagt. Als wären alle Stränge gerissen und wieder zusammengeknüpft worden.
Komm, heul nicht rum wie ein Mädchen!

Ich rieche Bier und den Geruch von kaltem Ketchup auf labbrigen Pommes. Es gelingt mir, meine Augen zu öffnen und ich erblicke einige Bierflaschen, leere Pommesschalen und Chipstüten, Kronkorken und Plastikbecher, die typischen Hinterlassenschaften einer kleinen Privatparty am Wasser. Meine Augen gewöhnen sich an das Licht und ich kann nun mehr erkennen, auch auf mittlere Entfernung.
Ich liege auf einer zum Wasser abfallenden Böschung gegenüber vom Westhafen. Es ist noch sehr früh am Morgen, denn ich höre nichts außer dem Rascheln der Plastiktüten, die der Wind gegen den Busch neben mir drückt. Da ich mich zwischen zwei Büschen befinde, hat mich wohl niemand gesehen.
Besser so. Denn ich bin halbnackt und barfuß.
Immerhin trage ich noch die Jeans, die an mehreren Stellen lange Risse aufweist und mir in Fetzen von den Schenkeln hängt. Von meinem T-Shirt, den Socken und den Stiefeln keine Spur. Verdammt, das waren meine Lieblingsstiefel. Und das letzte Paar.
Gero, denk nach.
Meine Gedanken formieren sich. Wie immer kann ich den Film als Lupus nicht komplett, sondern nur in Bruchstücken abspulen. Vor der Verwandlung erscheint mir das meiste recht klar: Wie ich im Zelt vergnügt Amy beim Bullriding zugesehen habe, bis ER sich plötzlich meldete. Danach durfte ich keine Zeit verlieren und verließ rasch das Zelt. Was als Lupus geschieht, bleibt mir nur in wenigen Schnappschüssen in roter Farbe im Gedächtnis.
Was passiert ist, ist passiert, diese Haltung habe ich mir im Lauf der Jahre angewöhnt. Meist erwischt es die Richtigen. Sie haben ihr Schicksal verdient. Meistens.
Aber nicht immer. Aufkommende Reue in solchen Fällen verdränge ich, worin ich inzwischen eine gewisse Übung besitze. Nur die Träume kann ich nicht kontrollieren, in denen ich meinen Opfern begegne. Willkommen im Club, Geiernase.
Ich drehe mich auf die Seite und spüre dabei Staub auf meinen Lippen. Hoffentlich lag ich nur auf der Erde, bei all dem Müll hier. Ich richte mich auf und kratze mir den Kopf, blicke an mir hinab. Vom Hals entlang bis hinunter zur Hüfte erstreckt sich eine breite Spur getrockneten Blutes.
Nicht meins.

Nachdenken!
Der Mustang steht vermutlich noch auf dem Parkplatz vom Volksfest. Meine Schlüssel befinden sich sogar noch in der Jeans. Perfekt!
Ich rapple mich auf und bemerke, dass meine gestern Abend noch gebrochene Rippe wieder ordentlich ihren Dienst verrichtet wie ihre Brüder und Schwestern. Wundheilung in Hochgeschwindigkeit gehört zu den Segnungen jedes Lupus. Aber ich fühle mich noch immer wacklig, als hätte ich Pudding in den Knien. Barfuß marschiere ich los. Nach einigen Metern trete ich in eine scharfkantige, abgebrochene Schraube. Oh, yeah!
Ich humple Richtung Süden, bis ich zum Parkplatz komme und innerlich juble, als ich mein dunkelgrünes Pony sehe.

Tag 2, 8 Uhr

Unter der Dusche erscheinen mir die Splitter von heute Nacht wie Szenen eines schlecht gedrehten Films mit Tonausfall. Habe ich den Typen wirklich zu einem gigantischen Ofen geschleppt oder bilde ich mir das ein? Besser, ich scanne später wie üblich die Nachrichten. Ich hasse die Unruhe nach jenen Nächten.
Während ich mich abtrockne, denke ich an Sammy. Die Frage, ob er gut nach Hause gekommen ist, bereitet mir weniger Sorgen. Sammys Straßenschläue übertrifft uns alle. Wichtiger ist, dass er nichts gemerkt hat, sonst hätte ich ein großes Problem. Nur sehr wenige Menschen wissen von IHM, und ich möchte, dass es dabei bleibt.
Mein Kühlschrank klagt mich mit großer Leere an. Aber ich habe noch zwei Eier, die knapp über dem Verfallsdatum liegen, und im Tiefkühlfach entdecke ich etwas Toast. Ich zünde mir eine Camel am Gasherd an und hole eine Pfanne aus dem Schrank.
Eine Viertelstunde später tunke ich mit dem Toastbrot den letzten Rest des Spiegeleis vom Teller und spüle mit einem Schluck heißen Kaffee nach. Ich nehme die Kaffeetasse mit an den Rechner und surfe kurz danach die wichtigsten Berliner Zeitungen ab. Noch gibt es keinerlei Meldungen über ein Verbrechen letzte Nacht. Diesen Check werde ich heute noch einige Male wiederholen, aber jetzt stellt sich die Frage, was ich mit dem angebrochenen Tag anfange.

Seit sie mich als Stuntman rausgeschmissen haben, leide ich nicht nur unter akutem Geldmangel, sondern auch unter einer gewissen Leere. Mir fehlt eine Aufgabe, ich brauche einen Job. Nur was? Drei Dinge kann ich besonders gut: Als Einzelkämpfer Gegner ausschalten, als Stuntman von Häusern fallen und verdammt schnelle Autos fahren. Wer könnte mich und meine Fähigkeiten gebrauchen?
Ich zünde mir eine Camel an und blicke aus dem Fenster, recke meine Nase in die Höhe, als wäre ich bereits verwandelt. Auch in dieser Form erkennt sie mehr Gerüche und Düfte als jede andere menschliche Nase. Ich kann sämtliche Zutaten des kleinen Ladens mit Gemüsedöner in zweihundert Meter Luftlinie exakt bestimmen. Die vielen Essensgerüche gehören zur angenehmen Seite des Kreuzberger Geruchsmixes, dem die verwahrloste aus Abfall und anderen menschlichen Hinterlassenschaften entgegensteht, an die ich nicht denken möchte.
In der Ferne sehe ich das gigantische Graffiti mit dem Astronauten an einer Hauswand nahe dem Heinrichplatz, eines meiner liebsten Kunstwerke auf Berliner Hauswänden. Das USA-Thema erinnert mich an Amy, das Cowgirl mit den Sommersprossen.
Gestern habe ich den denkbar ungünstigsten Zeitpunkt erwischt, um zu verschwinden. Ich weiß weder, wie sie mit Nachnamen heißt, noch wo sie sich in Berlin aufhält. Wie könnte ich an sie rankommen? Indem ich heute Abend zum Zelt der Amis gehe und rumfrage? Wäre eine Idee, vielleicht kennt dort jemand einen aus der Gruppe. Zum Rumfragen muss man aber rumlaufen. Zum Rumlaufen braucht man Schuhe. Und mein letztes Paar Stiefel ist gestern Nacht irgendwo abhanden gekommen.
Okay, also hier der Plan, geordnet nach Prioritäten: Stiefel kaufen. Sammy sprechen. Amy finden. Job suchen.

Tag 2, 12.30 Uhr

»Passen wie angegossen«, schnarrt Kip, was mich einerseits bestätigt, andererseits aber nicht viel bedeutet, denn das sagt er zu jedem Stiefel, den ich anprobiere.
»Zwozwanzig sind das letzte Wort?«, frage ich zurück und blicke wohlwollend auf die mit Pythonhaut besetzte Stiefelspitze.

»Da habe ich meinen Rabatt bereits abgezogen. Das sind Mezcalero, Gero, die werden von kleinen Mexikanerinnen mit geschickten Händen gefertigt, da sitzt jede Naht, sonst fliegen die achtkantig raus und ihre Kinder müssen verhungern! Das Beste, was die da drüben fertigen, mein Wort drauf! Mel Gibson und Kevin Costner sind Stammkunden und der gute alte Kip, weil ich meine Beziehungen pflege, Mister! Dann kommen die geilen Teile mit dem Schiff über das große Wasser, der Container dafür kostet mich ein Vermögen und in Hamburg schlagen sie zu meiner allergrößten Freude die ganzen beschissenen Zollgebühren drauf. Danach zieht mir der Großhändler seinen Anteil ab, weil er 'ne Menge hungriger Mäuler zu stopfen hat. An deinen Stiefeln hier verdiene ich jetzt keinen Euro mehr.«

Kips fettige und nach hinten gekämmte Haare zittern vor Entrüstung. Der in die Jahre gekommene Großstadtcowboy trägt seine grimmige Laune so verlässlich wie die stets viel zu engen Röhrenjeans und die bestickten Westernhemden. Seine ohnehin vorhandene schlechte Grundstimmung hellt sich nicht auf. In den besten Stiefelladen Berlins latschen und dann auch noch handeln wollen wie auf dem Basar, das empfindet er als Majestätsbeleidigung. Andererseits habe ich im »Saloon« schon mindestens zehn Paar gekauft, und schließlich einigen wir uns auf »zwohundert glatt, du machst mich arm, Gero«. Er packt mir noch ein Lederfett ein, das ich sowieso nicht benutzen werde, und ist gerade dabei, den Betrag in die Kasse einzutippen, als ich den Finger hebe.

»Es gibt da ein kleines Problem, Kip.«

Die folgende Unterhaltung mit meinem Stiefellieferanten Nummer eins gestaltet sich unangenehm und besteht im Wesentlichen aus Flüchen und Vorwürfen von Kip, der die Stiefel schließlich wieder ins Regal stellen will.

»Am Wochenende bin ich wieder flüssig, Kip. Ich würde dich nicht anbetteln, aber das ist eine Notlage. Soll ich wie ein verschissener Hipster in Chucks rumlaufen?«

Er blickt mich grimmig an, dann lächelt er unvermittelt und schnippt mit den Fingern.

»Lucky Boy. Ich habe noch eine offene Lieferung für eine Kundin in Schöneberg. Du bringst ihr die drei Kartons. Jetzt! Verstanden? Dann habe ich mir den Lieferservice gespart. Und in drei Tagen bekomme ich die zwofuffzig für die Boots. Kein Gequatsche, keine Ausreden, keine beschissenen Schuldscheine, sondern bar auf die Kralle.«

»Du hast zweihundert gesagt, Kip!«

»Zwofuffzig. Ladenpreis. Haben wir einen Deal?«

Er streckt die Hand aus, ich schlage ein.

»Halsabschneider.«

»Immer wieder gern!«, ruft er mir zu, als er in den Lagerraum verschwindet.

Kurz darauf kehrt der hagere Ladenchef mit drei großen Kartons zurück, auf dem obersten klebt die Adresse der Kundin. Eisenacher Straße, Schöneberg.

Die Stiefel drücken, als ich den »Saloon« verlasse. Die Python muss lange gekämpft haben.

Ich packe die Kartons in den Wagen und schließe danach wieder ab. Den Mustang lasse ich vor dem Laden stehen, weil ich am Kotti vermutlich keinen Parkplatz finde. Ich gehe die Oranienstraße entlang in Richtung Heinrichplatz und passiere den »Elefanten«. Meine sensitive Nase empfängt den Geruch von altem Holz und frischem Bier, den ich so schätze. Aber ich zwinge mich, weiterzugehen, weil ich unbedingt Sammy finden will.

Um diese Uhrzeit und bei dem milden, sonnigen Wetter zeigt sich die Touristenmeile in diesem Teil Kreuzbergs sehr belebt. Dänische, spanische und amerikanische Urlauber ziehen in Kleingruppen durch die Straße, probieren Sonnenbrillen für vier Euro, kaufen sich beim Türken Sonnenblumenkerne, fotografieren Graffiti, besichtigen Hinterhöfe und finden alles einfach »awesome!«. Ich laufe an einem der vielen Friseurläden vorbei und sehe, wie sich junge Türken den immer gleichen Haarschnitt verpassen lassen, der aussieht, als wollten sie in den Heiligen Krieg ziehen.

Schließlich nähere ich mich dem Kotti. Seit einiger Zeit versucht die Bezirksverwaltung, die Gegend um den Kreisel aufzuhübschen, aber die zählebigen Obdachlosen und Junkies finden immer neue Wege, sich zu versammeln, sobald die Polizei verschwunden ist.

Ich schließe die Augen und konzentriere mich auf Sammys Geruch. Manchmal klappt das, aber der Erfolg hängt von den Umgebungsge-

rüchen ab und die überlagern alles Erwünschte. Autoabgase, Essensgerüche aus allen Ecken, Müll, der über den Boden fliegt. Aber wozu habe ich gute Ohren? Ich höre Sammys helle Stimme. Wo kommt sie her? Sobald ich die Augen öffne, verschwindet sie. Noch einmal konzentriere ich mich. Sie kommt aus dem Orient-Eck, unserer bevorzugten Dönerbude am Platz.
Der Laden könnte Geld drucken und würde dann nicht mehr einnehmen, so brummt er Tag und Nacht. Die Besitzer fahren alle einen dicken Mercedes, den sie sich durch harte Arbeit verdient haben. Geschätzte sechzehn Stunden dürften sie hier jeden Tag ackern, mehrere Brüder und Schwestern sind hier am Werk.
Ich ziehe die leichte Plexiglastür auf und erkenne Sammy, der soeben am Tresen seine Bestellung entgegennimmt, ein »Spezi«, das mit dem gleichnamigen Getränk nichts gemein hat, sondern aus einem pfiffig gemischten Döner-Teller besteht. Der kleine Poser trägt ein Kapuzenshirt mit einer Basecap darüber, Boxerschuhe und eine Cargohose.
Er bemerkt mich und gibt mir ein High Five.
»Alter, was geht? Wo warst du gestern?«, fragt er mich, während er sich eine Pommes vom Teller in den hungrigen Mund schiebt. Der Typ hinter dem Tresen gibt ihm mehr als vierzig Euro heraus. Woher hat Sammy so viel Geld?
Ich bestelle mir bei Murat, einem der Chefs hier, ebenfalls ein »Spezi«. Murat hat sich die Haare heute wieder zu einem Samuraidutt zusammengeknotet, was einen skurrilen Kontrast zu seinen Badelatschen, der Trainingshose und dem grauen Schlabbershirt über seinem gigantischen Wanst darstellt.
Kurz darauf sitzen sich Sammy und ich an einem der Tische im Freien gegenüber. Neben uns schnattern drei junge Mädels mit Kopftüchern.
»Mir war schlecht. Ich hab manchmal einen empfindlichen Magen, dann muss ich weg, sonst kotze ich alles voll«, erkläre ich meine gestrige Flucht. Er nickt.
»Bist du gut nach Hause gekommen? Tut mir leid, aber das ging 'ne ganze Weile und als ich wieder nachgesehen habe, warst du weg«, lüge ich in der Hoffnung, dass er nicht mehr lange geblieben ist.

»Kein Problem! Mir war langweilig mit denen. Bin dann mit der Bahn zurück.«
Das »Spezi« bekämpft meine Geschmacksnerven mit scharfer Sauce. Ich spüle mit Cola nach, denn in diesem Laden gibt's leider kein Bier.
»Wo hast du die Kohle her?«, frage ich Sammy, der so tut, als wüsste er nicht, wovon ich rede.
Was wir beide wissen: Sammy besitzt ausgesprochene Talente als Langfinger.
»Gefunden«, murmelt Sammy und stochert im Essen.
»Gefunden?«, wiederhole ich und setze nach.
»Wenn du nicht willst, dass ich dir die Ohren bis zum Kotti langziehe, sagst du es mir jetzt. Na los!«
Er stochert und futtert und trinkt und blickt an mir vorbei zum Kotti.
»Spuck's aus«, fordere ich ihn auf.
»Der Typ da. Gestern«, druckst er herum, während er weiter isst.
»Wer genau?«
»Der da halt. Der Bruder von dieser Bitch, die du immer angeglotzt hast.«
Er hat Buck beklaut. Na prima. Das ist ein Supereinstieg, um seine Schwester näher kennenzulernen.
»Hat er was gemerkt?«
Sammy schüttelt den Kopf.
»Hast du irgendwas gehört? Also, wo die herkommen, arbeiten, irgendwas? Sind die von der Army?«
Er blickt mich an und zuckt die Schultern.
»Nein. Gar nichts. Ich schwör! Außerdem, ich wollte das nicht. Ehrlich! Der Schein hat aus seinem Geldbeutel rausgeschaut, da am Arsch. Hab ich halt genommen, und? Als die Tussi auf dem Ding saß, bin ich geflitzt.«
Wenn ich es mir recht überlege, verlief der Abend an dieser Stelle ideal. Sammy schöpfte keinen Verdacht wegen meiner Abwesenheit, aber ich habe einen Grund, Buck aufzusuchen, um ihm das Geld zurückzugeben.
Zumindest den größten Teil. Ein bisschen was brauche ich für mein durstiges Pony.
»Gib mir den Rest.«

Tag 2, 14.45 Uhr

Im Akazienkiez in Schöneberg leben diejenigen Alternativen und sich nicht angepasst Fühlenden, die es geschafft haben, aus den Szenevierteln herauszukommen, erwachsen zu werden und einen Job zu finden. Was man leider auch daran spürt, dass es in diesem verdammten Viertel weit und breit keine Parkplätze gibt, weil hier alle mehrere Autos pro Familie besitzen, selbstverständlich spritsparende. Auf dem Gehweg kommen mir die hier typischen Edel-Ökos entgegen, mit gefüllten Einkaufskörben unbedenklicher, fair gehandelter Waren und Kleinkindern an der Hand, die Holzspielzeug hinter sich herziehen, das von glücklichen Behinderten in Dänemark gefertigt wurde.

Ich stelle den Mustang quer über eine Bürgersteigecke und suche die Adresse in der Eisenacher Straße auf. Dort klingle ich bei Schäfer und als sich eine Frauenstimme meldet, kündige ich eine Schuhlieferung an, worauf der Summer ertönt.

Wie nicht anders zu erwarten, wohnt die Kundin im vierten Obergeschoss, was bei einem Berliner Altbau mit seinen hohen Decken rund einhundert Stufen bedeutet. Leicht keuchend erklimme ich den letzten Absatz, wo ich in der offenen Tür bereits erwartet werde.

»Na endlich! Ich warte schon lange auf meine Schätzchen«, begrüßt mich fröhlich eine etwa vierzigjährige schlanke Frau. Sie präsentiert sich mit leicht gebräunter Haut und brünettem Bob-Haarschnitt, trägt ein weites, beigefarbenes Sommerkleid mit tiefem Dekolleté, in dem eine Halskette mit großen, verschieden farbigen Steinen liegt. Links und rechts hängen dazu passende Ohrringe in der Größe von Gullydeckeln. Ihr linkes Bein endet in einer eleganten, mittelhohen Sommersandale, das rechte steckt in einem dicken, langen Gips.

»Kommen Sie rein«, fordert sie mich auf und dreht bereits humpelnd ins Innere ab, ohne mir die Chance auf Widerworte oder Übergabe der Kartons zu geben.

»Ich soll nur die Schuhe …«, rufe ich, während ich ihr durch einen schmalen Flur nachgehe. Sie dreht nach links in das Wohnzimmer ab, aus dem mich ein Geruch empfängt, den ich das letzte Mal im Zirkus gerochen habe.

Lady Halskette setzt sich an einen Tisch in der Mitte des Raumes und bittet mich, Platz zu nehmen. Ich komme der Aufforderung nicht sofort nach, sondern muss mich in diesem vollgestellten Raum erst einmal umsehen, weil das vielstimmige Gewirr aus Geräuschen und die unterschiedlichsten Gerüche meine Sinne in Beschlag nehmen.
Zwar befinden sich in dem Zimmer gängige Möbel wie ein Sideboard, Stühle, ein Tisch und eine Regalwand, aber der größte Teil davon dient nur als Unterlage für mehrere Käfige, aus denen heraus es raschelt, zwei Aquarien mit einem Fischschwarm ganz in Gelb und einem riesigen Terrarium auf dem Sideboard, in dem sich etwas mit großen, schwarzen Schuppen schlängelt, von dem ich weder den Anfang noch das Ende sehe.
Auf dem Regal kraxeln zwei hellgraue Echsen vor mir davon und direkt über dem Tisch, an dem wir sitzen, hängt eine Lampe, auf der ein kleiner Affe sitzt, der mich feindselig anblickt und seine kleinen, gelben Zähne fletscht.
Das Geraschel im Raum wird lauter, die Tiere versuchen, sich in ihren kleinen Käfigen und Terrarien zu verstecken. Lady Halskette schüttelt den Kopf.
»Was ist denn mit euch los? Als wäre ein Tiger unterwegs!«
Nicht ganz, Lady. Diese Wirkung strahle ich auf viele Tiere aus, vor allem auf Beute- und Fluchttiere. Der Affe geht auf alle Viere und macht einen Buckel als wäre er eine Katze. Er weiß Bescheid!
Ich stelle die Kartons auf den Tisch. »Wie gesagt, die Schuhe. Sie sollen hier unterschreiben«, zeige ich auf den Lieferschein, den mir Kip mitgegeben hat, und lege ihn zu den Kartons.
»Moment, wo hab ich denn meinen Kuli?«, redet sie mit sich selbst und humpelt zur Regalwand.
»Ach, da fällt mir ein …«, dreht sie sich unvermittelt um und strahlt mich an. »… Sie könnten mir bei dem Terrarium helfen. Mein Ticket ist blöderweise genau dahinter gefallen, in den Zwischenraum zur Wand. Und morgen geht's los! Alleine schaffe ich es nicht, das wegzuschieben.«
»Klar, kein Problem«, antworte ich und gehe zum Terrarium, was sie aber nicht als Signal versteht, anzupacken. Stattdessen humpelt sie in die Küche und ruft mir »Wollen Sie auch einen Espresso? Oder lieber einen Latte?« zu.

Ich stöhne.
»Gibt's auch ganz normalen Kaffee?«
Der Affe springt auf den Boden und flitzt in die Küche. Ich sehe, wie er Lady Halskette am Kleid zieht, auf mich zeigt und böse Grimassen zieht. Während ich das typische Fauchen einer teuren Kaffeemaschine höre, schaue ich mich weiter um. An den Wänden sehe ich zahlreiche Fotos meiner Gastgeberin, die die immer gleiche Konstante aufweisen: Sie steht neben einem Tier, hält ein Tier im Arm oder sitzt auf ihm. Von Elefanten über Büffel bis zu Schlangen. Meistens aber posiert sie mit Menschenaffen wie Gorillas und Orang-Utans. Die Bilder wurden teils in freier Natur geschossen, die überwiegende Anzahl allerdings in Räumlichkeiten, die nach dem Innenleben eines Zoos aussehen.
Sie kehrt mit einem Kaffeepott und einer kleinen Espressotasse zurück und stellt den Pott vor einen Stuhl, auf den ich mich setze. Wenn ich es mir recht überlege, habe ich gar keinen Grund zur Eile. Ob ich auf dem Fest eine Stunde früher oder später nach Amy suche, macht keinen Unterschied. Die Königin der Tiere nippt an ihrem Espresso und lächelt mich über den Rand der Tasse mit dunklen Augen auf eine sehr ansteckende Art an. Der Affe springt auf ihren Schoß, wodurch meine Gastgeberin fast ihren Espresso verschüttet.
»Noodles!«
»Noodles?«
»So heißt meine kleine, geliebte Nervensäge. Wir haben ihn einem Drehorgelspieler abgenommen, der arme Kerl war bis auf die Knochen abgemagert.«
»Der Orgelspieler?«
»Sehr lustig«, lacht sie. »Noodles natürlich. Er hat ein paar Eigenheiten wie wir alle, ist aber ein amüsanter Zeitgenosse. Und recht hell in seinem kleinen Köpfchen.«
Noodles und ich nehmen Augenkontakt auf und sind uns einig, dass wir keine Blutsbrüder werden.
Lady Halskette widmet sich dem Öffnen der Kartons.
»Sind Sie Tierpflegerin oder so was?«, frage ich, während sie das Füllpapier aus dem Inneren der Ledermokassins zieht, die sie eben auspackt.

»Eher so was. Ich bin Biologin. Hier im Berliner Zoo«, antwortet sie, ohne mich anzusehen, weil sie bereits mit dem zweiten Karton beschäftigt ist, der ebenfalls eher rustikales Schuhwerk enthält. Aus dem dritten zieht sie dann allerdings ein paar sehr schicke Stiefel, die fast bis zum Knie reichen. Alle drei Paare sind aus Wildleder gefertigt.
»Ah, okay«, antworte ich wohl etwas zu desinteressiert, denn sofort hakt sie nach.
»Die Reaktion kenne ich. Unser Zoo hat nicht den allerbesten Ruf. Aber wussten Sie, dass er mehr Arten beherbergt als jeder andere in Europa?«
»Und das hier ist die Außenstelle?«, deute ich auf das Getier im Zimmer.
Sie lacht. »So ungefähr. Aber meine Lieblinge darf ich hier leider nicht halten«, zeigt sie auf die Fotos mit den Gorillas.
»Was macht eine Biologin mit Gorillas?«, frage ich.
»Ich sorge dafür, dass sich die Primaten vermehren«, grinst sie und nimmt einen Schluck Espresso. »Was machen Sie denn? Wie ein Paketbote sehen Sie nicht aus.«
»Ich bin Primat.«
Sie lacht laut, ich grinse.
Ich spüre etwas an meinem Bein und hoffe, dass mir kein Reptil die Wade hochklettert. Ein kurzer Blick unter den Tisch offenbart mir die schön lackierten Zehen der Biologin, die sich an meinem Oberschenkel zu schaffen machen. Meine Lenden reagieren bereits auf das Gefummel.
Als ich den Blick wieder nach oben richte, schaue ich in die finsteren Augen von Noodles.

Ich liege auf dem Rücken, habe meinen Oberkörper leicht gegen das Kopfteil des Bettes gelehnt und rauche. Reinhild liegt seitlich an mich geschmiegt, raucht ebenfalls und drückt ihre Zigarette im Aschenbecher aus, der sich auf meinem nackten Bauch befindet. Sie reibt ihr Gipsbein an meinem Unterschenkel, schnurrt laut und blickt mich an, wobei sich ihre Nase kräuselt.
Ich lächle zurück und frage mich, ob der Moment schon reif ist, um gehen zu können, denn der Tag ist noch zu jung, um ihn hier zu ver-

trödeln. Außerdem hat sie mir eine ordentliche Prellung verschafft, auch wenn an der Hüfte noch nichts zu erkennen ist. Sie hat mir vorhin in Ekstase ein paar Dutzend Mal ihr Gipsbein mit Schmackes gegen meinen Hüftknochen gedonnert, dass ich schon befürchtete, sie würde mich zum Invaliden vögeln.

Während ich mir die Stiefel anziehe, höre ich heute zum zweiten Mal die Kaffeemaschine aus der Küche. Als ich ins Wohnzimmer gehe, setzt wieder das Geraschel in den Käfigen ein. Nur Noodles haut nicht ab, sondern verfolgt mich in gebührendem Abstand.

»Kann er Kunststückchen?«, frage ich Reinhild, als sie nur mit einer weißen Bluse und einem Slip bekleidet aus der Küche kommt.

»Leider besitzt er ein ganz spezielles Talent. Er zieht dir den Geldbeutel aus der Gesäßtasche, ohne dass du es merkst.«

»Der kleine Bastard ist ein Taschendieb?«

»Sag nicht so was Gemeines über ihn. Er wurde dazu dressiert, nehme ich an. Aber wenn man sein Vertrauen gewonnen hat, benimmt er sich herzallerliebst. Nicht wahr, Noodles?« Sie hebt ihre Hand zum High Five, er schlägt ein. Aufmunternd nickt sie mir zu, es ebenfalls zu versuchen. Anstatt in meine erhobene Hand einzuschlagen, zeigt er mir den Stinkefinger.

»Ich spüre da eine gewisse Schwingung zwischen euch beiden«, lacht Reinhild.

Tag 2, 17.30 Uhr

Die Soundanlage des Mustang jagt Rammsteins »Du riechst so gut« so laut durch die Boxen, dass der halbe Bezirk mithören kann, inklusive Noodles, der sich auf dem Beifahrersitz befindet.

»Nur geliehen, nicht geschenkt!«, darauf bestand Reinhild, und ich wurde den Verdacht nicht los, dass sie das Angenehme mit dem Nützlichen verband. Sie reist zu einem Kongress nach Südamerika und normalerweise kümmert sich während ihrer Abwesenheit ein Kollege aus dem Zoo um ihre Tiere. Noodles benötige allerdings viel Ansprache und ob ich ihn nicht mitnehmen könne? Mein Verdacht: Das stellt sicher, dass wir uns wiedersehen. Aber warum nicht? Viel-

leicht scheuert mir die kluge, aparte Lady beim nächsten Mal nicht wieder die Haut von der Hüfte.
Noodles Haare stellen sich durch den warmen Fahrtwind der geöffneten Fenster auf. Ich beuge mich an der nächsten Ampel nach rechts und kurble das Fenster hoch, was Noodles damit beantwortet, dass er mir eine Backpfeife verpasst. Ich bin so perplex, dass ich ihm das durchgehen lasse. Aber nur dieses eine Mal. Okay, Fenster wieder runter! Er blickt hinaus, dann zu mir, dann atmet er tief aus.
Der Mustang bringt uns über die Potsdamer Straße zum Tiergartentunnel. Wir unterqueren die Spree und kommen hinter dem Hauptbahnhof wieder an die Oberfläche, kurz vor dem Festplatz des Deutsch-Amerikanischen Volksfestes.
Schon von Weitem erkenne ich zwei mobile Kräne und mehrere Trucks, die große Bauteile verladen. Zwei tief durchhängende, schwer beladene Kombis kommen mir entgegen, als ich auf den Platz fahre.
»Verdammt, die bauen ab!«, fluche ich und fahre mit dem Wagen zum Zelt der Amerikaner, genauer gesagt zu den Überresten desselben. Ich stelle den Mustang ab.
»Bin gleich zurück!«, sage ich zu Noodles und kurble das Fenster hoch. Er will mir den Stinkefinger zeigen.
»Lass das!«
Er nickt, schürzt die Lippen und hüpft auf das Armaturenbrett. Irritiert blicke ich ihn an, er zwinkert, dann gehe ich zu dem Ort, an dem gestern Abend noch das pralle Leben pulsierte. Ein gutes Dutzend menschlicher Ameisen hat das Zelt bereits bis auf das Gestänge abgebaut. Letzte Teile der Audioanlage werden auf einen Pickup geladen.
Ich schaue mich um und entdecke den Typen, der gestern den elektrischen Bullen bedient hat. Er trägt eine halblange Cargohose, dicke Handwerkerschuhe und ein Cargohemd, die Haare sind zu einem Zopf zusammengebunden und stecken unter einer Armymütze. Schnarrend gibt er den Jungs Anweisungen, was sie wie und wo zu verladen haben. Das meistert er mit Geschick, denn in seiner Wange steckt eine Faust voll Kautabak.
»Darf ich kurz stören?«, frage ich ihn.
Er hält inne spuckt einen großen, braunen Flatschen auf den Boden.

»Das machst du ja schon. Was gibt's?«
»Ich war gestern Abend mit einer Gruppe Amerikaner hier.«
»Amerikaner? Gestern? In unserem Zelt? Ist ja ein Ding!«, brummt er und blökt einem Hilfsarbeiter zu seiner Rechten zu: »Das sind verschissen teure Boxen von Yamaha, kannst du da verschissen nochmal besser aufpassen, wenn du die auf die Ladefläche schmeißt, du Honk?«
Er spuckt erneut einen dicken Strahl auf den Boden und trifft dabei einen Käfer. Das war die verschissene Strafe für dich, kleiner Mann, hier vorbeizukrabbeln.
»Okay, die Kurzfassung. Einer hatte ein blaues Auge, weil er vorher da drüben geboxt hat. Dann gab's noch eine verdammt gut aussehende Lady, rotblonde Haare, Sommersprossen, Cowboystiefel, ist auf dem Bullen geritten. An die kannst du dich doch bestimmt erinnern, oder?«
Ich warte, bis er wieder auf den Boden spuckt, doch er enttäuscht mich. Die Beule in seiner Wange nimmt allerdings bedrohliche Ausmaße an.
»Mann, das ist echt eine rührende Geschichte, aber ich hab zu tun!«, knurrt er und behält stets ein Auge auf die Arbeiter.
»Also erinnerst du dich?«, frage ich nach und halte eine Armlänge Abstand, doch schon spuckt er erneut aus und ein brauner Spritzer landet auf der Spitze meiner neuen Stiefel. Für einen Moment überlege ich, ihm den Kautabak in den Hals zu stopfen, bewahre aber Fassung und reibe die Spitze am Hosenbein meiner Jeans ab.
»Sie war mit ihrem Bruder hier. Bürstenschnitt, Figur wie Hulk Hogan, blond. Mein Sohn hat ihn beklaut – was er mir erst heute Morgen gebeichtet hat. Ich möchte ihm seinen Kram zurückgeben und mich entschuldigen.«
Sein Gesicht zeigt menschliche Regung, was mich zugleich überrascht und erleichtert.
»Kinder. Sie bringen dich um den Verstand und fressen dir die Haare vom Kopf.«
Ich stimme ihm zu, wir bedauern das gemeinsame Vaterdasein und ich bin fast geneigt, ihn nach einer Portion Kautabak zu fragen, als er sich an meine Frage erinnert.

»Hulk Hogan? Das ist Buck. Arbeitet in der Botschaft. Also nicht am Brandenburger Tor, sondern in der Clayallee. Wo Visa ausgestellt werden, so was. Gib doch den Scheiß einfach am Empfang ab.«
»Und Amy? Seine Schwester?«
»Das Cowgirl? Keine Ahnung, Mann. Die stecken immer zusammen, aber frag Buck. Wenn du das überlebst«, grinst er.
Wir verabschieden uns händeschüttelnd. Als ich gehe, brüllt er einen Arbeiter so laut an, dass mir fast das Trommelfell platzt.
Ich muss in die amerikanische Botschaft. Wie stellt man das an? Die Amis mit ihrem Sicherheitsfimmel lassen mich bestimmt nicht von Büro zu Büro marschieren, um einen großen, blonden Kerl zu suchen, dem ich zwanzig Euro zurückgeben möchte.
Auf dem Weg zum Mustang fällt mir in fünfzig Meter Entfernung ein Mann auf, der dort sitzt, wo sich gestern Abend noch der Boxtempel befand, inzwischen aber nur noch ein paar gestapelte Bretter auf ihre Abholung warten.
Ich nähere mich ihm und erkenne, um wen es sich handelt, nämlich um meinen Gegner vom gestrigen Kampf, Moses. Mit Jeans, Sportschuhen und einem kurzärmligen, blau-weiß karierten Hemd bekleidet sitzt er auf einem umgedrehten leeren Farbeimer. Seine rechte Hand ruht auf einem kleinen, abgewetzten braunen Lederkoffer, in den höchstens zwei Paar Socken, eine Zahnbürste und die Bibel passen.
»Der Bus fährt da hinten ab«, zeige ich in Richtung Hauptbahnhof.
Moses blickt mich an und seufzt.
»Was'n los?«, frage ich.
Er seufzt erneut, schüttelt den Kopf.
»Kumpel, sag schon an. Unter Kämpfern hat man keine Geheimnisse.«
Ich mache eine Faust und halte sie in seine Richtung. Er drückt dagegen, ohne Mumm.
»Die ham mich rausgeschmissen«, antwortet er leise.
»Wie? Die Boxheinis hier? Wieso? Du bist der beste Mann!«
Er zeigt auf mich.
»War gestern mein letzter Kampfabend. Lief schon lange nicht mehr gut. Hätte verloren, wenn Zwille nicht … du weißt schon.«
»Zwille? Der Typ mit der …«, ich deute eine Hakennase an.

»Mein bester Freund. Der ist weg. Einfach so. Hilft mir immer. Ohne den … ich bin zu dumm. Dann ham sie mich rausgeschmissen. Dabei schulden die mir noch Geld.«
»Scheiße«, entfährt es mir. Ich weiß, was mit Zwille passiert ist. Verdammt! Eine Gänsehaut kriecht mir über den Rücken.
»Was bekommst du noch von denen?«
»Fünf.«
»Fünftausend?«
Er nickt. Ich gehe in die Hocke, um mit ihm auf Augenhöhe zu reden.
»Und jetzt? Wie geht's weiter?«, frage ich.
Er blickt auf den Boden. »Weiß nicht.«
»Hast du eine Wohnung?« Er schüttelt den Kopf.
»Verwandte? Freunde, wo du hin kannst?«
»Schwester. Hier in Berlin. Aber die mag mich nicht.«
»Und jetzt willst du hier sitzen bleiben?«
Der große, traurige Kerl starrt Löcher in den Boden. Und er wird hier sitzen bleiben und auf Zwille warten.
»Soll ich dich zu deiner Schwester bringen?«
»Nein.«
Ich lege ihm meine Hand auf die Schulter, setze mich dann auf den Boden neben ihn und fummle meine Camel-Packung aus der Brusttasche. Er lehnt die angebotene Zigarette ab, ich zünde mir eine an. Wir warten schweigend auf Zwille, aber ich weiß, dass er nicht kommen wird.
Nach der dritten Zigarette drehe ich mich zu ihm.
»Vorschlag. Du fährst mit mir mit. Ich hab eine Bude, wo du heute Nacht schlafen kannst. Morgen schauen wir weiter und du erzählst mir von der Kohle, die sie dir schulden, okay?«
Die Mundwinkel des backenbärtigen Riesenbabys verschieben sich fast bis an die Ohren, so breit lächelt Moses. Ich halte ihm die Hand zum High Five hin und er schlägt so stark dagegen, dass es schmerzt.
»Mein Wagen steht da hinten«, deute ich auf den Mustang.
Drei Minuten später sitzen wir im Auto.
Moses grinst vor Freude über Noodles, der auf dem Armaturenbrett sitzt. Der bietet dem rothaarigen Riesenbaby ein High Five an, in das Moses auch sanft einschlägt.

»Na super«, brumme ich.
»Los geht's«, Moses Stimme zeigt sich so hell und heiter wie das Haar einer schwedischen Sommernachtskönigin.

Tag 2, 19.30 Uhr

Als ich mit dem Mustang halb auf den Bordstein vor meiner Wohnung fahre, wacht Moses auf, der schon nach wenigen Metern eingenickt war. Der arme Kerl wirkt völlig übermüdet, er hält den schlafenden Noodles im Arm.
Ich steige aus, als mich etwas elektrisiert. Eine Wahrnehmung, die mehrere Sinne gleichzeitig ergreift, Geruch, Ohren und das, was tief in mir wohnt. Wie paralysiert stehe ich vor der Motorhaube meines Wagens, bis der Groschen fällt. Ich rieche und spüre meine Heimat ganz in der Nähe. Ein Gefühl, das alte Erinnerungen an die Oberfläche bringt. Bilder voller Abenteuer und Freundschaft, aber auch des kompromisslosen Risikos, scharfer Klauen und gemeinsamer Jagden.
Ansgar!
Ich recke die Nase nach oben in Richtung Wohnung und wittere ihn. Trotz der Warnungen meiner Verwandten freue ich mich, ihn wiederzusehen, und würde am liebsten nach oben stürmen.
Nun bin ich nicht mehr allein in dieser Stadt.
Trotzdem kann ich jetzt nicht einfach mit Moses in die Wohnung. Sicher ist sicher.
Ich steige wieder in den Wagen. Moses gähnt und blickt mich an, durch seine Bewegung wacht auch Noodles auf.
»Sind wir falsch hier?«
»Moses, ich habe ganz vergessen, dass ich Besuch habe.«
Seine Gesichtszüge fallen zurück in den traurigen Modus vom Festplatz.
»Schon verstanden.«
»Was?«
»Besuch und so. Ich steige aus«, seufzt er und greift zum Türöffner.
Er glaubt, dass ich ihn auf die billige Tour loswerden möchte.
»Quatsch! Jetzt heul mal nicht, Großer! Ich hab das wirklich vergessen und meine Bude ist zu klein für uns drei. Sie ist ein bisschen

schüchtern, weißt du? Und wenn sie deinen furchterregenden Backenbart sieht, haut sie ab!« Das entringt ihm ein gequältes Lächeln. Ich fahre fort. »Aber ich weiß, wo du schlafen kannst. Mein bester Freund ist verreist und rate mal, wer einen Schlüssel zu seiner Wohnung hat?«, frage ich ihn und klimpere mit meinem Schlüsselbund. Moses blickt mich an wie ein Kind, das wieder an den Osterhasen glauben möchte. Noodles schnappt sich die Schlüssel.

»Her damit!« Ich habe jetzt keinen Bock auf diese Spielchen. Er schüttelt den Kopf. Mir kommt eine Idee. Ich zeige auf das Riesenbaby.

»Gib sie Moses.«

Noodles nickt und überreicht Moses die Schlüssel.

»Also, das ist der Plan: Ich bringe dich in die Wohnung von Pierre, so heißt mein Freund. Du schläfst dich ordentlich aus und morgen komme ich bei dir vorbei und dann kümmern wir uns um deine Kohle. Wobei ...«, überlege ich und denke an meinen Besuch in der Botschaft, »... ich morgens was vorhabe, also schaue ich erst um die Mittagszeit vorbei, okay?«

Er grinst und spitzt seine Lippen zu einem Kussmund in Richtung Noodles. Der spitzt ebenfalls die Lippen, anschließend geben sich beide ein High Five. Ich bekomme natürlich keines von dem kleinen Bastard.

Als ich den Wagen wende und Richtung Steglitz fahre, schläft Moses bereits an der zweiten Ampel wieder ein.

Tag 2, 20.30 Uhr

Mein Puls beschleunigt, als ich mit Noodles an der rechten Hand die letzte Treppe zu meiner Wohnung hinaufgehe. Moses habe ich vor einer halben Stunde in der Wohnung des Dude abgeliefert und vermutlich liegt er bereits tief schlafend im Bett.

Ich schließe die Tür auf, lasse Noodles Hand los und betrete das Wohnzimmer.

Ansgar steht mit dem Rücken zu mir an der Wand, bekleidet mit einem schwarzen Hemd, einer schwarzen Hose und schwarzen Stiefeln – wie immer. Nur sein hellblondes, langes und über die Schultern fallendes Haar kontrastiert damit. Er betrachtet die Norwegen-Bilder an der Wand und dreht sich schließlich langsam um, mit einem breiten Grinsen im Gesicht.

»Sei gegrüßt, Bruder«, nickt er mir zu.

Ich gehe ein paar Schritte auf ihn zu, bleibe vor ihm stehen, dann schlagen wir uns gegenseitig einmal kräftig auf die Brust, unser altes Begrüßungsritual, bevor wir uns schließlich umarmen. Sein Geruch erinnert mich an meine Heimat. An Kämpfe und Freundschaft. Und ich rieche Blut, das vergossen wurde.

»Du siehst gut aus, Bruder«, gebe ich aufrichtig zurück und freue mich über seine Anwesenheit. Scheiß auf seinen schlechten Ruf, mein Blutsbruder ist hier!

»Du auch, Gero, du auch«, grinst er. »Und du legst noch immer den Zweitschlüssel unter die Matte.«

Hinter mir flitzt Noodles vorbei in Richtung Küche, laut kreischend. Ansgar schüttelt den Kopf, macht große Augen.

»Was ist denn das? Die Vorspeise?«

»Mein Pflegekind für ein paar Tage. Sag nichts!«

Wir grinsen uns an.

»Willst du was trinken?«, frage ich, als mir auffällt, dass eine offene Bierflasche auf dem Tisch steht.

»Ich habe mich schon bedient. Ist doch okay?«

»Logisch. Mein Heim, dein Heim.«

»Wie in alten Zeiten!«

»Wie in alten Zeiten.«

Ich gehe zum Kühlschrank, hole mir ein Bier, öffne es und nehme einen Schluck. Ansgar ist mir gefolgt, wir stoßen an.

»Sie haben meinen Besuch angekündigt, nicht wahr?«

Ich nicke. »Wird dich nicht wundern, hm?«, blicke ich ihn an.

Er lacht laut. »Angsthasen. Die machen sich immer Sorgen. Alte Leute eben. Wir sind anders! Skol, Bruder!«

Wir stoßen wieder an.

»Kein schlechtes Wort über meine Eltern, klar?«, gebe ich zurück.

Er hebt die linke Hand. »Die meine ich doch gar nicht. Dein Vater, Mann, der ist cool. Mein voller Respekt vor deinem alten Herrn. Aber meine Familie! Immer die Hosen voll. Nur nicht auffallen. Sich verstecken, klein machen, einsperren, damit wir keinen Ärger bekommen.«

Seine Augen blitzen, seine perfekten Zähne strahlen mich hell an.
»Du hast ganz schön Scheiße gebaut«, antworte ich.
»Sagen die das?«
»Die sagen es und ich weiß es«, nicke ich.
»Begrüßt man so seinen Bruder? Mit Vorwürfen?«, grinst er noch immer breit. Ich schüttle den Kopf. Er hat recht.
»Denn was sind wir, Gero?«, fragt er mich nach unserem alten Motto.
»Wir sind Wölfe!«, knurre ich.
»Wir sind Wölfe!«, knurrt er zurück und legt seine Stirn an meine. Dann verpasst er mir eine leichte Ohrfeige.
»Und jetzt sag an, Bruder – wo in der Stadt gibt es die besten Drinks und die schönsten Bräute?«

Der Mustang fährt die Skalitzer entlang, die letzten Strahlen der untergehenden Sonne scheinen uns ins Gesicht. Noodles habe ich zu Hause gelassen und ihm vorher die Futtertüte mit den Früchten geöffnet. Hoffentlich ist die Bude noch ganz, wenn ich zurückkomme. Wir rauchen aus den offenen Fenstern, Nirvana gibt den Rhythmus des Abends vor.
»Gibt's keine gute Bar in deiner Gegend?«, fragt Ansgar, als ich auf den Mehringdamm biege und die Hochbahn hinter uns lasse.
»Einige. Der Würgeengel zum Beispiel. Aber wenn du schon hier bist, gehen wir in die beste.«
»Sehr schmeichelhaft, Bruder. Sag mal, geht's dir gut? So alles in allem?«
»Klar. Warum fragst du?«
»Deine Wohnung. Die ganze Gegend. Die meisten Typen, die ich da gesehen habe, dürften auf den Lofoten nicht mal das Deck eines Fischkutters schrubben.«
Wir lachen.
An der roten Ampel vor der Yorckstraße bleiben wir auf Höhe von Curry 36 stehen, meiner bevorzugten Imbissbude. Wie immer drängeln sich zwei lange Schlangen vor der Wurstausgabe. Ich zeige darauf. »Da gehen wir nachher hin.«
»Du isst Wurst?«, fragt Ansgar ungläubig. »Von Schweinen?«
»Und ob! Vor allem Currywurst. Das ist für uns Berliner dasselbe wie für euch frischer Lachs.«

»Bruder, du machst mir Angst!«
»Lecker. Riechst du es nicht auch?«
Meine Nüstern saugen das würzige Bratfett, den Geruch von Curry, speziell gemischtem Ketchup und gedünsteten Zwiebeln ein. Aber da ich Ansgar noch etwas anderes vorsetzen möchte, widerstehe ich dem Drang, gleich anzuhalten.
Zwei Minuten später fahren wir unter den Yorckbrücken entlang. Ich denke an den »General« und seinen Husky Keiko, halte Ausschau nach meinem obdachlosen Freund, aber sehe ihn nicht, obwohl er ein Stück weiter oben an den Gleisen residiert.
Dafür bemerken wir gleichzeitig eine Szene auf dem Bürgersteig vor uns. Etwa sieben bis acht ältere Jugendliche, Jungs und Mädchen, stehen in einem Halbkreis um ein Pärchen, das sich heftig streitet. Beide dürften zwischen siebzehn und zwanzig Jahre alt sein, wie der Rest der Gruppe. Der Typ mit weißer Hose, hellblauem T-Shirt und weißer Basecap schubst ein Mädel in High Heels, Hot Pants und sehr knappem, rosa Top. Sie schreit und schwingt ihre Handtasche, er verpasst ihr eine Ohrfeige, sie spuckt in seine Richtung, verfehlt ihn aber.
»Halt an«, meint Ansgar und ich fahre den Wagen rechts ran, halb auf den Gehweg. Nach meiner Einschätzung handelt es sich um eine normale Auseinandersetzung, wie man sie in Kreuzberg jeden Tag sieht, was ich Ansgar auch mitteile.
»Lass uns weiterfahren. Ein Streit unter Assis.«
»Bruder, da wird eine Lady geschlagen«, antwortet er und steigt bereits aus.
»Das ist keine Lady!«, sage ich und gehe ihm nach. Auch wenn ich ahne, wie das ausgehen wird und keinerlei Lust darauf verspüre, verstehe ich ihn. Schon oft genug habe ich mich selbst eingemischt, wir können einfach nicht anders.
»Hey! Lass sie in Ruhe!«, ruft Ansgar zu dem Typen mit der Basecap. Das Pärchen unterbricht seinen Streit und auch die anderen blicken uns an. Es handelt sich um eine gemischte Gruppe mit überwiegend deutschen und einem türkischen oder arabischen Mädchen, von den Jungs dürften zwei Türken sein, darunter der Typ mit der Basecap, die anderen Deutsche, Russen oder Polen. Der klassische Berliner Mix.

»Geh weiter, Alter«, meint der Schlagende, was in diesem Fall noch eine freundliche Ansage darstellt, verglichen mit den sonst üblichen Drohgebärden. Seine männlichen Freunde nehmen schon eine Haltung mit mehr Körperspannung ein.
»Alles in Ordnung bei dir?«, fragt Ansgar das Mädel, das eben noch eine Ohrfeige kassiert hatte.
»Was geht dich das an? Bist du behindert?«, fragt sie keifend zurück.
Ich stelle mich zu Ansgar.
»Hab ich's nicht gesagt? Sie ist keine Lady. Komm«, drehe ich zum Wagen ab.
»Du Spast!«, ruft der Typ mit der Basecap. »Was hast du gelabert?«
Ich höre seine Schritte hinter mir, drehe mich um und kann mich gerade noch ducken. Sein Schwinger geht über meinen Kopf. Ich komme aus den Knien und verpasse ihm einen leichten Schlag gegen die Brust, der ihn rücklings auf den Boden befördert.
Ich sehe Ansgar breit grinsen.
»Das hast du gewollt, stimmt's?«, frage ich ihn, während sich die Jungs bereits zu einem Pulk versammeln. Der Typ mit der Basecap rappelt sich auf und gesellt sich zu ihnen. Er wirft seine Kappe auf den Boden und ballt die Fäuste.
»Nein, ich doch nicht!«, lacht Ansgar, knöpft sich das Hemd auf, faltet es einmal zusammen und legt es durch das geöffnete Fenster auf den Sitz.
»Ist mein bestes Hemd«, erklärt er und freut sich auf das Kommende.
»Wollten wir nicht in die Bar?«, frage ich ihn.
»Ach, es dämmert doch erst, Bruder«, antwortet er.
»Jungs«, wende ich mich an die Gruppe. »Wir gehen jetzt alle friedlich nach Hause, einverstanden? Ich schlürfe meinen Whisky und ihr macht, was auch immer ihr macht.«
»Du tickst wohl nicht ganz sauber, du Arsch. Sercan kann Kickboxen, ihr bekommt auf die Fresse, ihr Rentner!«, meint ein groß gewachsener Schlaks mit Blumenkohlohren und dünnen Lippen.
»Rentner hättest du nicht sagen sollen«, antworte ich und ziehe mir ebenfalls das Hemd aus. Dann muss der Whisky eben warten.
Sercan zeigt sich tatsächlich als der beste Kämpfer. Seine Moves haben im Freundeskreis sicher schon mächtig Bewunderung erregt, aber Ansgar faltet ihn und zwei weitere Kumpels in kürzester Zeit

furchtbar zusammen, als wäre es ein Konsolenspiel. Ich habe durch meine Reflexe in den meisten Kämpfen meines Lebens gut ausgesehen, aber das war eine andere Liga als die, in der sich Ansgar bewegt. Mein Metier als Mensch waren immer Waffen und Motoren, seins sind Fäuste, Fußkanten und vor allem die Stirn. Vor seinem Kopfstoß ist auch Panzerglas nicht sicher.

Mir tun die Typen fast ein wenig leid und meinem Kontrahenten erspare ich Schlimmeres, knalle ihm gleich zu Beginn meine flachen Händen auf die Ohren, was ihn total aus dem Rhythmus bringt, und stoße anschließend etwas fester gegen seinen Adamsapfel, was reicht, um ihn röchelnd aus dem Verkehr zu ziehen.

Ich gehe zu Ansgar und ziehe ihn am Arm von einem Jungen weg, den er mehrfach in den Arsch tritt, als dieser versucht, davonzukrabbeln. »Komm jetzt! Die haben genug.«

Die Mädels sammeln ihre Freunde ein, nicht ohne uns mit allerhand unfreundlichen Flüchen einzudecken. Die stöhnenden, sich langsam erhebenden und mit gebrochenen Nasen versehenen Jungs werden sich vermutlich noch heute Abend an Jüngeren und Schwächeren abreagieren. Das sind die Regeln in der Kreuzberger Nahrungskette.

Tag 2, 23 Uhr

Nachdem wir fast eine Dreiviertelstunde im Stehen verbringen mussten, ergatterten wir in der rappelvollen Victoria Bar zwei Plätze am Tresen. Meine Laune bewegt sich endgültig in sphärischen Höhen: Die besten Drinks der Stadt, mein Blutsbruder neben mir und ein volles Päckchen Zigaretten, was will man mehr?

Ich bestelle zwei frische New Yorker bei dem von mir bevorzugten Barmixer, der auch den Laden besitzt. Der mit Hornbrille und imposanten Koteletten ausgestattete Barchef nickt mir zu und stellt uns eine Schale Erdnüsse sowie zwei Gläser Mineralwasser an den Platz.

»Hand aufs Herz, Bruder. Dir geht's wirklich gut?«, knüpft Ansgar an unser Gespräch aus dem Auto an. Ich flippe das Zippo auf, zünde erst seine, dann meine Zigarette an.

»Ja, wieso fragst du? Ich habe eine kleine Durststrecke, was die Finanzen betrifft, das ist alles.«

»Du warst ein Hotshot beim Militär. Was warst du, Leutnant?«
»Hauptmann.«
»Noch besser. Und jetzt hängst du in diesem abgeranzten Stadtteil ab? Kein Job, keine Frau oder wie? Mann, Gero, du bist ein Krieger und kein Verlierer.«
»Mehr Vertrauen, Bruder! Ich brauche den Geschmack der Freiheit.« Er nickt, ich fahre fort. »Das geht nicht in einem festen Job. Oder dauerhaft beim Militär, obwohl das ziemlich genau mein Ding war. Aber am Ende wäre ich einmal fast aufgeflogen, darum musste ich weg. Das weißt du doch besser als jeder andere! Jetzt erzähl, wie läuft's bei dir?«
Er greift in seine Hosentasche und zeigt mir ein von einem Gummi zusammengehaltenes Bündel Geldscheine. Neben seinen gefährlichen Neigungen war Ansgar schon immer ein genialer Programmierer und arbeitet seit Jahren für irgendwelche Kreditkartenunternehmen. Dazu sitzt er mit seinem Laptop auf irgendeiner Insel im Atlantik und am Ende des Monats fließt die Kohle in großen Wellen auf sein Konto. Er ist einfach verdammt schlau. Deutsch hat er von mir und meiner Mutter gelernt. Einfach so. Nach weniger als einem Jahr sprach er fast akzentfrei.
»Du Freak!«, grinse ich mit einem Blick auf die Fünfziger.
»Ist doch nur Geld«, antwortet er. »Viel wichtiger ist die Frage, wann wir zusammen auf Jagd gehen. Und …«, er blickt zu einer hübschen, etwas klein geratenen dunkelhaarigen Kellnerin Ende zwanzig, die ich hier noch nie gesehen habe, und senkt die Stimme »… welche Beute wir zur Strecke bringen.«
Ich nehme einen tiefen Zug, im selben Moment landen die zwei New Yorker vor uns. Der Geruch von Grenadinesirup und Maker's Mark Whisky umschmeichelt meine Nase. Ich hebe meinen Tumbler und stoße mit Ansgar an, dann drehe ich mich zu ihm.
»Wir bringen nichts zur Strecke, Bruder. Nichts! Es ist für mich hier schon schwierig genug, mit IHM …«
Ansgar unterbricht mich und sticht mir seinen Zeigefinger ins Schlüsselbein. Danach greift er an meinen Nacken und zieht mich zu sich.
»Rede nicht immer so, als wäre ER ein Tier, das dich nichts angeht. Das bist du! Das bin ich! So sind wir, Bruder. Wir sind Jäger! Niemand sperrt uns ein!«

»Wir sind Jäger«, bestätige ich und wir stoßen erneut an. Er nimmt einen tiefen Schluck und blickt zu mir. Ich leere den Tumbler auf Ex, was Ansgar köstlich amüsiert und worauf er seinen ebenfalls austrinkt. Ich ordere neue Drinks, Ansgar kichert.
»Wie sieht's mit deinen Frauen aus? Erzähl, Bruder.«
»Zurzeit nichts Festes. Ich habe gestern eine Frau kennengelernt, die mir verdammt gut gefällt. Aber ich weiß so gut wie nichts über sie. Nur, wo ihr Bruder arbeitet.«
»Klingt kompliziert.«
»Gar nicht. Das bekomme ich morgen raus. Ein unfassbar schönes Exemplar. Sie sieht sogar ein bisschen norwegisch aus mit ihren roten Haaren und den Sommersprossen. Ist aber Amerikanerin.«
»Du machst mich neidisch. Und womit darf ich spielen?«
In diesem Moment läuft die dunkelhaarige Kellnerin mit einem Tablett voller Getränke an uns vorbei. Ansgar dreht sich zu ihr und schenkt ihr sein teuflisches Lächeln.
»Sie riecht verdammt gut. Nach Lust!«, raunt mir Ansgar zu.
Ich bin noch nicht so betrunken, dass mein Radar hier versagen würde. »Scheißegal. Du lässt sie in Ruhe. Komm, wir nehmen noch einen, danach verschwinden wir. Sonst kann ich nicht mehr fahren«, antworte ich mit eingeschalteten Alarmlampen. Ansgar und Frauen – eine unheilvolle Kombination.
»Ja, ja. Du bist langweilig, Bruder.«
Die Drinks wollen ins Freie. Ich quäle mich vom Hocker und bahne mir einen Weg durch die gedrängt stehenden Gäste. In der Toilette grinse ich dümmlich vor mich hin. Wie viele Whiskys hatte ich, vier? Der Mustang schafft das schon allein. Zuhause werden wir uns noch einen Absacker gönnen und morgen früh suche ich Amy. Dieses verflucht schöne Wesen. Ich liebe mein Leben.
In dem kleinen Vorraum zwischen Bar und Toilette zünde ich mir eine Zigarette an, weil ich keine Lust habe, gleich wieder ins Gedränge zurückzugehen. Aus Langeweile blicke ich auf mein Handy und finde eine SMS von Reinhild: »Was macht mein Schätzchen? Geht es Noodles gut? glg Reinhild«. Ich denke an das Gipsbein, muss grinsen und tippe mühsam eine Antwort ein, die ich morgen bestimmt bereue, weil ich nach weiteren Liebesdiensten verlange. Danach rauche ich meine Zigarette langsam zu Ende.

Ich kämpfe mich wieder zurück durch die Menge, quetsche mich an ergrauten Playboys, aufgekratzten Visagistinnen und sich beherzt betrinkenden, leitenden Angestellten vorbei, bis ich meinen nun besetzten Barhocker erreiche. Die dunkelhaarige Kellnerin unterhält sich mit Ansgar, der sie offensichtlich auf meinen Platz gebeten hat.
»Danielle, darf ich vorstellen? Mein Cousin, Bruder und siamesischer Zwilling Gero«, stellt mich Ansgar der Bedienung vor. Wir schütteln uns die Hände und ich versuche, Ansgar einen wütenden Blick zuzuwerfen, dem er aber ausweicht.
»Ihre Schicht ist gleich zu Ende und wir wollen noch ein bisschen an die frische Luft. Hier drin ist es so verdammt stickig«, verzieht er das Gesicht, als würde er stranguliert. Danielle lächelt mich an, freundlich und mit der typisch lässigen Berliner Attitüde, gegen alles gewappnet zu sein und alles schon mal gesehen zu haben.
Aber sicher nicht das, Danielle. Wie bringe ich sie nur davon ab?
Sie steigt vom Hocker, um ihre Sachen zu holen, ich dränge mich nah an Ansgar.
»Beute, ja? Lass das Mädel in Ruhe!«
»Spielverderber! Aber ernsthaft, Bruder – ich tu ihr nicht weh. Nur ein bisschen Liebe machen in einer lauen Sommernacht, das kannst du mir doch nicht verwehren!«
Er blickt mich fast so unschuldig an wie ein Neugeborenes.
Danielle taucht wieder auf, mit Handtasche und ohne das Kellnerinnen-Outfit. Sie hat die weiße Bluse gegen ein weit ausgeschnittenes Top getauscht. Na, prima. Wirf dem Weißen Hai ruhig ein paar blutige Steaks ins Wasser.
Mir kommt noch immer keine Idee, wie ich verhindern kann, dass sie mit ihm mitgeht, als beide schließlich aufbrechen. Sie geht voraus, er bleibt zurück und flüstert in mein Ohr: »Sie riecht verdammt gut, Bruder.«

Tag 3, 2.30 Uhr

Wie ein Tiger im Käfig durchstreife ich die Wohnung von einer Ecke zur anderen, berühre immer wieder das Rentierfell an der Wand und wünsche mir, dass die Götter heute Nacht ein Auge auf sie werfen,

auf die kleine, dunkelhaarige Danielle. Mich lässt die böse Ahnung nicht los, dass Ansgar mit der Kellnerin nichts Gutes anstellen wird. Zigmal bin ich bereits ans Fenster gegangen, habe meine Nase in die Luft gereckt, in der irrigen Annahme irgendetwas riechen zu können. Aber so extrem gut und die komplette Stadt erfassend funktioniert selbst das Organ eines Lupus nicht.
Oder ist es ein gutes Zeichen, dass ich nichts rieche? Keinen Atem des Todes, kein frisch vergossenes Blut.
Ich zünde mir die vorletzte Zigarette aus meiner Camel-Packung an und hadere mit mir selbst.
Warum habe ich Danielle nur mit Ansgar abziehen lassen?
Ich lasse mich auf das Sofa fallen und zappe durch die Kanäle. Noodles schleicht sich an mich ran, hebt meinen Arm und legt sich darunter.
»Na, hast du Heimweh?«
Die Fernsehmethode funktioniert bei mir immer und schon nach wenigen Minuten legt sich die Müdigkeit auf mich wie eine schwere, alte Decke. Mit letzter Kraft drücke ich die Zigarette aus, gähne laut, lege mich langgestreckt hin und drehe mich zur Lehne.
In meinen Träumen erscheint mir Geiernase. Er hopst um mich herum wie in einem Kriegstanz, allerdings schwingt er dabei keine indianische Axt, sondern hält einen blutigen, abgetrennten Fuß am Knöchel fest, wie eine Trophäe. Der beschissene Fuß blutet so stark als würde Wasser mit Hochdruck aus einem Hydranten schießen, und Geiernase lacht laut und irre dazu. Ich greife nach Geiernase, bekomme ihn aber nicht zu fassen, weil ich mich nur in Zeitlupe bewegen kann, während sich der Boden rasch mit Blut füllt, das mir schon bis an den Knöchel reicht, der von vielen knochigen Händen umklammert wird. Das Blut fließt immer schneller und wird bald den ganzen Planeten bedecken, dazu höre ich das Tosen eines Wasserfalls. Als mich das riesige rote Meer bereits an der Brust erfasst, schrecke ich auf. Noodles wacht dadurch ebenfalls auf und gähnt herzzerreißend. Mein Herz pumpt, auf meiner Stirn liegen nassgeschwitzte Haarspitzen.
Durch das Fenster scheint bereits die Morgensonne.

Tag 3, 7.15 Uhr

Was ich im Traum zu hören glaubte, war kein Wasserfall, sondern das Geräusch der Dusche. Ansgar.
Ich reibe mir die Augen und setze mich todmüde auf. Meine Sinne funktionieren noch nicht ausreichend, um ihn zu befragen, und schon höre ich die Schlafzimmertür ins Schloss fallen. Nach einigen Minuten stehe ich auf und gehe ins Bad. Ich schließe die Augen und vertraue auf meine feine Nase, aber sie erfasst nichts.
Mein Cousin ist nicht blöd. Er hat nicht nur lange und gründlich geduscht, sondern sich anschließend auch dick mit Deo eingesprüht, der Nebel des Duftstoffes hängt noch im Raum.
Ich werfe einen Blick in den Ausguss der Dusche. Nichts zu erkennen.
Vielleicht haben sie wirklich nur gevögelt? Warum bin ich so misstrauisch?
Eigentlich ist es viel zu früh, um jetzt aufzustehen. Die Botschaft dürfte vor neun oder zehn Uhr sowieso nicht öffnen. Aber vielleicht lade ich irgendwelche Formulare runter, mit denen man sich um ein Arbeitsvisum oder Ähnliches bewerben kann?
Wenige Minuten später läuft bereits der Kaffee durch die Maschine. Ich setze mich an den Rechner und muss mich an den Druck auf meiner Schulter gewöhnen, auf der Noodles sein Frühstück, ein paar Nüsse und Apfelstücke, einnimmt. Hin und wieder verdreht er mein Ohr, was ich die ersten Male mit einem »Lass das!« quittiere. Danach schubse ich ihn runter, wofür er mir den Mittelfinger zeigt.
In der folgenden Stunde finde ich tatsächlich Anträge, die ich ausfülle, als wollte ich in den Staaten arbeiten. Als Auftraggeber nenne ich eine US-Stuntfirma, die ich tatsächlich kenne, weil ich schon als Fahrer für sie gearbeitet habe, allerdings hier in Deutschland. Auf deren Webseite finde ich kommende Produktionen. Eine davon klingt nach Autorennen, die entsprechende Seite drucke ich mir aus. In einem Ordner finde ich den Vertrag der amerikanischen Firma und nach etwas Suchen auch eine alte Mail. Die Mail lade ich in ein Grafikprogramm, ändere das Datum auf letzten Monat und drucke sie aus. Den Vertrag und die Mail stecke ich mit dem ausgefüllten Formular und meinem Reisepass in eine Klarsichthülle. Natürlich

werde ich mit den Dokumenten nie ein Visum bekommen, aber ich hoffe, dass ich es immerhin in die Botschaft schaffe.
Meine letzte Zigarette geht mit dem Kaffee drauf, den ich mit ins Bad nehme. Geduscht und mit frischem, weißem T-Shirt bekleidet bin ich bereit, meine Lady Godiva zu finden.
Als ich den Flur betrete, erwartet Noodles mich, bereit für einen Ausflug.
»Beim nächsten Mal, Kleiner!«
Er greift nach meiner Hand und setzt den Kulleraugenblick auf.
»Scheiß drauf. Na gut! Aber ich will keinen Stinkefinger mehr sehen.«
Wir verlassen Hand in Hand die Wohnung und ich bete, dass mich niemand sieht.

Tag 3, 11 Uhr

Noodles wartet im Wagen, den ich rund hundert Meter entfernt geparkt habe, da überall vor dem Areal in der Clayallee Absperrgitter stehen. Ein paar Apfelschnitze aus der Futtertüte beschäftigen Noodles hoffentlich bis zu meiner Rückkehr.
Ich befinde mich bereits im Inneren der schwer gesicherten Außenstelle der amerikanischen Botschaft. Von außen wirkt das Gebäude weniger wie eine empfangsfreudige Repräsentanz eines Landes als vielmehr wie ein verfallenes Relikt aus den Zeiten des Kalten Krieges. Immerhin konnte ich bei meinem Wunsch, Buck zu finden, bereits drei Hürden überwinden: Den mit einem Sturmgewehr bewaffneten Wachposten am äußeren Eingang, die Sicherheitsschleuse inklusive Taschenkontrolle und den Empfangsschalter, an dem eine Vorsortierung der Anliegen erfolgt.
Nun sitze ich in einem Großraumbüro einer adretten, jungen Angestellten gegenüber, mit messerscharfen Bügelfalten in ihrem hellgrauen Anzug, geradlinigem Scheitel der ansonsten straff zurückgebundenen, schwarzen Haare, schneeweißer Bluse und dunkler Hornbrille. Von der dahinter liegenden Wand blickt ihr Präsident Obama aus einem Bilderrahmen freundlich über die Schulter. Während Lisa Martinez, so lautet ihr Namensschild, meine Dokumente

prüft, werfe ich immer wieder ein, dass »mein Freund Buck hier aus der Botschaft« mir geraten hätte, meinen Antrag so bald wie möglich einzureichen. Falls irgendetwas fehle, einfach an »meinen Freund Buck« wenden. Zwischendurch frage ich außerdem zweimal, ob er heute Dienst habe.

Ich hätte ihr genauso gut aus dem Telefonbuch vorlesen können, so wenig nimmt sie meine Bemerkungen zur Kenntnis. Schließlich schiebt sie alle Unterlagen in die Klarsichthülle und reicht sie mir zurück.

»Herr von Sarnau«, spricht sie mich mit einem niedlichen Latina-Akzent an.

»Mit Ihren Unterlagen können Sie keinen Antrag auf eine befristete Beschäftigung stellen. Vor allem fehlt ein von einem US-Arbeitgeber unterzeichneter Arbeitsvertrag sowie eine entsprechende Einladung und Versicherung der Kostenübernahme im Falle von Krankheit, Tod …«

Sie rattert ihren Text herunter, dem ich kaum zuhöre. Ich unterbreche sie.

»Aber Buck meinte, das würde reichen. Er arbeitet hier! Können Sie ihn nicht kurz anrufen?«

An Lisas Augenwinkel erkenne ich ein leichtes Zucken. Bei dieser Frau handelt es sich möglicherweise um eine geschulte, knallharte Agentin, die Terroristen auf die Spur kommen soll und sich nun fragt: Ist dieser merkwürdige Kerl, der ihr gegenübersitzt, vielleicht ein Attentäter? Soll sie mit einem unter den Tisch angebrachten Alarmknopf die Marines verständigen, damit die mich umgehend in den Keller schleppen und dort die Scheiße aus mir herausprügeln?

»Sir«, antwortet Lisa freundlich. »Bitte vervollständigen Sie Ihre Unterlagen. Vorher ist eine Bearbeitung nicht möglich. Alle wesentlichen Instruktionen hierzu finden Sie auf unserer Webseite oder in unserer Infobroschüre A-B2E, die vorn am Eingang ausliegt. Vielen Dank für Ihre Kooperation.«

Sie nickt einem der im Raum verteilten Soldaten zu, den nächsten Antragsteller zum Schreibtisch vorzulassen, was bedeutet, dass ich mich aus Liz' Universum verabschieden soll.

Mir fällt nichts Besseres ein, als mir eine der vielen Überwachungskameras auszusuchen, mich davor zu postieren und hineinzurufen.

»Buck! Hörst du mich? Buck! Ich bin's, der Typ von gestern. Boxen und Bullriding!«
Ich ahme im Freestyle das Bullenreiten nach, was verdammt lächerlich aussehen muss. Hinter mir höre ich Gekicher, allerdings auch Schritte, die in schweren Stiefeln daherkommen. Schnell ziehe ich meinen Geldbeutel aus der Hose und richte ihn auf die Kamera.
»Ich hab was für dich. Buck!«
Zu mehr komme ich nicht, denn schon quetschen grobe Hände meine Oberarme. Drei Soldaten zerren mich weg vom Schreibtisch, von dem aus mich Lisa ruhig und mit großen, mitleidigen Augen anblickt, als hätte ich nicht mehr alle Tassen im Schrank.
Es geht allerdings nicht in Richtung Ausgang, sondern ins Innere des Gebäudes. Also doch in den Keller?
Ich lande in einem schmuck- und fensterlosen Büro, das im Wesentlichen aus einem kleinen, quadratischen Tisch inklusive Telefon sowie vier Stühlen besteht, einem Aktenschrank und einem Papierkorb.
Ein Soldat ist in der Zwischenzeit verschwunden, die anderen beiden beziehen Posten an der Tür. Beide tragen Pistolen und einen Gesichtsausdruck, der klar macht, dass sie mich gerne über den Haufen schießen, sobald sich die Gelegenheit ergibt.
Eine gefühlte Ewigkeit später öffnet sich die Tür und Buck betritt das Büro, gefolgt vom dritten Soldaten. Buck grinst mich an und schickt alle Soldaten hinaus. Dann setzt er sich halb im Stehen auf die Tischkante mir.
»Are you fucking stupid, man?«, lacht er.
»Ich wollte dir was zurückgeben.«
»Was, wovon redest du?«
Ich ziehe einen Zwanziger aus meinem Geldbeutel und schiebe ihn über den Tisch.
»Mein Sohn hat dich beklaut. Ist eine beschissene Phase bei ihm gerade. Sorry, aber das wollte ich nicht auf uns sitzen lassen.«
Er nimmt den Schein, hält ihn gegen das Licht und steckt ihn in die Hosentasche. Dann senkt er den Kopf in meine Richtung.
»Dude, ich erinnere mich kaum noch an dich. Alright, gestern Abend, Bierzelt. Und wegen dieser fucking paar Dollars kommst du in die Botschaft und benimmst dich wie ein … Idiot? Weißt du, was die

jetzt mit dir machen? Das war ein Code 40, ein Incident in einer Embassy. Die nehmen deine Fingerabdrücke, dein Foto, du bist ab sofort ein fucking verdächtiges asshole mit einer Nummer und natürlich kannst du nie wieder in die Staaten einreisen. Uncle Sam mag dich nicht mehr. Also, don't tell me shit! Warum bist du wirklich hier?«

Ich atme laut und tief aus.

»Amy.«

Sein Gesicht verfinstert sich. Mit Terroristen wird er fertig, aber wehe, irgendein Arschloch macht sich an seine kleine Schwester ran. Ich kenne die Sorte.

»Buck, hör zu. Ich fand sie sympathisch und hätte gern noch ein paar Worte mehr mit ihr gewechselt. Dann kamen diese Scheißmagenkrämpfe und ich musste weg. Ist überhaupt nicht mein Stil! Danach wart ihr nicht mehr da. Come on, gib mir eine Chance. Was hättest du an meiner Stelle gemacht?«, versuche ich, sein Verständnis zu gewinnen. Schleimen gehört leider nicht zu meinen besten Disziplinen.

Buck grübelt, ich setze nach.

»Außerdem habe ich tatsächlich schon für eine amerikanische Produktionsfirma als Stuntman gearbeitet, das war nicht gelogen. Würde ich gerne wieder machen.«

»Du kannst gut Auto fahren?«, fragt er mit plötzlichem Interesse nach.

»Kann ich. War mein Job. Und jetzt das Wichtigste: Wir waren Waffenbrüder.«

»Waren wir?«

Ich erzähle ihm von meiner Zeit beim Militär und den ersten Einsätzen in Afghanistan gemeinsam mit amerikanischen Einheiten. An meinen detaillierten Beschreibungen und Bezeichnungen erkennt Buck, dass ich nicht flunkere. Damit habe ich ihn. Nichts verbindet mehr als der gemeinsame Kampf.

»Dein Glückstag heute, Buddy.«

»Also?«, frage ich.

»Also was?«, antwortet er. »Dein Glückstag, weil ich dafür sorgen werde, dass du auf zwei gesunden Beinen wieder hier rauskommst. Das kostet dich ein Bier, Freundchen! Und dein Glückstag, weil ich einen Job für dich habe. Ein Fahrer mit speziellen Fähigkeiten. Interessiert?«

»Interessiert«, antworte ich, ohne herumzuzicken, was sich in meiner Situation verbietet. »Und Amy? Kannst du mir sagen, wie ich sie erreiche?«
»Keine Chance, Buddy«, gibt er zurück. »Gib mir deine Nummer. Wenn sie will, ruft sie dich an, 'kay?«
Wir tauschen Zettel aus. Ich schreibe ihm meine Handynummer auf, er gibt mir ein kaum leserliches Blatt mit den Kontaktdaten eines Mannes. Buck erläutert, dass es sich um einen sehr alten Juwelier handelt, der eine Mischung aus Bodyguard und Fahrer suche. Er würde verdammt gut bezahlen und der Job sei easy. Ich solle aber nichts von Buck erzählen, die beiden hätten sich kürzlich mal in der Wolle gehabt. Einfach anrufen und bewerben, das würde funktionieren.
»Und du gibst meine Nummer weiter?«, frage ich.
»Get the job first. Amy meldet sich.«
Als ich wieder vor dem Gebäude stehe, blicke ich erneut auf den Zettel mit der Handynummer meines möglichen Arbeitgebers: Juwelier Philip Rosenthal, Kurfürstendamm.

Tag 3, 14 Uhr

Moses und ich sitzen im Freien in einem kleinen Café an der Schloßstraße in Steglitz, etwa fünf Minuten von der Wohnung des Dude entfernt. Hier zeigt sich das Leben erheblich bürgerlicher als in Kreuzberg. Ein Mustang unter dem Hintern, ein Affe an der Hand und ein hünenhafter, irischer Boxer mit Backenbart als Gesprächspartner fallen deutlich mehr auf als in meinem Kiez.
Zwei ältere Damen am Nachbartisch blicken immer wieder zu uns und tuscheln, in Unwissenheit darüber, dass meine Ohren fast so gut funktionieren wie die einer Fledermaus.
Sie mokieren sich weniger über den riesigen rothaarigen Kerl mit Backenbart, der in Joggingklamotten sein Frühstück verspeist, was in diesem Fall bedeutet: Der dritte, bis zum Rand gefüllte Teller mit Rührei plus Schinken. Die beiden Großmütterchen haben ein Herz für Tiere und fragen sich, wieso ein kleiner Affe mit großem Appetit den dritten Stuhl belegt und ob das, was ich ihm zu essen gebe, nämlich frischen Rhabarberkuchen, tatsächlich die passende Nahrung ist.

Schon dreimal habe ich versucht, Rosenthal per Handy zu erreichen, aber bislang ging niemand ans Telefon.
»Du kannst es dir aussuchen, Großer. Wollen wir erst das Geld von den Boxheinis holen oder erst zu deiner Schwester?«
»Nicht zu meiner Schwester«, brummt er.
»Was für ein Problem habt ihr denn?«, frage ich nach.
»Mag mich nicht.«
»Was mag sie nicht? Deine Redseligkeit? Das sonnige Gemüt?«, bohre ich nach und versuche, ihn zum Lachen zu bringen.
»Moses, Familie ist wichtig. Du musst dich kümmern. Spuck's aus, was ist los?«
Er schüttelt den Kopf und futtert weiter, was mir langsam Sorgen bereitet. Allzu viel Geld habe ich nicht mehr dabei und Moses dürfte nach meiner Einschätzung so blank sein wie ein Buffet, nachdem die Russen dran waren.
Wegen der schönen Alliteration habe ich mir Moses' Nachnamen von der Kampfansage im Boxring gemerkt: Moses Malloy. Ich habe das für einen Künstlernamen gehalten, googele aber trotzdem auf dem Smartphone herum. Tatsächlich gibt es ein paar Einträge über ihn als Amateurboxer, die auch einige wenige biografische Daten enthalten, inklusive des Berliner Bezirks, aus dem der Sohn eines bekannten irischen Boxers stammt. Das Ganze verknüpft mit seinem Nachnamen und ein paar Cross-Recherchen und siehe da: Seine Schwester Sean lebt in Tempelhof.
Ich beschließe, die ganze Angelegenheit zu beschleunigen.
»Wir fahren nach Tempelhof. Zu Sean.«
Ihm fällt die Gabel aus der Hand über die Tischkante auf den Boden. Noodles flitzt wie ein Blitz unter den Tisch und reicht Moses die Gabel. Dann hebt er seine winzige Affenhand zu einem High Five. Moses schlägt ein. Ich halte meine Hand in Richtung Noodles, doch er ignoriert sie. Moses säubert die Gabel mit der Serviette und spießt frisches Ei auf. Dann überlegt er es sich anders.
»Sean will mich nicht sehen.«
»Habt ihr euch gestritten?«
Er schüttelt den Kopf, seufzt tief.
»Ich bin weg. Hab's nicht mehr ausgehalten. Sean war dann allein.«
»Wie, allein?«

»Mit unserem Alten. Hab's nicht mehr ausgehalten. Bin weg.«
»Das habe ich jetzt schon verstanden, Moses. Du bist weg und hast deine kleine Schwester zurückgelassen? Weil? Was hat er gemacht? Euer Vater?«
Er nickt.
»Wie lang ist das her?«, frage ich ihn.
»Vier Jahre«, antwortet er. Dann zählt er im Geiste nochmal nach, benutzt dazu seine Finger. »Fünf.«
Er sitzt wie ein Häufchen Elend auf seinem fragilen Holzstuhl, der sich bei jeder Bewegung des großen Kerls ächzend biegt. Da er nichts mehr isst und ich die leckeren Eier nicht verkommen lassen möchte, frage ich ihn, ob er fertig ist. Er schiebt mir den Teller über den Tisch, ich verputze den Rest und gebe Noodles zwei Gabeln.
»So, Meister ...«, sage ich zu ihm, während ich mir den Mund abputze und den letzten Rest Kaffee austrinke, »... in fünfzehn Minuten sind wir in Tempelhof. Geh nochmal auf die Toilette und kämm dir die Haare, wir wollen einen guten Eindruck machen.«

Tag 3, 15.30 Uhr

Wir befinden uns auf den letzten Metern vor Seans Wohnung in Tempelhof, als ich es zum wiederholten Mal bei Rosenthal versuche. Diesmal komme ich durch. Ich parke ein, verdrehe dabei den Kopf nach hinten, eine Bewegung, die Noodles und Moses simultan ausführen. Dann stelle ich den Motor ab. Eine weibliche Stimme meldet sich am Telefon.
»Bei Juwelier Rosenthal, Sayuri am Apparat, was kann ich für Sie tun?«
»Von Sarnau«, antworte ich. »Ein Freund erzählte mir, dass bei Herrn Rosenthal eine Stelle als Fahrer frei ist. Bin ich da richtig informiert?«
Für einen Moment herrscht Stille, dann höre ich sie leise lachen.
»Sie sind ja schnell!«
»Wie meinen Sie das? Also gibt's den Job, ich meine, die Stelle?«
»Noch hat sich niemand beworben, also kann ich Ihnen nichts Endgültiges dazu sagen. Aber da ich weiß, dass Herr Rosenthal morgen ...«, bricht sie plötzlich ab. Ich warte, dann setzt sie ihren Rede-

fluss fort. »Vielleicht kommen Sie sogar wie gerufen. Wissen Sie was? Rufen Sie doch in einer Stunde nochmal an, bis dahin dürfte Herr Rosenthal zurück sein.«
»Das eilt wirklich nicht, ich kann es auch morgen nochmal versuchen.«
»Nein, nein. In einer Stunde. So lange dauert die Beerdigung sowieso nicht.«
»Beerdigung?«
»Ilja, der Ärmste. Herrn Rosenthals Fahrer.«

Wir stehen vor dem Hauseingang eines Wohnblocks aus den Sechzigern, der einen frischen Putz gebrauchen könnte. Noodles verweigert mir noch immer das High Five, läuft aber eng an meiner Hand wie ein vierjähriges Kind. Ich verstehe diesen Affen nicht.
Moses kann sich zu keiner Aktion entschließen, ich drücke die Klingel. Eine junge, weibliche Stimme quäkt aus dem kleinen Lautsprecher. Ich sehe Moses auffordernd an, aber der steht nur wie paralysiert da.
»Hier ist die Post!«, rufe ich, bevor sie oben wieder auflegt. Der Summer ertönt, wir betreten das Treppenhaus. Zwei Stockwerke weiter oben steht eine junge Frau, eher sogar ein Teenager mit roten Haaren, heller Haut, Jeans und schwarzem Top in der Tür. Zwischen ihren Beinen wuselt laut kläffend ein weiß-braun gefleckter Terrier herum, weshalb Noodles auf meine Schulter klettert und versucht, das Gebell mit Affengezeter zu übertönen. Die junge Frau blickt mich irritiert an, bis sie Moses hinter mir erkennt, und knallt dann die Tür zu. Das Bellen geht weiter.
Ich klingle. Keine Reaktion.
»Sean?«, frage ich in Richtung Tür. »Du bist doch Sean? Dein Bruder ist hier. Lässt du uns rein? Moses will mit dir reden.«
Die Tür wird aufgerissen. Nach Moses' Beschreibungen habe ich angenommen, dass Sean nur wenig jünger als er selbst ist, also Anfang zwanzig. Dem Mädel, das uns hier mit zornig funkelnden Augen anblickt, gebe ich höchstens siebzehn, eher sechzehn Jahre. Ihre Lippen verfärben sich ins Hellrote, so wütend presst sie sie aufeinander. Sie trägt mit ihrem schwarzen T-Shirt und ihrem Nietengürtel ein eher rockiges Outfit, was im Widerspruch zu ihrem recht auffälligen

Make-Up steht, das allerdings noch nicht zu Ende gebracht ist. In ihrer rechten Hand hält sie eine kleine Bürste mit Wimperntusche. Eines sieht allerdings ein Blinder mit Krückstock: Mit ihren feuerroten Haaren, dem rundlichen Kinn und der leichten Himmelfahrtsnase wurde sie eindeutig aus demselben Genpool gezeugt wie ihr Bruder Moses.

Der Terrier bellt mich unaufhörlich an, hält aber ausreichenden Sicherheitsabstand zu mir, als wir die Wohnung betreten. Noodles zeigt ihm lässig den Mittelfinger. Wir gehen an Sean vorbei in einen schmalen Flur und bleiben dort stehen, bis sie die Tür schließt. Dann marschiert sie zu Moses und knallt ihm mit der rechten Hand eine wuchtige Ohrfeige auf die Wange, wobei ihr die kleine Bürste aus den Fingern rutscht und Moses dadurch einen langen Strich mit Wimperntusche über die Schläfe zieht.

Er zuckt kaum merklich zusammen und senkt den Kopf. Sean bückt sich, hebt die kleine Bürste auf und rennt damit ins Bad, wo wir sie fluchen hören, untermalt vom Gebell der vierbeinigen Nervensäge, der ich bald den Kopf vom Rumpf trennen werde.

»Fünf Jahre! Fünf Jahre, Moses! Und jetzt kommst du einfach so hier rein, ohne dich mal zu melden? Was erwartest du? Dass ich Hurra schreie?« Sie blickt kurz aus dem Türrahmen zu uns und fuchtelt wild mit den Armen. »Hurra, hurra, mein Bruder ist da!«

Moses blickt auf seine Füße, dann dreht er sich zur Tür. Ich halte ihn am Ärmel fest. Mach jetzt nicht die Mücke, mein Freund!

»Sag was, verdammt!«, fährt sie ihn an. »Ach was, halt die Klappe! Wie immer. Du sagst doch nie was, wenn's drauf ankommt. Nein, du haust lieber ab. Feigling!«

Sean klappert im Bad, rennt dann raus, zieht sich Stiefeletten mit spitzen Absätzen an, die ich jeden Moment auf einem unserer Zehen landen sehe, und flucht etwas auf Irisch, das ich nicht verstehe. Der Terrier kläfft und kläfft.

»Hör mal …«, werfe ich vorsichtig ein. »Immerhin ist er hier, oder?«

»Wer bist du überhaupt? Kommst du aus dem Zirkus?«, blafft sie wütend zurück.

»Wollt ihr nicht wenigstens ein paar Worte in Ruhe wechseln?«

Sie rauscht wieder ins Bad ab. »Ich muss gleich los! Ist ein Scheißzeitpunkt, weißt du das, Moses?«

Moses und ich blicken uns an. Ich zeige mit dem Finger auf den langen Strich an Stirn und Schläfe. Er zieht ein Taschentuch aus seiner Hosentasche, dabei fällt ein kleiner Ring mit zwei Schlüsseln und einem Fotoanhänger heraus und plumpst auf den Boden. Bevor er sich bücken oder Noodles nach unten flitzen kann, verlässt Sean das Bad, sieht das Foto und hebt den Schlüsselring auf.
Während sie das Foto betrachtet, werfe ich ebenfalls einen Blick darauf. Es handelt sich um eine jener Aufnahme, die einem am Ende einer Achterbahnfahrt angeboten werden – geschossen direkt nach der steilen Kurve. Moses müsste knapp achtzehn und seine Schwester vielleicht zehn oder elf Jahre alt sein. Er hält Sean im Arm, beide lachen ausgelassen, Seans Haare werden vom Fahrtwind nach hinten gewirbelt, selbst Moses' Backenbart verformt sich durch die Geschwindigkeit. Ein Moment des Glücks und der Freiheit.
Wir warten beide auf den nächsten Temperamentsausbruch, als Sean ihren Bruder plötzlich umarmt, was ihr nicht leicht fällt, da das Riesenbaby fast zwei Köpfe größer ist als sie selbst.
»Du Arsch«, murmelt sie in seine Brust. »Wo warst du denn? Ich hab mir Sorgen gemacht. Und du meldest dich einfach nicht mehr.«
Moses fährt vorsichtig seine Arme aus und legt sie um seine Schwester. Der Große beißt sich in die Unterlippe und schließt die Augen. Dann sehe ich, wie sich eine Träne aus seinem Augenwinkel befreit und langsam die Wange hinunterfließt.
Als ich mich umblicke, sehe ich einen Notizblock mit zwei Stiften auf einer kleinen Kommode, über der auch ein Schlüsselbrett hängt. Ich reiße ein Blatt ab und schreibe meine Handynummer darauf, danach versuche ich, mich an beiden vorbeizuquetschen und die Wohnung zu verlassen. Sean bemerkt das und löst sich von Moses. Sie reibt sich mit dem Handrücken Tränen aus den Augen und hält mich am Ärmel fest.
»Hey, hau nicht gleich ab! Du hast ihn mir zurückgebracht. Bist du sein Freund?«
»Moses hat mir vorgestern Abend aufs Maul gehauen, das verbindet. Aber ich lasse euch jetzt allein, meine Nummer steht auf dem Zettel.«
»Warte! Ich muss gleich gehen. Wirklich. Ich kann den Auftritt nachher nicht sausen lassen. Vorher muss ich arbeiten, ich kann da jetzt

nicht so kurzfristig absagen, Lilly ist sowieso schon krank, da bin ich die Einzige im Service.«
»Ich hab nur einen Termin jetzt und zu Hause auch noch Besuch, um den ich mich kümmern muss«, erwidere ich, weil ich an das Telefonat mit Rosenthal denke.
»Das ist ja doof«, antwortet sie. »Echt voll unglücklich! Ich will nicht, dass ihr wieder abhaut«, blickt sie zu Moses, der sie anschaut wie ein verletztes Meerschweinchen. »Aber ich muss wirklich gleich los, kann Patrick nicht hängen lassen. Vor dem Auftritt habe ich ein bisschen Zeit und danach sowieso! Kommt doch hin, bitte.«
»Was denn für ein Auftritt?«, frage ich und blicke zu Moses, in der Hoffnung, dass er endlich mal den Mund aufmacht. Er zuckt fragend die Schultern.
»Ich singe«, antwortet sie und boxt Moses leicht in den Magen. »Wir zwei müssen einiges bequatschen, Großer.«
»Ja, Sean«, antwortet er und ich sehe ihm den Kloß in der Kehle förmlich an.
Wir einigen uns darauf, dass ich Moses nochmal mitnehme und wir alle zusammen heute Abend ins Molly Malones gehen. Noodles greift nach meiner Hand, wir brechen auf.

Tag 3, 17.30 Uhr

Der Pony-Express verlässt Friedrichshain und bringt uns tief in den Osten Berlins nach Lichtenberg, einen alten Ostbezirk, den ich eher selten betrete, weil mich meist das Gefühl ergreift, hier nicht willkommen zu sein, ohne genau erklären zu können, warum. Moses hat mir die Stelle beschrieben, wo die Bulgaren ihr Lager aufschlagen, bevor sie ihre Buden beim nächsten Volksfest aufbauen. Ich blicke regelmäßig auf die Karte im Handy, während Moses versucht, Noodles zu kitzeln. Seit der Begegnung mit seiner Schwester verströmt Mister Backenbart allerbeste Laune. Eine gute Gelegenheit, etwas für mich Wichtiges in Erfahrung zu bringen.
»Sag mal, Dicker. Als wir im Ring standen, hast du mir einen schönen Haken verpasst. Das fühlte sich an, als hättest du Stahl im Handschuh. Ein Hufeisen oder ein Schlagring, stimmt's?«

Er blickt mich an, als hätte ich ihn gefragt, ob er seine Hoden für einen guten Zweck spenden möchte.
»Wie? Was drin?«
»Na irgendwas, das dir mehr Wumms in die Fäuste gibt. Das war einfach nicht normal, Moses. Du kannst es mir sagen, ich bin dir deswegen nicht böse.«
»Moses kämpft nie unsauber!«, brummt er von sich in der dritten Person. »Nie. So was mach ich nicht!«
»Wirklich?«
»Nie.«
»Ist ja gut. Ich glaub's dir«, antworte ich mit wachsendem Respekt vor seiner Durchschlagskraft. Der Dicke verteilt die härtesten Schläge, die ich je kassiert habe. In wenigen hundert Metern Entfernung erkenne ich ein paar Bau- und Wohnwagen auf einer Wiese. Während ich einen Parkplatz suche, klingelt das Handy.
»Bruder, wo bleibst du?«, fragt mich Ansgar.
»Ich musste noch was erledigen und hab auch gerade was vor, bin aber bald zurück. Dann gehen wir zusammen ins Molly's, das ist ein irischer Pub. Dort singt jemand, den ich kenne. Was meinst du?«
»Das klingt nach dunklem Bier, schlechter Folkmusik und leichten Mädchen. Ich bin dabei.«
»Füll doch in der Zwischenzeit den Kühlschrank, was hältst du davon? Am Kotti gibt's einen Kaiser's und an der Ecke einen Späti, da bekommst du auch einiges. Und besorg drei Kilo Äpfel plus ein paar Nüsse.«
»Verkauft dein Kaiser auch jungfräuliches Fleisch?«, zischt er durchs Telefon. Ich kann sein Grinsen förmlich vor mir sehen.
»Hattest du das nicht gestern schon?«, frage ich zurück und erhoffe mir eine Antwort, die mich beruhigen könnte.
»Sie war nicht mehr unberührt, Bruder.«
»Du weißt, was ich meine.«
»Kaiser's also. Aber ich kaufe keine Schweinewurst oder wie das Zeug bei euch heißt. Nur Wild oder Fisch! Und beeil dich, sonst muss ich mir ein neues Opfer suchen«, lacht er ins Telefon und treibt damit mein Adrenalin nach oben.
Bevor ich antworten kann, legt er auf. Ich denke wieder an die Kellnerin aus der Victoria Bar und daran, dass ich nachher nochmal in

Ruhe recherchieren muss. Wurde Geiernase gefunden? Steht irgendetwas über eine junge Frau im Netz?
Wir steigen aus und lassen Noodles zurück. Wer weiß, wie die Verhandlungen laufen. Als ich mich umdrehe, zeigt mir Noodles durch die Heckscheibe seinen Affenhintern.
Wir befinden uns am Rand einer großen, verwilderten Wiese mit zahlreichen kahlen, staubigen Flecken, die zwischen einem größeren Wohngebiet mit Plattenbauten und einem hässlichen Supermarkt mit einer Waschbetonfassade liegt. Auf den Treppen, die von der Straße zum Laden führen, sitzen zwei Handwerker im Blaumann und trinken Bier aus Dosen.
Zwei Bauwagen, drei Wohnwagen und ein großer, mit einer grauen Plane abgedeckter Lkw-Auflieger befinden sich am anderen Ende der Wiese. Vor ihnen erstreckt sich eine Tafel, die aus mehreren zusammengeschobenen Tischen besteht. Dort sitzen an die zwanzig Menschen, Männer, Frauen und Kinder mit dem typischen dunklen Teint von Südosteuropäern. Einige Gesichter kommen mir bekannt vor, den Masseur und einen Trainer habe ich am Kampfabend gesehen.
»Fünftausend, Moses?«, frage ich, um mich nochmal zu versichern.
Er nickt. »Wer ist der Chef von denen?«
Wir bleiben kurz stehen, Moses schaut sich um und deutet dann auf einen älteren Mann in der Mitte der Tafel.
»Der da. Miri.«
Ich merke Moses' Stimmlage seinen Respekt vor dem Chef der Sippe an. Als wir uns nähern, werden wir von der Tischgesellschaft bemerkt und abgesehen von den Kindern ernten wir durchweg misstrauische bis feindselige Blicke. Nur Miri lächelt uns entspannt an, was auch an der Menge verbauten Goldes liegen könnte, das uns aus seinem Mund anlacht. Der Mann mit dem silbrig schimmernden Haarkranz trägt eine graue Weste über einem roten Hemd, eine helle Stoffhose und Schuhe, deren Farbe man unter dem Staub kaum erkennen kann.
»Moses, alter Freund«, winkt er meinem Begleiter zu. »Hast du Hunger? Setz dich.«
Moses schüttelt den Kopf und sieht mich an, als Zeichen, dass ich die Kommunikation übernehmen soll. Ich strecke meine Hand über den Tisch, Miri steht auf und schüttelt sie.

»Tut mir leid, wenn wir beim Essen stören«, leite ich ein. »Wir würden gerne etwas besprechen. Aber vielleicht nicht hier?«
Miri setzt sich wieder, während uns etliche Augenpaare mustern. Essen und Trinken kommen fast zum Stillstand. Alle blicken auf Miri und uns, nur ein Baby schreit vom hinteren Ende des Tisches.
»Es tut mir leid, aber wir können Moses nicht mehr beschäftigen«, zuckt Miri die Schultern und bittet die Anwesenden in unserer Nähe, etwas beiseite zu rücken, damit Stühle für uns hingestellt werden können. Ich hebe die rechte Hand.
»Danke, danke, wir wollen nicht lange bleiben. Es geht auch nicht um seine Entlassung. Aber ihr schuldet ihm noch Geld.«
Miris Mundwinkel zeigen noch immer nach oben, doch seine Augen erkalten, als hätte ich seine Mutter zum Tanz aufgefordert.
»Wir schulden dir noch etwas?«, fragt Miri nachdrücklich und blickt Moses fest in die Augen. Er kann den Blick nicht halten, sieht auf den Boden und nickt.
»Du lügst, Moses. Wir schulden dir gar nichts«, betont Miri jedes Wort einzeln und gibt den anderen ein Zeichen, die Lücke für die Stühle wieder zu schließen. Dann wendet er sich plaudernd an seinen Nachbarn und schenkt uns keinen Blick mehr.
»Wie ich schon sagte, er bekommt noch Geld von euch«, antworte ich laut in das aufkommende allgemeine Gemurmel hinein und gehe einen Schritt nach vorn bis zur Tischkante. Miri legt das Besteck laut klirrend auf den Teller und steht auf, die Gespräche verstummen sofort wieder. Im Stehen ist er kaum größer als im Sitzen, aber mir fallen seine großen, fleischigen Hände auf, ein anatomischer Hinweis, ihn nicht zu unterschätzen. Er nickt in die Runde, worauf drei Männer aufstehen, und zeigt uns an, dass wir ihm folgen sollen.
Wir gehen am Lkw-Auflieger vorbei. Unter der grauen Plane ragen zahlreiche nagelneu aussehende Kupferrohre heraus. Wir betreten den Bauwagen, durch dessen verstaubte Fenster fahles Licht ins Innere fällt. In dem kleinen, vollbepackten Raum können wir uns kaum bewegen. In der Mitte befindet sich ein abgenutzter Tisch mit einem einzigen Stuhl davor, auf den sich Miri setzt. Die winzige Tischfläche wurde als Ablage für einige alte Autobatterien genutzt, weil ansonsten kein Platz mehr zur Verfügung stand. Der Raum wirkt wie die Rumpelkammer eines Flohmarkthändlers. Kisten aller

Art und Größen stapeln sich, teils nur zwei bis drei übereinander, teils so viele, dass sie bis an die Decke reichen.
Die drei Männer, allesamt in staubigen Klamotten und mit offensichtlich mieser Laune, standen direkt neben dem Eingang, als wir hineingingen. Da wir beim Eintreten an den Tisch rücken, platzieren sie sich nun hinter uns, was mir gar nicht gefällt. Erst jetzt bemerke ich, dass einer der Männer einen großen Schraubenschlüssel in der rechten Hand hält. Der zweite Kerl zieht soeben ein leicht gebogenes Metallrohr aus einer Kiste neben ihm. Der dritte steckt seine Hand in die Hosentasche und ich glaube nicht, dass er dort mit seinen Eiern spielt, eher mit einem Messergriff.
Miri stöhnt leise, als er ein Bündel Geldscheine aus seiner Brusttasche zieht, das von einer goldenen Klammer zusammengehalten wird. Indem er sich immer wieder den Daumen leckt, zählt er exakt fünfundzwanzig Zwanzig-Euro-Scheine ab und schiebt uns den Haufen entgegen.
»Das sind fünfhundert«, antworte ich und reiche die Scheine an Moses weiter, der sie in seine Hosentasche steckt.
»Eine Geste des guten Willens«, erwidert Miri. »Danach will ich euch nicht mehr sehen. Haut ab jetzt.«
»Fünftausend!«, entgegne ich, als Miri wütend aufsteht.
»Wieso glaubst du dem Halbidioten? Was meinst du, warum er sich bei uns versteckt hat? Die Polizei hat den Spanner …«
»Fresse!«, schreit Moses. Bevor Miri den Satz beenden kann, knallt ihm Moses seine rechte Faust wie einen Dampfhammer aufs Kinn. Miri wird von der Wucht des Schlages gegen die Wand geschleudert, zwei Zähne purzeln seine Lippe hinab auf die Brust, Blut quillt aus dem Mund und tropft hinunter. Er rutscht bewusstlos auf den Boden.
Da ich ahne, was nun folgt, ducke ich mich instinktiv. Schon spüre ich den Luftzug des Schraubenschlüssels, der mich beim ersten Mal verfehlt. Als ich mich drehe, um den Kampf aufzunehmen, holt mein Gegner bereits ein zweites Mal aus. Mein Reflex verhindert das Schlimmste, ich kann dem Schwung ausweichen, aber der Kopf des Schlüssels erwischt mich an der Lippe, die sofort aufplatzt, und an einem Schneidezahn, von dem ein Stück abbricht. Blut fließt in meinen Mund. Da ich mich noch in geduckter Stellung befinde, fällt mir

nichts Besseres ein, als ihm eine schwere Gerade in die Eier zu verpassen, was ihn stöhnend auf die Knie bringt. Ich schlage ihn hart mit der Handkante auf den Nacken und befördere ihn so in den Schlaf. Hinter mir höre ich ein dumpfes Geräusch und ein leichtes Knacken.

Als ich mich umblicke, erkenne ich einen der beiden Bulgaren, der laut ächzend und die Augen verdrehend auf dem Boden liegt, neben sich eine Autobatterie. Er hält sich die ausgekugelte Schulter. Der Dritte will sich mit einem Butterflymesser auf Moses stürzen, doch der wirft bereits die nächste Autobatterie als wäre sie ein Volleyball. Aus purem Reflex fängt der Bulgare das Geschoss, das ihn mit voller Wucht gegen die Wand schleudert. Schon wirft Moses die nächste Batterie, die den Mann erst im Magen erwischt und ihm danach auf den Fuß fällt. Als er stöhnend das Messer hebt, um es zu werfen, fliegt die dritte Batterie heran. Das schwere Teil erwischt den Kerl kurz unterhalb des Halses, glücklicherweise. Er sackt auf die Knie, dann auf den Boden. Moses schnappt sich die vierte Batterie.

»Nein, Moses!«, greife ich in seinen Arm.

»Lass uns was mitnehmen für die fünf Riesen. Aber Beeilung!«

Wir blicken uns hektisch um. Ich öffne einen Karton neben mir.

»Na los!«, fordere ich Moses zu mehr Aktivität auf. Er greift in eine Kiste.

In meinem Karton finde ich nur Plunder, alte Aschenbecher, angelaufenes Besteck, diverse Tassen und Ähnliches. Ich werfe den Karton auf den Boden und bücke mich nach einer kleineren Kiste, die ich auf den Tisch donnere, wobei es scheppert. Als ich die Kiste öffne, sehe ich Dutzende Uhren, jeweils einzeln in Plastikfolie verpackt. Auf den ersten Blick erkenne ich Aufschriften wie »Breitling«, »Rolex« und »Hublot«.

»Bingo!«, rufe ich laut. Moses hält irgendwelche Urkunden in der Hand und schaut zu mir. Auf dem Boden rappeln sich die Verletzten langsam stöhnend auf. Ich zeige auf den Typen mit dem Schraubenschlüssel, der auf alle Viere geht. Moses verpasst ihm eine Gerade auf den Hinterkopf, die ihn erneut niederstreckt.

»Hilf mir einpacken!«, zische ich ihm zu und fülle meine Hosentaschen mit Uhren. Moses kommt dazu und stopft sich die Uhren in die Taschen sowie in das Innere seines Hemdes. In wenigen Sekun-

den haben wir die kleine Kiste geleert und verlassen den Wagen. Draußen empfangen uns feindselige Blicke der Tischgesellschaft. Einige Männer stehen bereits misstrauisch auf.
»Schön langsam«, flüstere ich Moses zu, als im selben Moment einer der Niedergeschlagenen mit blutiger Schläfe aus dem Wagen stolpert, auf uns zeigt und irgendwas Unverständliches schreit.
»Schwing die Hufe, wir verzichten auf den Nachtisch!«, haue ich Moses auf die Schulter und renne los. Der Dicke zeigt sich flinker als ein Bär auf Honigjagd und überholt mich auf dem Weg zum Wagen. Hinter uns höre ich Geschrei, drehe mich aber nicht um, um keine Zeit zu verlieren.
Schlüssel umdrehen, Motor starten, der Mustang heult auf. Noodles kreischt und springt im Innenraum herum wie ein Gummiball. Ich sehe bereits ein Dutzend Männer und Frauen in unsere Richtung rennen, jeder trägt einen Gegenstand in der Hand und im Gesicht den Wunsch, uns zu lynchen. Der Mustang steht dummerweise in ihre Richtung, also lege ich den Rückwärtsgang ein und fahre mit durchdrehenden Rädern durch eine Staubwolke. Ich muss kurz anhalten, bevor es auf die Straße geht, was einen der Verfolger nah an den Wagen bringt. Er wirft ein Metallkreuz, das man für den Radwechsel benötigt, mit Wucht in unsere Richtung. Das Kreuz trifft die vordere Dachkante und bringt die Frontscheibe zum Zittern, das Glas hält aber glücklicherweise. Noodles gerät endgültig in Panik. Er springt auf meine Schulter, hält sich an meiner Stirn fest und verdeckt mir dabei die Sicht.
»Scheiße!«, schreie ich und merke dabei, wie Luft durch die kleine Lücke des abgesplitterten Zahns pfeift.
Moses keucht laut, Noodles heult auf wie eine Kreissäge. Ich versuche vergeblich, ihn mit einer Hand wegzuscheuchen, fahre dabei aber weiter rückwärts, mit aufheulendem Motor.
Durch Noodles Finger sehe ich einen Kerl in blauem Overall, der etwas Längliches in seiner Hand trägt. Als sich der Staub legt, erkenne ich die Schrotflinte, mit der er auf uns zielt. Ich lege einen 360-Grad-Dreher hin, wie ich ihn für Filmaufnahmen einige Male anwenden musste, neble den Platz mit Staub ein und brettere anschließend auf die Straße, wo ich an der hohen Bordsteinkante die Hälfte meines Auspuffs verliere. Durch den Hopser segelt Noodles

von meiner Schulter nach hinten. Laut dröhnend entfernen wir uns von der Gruppe. Im Rückspiegel sehe ich, wie sich eine Bulgarin unser Kennzeichen notiert.
Moses zählt die Scheine und grinst, während auch Noodles seine Fassung wiedererlangt hat. »Wenigstens einer von uns ist zufrieden«, maule ich.
Ich zünde mir eine Camel an und muss trotz der Delle am Wagen lachen. Moses glückliches Kinderlächeln steckt einfach an.
»Sag mal, Dicker. Wieso eigentlich fünftausend? Das wollte ich vorher schon fragen, habe es aber immer vergessen.«
Es kommt mir vor, als würde ich lispeln. Die beschissene fehlende Ecke des Zahns macht mich schon jetzt wahnsinnig.
Moses blickt mich ernst an, als hätte ich die dümmste Frage des Planeten gestellt.
»Mensch! Gero! Für jeden Kampf bekomme ich fünfzig Euro. Das waren fünfundzwanzig Kämpfe, da hab ich kein Geld für bekommen, hm?«
»Moses! Das sind keine fünf Mille!«
Er zählt wieder mit den Fingern durch und flüstert leise vor sich hin.
»Doch.«
»Nein!«
»Doch.«
»Zähl nochmal.«
In der zweiten Zählrunde dämmert es Moses.
»Is' ja doof«, brummt er.
»Das heißt, dass die dir gerade noch einen Tausender geschuldet haben und dich aufgenommen haben, als dich die Polizei gesucht hat? Wegen der Spannersache frage ich erst gar nicht. Und wir polieren denen dafür die Fresse und beklauen die?«, frage ich nach. »Habe ich das im Mittelteil richtig verstanden?«
»Was für ein Mittelteil? Versteh ich nicht«, nölt Moses.
»Das ist doch nur eine Scheißbemerkung für eine Scheißsituation, um einen Scheißwitz zu machen«, gerate ich in Fahrt, als mir im vollen Maß bewusst wird, was wir angestellt haben.
»Tut mir leid«, senkt Moses den Kopf und blickt wie ein Junge, der einen Fußball in die Fensterscheibe der Pfarrei geschossen hat. Ich stöhne laut.

»Mathe ist nicht so deine Stärke, wa?«
Keine Reaktion.
»Die Spannersache? Was war da?«
Der Dicke blickt vorsichtig zu mir.
»Kann ich eine Zigarette haben?«, fragt er kleinlaut.
Als ich das Zippo aus der Hosentasche fummle, vibriert mein Handy. Zwei Kurznachrichten. Nachricht eins zeigt an, dass jemand auf den Anrufbeantworter gesprochen hat, Nachricht zwei liefert mir Text von einer unbekannten Nummer: »Hey mister! to n8 im molly malones! bin dort. xox, amy«
Amy im Molly Malones? Ist das ein grandioser Zufall oder was? Meine Laune explodiert förmlich. Anschließend höre ich die Mailbox ab, auf der Rosenthals Sekretärin mit leicht säuerlicher Stimme erläutert, dass man mich nicht erreicht habe, aber an einem Vorstellungsgespräch interessiert sei. Morgen Vormittag um zehn Uhr. Ich solle ihr vor dem Treffen noch meine Anzug- und Hemdengröße übermitteln, weshalb sie zum Abschluss ihre Telefonnummer aufspricht.
Wir düsen rauchend über die berühmte Brücke mit den Zinnen von Friedrichshain wieder hinein nach Kreuzberg und nähern uns dem Schlesischen Tor.

Tag 3, 22 Uhr

Das Molly Malones platzt aus allen Nähten und wegen des Geräuschpegels müssen sich Ansgar, Moses und ich schreiend unterhalten. Noodles habe ich zu Hause gelassen. Wer weiß schon, wie gut er dunkles Bier verträgt? Der Pub zeigt sich uns typisch irisch, mit dunkler Wandvertäfelung, allerhand irischen Devotionalien an den Wänden und natürlich entsprechendem Getränkeangebot.
Beide sprechen meist mich an, die Kommunikation unter ihnen funktioniert noch nicht sonderlich gut. Als wir vorhin eine Stunde in meiner Wohnung verbrachten, hatte ich das Gefühl, dass sich Moses in Ansgars Gegenwart unbehaglich fühlt. Vielleicht empfindet er unterschwellig genau das, was mit Ausnahme seiner weiblichen Beutetiere die meisten Menschen ohne Lupusgene fühlen: Angst.

Davon abgesehen musste ich mir einige Bemerkungen von Ansgar zu meinem lädierten Schneidezahn anhören. In etwas freundlicheren Worten lautete sein Fazit sinngemäß: »Das sieht nicht nur scheiße aus, das hört sich auch scheiße an, Bruder!«
Sean bringt uns einen zweiten, wagenradgroßen Teller Ribs sowie einen frischen Pitcher mit dunklem Bier, aus dem sie unsere Gläser füllt.
Sie lacht Moses und mich an und schenkt beim Tischabwischen Ansgar einen verstohlenen, aber langen Blick. Ich bemühe mich, mein Gebiss nicht zu entblößen. Ständig fummle ich mit der Zunge an dem Zahnfragment herum.
»In einer halben Stunde trete ich auf«, lässt sie uns wissen und verschwindet in der dicht gedrängten Menge.
Moses und Ansgar schreien mir immer wieder etwas zu, auf das ich antworte, soweit ich mich konzentrieren kann, denn genau damit habe ich ein großes Problem.
Kurz bevor wir den Laden betraten, ahnte ich es bereits. Der halb volle Mond erwischte mich am Nacken, dabei hatte ich versucht, aus dem Auto schnell in das Molly Malones zu huschen. Das gab dem Weckruf noch mehr Power, denn dass ER sich in mir regt, spürte ich bereits, als wir die Wohnung verließen.
Es kitzelt mich, irritiert mich, lässt mich nicht zur Ruhe kommen. Aber es fühlt sich anders an als sonst. Nicht das grollende, wütende Erwachen, sondern eher eine dumpfe Freude darüber, auf einen Gleichgesinnten zu treffen.
Derjenige sein zu dürfen, der ER ist. Der ich bin.
Aber wir sind hier nicht auf den Lofoten und ich bin noch nicht betrunken genug, um das zu vergessen.
Vielleicht wird mich Seans Auftritt so stark ablenken, dass ER sich wieder schlafen legt.
Kaum denke ich daran, tritt sie an unseren Tisch, schon ohne die Schürze einer Bedienung. Sie lächelt uns an und knufft ihren Bruder.
»Jungs, ich gehe mich umziehen. Wenn nachher alle pfeifen oder es totenstill ist …«
»Dann klatschen wir. Und die anderen bekommen aufs Maul«, antwortet Ansgar mit seinem minimalen norwegischen Akzent. Sean strahlt ihn an und man spürt förmlich, wie die Funken zwischen bei-

den sprühen. Ich blicke in das grimmige Gesicht ihres Bruders, dessen Gedanken ein Dreijähriger lesen könnte. Weder mag er Ansgar noch ist ihm geheuer, dass seine kleine Schwester diesen doppelt so alten Typ anhimmelt.

Gut, dass Moses meine Gedanken nicht lesen kann, denn meine Sorgen um Sean drehen sich nicht ums Verliebtsein, sondern sind in Blut getaucht.

Wir leeren den dritten Pitcher und ich spüre inzwischen das Bier. Meine Gedanken wandern zu Amy. Wieso taucht sie nicht auf? Hat sie mich veräppelt?

Der Alkohol wirkt nun auch bei Moses, er scheint Ansgar gegenüber lockerer zu werden. Ich verstehe in dem Gelärme kaum, was die beiden bereden, sehe aber, wie sich Moses den Ärmel hochkrempelt und seinen Bizeps anspannt. Ansgar lacht und tut es ihm nach. Schließlich verdrehen beide ihre Sitzposition so, dass sie sich gegenüber sitzen.

»Bruder, du bist Schiedsrichter«, schreit mir Ansgar ins Ohr. Armdrücken also.

Ich kenne Ansgars Power aus unzähligen Raufereien, aber seine Stärke liegt in der Kombination aus Aggression, Geschick und Reflexen, ähnlich wie bei mir. Hier jedoch zählt nur die nackte Physis und eine Kostprobe von Moses' immenser Kraft habe ich schon im Boxring spüren dürfen.

Ansgars Gesicht verfärbt sich ins Rote, seine Nackenmuskeln zerren in die Höhe und der Arm zittert vor Anstrengung. Sein Lachen wirkt verkrampft, wogegen Moses ganz ruhig bleibt und den Unterarm immer weiter nach vorn drückt. Er blickt Ansgar in die Augen und ich erkenne darin mehr als eine Botschaft, in diesem Wettbewerb der Stärkere zu sein. Fast kann ich »Sean« in seinen Pupillen lesen. Ansgar kämpft und strampelt nun sogar mit den Beinen, um seinem Arm den letzten Kick zu geben. Seine erstklassigen Sehnen und definierten Muskeln geben ihr Maximum. Moses lacht laut auf.

»Das ist alles?«, fragt er und drückt Ansgars Arm fast mühelos auf den Tisch.

Der hält sich stöhnend die Hand und knufft mit der anderen Moses gegen die Schulter.

»Respekt«, lächelt er gequält, aber ich sehe ihm an, wie wenig ihm diese Niederlage gefällt. Er verlässt den Platz Richtung Toilette, im Vorbeigehen klopfe ich ihm auf die Schulter.

»Cheers!«, proste ich Moses zu, der siegestrunken sein Glas bis zur Neige leert. Danach wischt er sich den Bierschaum von der Oberlippe und streckt mir seine Zunge heraus.

»Angeber!«

Gerade als Ansgar zurück auf seinen Platz kehrt, wird Seans Auftritt über die Lautsprecher angekündigt. Sie betritt eine kleine Bühne nur wenige Meter von uns entfernt, in Begleitung eines alten, dürren Knaben mit rotblond gewelltem, schütterem Haar, einem dünnen Schnurrbart, einem ausgewaschenen Jeanshemd und einer Geige in der rechten Hand.

Sean trägt ein bodenlanges, mittelalterlich wirkendes, grünes Kleid, das am Oberkörper eng anliegt, ansonsten an den Ärmeln und abwärts der Hüfte weit fällt. Ihr rotes Haar kontrastiert perfekt mit dem Grün des Kleides.

Der Wirt bittet um Ruhe, die Gespräche verstummen.

Kurz nachdem die Geige beginnt, setzt Sean ein, und ihr Gesang trifft mich ins Mark. Das Mädel verfügt über eine glockenhelle, feste Stimme, die den Raum bis in die letzte Nische ausfüllt. Ohne mit ihrer Stimme zu zittern, bewegt sie sie nach oben und unten, dass es mich tief berührt.

Liegt es wirklich an ihrem Klang oder am reichlich genossenen Guinness? Ich blicke mich um und merke, dass nicht nur ich gebannt zuhöre. Kaum jemand trinkt oder redet, alle genießen Seans Vorstellung. Kräftige Kerle schlucken, Paare rücken zusammen. Sean scheint im Boden verwurzelt zu stehen, bewegt nur ruhig ihre Arme in ausholenden Bewegungen, ist ansonsten ganz bei sich und ihrer Musik. Die Geige beendet den ersten Song, leise summt Sean die letzten Töne mit geschlossenen Augen.

Ein Moment der Stille.

Dann entfaltet sich jäher Applaus. Gejohle setzt ein, Jubel, wir klatschen wie die Berserker, blicken uns an, lachen und klatschen noch lauter. Sean verbeugt sich, ich haue fest gegen Moses' Schulter, der mir irgendetwas entgegenschreit, das sich nach »meine kleine Schwester« anhört, im allgemeinen Lärm aber unverständlich bleibt.

Als Sean sich nach der Verbeugung wieder aufrichtet, sehe ich, wie ihr Blick Ansgar trifft. Moses, der sich nach einer Kellnerin für Biernachschub umdreht, entgeht das.
Als Nächstes singt Sean etwas Schwungvolleres als diese fantastische Ballade von eben. Wir stoßen an und plötzlich fühle ich eine Hand auf meiner Schulter.
»Ich komme hoffentlich nicht zu spät, Cowboy«, höre ich Amy in mein Ohr flüstern. Ihr Atem kitzelt, ich drehe mich zu ihr. Sie trägt ein blaukariertes Hemd, das langweilig aussehen würde, wenn sie es nicht unter den Brüsten zusammengeknotet hätte. Ihr Bauchnabel verlangt nach Aufmerksamkeit, das bemerke ich sofort, ebenso, wie das Bier meine Sinne schärfte. Ihre Grübchen, die Sommersprossen, der seitlich liegende Zopf und vor allem ihre Augen lachen mich an.
»Lady Sommersprosse! Du kommst spät«, antworte ich mit bereits schwerer Zunge.
»Jesus Christ! Was ist das?«, zeigt sie laut lachend auf meinen halben Vorderzahn.
»Fuck! Erwähn's nicht«, brumme ich und erhalte einen strafenden Blick von Moses. Sean singt noch, alles klar.
In der nächsten Pause zwischen den Liedern stelle ich Amy den beiden vor. Hände werden geschüttelt, Namen ausgetauscht und irgendwann hat Sean ihren Auftritt beendet. Sie singt noch zwei Zugaben, wir klatschen frenetisch und sind stolz auf unsere Kleine.
Was mir an Amy besonders imponiert, ist nicht die makellose Haut nördlich des Nabels. Auch nicht die verdammt schönen Lachfalten an ihren Augen oder die schlanken Finger, von denen ich mir wünsche, dass sie ein Stück erregtes Gero-Fleisch umklammern. Mir gefällt, dass sie den Pitcher fast alleine leert.
»Heilige Makrele, du hast einen Zug drauf!«, bewundere ich ihre Trinkfestigkeit. Wir albern ein wenig herum, dann unterhalten wir uns über die USA, ich erzähle von meinen Stuntjobs. Sie rückt mit ihrem Stuhl näher an meinen heran und meint, dass ich wohl kein langweiliges Leben führe.
»Doch, doch«, widerspreche ich. »Ich bin voll das Gewohnheitstier«, höre ich mich bei Wörtern mit einem S leicht lispeln, was mich ärgert. Eine schwere, angetrunkene Zunge kann ich verkraften, behindertes Lispeln nicht!

»Ich halte es da wie mein Berliner Boxvorbild Rocky. Was braucht der Mensch, um glücklich zu sein? Ein bisschen Anerkennung, ab und zu fernsehen und ein bisschen bumsen«, doziere ich.
»Ich habe keinen Fernseher«, antwortet Amy und zieht eine Schnute. Wir gackern, werden dann aber von Sean unterbrochen. Ich hatte gar nicht bemerkt, dass sie zwischen Ansgar und Moses an unserem Tisch sitzt.
»Na, wie wär's mit euch beiden? Es gibt jetzt noch eine Stunde Karaoke«, stößt sie mich aufmunternd an den Ellenbogen.
»Ich liebe Karaoke!«, reckt Amy die Faust senkrecht nach oben. Eigentlich bestand mein Plan darin, noch ein wenig über sie zu erfahren, anschließend ein bisschen rumzuknutschen und dann entspannt zu vögeln. Singen war nicht eingeplant.
Bevor ich mich zum Deppen machen werde, gehe ich mit Ansgar vor die Tür, um eine Zigarette zu rauchen. Wie die meisten Amerikaner raucht Amy natürlich nicht.
Ansgar und ich schwanken beide leicht, aber ich bemerke bereits, wie gut mir die frische Luft tut. Alkohol wirkt auf einen Lupus gefühlt doppelt so schnell, allerdings vergeht der Rausch ebenfalls rascher.
»Bruder, spürst du es auch?«, raunt mir Ansgar zu.
Ich nicke und halte mein Gesicht in das wärmende Licht des Mondes. ER regt und bewegt sich in mir. Ansgar legt seinen Arm auf meine Schulter.
»Es ist eine fantastische Nacht für die Jagd! Wenn du nicht mitkommst …«, flüstert er mir ins Ohr.
»Ich komme mit«, schneide ich ihm das Wort ab und bade mich in der Vorfreude. Selten habe ich es mir mehr als heute gewünscht und das liegt nicht nur daran, dass das Bier meine Hemmungen gelöst hat oder dass ich an Sean denke und den Wunsch, sie von Ansgar fernzuhalten. Nein, ich will mit meinem Bruder auf die Jagd gehen! Nicht mehr wie ein einsamer Wolf über die Dächer hetzen.
Heute Nacht jagt das beste aller Rudel!
Ansgar stellt sich direkt vor mich, hält mich an beiden Schultern fest und lacht.
»Bruder! Ist das wahr?«
Ich boxe ihn leicht auf die Brust.
»Es ist wahr! Unter einer Bedingung.«

»Sprich«, dröhnt er, als verlange er eine Depesche des Königs.
»Kein… keiner von ihnen.«
»Wie? Kein was?«
»Kein Mensch«, flüstere ich. Seine Mundwinkel fallen rapide.
»Das ist nur der halbe Spaß!«, nölt er.
»Keine Rehe oder so was Schwules«, raunze ich zurück.
»Sondern?«
»Lass dich überraschen«, antworte ich ihm, werfe die Kippe auf den Boden und trete sie aus. Ansgar klopft kräftig auf meine Schulter und folgt mir wieder nach innen.

»They say we're young and we don't know
We won't find out until we grow
Well I don't know if all that's true
'Cause you got me, and baby I got you …«
Amy singt erwartungsgemäß ganz gut, aber ich reiße die Nummer nach unten. Schon in der Schule war ich immer der Schlechteste in Musik, ich besitze zwar Rhythmusgefühl, aber keinerlei Gehör für Töne, geschweige denn für eine Melodie. Also krakeele ich herum wie ein Matrose auf Landgang, was aber das Publikum wenig stört. Alle applaudieren und ich hoffe, dass niemand bemerkt, wie ich Amy auf die Füllung ihrer hochgeschürzten Bluse und ihre angriffslustigen Nippel starre. Und warum trägt sie diesen Countryrock plus Stiefel, der mir ihre Beine zeigt? Locke den Wolf nicht, Schönheit!
I got you, babe. An dieser Textstelle zeigen wir wie die großen Vorbilder Sonny und Cher auf den anderen. Amys Zähne blitzen dabei und ich wünsche mir, dass sich ihre sexy Vorderzähne bald in meine Schulter graben.
In meinen Adern befindet sich definitiv zu viel Guinness, aber wir bekommen den Song schließlich hinter uns. Amy amüsiert sich noch immer köstlich, als wir die Bühne verlassen und auf unseren Tisch mit Moses, Ansgar und Sean zusteuern. Ich spüre Amys Hand an meiner rechten Hüfte. Jetzt noch die linke Hand auf die andere Seite, dann beide Schenkel um meine und wir haben einen Anfang, würde ich ihr am liebsten sagen, denke es aber nur.
Diesen wunderbaren Abend ausgerechnet jetzt abzubrechen, fällt mir schwer. Aber ich kann nicht zulassen, dass sich zwischen Ansgar und

Sean etwas entwickelt. Beide palavern schon wieder angeregt und ich sehe Moses an, wie wenig ihm das gefällt.
»Ansgar und ich müssen leider aufbrechen«, erläutere ich Amy ein Bier später. Sie zeigt sich überrascht und enttäuscht. In mir keimt der Gedanke auf, dass dies vielleicht nicht der schlechteste Zug ist, den ich gerade mache. Schließlich hat sie mir bisher nur die hohe Audienz eines Anrufes gewährt und nun drehe ich den Spieß um, zeige, dass ich ihr nicht nachkrieche. Was ich natürlich trotzdem gerne würde.
Dennoch kann ich es mir nicht verkneifen, sie zu fragen, ob wir uns morgen wiedersehen, dann endlich einmal nur zu zweit.
»Morgen? Nachdem du mich hier sitzen lässt?«, spielt sie die Beleidigte. Ich rücke meinen Stuhl an sie heran und streiche mit der Hand kurz über ihren Rücken. Dabei spüre ich viele weiche, kurze Härchen und folge ihrem Lauf über die Hüfte hinab bis zum Ansatz ihrer Rundung. Sie blickt mich spöttisch an, rückt aber keinen Zentimeter weg von meiner Hand.
»All yours, babe!«, flüstert sie mir ins Ohr. Allein der leichte Luftzug beschert meinen Lenden den von ihr gewünschten Weckruf. Verdammt, wie gern würde ich sie auf mein Rentierfell werfen!
Ich bettle noch ein wenig um das Date und schließlich einigen wir uns auf übermorgen. Wieder erhalte ich keine Telefonnummer. Als wir uns verabschieden, bekomme ich dafür einen feuchten Kuss auf die Wange. Mir geht endgültig das Messer in der Tasche auf, aber Ansgar zerrt mich aus dem Lokal.

Tag 4, 0.30 Uhr

Ich stelle den Wagen rund hundert Meter vom Schleusenkrug entfernt, einem schön gelegenen Biergarten in der Nähe des Zoos, der direkt neben der namensgebenden Schleuse liegt. Wir gehen in die Richtung des beliebten Biergartens, von wo aus uns einige fröhliche Besucher entgegenkommen, die das Lokal gerade verlassen.
»Lecker«, dreht sich Ansgar nach zwei jungen Frauen um, die zu ihrem Wagen gehen. Er steuert direkt auf den Eingang zu, als ich ihn am Arm ziehe.

»Hier geht's lang«, zeige ich auf einen asphaltierten Weg, der durch die Dunkelheit in Richtung Bahnhof Zoo führt.
Nach einigen Metern bemerkt Ansgar denselben Geruch, den ich schon beim Ausstieg aus dem Wagen in der Nase spürte: Tiere aller Gattungen, von klein bis groß, Pflanzen- und Fleischfresser. Er bleibt stehen, lässt dramatisch die Schultern fallen und jammert.
»Bruder! Das ist nicht dein Ernst, oder? Sind wir verdammte Jagdhunde?«
Uns kommt ein Paar entgegen, das Händchen haltend in großem Bogen um uns herum läuft. Ich ziehe zwei Zigaretten aus der Packung, reiche eine davon Ansgar und zünde beide mit dem Zippo an.
»Nur heute. Einverstanden? Da drin gibt's echte Herausforderungen. Braunbären. Wisente. Afrikanische Rotbüffel!«
»Mann! Gero, was hat Berlin aus dir gemacht?«
Ich ziehe an der Zigarette. Er dreht sich zu mir.
»Wenn du ein zahmes Haustier geworden bist, weiß ich nicht, was ich hier noch soll.«
»Bullshit, Bruder!« antworte ich. »Meine Blutspur reicht von hier bis zum Nordkapp. Aber … ich erzähl's dir morgen, okay? Heute keiner von denen«, zeige ich auf das Pärchen, das gerade um die Ecke biegt.
»Du beantwortest mir eine Frage, Bruder. Wann hast du das letzte Mal richtig zugeschlagen. Sag es mir!«, fordert Ansgar.
Ich kaue auf meiner Lippe, nehme einen tiefen Zug.
»Vor zwei Tagen.«
»Du hast getötet? Einfach, weil du es wolltest?«, fragt er nach. Ich nicke.
Seine Frustration verwandelt sich in Freude. Er grinst mich an, legt seine Stirn gegen meine.
»Wir sind Wölfe!«
»Wir sind Wölfe.«
Ich zeige ihm den Weg und kämpfe mich vor ihm durch einige Büsche, bis wir direkt vor dem Zaun des Zoologischen Gartens stehen. Das Hindernis aus Metall stellt kein Problem für uns geübte Kletterer dar. Auf der anderen Seite landen wir im weichen Gras.
»Und du?«, frage ich ihn.
»Was?«
»Dein letztes Mal.«

»Erzähle ich dir auch morgen, okay?«, grinst er und ich ahne, wie die Antwort lauten wird.
Wir blicken uns um und erkennen einige größere Gehege in unserer Nähe. Ich rieche Giraffen, Büffelund Antilopen. Auch Ansgar hält seine Nase in den Wind und nickt mir zu.
Dann zieht er ein kurzes Jagdmesser aus der Hose, das wir schon oft benutzt haben.
»Bist du bereit, Bruder?«, fragt er mich. Natürlich bin ich bereit für unser Ritual und nicke ihm zu. Wie immer werden wir IHRE Ankunft beschleunigen.
Ich gehe zu Ansgar, halte ihn mit der rechten Hand am Nacken und strecke meinen linken Arm nach vorn. Er greift mich ebenso fest am Nacken, sieht mir in die Augen, ich nicke.
Vorsichtig sticht er mit der rasiermesserscharfen Klinge kurz unterhalb des Ellenbogens in meinen Unterarm. Der Schmerz lässt sich aushalten, nimmt aber zu, als er den Schnitt bis fast zum Handgelenk ausführt. Das Blut fließt erst langsam, dann rascher und in breiter, dunkler Bahn über meine Finger. Der stechende Puls bringt mich zum Stöhnen.
Er hält mir das Messer entgegen. Ich greife es mit der blutigen Hand und führe bei ihm dieselbe Prozedur durch. Von Ansgar höre ich keinen Ton.
Der Geruch und der Anblick des vergossenen Blutes bleiben nicht lange ohne Wirkung. Während ich bereits spüre, wie ER sich regt, ziehe ich Ansgar einige Schritte nach vorn, direkt in den Schein des Mondes.
Ansgar geht auf die Knie und krümmt sich.
»Bruder …«, knurrt er kaum verständlich.
Ich spüre, wie ER in mir tobt, hinaus will. ER streckt mich so schlagartig, dass ich kurz aufschreie, in die Höhe schnelle und anschließend ins Gras falle.
Ansgars Augen verwandeln sich ins Grünlich-Gelbe, was ich nur einen kurzen Moment sehen kann, dann vergräbt er seinen Kopf zwischen den Armen. Meine Ohren glühen, die Zähne verrutschen mit dem wachsenden Kiefer.
Haare sprießen wie im Zeitraffer, meine Nase schiebt sich aus den Wangen heraus, die Zunge stößt sich an spitzen Eckzähnen. Meine

Adern drohen zu bersten, mein Herz pumpt das kochende Wolfsblut in jede Faser, die Beine werden lang und länger, meine Knochen brechen und wachsen neu zusammen.
Sterben will ich, wie jedes Mal. Schmerz, der nicht zu beschreiben ist. Demut vor dem Tier, das sich Bahn bricht, mit Macht aus mir heraus will.
Ich sehe die Krallen aus meinen Fingern herauswachsen, die ihrerseits dunkler und sehniger werden – ein Schauspiel, das ich erst in Farbe, dann in Grau und, als ich die vor Schmerz geschlossenen Augen wieder öffne, in Rot wahrnehme.
Ein letzter, erstickter Schrei, ein Blick zu dem knurrenden Lupus neben mir und mein Bewusstsein zieht sich zurück.
ER. Ist. Da.

Büffel. Rieche Büffel. Ansgar auch. Zeigt mit Schnauze.
Laufen hin. Lupus rennt. Ansgar auch!
Rennen. Rasen. Lupusbruder schnappt nach Lupus. Laut.
Schnappe zurück. Stoße ihn.
Er fällt. Lupus mit ihm. Fallen über Rasen. Rollen. Fliegen.
Schnappe nach Lupusbruder. Lupusbruder nach Lupus. Spüre Zahn in Fell.
Bruder! Pass auf!
Springen hoch. Wer höher? Lupus!
Lupusbruder rennt weiter, Lupus hinterher.
Kauern vor Gatter. Büffel stehen hinten. Alle wach.
Haben Angst. Versammeln sich zu Halbkreis.
Davor ein großer. Ganz großer. Schnauft.
Lupusbrüder springen über Gatter. Rein zu Büffeln.
Großer Büffel senkt Kopf mit Hörnern.
Greifen an. Alte Taktik. Kurz vor Beute aufteilen.
Lupusbruder links, Lupus rechts.
Büffel stößt mich. Hart mit Hörnern. Fliege weg, in Dreck. Rapple auf.
Lupusbruder springt von Seite auf Büffel. Reißt Stück aus Schulter.
Heiße Luft aus Büffelnase. Rieche und sehe es.
Büffel will Lupusbruder abschütteln.
Lupus springt auf Büffel.

Kämpfe mit Büffel. Er blutet. Aus Schulter.
Büffel wird schwächer. Setze zum Biss am Hals an. Wird ihn töten.
Aber.
Lupusbruder? Wo?
Da! Jagt über Wiese.
Wieso? Schaue weiter.
Sehe Mann auf Weg. Nachtwächter. Mit Lampe. Uniform.
Wächter sieht Lupusbruder. Hält Lampe in seine Richtung.
Lupusbruder fast an Gatter. Mann erkennt: Böses kommt.
Rennt weg. Panik. Zu Haus. Terrarium. Krokodile. Nur vier, fünf Meter.
Reißt Tür auf. Gleich drin!
Lupusbruder springt. Langer Flug.
Mann öffnet Tür. Rennt rein. Will schließen. Lupusbruder fliegt durch Lücke. Auf Mann.

Tag 4, 8.30 Uhr

Immerhin hat Ansgar den Kühlschrank gestern tatsächlich noch gefüllt. Ich kann mich nicht erinnern, wann ich das letzte Mal so viele Lebensmittel zur Auswahl hatte. Sämtliche Fächer quillen über und darunter befindet sich Exquisites wie Wildschweinwürstchen oder Lachs, der natürlich aus Alaska stammt.
Der Kaffee läuft zischend durch die Maschine, die Lachsbrötchen warten ebenso auf mich wie der frische Schinken, was eigentlich zum guten Start in den Tag beitragen sollte, trotzdem befindet sich meine Laune im Untergeschoss.
Normalerweise zähle ich zu den Morgenmuffeln, doch im Moment würde ich gerne jemandem mein Herz ausschütten, idealerweise dem Dude. Aber der amüsiert sich gerade dort, wo ich gerne wäre: Auf den Lofoten.
Der Dude dürfte der einzige »echte« Mensch sein, der mich wirklich versteht. Der begreift, dass ich als Jäger immer wieder Beute machen muss. Dass ich mich nicht jedes Mal wieder grämen kann, wenn ein Opfer erlegt wird. Ich habe vieles versucht, als junger Mann oft darunter gelitten, aber irgendwann meinen Frieden mit IHM geschlossen. Wir sind Wölfe!

Meist gelingt es mir, diejenigen zu erwischen, die es verdient haben. Brutale Schläger, Mörder, Arschlöcher. Dann empfinde ich sogar eine gewisse Befriedigung.
Das mit Geiernase macht mir dagegen zu schaffen. Solange so etwas nur in großen Abständen passiert, kann ich es verdrängen. Doch in nur wenigen Tagen ist bereits zu viel passiert. Auch wenn ich es nicht weiß, spüre ich, dass Ansgar Danielle getötet hat. Gestern den Nachtwächter.
Jede Nacht ein Opfer? Abgesehen davon, dass es nur eine Frage der Zeit ist, bis wir bei diesem Rhythmus erwischt werden, will ich das nicht.
Nachdem wir uns zurück verwandelt hatten, half ich Ansgar gestern Nacht, den Mann ins Becken zu den Krokodilen zu schleppen. Wir schlichen uns zum Auto und fuhren zurück, Ansgar in bester Laune, ich in düsterer Stimmung.
Er schläft noch. Aber bald ist ein Gespräch fällig.

Um zehn Uhr soll ich bei Rosenthal auftauchen. Verdammt, die Angaben für die Sekretärin! Ich simse ihr meine Hemd- und Anzuggröße. Da ich noch ein bisschen Zeit habe, recherchiere ich im Netz. Ein paar Infos beziehen sich vor allem auf eine lang zurückliegende Zeit: Wie so viele jüdische Familien in Berlin durchlitten auch die Rosenthals in der Nazizeit die Tragödie von Deportation und Konzentrationslager. Die meisten starben im KZ, einigen wenigen gelang die Emigration, wie dem damals jungen Jakob Rosenthal, der es in Begleitung seiner Tante in allerletzter Sekunde in die Vereinigten Staaten schaffte, wo er sich später mit diversen Handelsgeschäften selbstständig machte.
Er kehrte erst in den neunziger Jahren zurück nach Berlin und übernahm trotz fortgeschrittenen Alters das Juweliergeschäft eines bekannten Geschäftsmannes am Kurfürstendamm, der laut Zeitungsbericht überraschend verstorben war.
»Der zurückgezogen lebende Juwelier …«, schreibt der »Tagesspiegel«, was auf einen kauzigen, älteren Herrn schließen lässt. Also schön die Form wahren. Bevor ich mich umziehe, surfe ich nach Kriminalmeldungen aus Berlin, finde aber nichts, was auf die letzten Nächte verweist.

Ich stehe auf und gehe zum Kleiderschrank, dabei fällt mir wieder einmal einer der unschlagbaren Vorteile einer Verwandlung auf: Alle körperlichen Gebrechen verschwinden. Knochenbrüche heilen durch die Metamorphose ebenso wie angeschlagene Zähne. Ich befühle meinen Schneidezahn mit der Zunge: Perfekt! Als wäre er gestern frisch eingebaut worden. Ich rede nicht mehr wie ein Vollhonk zischend durch die kleine Zahnlücke. Schon steigt meine Laune.

Aus dem Kleiderschrank ziehe ich das Beste, was dort hängt. Einen schwarzen Anzug und ein frisches, weißes Hemd. Dazu trage ich, in Ermangelung guter Schuhe, Cowboystiefel.

Tag 4, 10 Uhr

Rund um die alte West-Berliner Edelmeile Kurfürstendamm finde ich erst nach einigem Herumkreisen einen Parkplatz. Aus einem Range Rover drei Plätze weiter steigt eine ältere Dame mit Sonnenbrille und einem Hund, der problemlos in ihre Handtasche passen dürfte, in der dann noch ausreichend Platz für Wangenpuder sowie einen kleinen, elektronischen Freudenspender wäre.

Der Juwelier am Ku'damm befindet sich in allerfeinster Nachbarschaft bekannter Marken wie Cartier und Armani, die eigene Läden betreiben. Zwar hält sich in dem Geschäft kein einziger Kunde auf, als ich es betrete, aber vermutlich müssen sie nur zwei oder drei Stücke pro Tag verkaufen. Ich sehe kaum einen Ring oder ein Collier unter tausend Euro.

Ich werde durch eine Tür gelotst, die in ein von Licht durchflutetes und kaum möbliertes Büro führt, wo Sayuri hinter einem pechschwarzen Art-Deco-Schreibtisch sitzt. Auf ihrer Visitenkarte, die sie mir überreicht, steht tatsächlich nur Sayuri. Ohne Nachnamen.

»Nur Sayuri. Wie Cher«, lächelt sie.

Die zierliche Japanerin trägt einen wie mit dem Lineal geschnittenen Pony, außerdem strenge, schwarze Designerklamotten und eine dazu passende Hornbrille. Ansonsten tippt sie hektisch in ihren Rechner, begleitet von spitzen, leisen Flüchen auf Japanisch. Das Telefon klingelt, sie hebt ab, nickt alle drei Sekunden zum Gesagten und legt dann auf. Sie zeigt auf die mit schwarzem Leder verkleidete Tür hinter sich. »Herr Rosenthal empfängt Sie jetzt.«

Als ich sein Büro betrete, müssen sich meine Augen erst an die Dunkelheit gewöhnen. Der große Raum verfügt zwar über Fenster auf zwei Seiten, vor diese wurden jedoch bodenlange, weinrote Vorhänge gezogen. Keine Lampe erhellt den Raum, aber das sommerliche Licht von draußen kämpft sich mit gewissen Verlusten durch die Vorhänge. An den Wänden hängen allerhand naturalistische Bilder mit Aufnahmen von Küsten und Wäldern, was mich überrascht. Bei einem gebildeten, wohlhabenden Mann wie ihm hätte ich teure, abstrakte Kunst erwartet.

»Nehmen Sie Platz«, höre ich eine knarzige Stimme vom anderen Ende des Schreibtischs, trete näher und setze mich auf einen Holzstuhl. Jakob Rosenthal präsentiert sich faltig und zerfurcht, wie ich es angesichts seines Alters erwartet hat. Die wenigen verbliebenen Haare sind streng nach hinten gekämmt.

Er trägt einen dunkelgrauen, dreiteiligen Anzug und ein weißes Hemd, dessen Kragen eng in seinen reptilienhaften Hals schneidet. Himmel, warum macht er den obersten Knopf nicht auf? Fast möchte ich aufstehen und nachhelfen.

Trotz seines hohen Alters mit allen entsprechenden Erscheinungen wie schütterem Haar, Altersflecken und einer Trillion Falten verströmt er etwas Geheimnisvolles, das seine wässrigen, stahlblauen Augen verkörpern. Ich rieche und versuche zu erfühlen, was es ist, kann es aber noch nicht einordnen.

Wie seine Augen erscheint auch seine Stimme gleichzeitig alt und bestimmend. Er befragt mich zu meinen Referenzen, hakt an einigen Stellen ein und interessiert sich besonders für meine Fahrkunst sowie für meine Zeit bei der Bundeswehr. Dass ich als Einzelkämpfer ausgebildet wurde und es bis zum Hauptmann gebracht habe, scheint seinen Gefallen zu finden. Der Job als Fahrer könnte nicht ganz ungefährlich sein.

»Ich muss ehrlich zu Ihnen sein, Herr von Sarnau«, beugt er sich nach vorn.

»Ob es sich zu einem längerfristigen Beschäftigungsverhältnis entwickelt, kann ich momentan nicht absehen. Ich denke derzeit über eine Nachfolgeregelung für mein Geschäft nach und ob die neuen

Inhaber noch einen Fahrer beschäftigen wollen, kann ich selbstverständlich nicht garantieren, das sehen Sie sicher ein?«
»Kein Problem, Herr Rosenthal.«
»Danke für Ihr Verständnis. Dafür dürfte das Salär als Schmerzensgeld ausreichen.«
Er bietet mir viertausend Euro pro Monat und als »Begrüßungsgeld« zweitausend Euro, für die ich mich allerdings standesgemäß einkleiden müsse. Am liebsten würde ich vom Stuhl aufspringen und einen Freudentanz hinlegen, belasse es aber bei einem Grinsen. Er fährt fort.
»Heute Nachmittag habe ich einen, wie soll ich sagen, ungewöhnlichen Auftrag. Sie müssen mich zu einer Testamentseröffnung begleiten, außerhalb Berlins, Fahrtzeit etwa neunzig Minuten. Die Prozedur dürfte ohne größere Probleme ablaufen, aber es gibt da ein, zwei Unsicherheitsfaktoren, daher brauche ich einen Fahrer mit Fähigkeiten wie Ihren. Sie verstehen?«
Ich nicke, obwohl ich nicht exakt weiß, worauf er hinaus will. Ob er Angst hat, beraubt oder entführt zu werden? Er lehnt sich zurück.
»Besitzen Sie eine Waffe?«
Ich zögere mit einer Antwort. Er lächelt wie ein Waran, bevor er sich das Huhn schnappt.
»Ich fragte nicht, ob Sie einen Waffenschein besitzen, sondern nach einer Waffe.«
»Vielleicht«, antworte ich und denke an meinen Colt, den ich im Schrank hinter den T-Shirts aufbewahre.
»Bringen Sie das VIELLEICHT mit. Ansonsten sehen wir uns hier wieder um dreizehn Uhr. Bis dahin wird sich Sayuri um die Einkleidung kümmern. Seien Sie pünktlich.«
»Eine Frage noch, Herr Rosenthal«, äußere ich, als ich bereits aufstehe. »Ihr Fahrer davor, der … ist gestorben?«
Rosenthal kneift seine Augen leicht zusammen.
»Eine äußerst unangenehme Angelegenheit, um nicht zu sagen, furchtbar. Er fuhr in einer Kurve mit hoher Geschwindigkeit geradeaus und direkt gegen die Wand eines Fabrikgebäudes. Dabei schien Ilya kerngesund. Kein Alkohol, keinerlei Drogen, es wurde nichts festgestellt. Und bevor Sie sich Sorgen um den technischen Zustand des Automobils machen – Sayuri hat den Wagen erst gestern in die Inspektion gebracht.«

Mühsam und ächzend erhebt er sich von seinem Stuhl und greift mit der linken Hand nach einem Holzstock zur Stütze. Als Knauf dient ein Wolfskopf, was mich amüsiert.

»Sayuri hat sich bereits mit meinem italienischen Schneider in Verbindung gesetzt. Er bringt auf Basis Ihrer Angaben und Sayuris Augenmaß Anzüge mit. Möglicherweise muss einiges angepasst werden, das erledigt Salvatore umgehend. Er ist sehr gewissenhaft. Dreizehn Uhr dann, Herr von Sarnau.«

»Dreizehn Uhr, pünktlich.«

Wir schütteln uns die Hände.

Als ich Rosenthals Büro verlasse, sehe ich einen kleinen, buckligen Herrn mit Sayuri reden, die auf ihrem Stuhl sitzt, während er mit drei Anzügen über dem Arm vor dem Schreibtisch steht. Er dürfte etwa sechzig Jahre alt sein, mit einem dunkel gelockten Haarkranz über dem gebräunten Gesicht sowie einer Lesebrille mit halben Gläsern auf der Nase. Er trägt ein weißes Hemd mit Nadelstreifenweste, aus der eine Uhrenkette hängt, am Ärmel befindet sich ein kleines Kissen mit diversen Nadeln.

»Das ist der Signore?«, zeigt er auf mich. Sayuri nickt.

»Gero«, reiche ich meine Hand, die er greift, mit Fingern, die so zart und weich wirken, als wäre er Klavierspieler.

»Salvatore. Würden Sie bitte …«, er fuchtelt mit den Händen und zeigt auf meine Hose, als wäre die Aufforderung zum Entkleiden unaussprechlich. Tatsächlich hätte ich mir mehr Privatsphäre erhofft, aber da ich noch keine Krampfadern habe, ziehe ich Jacke und Hose vor den beiden aus. Dabei bemerke ich, dass Sayuri ihren Stuhl etwas vom Schreibtisch wegrückt, um eine bessere Sicht zu erhalten. Mir fallen ihre schlanken Beine unter dem knielangen Rock auf und dass der Pullover an der richtigen Stelle spannt. Der Schreibtisch wäre auch groß genug, denke ich, verscheuche dann aber diesen Gedanken, weil ich keine Erektion bekommen möchte, während Salvatore vor mir kniet, um mein Hüftmaß zu nehmen.

Hat sie mir gerade zugezwinkert oder bilde ich mir das ein?

Ich probiere alle drei Anzüge an, von denen der taubenblaue von Armani am besten sitzt. Salvatore und Sayuri entscheiden über meinen Kopf hinweg, dass dieser genommen wird, obwohl ich den dunkelgrauen bevorzugt hätte. Er muss noch ein, zwei kleinere Anpas-

sungen vornehmen, weshalb ich den Anzug heute Abend oder morgen Vormittag vorbeibringen soll. Bis dahin könnte ich ihn aber durchaus schon tragen, was ich dann auch tue. Anschließend erhalte ich ein blütenweißes, kaum sichtbar gemustertes Hemd sowie eine dunkelblaue Seidenkrawatte.
Schlappe siebzehnhundert Euro kostet meine Grundausstattung, Salvatores Nacharbeit inklusive. Damit bleiben noch dreihundert Euro Starthilfe übrig.
»Darf ich Sie zum Essen einladen?«, frage ich Sayuri, nachdem sich Salvatore verabschiedet hat. Ich setze mich auf die Schreibtischkante. Sie blickt mich grinsend an, während sie auf einem Bleistift herumkaut. Wie so viele Japanerinnen verfügt sie über kein sonderlich schönes Gebiss, aber ich bin bereit, darüber hinweg zu sehen.
»Leider muss ich nochmal zu Herrn Rosenthal. Eine wichtige Besprechung«, bedauert sie und schiebt ihren Stuhl nach hinten. Dabei überschlägt sie ihre Beine unter dem halblangen Rock so langsam und gekonnt, dass ich für eine Zehntelsekunde überlege, ob ich dieses perfekt gestylte japanische Designer-Girl nicht hier und jetzt auf den Schreibtisch werfe und ordentlich durchvögle.
»Schade. Mir knurrt der Magen«, antworte ich und stehe auf, um den Raum zu verlassen und ihr eine letzte Chance auf ein Schäferstündchen zu geben.
»Um zwanzig Uhr habe ich Schluss«, erwidert sie leise und lächelt.
»Gero-san wird da sein!«, verabschiede ich mich und werfe einen letzten Blick auf ihre Fesseln, die ich bald fest umschließen werde.

Tag 4, 14.15 Uhr

Wir verlassen Berlin Richtung Nordosten, befahren erst eine Autobahn, dann eine größere und inzwischen eine kleinere Landstraße. Als typischer Berliner, der sich selten aus seiner Stadt herausbewegt, kenne ich diese Ecke überhaupt nicht. Anfangs durchqueren wir einige Orte, deren Namen ich schon im Verkehrsfunk gehört habe, aber die immer kleiner werdenden Dörfer sagen mir überhaupt nichts.
Inzwischen bestehen die Ortschaften aus nicht viel mehr als einer Hauptstraße und links und rechts davon stehenden Häusern. Ab und

zu rennt ein Hund bellend ans Gatter, ansonsten wirken die Dörfer wie ausgestorben. Die Felder erstrecken sich auf gigantische Ausmaße, hier und da erkenne ich an der Staubfahne einen Traktor in der Ferne. Ich sehe viel Raps, den ich aufgrund seiner Farbe identifiziere, aber bis auf ihn und den unverkennbaren Mais kann ich als Städter und ehemaliger Bewohner eines Fischerortes nichts bestimmen. Kartoffeln? Klee? Weizen oder Gerste?
Rosenthal zeigt kein Interesse an Konversation und liest seit unserer Abfahrt Zeitung.
»Wann erreichen wir unser Ziel?«, höre ich von ihm den ersten Satz im Wagen, den ich im Übrigen mit Genuss fahre. Ein Mercedes CLS, stylish und mit dunkel getönten Scheiben, hinter denen man den Hochsommer kaum wahrnimmt. Meinen 357er Colt habe ich unter dem Sitz deponiert.
»Der Navi gibt zwanzig Minuten an«, erwidere ich und sehe in den Rückspiegel. Er nickt zufrieden und widmet sich wieder seiner Lektüre.
Kurz vor der polnischen Grenze biegen wir nach Norden ab. Wir befahren eine schmale Landstraße, die schließlich direkt auf ein Gehöft zuführt, das uns u-förmig bebaut empfängt, mit einem Wohngebäude in der Mitte, einem Stall auf der linken und einer Scheune auf der rechten Seite. Ich rolle mit dem Wagen langsam in den Hof, auf dem sich bereits zwei andere befinden, ein unscheinbarer, silberfarbener Toyota und ein uralter VW-Pritschenwagen mit geschlossener Plane. Ich parke daneben und bemerke, wie sich von der anderen Seite des Hofes zwei Männer nähern.
Die Typen Mitte zwanzig erwarten uns, beide in dunkelgrünen Armeehosen mit weißen T-Shirts, Schnürstiefeln und verdammt kurzen Haaren. Einer trägt Hosenträger und an seinem Arm zerrt ein die Zähne fletschender Schäferhund, der uns zeigen möchte, wer hier regiert.
Das weckt sofort meine Lupus-Instinkte.
»Bleiben Sie im Wagen«, drehe ich den Kopf zu Rosenthal und steige aus. Ich konzentriere mich, schließe kurz die Augen und fixiere den Blick des Hundes, dabei versuche ich, stark aus dem Unterbauch zu atmen und meinen Wolfsgeruch auszudünsten – eine Übung, die mir Ansgar einmal beigebracht hat und die selten ihre Wirkung ver-

fehlt. Es dauert wenige Sekunden, bis der Schäferhund vom Bellen ins Knurren übergeht und den Rückwärtsgang einlegt.
»Hasso! Was'n los, du Feigling?«, schnarrt der Hosenträger verärgert.
Ich gehe zum Wagen zurück und öffne die Tür des Fonds. Als Rosenthal mühsam mit seinem Stock aussteigt, stütze ich ihn am Ellenbogen. Er lächelt, allerdings nicht wegen meiner Hilfe, sondern weil er jemanden erkennt, der aus dem Mittelhaus des Hofes tritt.
»Sie halten hier die Stellung, von Sarnau. Ich mache das allein«, krächzt Rosenthal.
»Sind Sie sicher, Herr Rosenthal?«
»Jawohl.«
Zwei Männer verlassen das Mittelhaus. Ein etwa sechzigjähriger, weißhaariger mittelgroßer Mann in Reiterhosen und mit Lodenjacke, begleitet von einem sehr großen, athletisch wirkenden blonden Hünen in Armyhose und schwarzem T-Shirt, das sein Oberkörper fast zum Platzen bringt.
Der Weißhaarige geht Rosenthal mit ausgestrecktem Arm entgegen. Beide tauschen einen kurzen Blick aus, den ich nicht verstehe, und schütteln sich wortlos die Hände. Der Mann mit der Lodenjacke flüstert Rosenthal etwas ins Ohr und geht eng an seiner Seite zurück Richtung Hauptgebäude. Der blonde Hulk bleibt breitbeinig zwischen mir und den beiden stehen, was ich als Aufforderung begreife, hier zu bleiben.
»Zigarette?«, frage ich den Blonden und fummle eine Camel aus der Innentasche meines Anzugs. Er reagiert darauf wie ein Denkmal Karl des Großen.
Ich rauche und lehne mich dabei an den Wagen. Die beiden Skins halten sich am anderen Ende des Hofes auf und verschwinden langsam in Richtung der Felder. Hulk fixiert mich noch eine Weile und betritt schließlich das Haus durch dieselbe Tür wie kurz zuvor die beiden Männer.
Zwei Skinheads. Ein blonder Arier wie aus einem Film von Leni Riefenstahl. Ein Kerl mit Lodenjacke und Reiterstiefeln. Ich war kein As in Geschichte, aber selbst ich kann eins und eins zusammenzählen. Wir befinden uns im Nazi-Hauptquartier, Kampfgruppe Ost.
Und mein Boss, ein uralter jüdischer Geschäftsmann, sitzt dort drin was weiß ich wie vielen Nazis gegenüber. Scheiße!

Ich setze mich kurz in den Wagen, bücke mich, ziehe den Colt unter dem Sitz hervor und stecke ihn mir am Rücken in den Gürtel. Dann gehe ich vorsichtig am Haus entlang. Als ich zur Schmalseite gelange, kann ich einen Blick in die Scheune auf der rechten Seite werfen und sehe etliche große See- und Rucksäcke in olivgrüner Farbe, Helme, Spaten und Zeltmaterial.
Auf der Schmalseite des Hauptgebäudes befindet sich eine Tür, die ich vorsichtig aufziehe. Sie führt in eine blitzsaubere Küche mit uraltem Mobiliar und Geräten. Die innere Tür wurde entfernt, ich blicke auf die Wand eines Flures und kann bereits deutlich die Gespräche hören.
»Damit kommen wir zur Vollstreckung des Nachlasses unseres Kameraden Winfried …«, vernehme ich aus dem Innern des Gebäudes, als ich einen Luftzug von hinten spüre. Ich drehe mich zur Außentür der Küche um und blicke in das Gesicht des blonden Hünen.
»Was machst du denn hier, Freundchen?«, fragt er, erwartet aber offensichtlich keine Antwort, sondern schubst mich ein Stück nach vorn, als Zeichen, zu den anderen zu gehen.
Ich gehe einen Schritt zurück, ziehe rasch den Revolver hinter dem Rücken hervor und richte den Lauf auf ihn. Er hebt weder die Hände noch verfällt er in Panik, erstarrt nur in seiner Position.
»Haben wir schon zusammen Schweine gehütet oder warum duzt du mich?«, frage ich ihn und laufe langsam einen Halbkreis um ihn. Dann nicke ich ihm in Richtung Wohnzimmer zu.
»Na los, da lang. Und wenn du kein Loch in deinem Nazischädel haben möchtest, hältst du jetzt schön die Fresse.«
Ich halte ausreichend Abstand, um den typischen Anfängerfehler zu vermeiden, wenn man den Lauf in den Rücken des Gegners drückt: Kaltblütige Profis greifen bei Bedrohungen dieser Art einfach rasch zum Griff der gegnerischen Waffe und drehen diese zur Seite. Niemand auf diesem Planeten ist schnell genug, um das zu verhindern, und schon wendet sich das Blatt auf üble Weise zugunsten des Gegners.
Der Hüne geht langsam voraus und wir betreten einen großen Raum, in dem sich zahlreiche Personen aufhalten. Normalerweise dürfte der Raum als Wohnzimmer fungieren, aber für die Testamentseröffnung hat man in das Zimmer mit seinen alten, dunkelbraunen Polstermö-

beln und einer Schrankwand von der Größe des Matterhorns einen langen Tisch gestellt, an dessen Ende der Testamentsvollstrecker mit einer Reihe von Papieren vor sich sitzt. Entlang des Tisches gruppiert sich ein halbes Dutzend vor allem alter Männer mit harten Gesichtszügen, in ihrer Mitte Rosenthal. An den Wänden hängen Bilder von röhrenden Hirschen, strammen Kerlen mit ordentlichen Muskeln und im Wind wogenden Weizenfeldern. Aus einer alten Soundanlage mit einem sich drehenden Plattenspieler ertönt Marschmusik. Ich muss den Reflex unterdrücken, die gesamte Mischpoke bis auf Rosenthal zu erschießen.

Alle blicken auf mich. Der Mann mit der Lodenjacke springt von seinem Stuhl auf. Der Revolver scheint ihn wenig einzuschüchtern.

»Den habe ich in der Küche aufgelesen, Herr Sturmbann...«, bölkt der blonde Hüne zu seinem Chef, der ihm mit einer Geste das Wort abschneidet. Der Lodenmann kommt mir entgegen. Ich erkenne eine Narbe auf seiner Wange. So was habe ich zuletzt beim Militär gesehen, ein Vorgesetzter prahlte damit, wie er sich das Ding beim Fechten eingefangen hatte.

»Wieso dringen Sie bewaffnet hier ein?«, bellt er mich mit schlechtem Atem an. Ich antworte nicht und blicke zu Herrn Rosenthal.

»Alles in Ordnung bei Ihnen?«

Rosenthal steht auf und zwinkert mich freundlich an.

»Herr von Sarnau«, kommentiert er knarzig. »Sie machen das ganz hervorragend, meinen Respekt! Aber gehen Sie doch wieder zum Wagen, bitte. Wir sind hier gleich fertig.«

Nachdem ich rund zwanzig Minuten im Wagen verbracht und den Revolver wieder unter dem Sitz verstaut habe, erscheint Rosenthal. Er verlässt das Haus in Begleitung der Lodenjacke, gefolgt vom blonden Hünen, dessen Blick mich sofort fixiert. Ich frage mich, wie viele Kinder er heute schon gefrühstückt hat und ob er gleich noch ein bisschen Eisen verbiegt. Rosenthal trägt links ein in braunes Papier verpacktes flaches Paket in der Größe eines Tabletts, bleibt schließlich stehen und verabschiedet sich von dem Kerl mit der Lodenjacke. Ich steige aus und öffne Rosenthal die Tür. Die Einsteigeprozedur gestaltet sich mit seinem Stock und dem Paket noch mühsamer als sonst. Die Lodenjacke bückt sich in die Öffnung des Wagens und

überreicht Rosenthal eine alte, abgewetzte Ledertasche. Dabei flüstert er ihm so leise etwas zu, dass eigentlich nur Rosenthal es verstehen kann – und ich, dank meiner Lupusohren.
»Es darf nicht in falsche Hände geraten!«
Die Autotür wird geschlossen, Rosenthal sitzt zwischen dem Paket und der Aktentasche. Das erste Mal, seit ich ihn gestern kennengelernt habe, lächelt er.
Ich setze den Wagen zurück, wende und blicke im Rückspiegel in das versteinerte Gesicht des blonden Hünen. Er formt mit Daumen und Zeigefinger eine Pistole und richtet sie auf mich.

Tag 4, 18.30 Uhr

Wir fahren seit rund einer Stunde und die Straßen werden langsam wieder breiter, alle Viertelstunde kommt uns sogar ein Wagen entgegen.
Rosenthal hat als Erstes das Paket ausgepackt, sehr lange das Bild, das es enthielt, betrachtet und dann eine Weile aus dem Fenster geblickt. Inzwischen wühlt er in der Ledertasche und zieht Unterlagen heraus, als mein Handy klingelt.
Amy. Ich nehme das Handy ans Ohr und blicke in den Rückspiegel. Rosenthal wirkt beschäftigt.
»Gero?«, fragt sie und atmet hörbar erleichtert auf. »Du bist meine Rettung, Süßer!«
»Was ist denn los?«, antworte ich leise, um Rosenthal möglichst wenig zu belästigen. Ansonsten freue ich mich über ihre Anrede.
»Mein Bruder geht nicht ans Handy und sonst kennt sich niemand von meinen Freunden außerhalb Berlins aus. Ich wollte mal wieder meine Harley ausfahren, bin jetzt irgendwo in the middle of nowhere und, na ja, dummerweise gestürzt.«
»Ist dir was passiert?«, frage ich einen Tick zu laut und fange mir einen missbilligenden Blick von Rosenthal ein, der sich umgehend wieder seinen Papieren widmet.
»Thank God, no. Nur meine Calvin-Klein-Jeans ist am Arsch«, lacht sie ins Telefon. Ein Cowgirl mit Feuerstuhl und schwarzem Humor, das einiges einstecken kann? Yeah!

»Ganz genau weiß ich nicht, wo ich bin. In the middle of nowhere? In der einen Richtung geht's nach Chorin, so heißt das, glaube ich, in der anderen nach Eberswalde. Und das ist die …«, sie scheint sich umzublicken, bis sie sich wieder meldet, »… Bundesstraße Nummer zwei. B2, ja, da steht's.«
Mir bleibt für einen Moment der Mund offen. Dort sind wir vor ein paar Stunden vorbeigefahren.
»Gero?«, fragt sie nach.
»Ja. Du bist vielleicht noch zehn Minuten von uns entfernt!«, flüstere ich ins Telefon.
»Was? Im Ernst? Ich dachte, du musst jetzt aus Berlin rausfahren, um mich zu holen. Wahnsinn, was für ein Zufall!«, jubelt sie.
Nach dem Telefonat bereite ich Rosenthal auf unsere Mitfahrerin vor. »Wir sind kein Fuhrunternehmen, von Sarnau. Kann Ihre Freundin nicht die Bahn nehmen?«, fragt er von der Rückbank und lässt durchblicken, dass das weniger als Frage denn als Empfehlung gedacht war. Doch in diesem Fall lasse ich nicht locker.
»In dieser gottverlassenen Gegend? Herr Rosenthal! Eine Dame bei hereinbrechender Dunkelheit allein lassen?«
Mein Widerspruch gefällt ihm nicht, aber offensichtlich siegt seine Ritterlichkeit. Vielleicht hat er als kluger Mann auch kalkuliert, was wohl passieren würde, wenn ich den Wagen verlassen und er allein nach Berlin zurückreisen müsste.

Amy winkt mir schon von Weitem zu. Sie steht zwischen der Fahrbahn und einem angrenzenden Waldstück. Ich fahre rechts ran, steige aus, und gehe ihr entgegen. Schon umarmt sie mich und fällt mir um den Hals. Dann löst sie sich und lacht mich an.
»Danke, danke, danke!«
Ihre Jeans sind an beiden Knien zerfetzt. Darunter verteilt sich Schmutz auf ihrer Haut, aber glücklicherweise kein Blut. Die schwarze Motorradjacke hat an den Ellenbogen und der Seite ebenfalls einiges abbekommen.
»Wie geht's dir?«, frage ich.
»Alles okay. Ich bin auf einer Ölspur ausgerutscht«, zeigt sie hinter sich. »Amy hat ein kleines Aua, ist aber nicht schlimm«, blickt sie mich treuherzig an.

»Wo ist deine Maschine?«, sehe ich mich um, kann aber weit und breit kein Motorrad entdecken.
»Die habe ich unter die Bäume gezogen. Ich hänge an meiner Harley und bevor die mir einer klaut … Ich hole sie morgen mit Buck. Bringst du mich nach Berlin, mein Ritter?«
»Steig ein«, antworte ich und halte ihr die Beifahrertür auf. Amy begrüßt Rosenthal freundlich, doch der nickt nur brummend und widmet sich wieder dem Inhalt der Ledertasche.
Ich unterhalte mich leise mit Amy, deren Anziehungskraft mich wieder in den Bann zieht. Selbst ihre verdreckten Knie und die vom Sturz verschmutzte Wange wirken sexy. Das Geheimnis liegt wohl in ihrer durch nichts zu erschütternden, positiven Grundhaltung in Kombination mit einem Körper, den ich bald etwas verbiegen werde.
»Du redest wieder normal. Warst du beim Zahnarzt?«, fragt sie grinsend, wodurch ich ihre Zungenspitze hinter den großen Vorderzähnen sehen kann und mir wünsche, sie mit meiner bekannt zu machen.
»Yup. Alter Zahn raus, neuer rein.«
Zwischendurch blicke ich immer wieder zu Rosenthal, der sich konzentriert seinen Papieren widmet, dabei aber stets das Bild unter seinem Arm einklemmt, als wäre es der verschollen geglaubte und nun zurückgekehrte Sohn, den man nicht wieder gehen lässt. Als ich länger in den Rückspiegel blicke, bemerke ich einen Wagen weit hinter uns, der mir vorhin schon einmal aufgefallen ist. Ein Zufall?
»Was macht der denn?«, kreischt Amy, was mich sofort nach vorn blicken lässt.
Ein mittelgroßer, weißer Lastwagen mit einer Kühlvorrichtung über dem Führerhaus fährt uns in etwa fünfzig Metern Entfernung auf genau der Mitte der Fahrbahn entgegen. Normalerweise könnte ich mit dem Wagen einfach ins Gras ausweichen, doch dummerweise befinden wir uns auf einer Brücke!
Rosenthal beugt sich nach vorn, Amys Blick wechselt ins Panische, mein Körper jagt Adrenalin bis in die Haarspitzen. Links dürfte etwas mehr Platz sein, ich muss es in die schmale Lücke zwischen dem Brückengeländer und dem Lkw schaffen. Was ist mit dem Scheißfahrer los, ist das Arschloch ein Selbstmörder?

Uns trennen noch höchstens zehn Meter, als der Lkw mein Manöver bemerkt und frontal auf uns zuhält.
»Nein!«, schreit Amy und greift mir ins Lenkrad. Ist sie irre?
Ich reiße das Lenkrad in die Gegenrichtung, um zurück in die Mitte zu kommen, blicke dabei zum Fahrer des Lkws, der uns am rechten Kotflügel berührt, kann aber sein Gesicht, das von einer Mütze verdeckt wird, nicht identifizieren. Irgendetwas daran kommt mir bekannt vor, aber ich verscheuche den Gedanken und ziehe das Lenkrad gegen Amys Griff nach rechts.
Der Chrysler rutscht durch die leichte Drehung nach links weg, der Stoß des Lastwagens gibt ihm den Rest, wir durchbrechen das metallene Brückengeländer.
Die Brücke dürfte keine zehn Meter hoch sein, doch der Flug dauert eine gefühlte Ewigkeit, bis wir mit einem lauten Klatschen auf den See unter uns aufschlagen. Ich rutsche nach vorn in den Gurt und mit einem ohrenbetäubenden Knall lösen alle Airbags aus. Die Sinne fahren Achterbahn. Während Amy und Rosenthal eben noch vor Angst geschrien haben und der Aufprall diesen Schock akustisch explodieren ließ, kehrt im Wasser für einen kurzen Moment Stille ein. Doch nach wenigen Sekunden beginnt das Rauschen und Gluckern.
Da wir das Beifahrerfenster geöffnet hatten, füllt sich der Wagen rasch mit Wasser und sinkt mit der Schnauze nach unten. In den wenigen Sekunden, in denen wir noch über Luft verfügen, höre ich Rosenthal um Hilfe rufen, während Amy das einzig Richtige macht. Sie schnallt sich ab und taucht durch das Beifahrerfenster hinaus. Inzwischen steht schon fast der gesamte Wagen unter Wasser, nur ein kleines Stück Dach ragt heraus. Ich halte die Luft an und krieche unter Wasser nach hinten zu Rosenthal, der wie paralysiert in seinem Gurt festhängt und panisch versucht, sich davon zu befreien, während Luftblasen aus seinem Mund steigen. Sein Befreiungsversuch mit nur einem Arm funktioniert nicht, denn der andere klammert sich noch immer an das Bild.
Amy öffnet die hintere Tür von außen und ich zeige auf die Gurtschnalle Rosenthals, an die sie gut herankommen müsste.
Sie greift ins Innere des Wagens und schnappt sich die Ledertasche. Dann blickt sie in mein fassungsloses Gesicht und taucht davon.

Rosenthal liegt japsend auf dem Rasen. Als er beginnt, aufzustoßen und sich zu erbrechen, drehe ich ihn auf die Seite. Der warme Sommertag verhindert, dass wir uns mit den klatschnassen Klamotten eine Lungenentzündung holen. Ich ziehe den alten Mann bis auf die Unterhose aus, was mich einige Mühe kostet, da er kaum mithilft, sondern nur keucht und stöhnt. Dann nehme ich mir sein Unterhemd vor, wringe es kräftig aus und ziehe es ihm mühsam wieder an. Es müsste in einer Viertelstunde getrocknet sein und ihn dann vor der Sonne schützen. Dasselbe praktiziere ich danach mit seiner Hose. Mit seiner rechten Hand umklammert Rosenthal noch immer das Bild. Es muss ihm eine Menge bedeuten, wenn er deshalb fast ertrunken wäre. Ich werfe einen Blick auf das Ölgemälde, das inzwischen aus der Verpackung gerutscht ist und im Wasser nur wenig Schaden genommen hat. Durch Rosenthals Arm kann ich es nicht komplett erkennen, sehe aber, dass es sich um eine kleine Gruppe deutscher Soldaten handelt, die eine Pause in einem Waldstück einlegt. Sie sitzen lachend und rauchend auf abgeholzten Baumstämmen. Was ist das Besondere daran und wieso malt jemand ein Foto ab, das offensichtlich als Vorlage diente?
Ich blicke zu dem kleinen See, in den wir gestürzt sind. Auf der Wasseroberfläche schwimmt das Erste-Hilfe-Kissen inmitten eines kreisrunden Ölflecks, der sich langsam ausdehnt.
Ansonsten sehe ich weit und breit keinen Menschen außer uns, leider auch nicht den Drecksack im weißen Lkw. An wen hat er mich nur erinnert?
In meiner Hosentasche befühle ich das Handy und ziehe es heraus. Natürlich funktioniert es nicht mehr. Mein Colt befindet sich leider auf dem Grund des Sees.
Ich beuge mich zu Rosenthal.
»Wie geht's Ihnen?«
Er röchelt leise und nickt mir zu.
»Ich hole Hilfe. Bin bald zurück!«, versichere ich ihm und greife nach seiner Hand. Er drückt sie mit ausreichender Kraft, ein gutes Zeichen.
Ich stehe auf und scanne die Umgebung. Hinter einer Baumkette in etwa einem Kilometer Entfernung erkenne ich die staubige Spur eines fahrenden Traktors.

Tag 4, 23.30 Uhr

Im Schein des Mondlichts erscheinen mir die Vorkommnisse des Abends nicht mehr als wirr und anstrengend, sondern eher als Teil eines großen Plans, der leider in Hieroglyphen vor mir liegt. Aber die ersten Zeichen konnte ich bereits entziffern und dabei hilft mir mein Freund dort oben am Himmel. Er bestrahlt mir nicht nur das Gesicht, was mich das wärmende Blut meiner Wangen spüren lässt, er sortiert auch die wichtigen von den unwichtigen Fakten.
Der entscheidende Schlüssel zur Dechiffrierung des Plans buchstabiert sich A, M und Y.
Amy.
Sie erleidet rein zufällig genau dort einen Motorradunfall, wo ich mit Rosenthal und einer offensichtlich wertvollen Fracht unterwegs bin? Und sie greift mir ins Lenkrad, während mich ein verrückter Trucker von der Straße schubsen will? Im Wasser kümmert sie sich nur um die Scheißtasche?
Der Gipfel aber ist, dass sie mir vor ein paar Minuten tatsächlich eine SMS aufs Handy geschickt hat, das zu meiner Überraschung inzwischen wieder funktioniert. Sie bittet dringend um meinen Anruf. Ich hätte Rosenthal gleich informieren können, aber meine persönliche Rache will ich ganz privat an dieser kleinen, amerikanischen Schlampe nehmen.
Jetzt geht es erst mal zu Rosenthal nach Hause. Wir sitzen beide auf der Rückbank des Taxis, dessen Rechnung inzwischen schon gut hundertfünfzig Euro beträgt, und befinden uns nur noch wenige Meter von seinem Domizil in Zehlendorf entfernt. Erstaunlich, welcher Lebenswille in dem alten Mann steckt. Vermutlich hat er in den vierziger Jahren schon einiges mehr mitgemacht als einen kleinen Ausflug auf den Grund eines brandenburgischen Sees.
Die letzten zwei Stunden haben wir bei einem hilfsbereiten Landwirt verbracht, den ich auf seinem Trecker angesprochen habe und der uns dann mit auf seinen Hof genommen hat, von wo aus er den Dorfarzt herbeitelefonierte, der Rosenthal untersuchte. Der Arzt nahm uns das Versprechen ab, am nächsten Tag die Feuerwehr zu informieren, damit der Wagen geborgen und der See nötigenfalls gereinigt wird, natürlich auf Rosenthals Kosten. Der zackerte nicht

lange herum, erklärte sich mit allem einverstanden und nachdem feststand, dass der Alte keinen ernstlichen Schaden erlitten hatte, riefen wir ein Taxi. Sowohl Bauer als auch Arzt rieten uns, Anzeige gegen den Lkw-Fahrer zu erstatten, was Rosenthal nickend bestätigte.
Das Taxi hält in einem Wohngebiet seitlich der Clayallee, ein gepflegtes Areal mit weit auseinanderstehenden Villen. Rosenthal dreht sich müde zu mir.
»Von Sarnau, ich schulde Ihnen was«, krächzt er mich von der Seite an.
»Sie haben Morgen frei. Wobei … könnten Sie sich um den Wagen kümmern und die ganze Angelegenheit mit der Polizei? Sie müssen nicht ins Büro kommen, Hauptsache, es wird irgendwann im Laufe des Tages erledigt«, flüstert er und öffnet die Tür.
»Sie können sich auf mich verlassen«, erwidere ich. Wir schütteln uns die Hände, er schnappt sein Bild und verlässt den Wagen. Ich blicke aus dem Seitenfenster, der Mond lacht mir ins Gesicht und lädt mich mit Energie auf.
Ich versuche, Ansgar auf seinem Handy zu erreichen. Er geht nicht ans Telefon, was mich beunruhigt. Ich bete zu den Göttern, dass sich Sean heute Nacht in Sicherheit befindet. Moses, bleib wachsam!
Dann wähle ich mit steigendem Puls Amys Nummer.
»Gero?«, fragt sie mich zum ersten Mal mit ernster Stimme.
»Was willst du?«, antworte ich.
»Ich weiß, dass du jetzt wütend bist. Aber glaub mir, dass ich dir alles erklären kann. Die Dinge sind anders, als sie dir scheinen.«
»Lass den Bullshit! Nochmal, Amy. Was willst du?«, frage ich mit so viel Wut in der Stimme, dass sich der Taxifahrer bereits umdreht.
»Lass uns treffen, einverstanden? Ich stehe unten am Funkturm. Du weißt doch bestimmt, wo das ist?«
Nach dem Telefonat gebe ich die Anweisung, nicht zum Ku'damm zu fahren, wo mein Mustang noch immer vor Rosenthals Filiale steht, sondern mich am Funkturm abzusetzen.
Anschließend lehne ich mich zurück und versuche, an etwas Schönes zu denken. An etwas Liebliches, Harmloses, an Zuckerwatte oder ein paar springende Delphine vor San Diego.
Denn ich spüre, dass der Mond meine Wut mit großer Macht kanalisiert.

ER dreht sich bereits in leichtem Schlaf und ich sollte ihn jetzt nicht wecken.
Noch nicht.

Tag 5, 0.15 Uhr

Der Taxifahrer freut sich über die wohl einträglichste Fahrt seit Langem. Inklusive Trinkgeld streicht er von mir zweihundert Euro ein und wünscht mir anschließend »Einen schönen Abend noch!«.
Ich befinde mich an der nordöstlichen Ecke des gigantischen Kongresszentrums ICC, das aussieht, als hätte es ein Designer der Battlestar-Galactica-Crew entworfen. Als ich mich zu Fuß dem Funkturm nähere, erkenne ich Amys Gestalt im Halbdunkel. Trotz der Uhrzeit kann ich sie gut sehen, so hell beleuchtet der halb volle Mond die Lücke zwischen ICC und Funkturm. Wieder kitzelt mich die Wärme des Mondlichtes nicht nur von außen, sondern auch mein Inneres.
Amy kommt mir ein paar Schritte entgegen. »Gero!«, ruft sie halblaut. »Gut, dass du …, dass du hier bist«, knipst sie ein bemühtes Lächeln an. Ansonsten wirkt sie angespannt und ängstlich. Zu Recht, denn meine Wut klingt auch in ihrer Anwesenheit nicht ab.
»Spar dir das Gesülze!«, erwidere ich. »Wir wären fast draufgegangen wegen dir.«
Sie weicht meinem Blick aus, nickt.
»Ein Motorradunfall, richtig? Ich Idiot falle auf diesen Schwachsinn auch noch rein!«
Während ich die Worte ausspreche, spüre ich ein tiefes Grollen in mir. Bald wird ER sein Recht fordern. Doch mein Zorn hat noch nicht das Maximum erreicht, ich möchte IHN weiter unter meiner Haut halten. Ich fühle mich hin- und hergerissen zwischen tödlichem Hass und enttäuschter Liebe. Vielleicht sollte ich irgendeinen Passanten, der zu später Stunde seinen Hund ausführt, in Stücke reißen, um es nicht ihr anzutun. Aber hat sie es nicht mehr verdient als jeder andere?
»Gero. Hör mir doch zu! Ich hatte meine Gründe. Außerdem bist du top in Form, ich habe doch gesehen, dass ihr beide es ohne mich schafft.«

»Was war denn so Wertvolles in der Tasche?«, frage ich. »Weißt du, dass es mich anwidert, einen so alten Mann zu beklauen? Wir waren kurz vorher noch in einer verfickten Nazihochburg …«
»Ich weiß«, flüstert sie.
»Woher zum Teufel?«, hake ich nach.
»Buck«, antwortet Amy und weicht wieder meinem Blick aus.
»Buck? Dein Bruder? Was hat er damit zu tun? Und wieso bestiehlst du einen alten, jüdischen Geschäftsmann? Was war in der Scheißtasche? Los, sag's mir, bevor ich dich hier vom Platz fege!«
Amy lacht kurz auf, als hätte ich einen schlechten Witz gemacht. »Ein jüdischer Geschäftsmann? Gero, wenn du wüsstest. Was glaubst du denn, Rosenthal ist nicht … Gero!«, schreit sie plötzlich und geht mit ausgestreckten Armen auf mich zu. Meine Wut hat meine Sinne vernebelt und obwohl mein Radar anschlägt, nehme ich die Signale zu spät wahr: Den schlechten Geruch zweier Männer hinter mir, das Heranpirschen auf Armeestiefeln. Ich drehe mich rasch um und gehe in die Hocke, schaffe es aber nicht mehr rechtzeitig, ihnen auszuweichen.
Schmerzhafte Blitze jagen mit Zehntausenden Volt durch meinen Körper, quälen meine und SEINE Nerven. Ich sehe, wie Amy versucht, wegzulaufen, dann aber von einem Kerl in olivgrünen Kampfklamotten eingeholt wird. Er jagt ihr mit einem Taser ebenso Stromstöße durch den Leib, wie es mein Peiniger bei mir noch immer tut. Ich verliere das Bewusstsein mit einem letzten Blick auf Amys zuckenden Körper.

Tag 5, 2.30 Uhr

Meine Schultern und meine Handgelenke schmerzen, als ich aufwache. Eine verständliche, körperliche Reaktion, denn nachdem ich zur Besinnung komme und mich umsehe, stelle ich fest, dass ich mit gefesselten Armen an einer Kette von der Decke baumle. Genauer gesagt hänge ich mit der Kette an einem Haken wie die gut zweihundert Schweinehälften in diesem Raum. Und das erklärt wiederum, warum mir nicht nur Handgelenke und Schultern wehtun, sondern auch, weshalb ich wie Espenlaub zittere. Ich befinde mich in einem verdammten Kühlraum irgendeines Schlachthofes. Meine Füße können den Boden fast berühren, aber eben nur fast.

Ich schaue mich um und entdecke gut fünf Meter weiter Amy. Ihr wurde die Kettennummer erspart, sie kauert zusammengekrümmt auf einem Stuhl, die Arme hinter der Lehne gefesselt. Da sie seitlich zu mir sitzt, sehe ich nur ihre linke Gesichtshälfte und erkenne das Auge auf dieser Seite kaum noch, dafür einen blauroten Klumpen zwischen Augenbraue und Wange. Ihre aufgeplatzte Lippe und weitere Hämatome an ihrem Hals erzählen von etlichen Schlägen, die sie kassieren musste.

»Amy?«, flüstere ich in ihre Richtung.

Keine Reaktion.

Ich lege meinen Kopf in den Nacken und blicke nach oben. Die Kette schneidet stark in meine Handgelenke ein, meine Hände verlieren langsam jegliches Gefühl. Der Schmerz überlagert meine Gedanken, aber ich muss mich jetzt konzentrieren. Ich ignoriere das pochende Gefühl an den Handgelenken und Schultern und versuche, sämtliche Sinne zu sammeln und mehr zu erfassen, als ich auf Anhieb wahrnehme. Lupus, streng dich an!

Es gelingt mir.

Zwei Männer mit fast identischer Stimme reden vor dem Kühlhaus miteinander. Sie sprechen so leise, dass ich die einzelnen Wörter nicht verstehen kann. Der Rhythmus und Klang des Gesprochenen deuten darauf hin, dass sie unter Druck stehen oder es eilig haben.

»Amy!«, versuche ich es jetzt etwas lauter. Sie regt sich auf dem Stuhl, richtet sich langsam unter lautem Stöhnen auf.

»Hier!«, zische ich in ihre Richtung. Amy dreht sich mitsamt dem Stuhl in meine Richtung. Ihr rechtes Auge sieht besser aus als das zugeschwollene linke. Sie ringt sich mühsam ein Lächeln ab.

»Was machst du da oben?«, fragt sie mich und es klingt, als hätte sie eine Kartoffel im Mund. Aus ihrer aufgeplatzten Oberlippe tropft Blut.

»Ich hänge hier einfach nur ab«, stöhne ich.

Sie lacht leise.

»Was sind das für Typen? Wieso sind wir hier?«, frage ich.

»Fucking Nazis, Gero. Wie dein Boss, Mister Ich-heiße-ab-sofort-Rosenthal. Der echte Rosenthal ist schon lange tot.«

Sie hustet, verzieht das Gesicht.
»Was? Machst du Witze?«
Sie schüttelt den Kopf.
»Und du und Buck, ihr habt das gewusst?«
»Yup«, stöhnt sie und fährt fort. Dabei verliert ihre aufgeplatzte Lippe etwas Blut, das über ihr Kinn läuft. »Die ganze Vorgeschichte, wie bei den anderen sechs. Auch, wo ihr hinfahrt. Buck hat dein Auto verwanzt. Er hat alle gefunden, bis auf Harmann. Das Treffen war der letzte Beweis.«
»Harmann?«
»So hieß dein Rosenthal früher wirklich. Bevor dieses Schwein in die Staaten abgehauen ist, wo er den echten Rosenthal fand, umbrachte und seine Identität annahm.«
»Ihr jagt alte Nazis?«
Sie schüttelt den Kopf.
»Buck tut das. Ich nicht, ich …«, ringt sie nach Worten, bricht dann aber ab.
»Und warum? Ihr seht nicht aus wie Erzengel der Gerechtigkeit. Seid ihr vom Geheimdienst? Oder im Auftrag von irgendwem unterwegs?«
Amy antwortet nicht, dreht den Kopf von mir weg. Das Blut tropft inzwischen von ihrem Kinn auf das Handgelenk.
»Ihr habt mich benutzt? Die ganze Nummer mit dem Fahrer, der gesucht wird, war von Buck und dir eingefädelt?«
Sie nickt, stöhnt leise.
»Der Wagen war verwanzt? Die ganze Geheimdienstscheiße und ich Idiot mittendrin?«
»Mhm.«
»Wieso taucht dein allwissender Bruder dann nicht mit der Kavallerie hier auf?«
»Weil ich mich bei dir ganz allein entschuldigen wollte. Ich habe ihm nicht gesagt, wo ich bin.«
»Spitzen Idee«, ächze ich und blicke frustriert nach oben, wo ich meine Hände zwar sehe, aber kaum noch spüre. Ganz oben an der Wand hinter mir bemerke ich einige schmale, unglaublich verdreckte Klappfenster, die vermutlich seit Jahren nicht mehr geöffnet wurden.
»Sorry, Babe, das ist alles meine Schuld«, ringt sie sich mühsam ab und lässt die Schultern hängen.

»Das klären wir später«, erwidere ich. »Wir müssen erst mal weg hier. Kannst du dich befreien?«
Amy rutscht mit ihrem Stuhl hin und her, verdreht dabei die Arme. Es gelingt ihr, so weit in die Hocke zu gehen, dass sie die Arme unter den Stuhlbeinen durchstreifen kann. Sie bringt den Stuhl zum Fallen, zieht die Fesseln unter den Füßen durch und steht auf, nun mit den gefesselten Armen vor dem Körper. Ich erkenne noch mehr blaue Flecken an Hals, Nacken und Armen.
Sie schnappt sich ihren Stuhl, schiebt ihn zu mir ran und steigt darauf. Wir sehen uns für einen Moment in die Augen, genauer gesagt, blicke ich nur in eines, das man tatsächlich als Auge bezeichnen kann. Das allerdings präsentiert sich bezaubernd schön.
»Glotz nicht so«, meint Amy. »Du hattest beim letzten Date nur einen halben Zahn.«
Ich schwinge leicht nach vorn, mit den Füßen auf den Stuhl. Amy zieht mich ran. Wir blicken beide nach oben zur Kette, die an einem Fleischerhaken befestigt ist.
»Steig an mir hoch und hak die Kette aus«, flüstere ich direkt in ihr Ohr. Der Geruch ihres Haares entzückt meine Nase und sendet Signale an südliche Regionen.
»Bin schon dabei, Süßer«, antwortet Amy. Als sie sich an meinen Schultern nach oben zieht, höre ich eine Tür laut ins Schloss fallen.
»Runter! Sofort!«, schnarrt ein blonder Mittzwanziger in olivgrünen Combat-Klamotten mit einer deutschen Volkssturmmütze, wie ich sie aus Weltkriegsaufnahmen kenne. Neben ihm steht die identische, zweite Ausgabe, er trägt ebenso wie sein Zwillingsbruder eine alte Maschinenpistole aus derselben Ära in der Hand.

Die Nazizwillinge heißen Lars und Sven, was jeder Fünfjährige herausfinden würde, da sich die beiden unaufhörlich mit ihrem Namen ansprechen. Und jeder, der in seinem Leben ein paar Krimis gesehen oder gelesen hat, weiß, dass es Kriminelle überhaupt nicht mögen, wenn man ihr Gesicht oder ihren Namen kennt. Dieses beschissene Schlachthaus soll wohl zur Endstation für Amy und mich werden.
Vorher wollen die beiden allerdings noch einiges herausfinden und das dürfte der Grund sein, warum wir überhaupt noch am Leben

sind. Für wen wir arbeiten, war die erste Frage, die sie Amy und mir stellten.
Amy befindet sich wieder gefesselt auf dem Stuhl und kassierte die erste Ohrfeige für eine unbefriedigende Antwort.
»Ich arbeite für niemanden! Das war nur ein Unfall! Ich dachte, in der Tasche wäre etwas Wertvolles drin, darum habe ich sie genommen.«
Nach der Ohrfeige erhält sie von Sven noch einen Faustschlag in den Magen, was sie stöhnend zusammensacken lässt. Die beiden Arschlöcher kichern, dann wendet sich Lars an mich.
»Was wolltest du von Harmann?«
»Wer ist Harmann?«, frage ich zurück. Meine Handgelenke verabschieden sich soeben von meinem Nervensystem, meine Finger, meine Hand geben kein Signal mehr von sich, ertauben völlig.
Lars holt mit seiner Faust aus, ich spanne meine Bauchmuskeln an, was mir in dieser Längsstreckung am Haken nicht gerade leicht fällt, aber sein Schlag richtet damit weniger Schaden an. Ich atme aus, die beiden flüstern miteinander.
»Lars?«, fragt Sven laut.
»Ja, Sven?«, fragt dieser affektiert zurück, als stünde er auf einer Bühne.
»Die wollen mit uns spielen!«
»Dann hol ich doch mal das Spielzeug, Brüderchen!«
Sven zerrt einen großen Seesack vom Rand der Halle zu uns und wuchtet ihn auf den Tisch vor Amy. Er kramt darin herum, während Lars in einer anderen Ecke verschwindet. Ich höre das Geräusch von Wasser, das mit hohem Druck aus einem Wasserhahn in einen Eimer spritzt.
Amy blickt mich an. Aus ihren Augen ist jede Zuversicht gewichen, dafür spiegeln sie schiere Angst. Ich versuche, so viel Kraft und Hoffnung in meinen Blick zu legen, wie ich nur kann.
Sven zieht einen Taser aus der Tasche, während Lars mit einem vollen Wassereimer erscheint. Während ich mich frage, was er damit vorhat, holt er aus und spritzt die halbe Ladung über mich. Das kalte Wasser setzt meinen Kreislauf unter Schock, aber nach einem kurzen Moment wirkt es sogar erfrischend.
»Hast du in Physik gut aufgepasst, Sven?«, fragt Lars.

»Natürlich, Brüderchen. Wasser leitet Strom viel besser«, antwortet Sven und tritt an mich heran. Er schaltet den Taser ein und setzt ihn an meiner Bauchhöhle an.
Der Schmerz jagt nach einer Zehntelsekunde von den Zehen bis zu meinen Augenhöhlen quer durch meinen Körper. Ohne es zu wollen, schreie ich, bin nicht mehr Herr meiner Sinne. Mein Kiefer, meine Zunge, sie zittern, meine Stimmbänder vibrieren.
Sven nimmt den Taser wieder von der Haut, ich atme laut aus, stöhne, ächze, zerre an den Ketten über mir.
»Fällt's dir jetzt wieder ein? Arschloch?«, fragt mich Sven grinsend.
»Rosenthal«, ächze ich. »Ich arbeite für Rosenthal, niemanden sonst. Ich kenne keinen Harmann.«
Sven dreht sich zu Lars.
»Er will noch ein bisschen länger spielen. Aber wir haben so wenig Zeit!«
Beide zucken die Schultern, dann deutet Sven auf Amy.
»Zieh sie aus.«
Lars kichert und versucht, die auf dem Stuhl gefesselte Amy zu entkleiden. Sie wehrt sich, kassiert dafür einige Schläge ins Gesicht und auf die Brust, bis es Lars zu bunt wird. Er reißt ihr die Bluse in Stücke, zieht ihr die Fetzen über den Kopf und vom Oberkörper. Danach zerrt er ihr die Jeans von den Beinen.
Amys Gesichtsausdruck hat sich von Angst in Entsetzen gewandelt.
»Ein deutscher Schwanz für die Amischlampe!«, feuert Sven seinen Bruder an, während dieser Amys Slip zerreißt. Amy wehrt sich, so gut sie kann, kreuzt die Beine, weint, flucht, tritt nach ihm.
»Dann ist heute Abend mal nicht der Arsch deines Bruders dran?«, rufe ich Lars zu.
Seine gute Laune erfriert von einer Sekunde auf die nächste. Er blickt zu seinem Bruder, der ebenso wütend wirkt und mit stampfenden Schritten zum Seesack marschiert. Aus dem Inneren des großen Beutels zieht er eine gewaltige Kneifzange hervor, mit der man sicher fingerdicke Drähte kappen kann.
»Jetzt bist du dran, Wichser!«, schnarrt er voller Zorn.
»Mach ihn fertig!«, unterstützt ihn sein Bruder. Beide lachen nicht mehr. Ihr Hass wünscht ein Opfer: mich. Mein Ablenkungsmanöver hat Erfolg gezeigt, aber die Zange gefällt mir überhaupt nicht.

In Amys Augen sehe ich Tränen. Ich schüttle den Kopf, schicke ihr mit meinem Blick ein »Wir packen das schon!« zu. Daran glaube ich zwar selbst nicht mehr, aber das soll sie nicht merken.
Sven blickt auf meine Stiefel, zieht mir schließlich einen nach dem anderen aus. Ich wehre mich nicht, warum auch? Danach entfernt er die Socken. Als er die Zange öffnet, höre ich das Geräusch einer Tür. Der Mann im Lodenmantel und sein blonder Herrenmensch vom Gutshof an der Grenze betreten die Halle. Sven und Lars nehmen Haltung an, als würde ihre Stube in der Kaserne inspiziert, wobei Sven noch immer die Zange in der Hand hält.
»Der Scheißkerl will nichts sagen, Herr ...«, setzt Sven an, wird aber sofort vom Hünen unterbrochen.
»Ruhe!«
Sven und Lars legen die Hände an die Hosennaht.
Der Lodenmantel nickt den Zwillingen zu, kommt dann mit langsamen Schritten auf mich zu. Er sieht mich an, ich halte seinen Blick, bis er lächelt. Dann geht er zu Amy, die ängstlich auf ihrem Stuhl nach hinten rutscht. Er betrachtet sie von oben bis unten.
»Welche Verschwendung.«
»Fucking Nazi Bastard!«, zischt Amy. Der blonde Hüne geht zwei Schritt nach vorn und schlägt ihr mit der Rückseite seiner Hand auf die Wange. Ein Teil ihrer Lippe platzt auf, die Nase entlässt einen Blutstropfen.
»Ihr legt euch immer mit den Falschen an. Lernt ihr nie aus der Geschichte?«, fragt der Mann im Lodenmantel und setzt sich auf die Tischkante nah zu Amy.
»Euer Problem ist die Gier. Euch fehlt es an Seele. Immer nur Geld, Geld, Geld. Ihr habt die Wall Street? Wir haben Überzeugung!«
Dann dreht er sich zu den Zwillingen um.
»Rühren!«
Sie stellen sich etwas bequemer hin, während er mit ihnen spricht.
»Wir wissen Bescheid. Die Unterlagen wurden bereits sichergestellt. Weitere Verhöre sind überflüssig.«
»Jawohl!«, schmettern Lars und Sven unisono. Er dreht den Kopf kurz zu uns, dann wieder zu den Zwillingen.
»Ein ehrenhafter Kampf verdient eine standesgemäße Exekution. In diesem Fall handelt es sich allerdings um illegale Kombattanten. Be-

seitigt sie. Im Nebengebäude befinden sich die Maschinen für die Fleischverarbeitung. Von den beiden bleibt kein Fingernagel mehr übrig, verstanden?«

Beide knallen die Hacken zusammen. Ohne uns eines weiteren Blickes zu würdigen, verschwindet der Lodenmantel, gefolgt von seinem arischen Riesen. Als die Hallentür ins Schloss fällt, jubeln die Zwillinge, stecken dann die Köpfe zusammen und tuscheln.

»Party, Party, Party!«, ruft Lars mit schriller Stimme.

Er kippt Amys Stuhl nach hinten und zieht sie in Richtung Schmalseite der Halle, wo sich eine weitere Tür befindet. Er öffnet diese und ich erkenne, dass es dort nicht nach draußen geht, sondern in eine weitere Halle, in der ich allerdings keine Haken oder Schweinehälften sehe. Sie scheint leer zu sein.

Ich treffe Amys Blick und sehe nicht mehr nur Angst, sondern schiere Panik. Dann schließt sich die kleine Tür.

Wellen der Wut pulsieren durch meinen Körper, doch ich spüre IHN nicht. Warum nicht? Wo bleibst du? Liegt es an der Kälte des Kühlhauses? Oder daran, dass wir hier keinen Schimmer natürlichen Lichts empfangen? Aber ich verwandle mich doch auch sonst, wenn der Dude mich in das Verließ sperrt.

Wo? Bleibst? Du?

Meine Gedanken werden unterbrochen, als ich Metall an meinem Knöchel spüre. Sven streichelt meinen Fuß mit der Kneifzange. Er schürzt die Lippen.

»Du wolltest dich entschuldigen.«

Ich zerre vollkommen sinnlos an der Kette. Die Zange gefällt mir nicht. Sie gefällt mir ganz und gar nicht!

»Wofür denn?«, frage ich. Er neigt den Kopf.

»Du weißt doch. Wegen vorhin. Der Arsch deines Bruders!«, schreit er mich an. Ich hänge an meinen Zehen, meinen Füßen, eigentlich an allen Körperteilen.

»Ja, das war Scheiße. Tut mir leid, Sven. So bin ich. Immer einen Scheißwitz, über den keiner lacht. Vergiss es, okay?«

Er setzt die Zange an meinen linken, kleinen Zeh an. Ich spüre das scharfe, feste Metall der Schnittfläche. Mich erfasst dieselbe Panik, die ich vor zwei Minuten in Amys Augen gesehen habe.

»Ich entschuldige mich. Das war dumm, mies. Entschuldige, Mann!«

Das blonde, kleine Arschloch lächelt mich breit an.
»Zu spät!«
»Sven! Ich entschul...«
In diesem Moment drückt er die Zange zusammen. Für einen kurzen Moment spüre ich nur, wie sich das Metall in die Haut gräbt, doch dann erfasst die Zange den Knochen. Der Schmerz fährt mir von den Füßen über die Wirbelsäule und das Gehirn in die Augen. Das laute Knirschen verstärkt das Entsetzen über den pochenden Schmerz und mischt sich mit dem Schrei eines verwundeten, sterbenden Tieres. Bin ich das?
Nein. Das war nicht Gero allein. Ich spüre IHN. Endlich!
Ich atme laut und heftig aus, sehe zuerst nach unten, wo dickes Blut aus dem kleinen Stumpf tropft und reiße dann den Kopf nach oben, vor Wut, vor Schmerz, vor Angst. Als suchte ich die Götter um Beistand, blicke ich nach oben und sehe eine kleine, rußgeschwärzte Dachluke.
»Zehn kleine Negerlein ...«, singt Sven fröhlich und betrachtet meinen kleinen Zeh, als wäre es eine Fliege, der er die Flügel ausgerissen hat.
»Gut, gut«, atme ich schwer. »Sven, ihr seid Ehrenmänner. Ein deutscher Soldat hat doch Ehre im Leib, nicht wahr?«
Er blickt mich an, nickt. Dann legt er den kleinen Zeh auf den Boden, sieht sich meinen lädierten Fuß an.
»Sven! Du willst mir weh tun. Ihr werdet uns töten. Hab ich verstanden.« Er nickt wieder, ich fahre fort. »Unter Kämpfern gibt es doch Ehre, Mann. Man gewährt dem Todeskandidaten wenigstens einen letzten Wunsch. Sven? Das kannst du mir nicht abschlagen. Du bist doch ein aufrechter Soldat. Ich war auch mal einer. Wir tun so was!«
Der pochende Schmerz meines abgetrennten Zehs lässt mich daherplappern wie einen Grundschüler, aber ich merke, wie er nachdenkt.
»Was willst du?«, fragt er mich, während ich das Grollen tief in mir spüre. Doch noch ist ER nicht erwacht. Ich muss mich beeilen.
»Ich will ein letztes Mal die Sterne sehen. Das habe ich als Kind immer geliebt.«
Sein Gesicht zeigt keine Regung.
»Mit meinem Bruder habe ich durchs Fernrohr geschaut, so oft!«, setze ich nach und merke, wie in seinem Nazi-Schädel etwas vorgeht.

»Laber nicht. Also?«, schwingt er die Zange.
»Da oben.« Ich drehe meinen Kopf zur Decke, damit er dorthin sieht. »Kannst du die Luke öffnen? An der Wand ist bestimmt ein Hebel dafür. Bitte.«
Sven legt die Zange auf den Boden und geht langsam zur Wand, ohne mich aus den Augen zu lassen. Ich habe ihn bei seiner Ehre gepackt und er will mir diesen letzten Wunsch erfüllen.
Ich spüre IHN rumoren, als würde er sich verärgert im Schlaf umdrehen. Dann fühle ich einen leichten Luftzug. Sven hat die Luke über mir geöffnet. Tatsächlich sehe ich zwei, drei Sterne durch den kleinen Ausschnitt. Ich zerre an der Kette, um einen anderen Blickwinkel zu erhalten, was Sven misstrauisch macht. Er kommt wieder zu mir.
»Was soll das Geschaukel?«
»Ich muss nur ein kleines Stück nach links, zur Cassiopeia. Bitte! Nur das!«
Er drückt mich in diese Richtung, wo ich bereits den leichten Schimmer hellen Lichts erkenne. Tatsächlich, dort leuchtet er.
Ich sehe den Mond.
ER streckt sich und reckt sich in mir, während Sven einen halben Schritt zurückgeht.
»Neun kleine Negerlein …«, beginnt er und greift mit der Hand nach meinem verletzten Fuß, als mich ein Blitz durchfährt. ER will nach draußen.
»Halt still!«, ruft Sven ärgerlich, doch ich kicke ihn mit aller Kraft gegen den Brustkorb. Er stolpert mehrere Meter nach hinten, donnert gegen den Tisch und fällt dann auf den Boden. Sein Gesicht verzerrt sich zu einer wütenden Fratze.
»Du Arschloch!«
Meine Adern schwellen an, meine Knochen wachsen wie im Zeitraffer. Tausend glühende Nadeln stecken in meinen Augen und unter den Fingernägeln. Haare sprießen am Rücken, auf den Wangen, werden zu Büscheln und dann zu Fell. Ich krümme mich, weil meine Knochen keinen Platz finden, meine Sehnen Raum suchen, meine Muskeln sich anspannen. Die breiteren Gelenke und elastischen Muskeln sprengen die Ketten, ich falle zu Boden, rolle mich auf dem kalten Zement hin und her.

Svens Mund klappt vor Staunen weit auf, paralysiert von dem Schauspiel, das er nicht begreift. Er lässt die Zange fallen.
Mein Kopf scheint zu platzen, mein Kiefer streckt sich nach vorn, um der Zunge Raum zu geben, die sich an scharfen Fangzähnen reibt. Die Augen verlieren ihre Farbsicht, wechseln erst zu grau und schließlich zur Farbe der Jagd. Zu rot.
Ein Blick nach unten zeigt mir alle fünf Krallen am linken Fuß.
Ich krümme mich, zucke, richte mich langsam auf, kann meine Zunge kaum noch so bewegen, dass sie Worte formt. Doch ein letzter, klarer Gedanke verlässt meine Schnauze und ich spreche mühsam zu Sven, bevor ER endgültig regiert.
»Zeit, zu sterben.«

Richte mich auf.
Sehe rot. Alles.
Sven. Läuft zurück, stolpert. Fällt hin.
»Das ist irre. Voll irre! Lars! Laaars!«
Teil von Kette noch an meinem Arm.
Sven steht auf. Will weg. Zu Tür. Zu Lars.
Ich werfe Kette, auf Beine von ihm. Wickelt sich um Knie. Er stolpert, fällt.
»Lars! Lars, komm! Schnell!«
Mache großen Satz. Fliege weit durch Halle. Wie Vogel! Fahre Beine aus.
Er sieht mich. Schreit. Lande auf ihm. Wie auf Kissen.
Sven schreit. Hält Arme vor Kopf.
Blase heißen Atem in Gesicht.
»Laaars!«
Sein Hals wölbt sich. Durch Schrei.
Augen voller Angst. Amy hatte Angst! Ich auch!
Beiße fest in seinen Hals. Reiße heraus, was ich zwischen Zähnen habe.
Gurgelt. Zuckt. Zappelt mit Armen. Beinen.
Dann nicht mehr.
Viel Blut. Viel. Viel fließt auf Boden.
Licht fällt auf Boden. In rotes Meer von Blut.
Lars steht in Tür.
»Sven! Sven! Sveeeen!«
Schreit. Weint. Flucht.

Wischt sich Träne von Auge.
Ich richte mich auf. Blut tropft von Maul.
Lars schaut. Toter Bruder. Lupus.
Weiß: Hat keine Chance. Nicht mal Waffe. Auch dann: Nicht.
Wer ist jetzt Opfer? Sag! Wer kommt in Maschine? Sag!
Lars bewegt sich. Mit Rücken zu Wand. Langsam zu Ausgang.
Denkt, ich merke nicht. Sehe zu.
Geh ruhig! Geh!
Zehn Schritte noch. Für ihn. Bis Tür nach draußen.
Für mich fünfzig. Als Mensch.
Nicht als Lupus.
Er schleicht. Blick zu mir. Stehe wie Stein.
Noch fünf Schritte. Hat er.
Sehe ihn an.
Dann. Läuft er los.
Ich ducke und springe. Gewaltig. Weit. Lande kurz vor ihm.
Er hat Hand auf Türklinke. Ich hechte zu Tür. Beiße in Arm.
Hand bleibt auf Klinke. Nur Hand.
Lars jault. Heult. Schreit.
Drücke ihn an Wand. Denk an Amy! An alle!
Viel Blut fließt aus Arm.
Ich gehe zurück. Ein Schritt nur. Seine Augen groß. Panik!
Gehe wieder vor. Fasse unter Beine.
Hebe hoch. Lars in Luft. Schreit.
Sehe nach oben. Großer Haken für Fleisch.
Werfe Lars. Fällt mir schwer. Werde schwächer schon. Bald wieder Mensch.
Aber Lars fliegt. Mit Rücken auf Haken. Zwischen Schultern. Böses Geräusch. Wie aus Küche. Beil in Truthahn.
Lars.
Hängt wie Schwein von Decke.
Wimmert. Einmal. Zweimal.
Dann Stille.
Ich zittere, Knie knicken ein. Falle nach vorn.
Auf Hände, Füße. Wie Wolf.
Schädel tut weh. Herz auch.
Kotze Magen aus.
Falle auf Boden wie tot. Will schlafen.

Wie ein geprügelter Hund krieche ich über den kalten Beton. Mein Leib fühlt sich an, als wäre ich von einer hispanischen Gang windelweich geklopft und anschließend auf einen Müllhaufen geworfen worden. Mindestens genauso finster fühlt sich der Geschmack in meinem Mund an, eine Mischung aus Erbrochenem, Blut und frischem Fleisch.
Schnell den Gedanken verdrängen, sonst muss ich mich nochmal übergeben.
Ich krümme meinen Rücken und stoße mich ab, knie jetzt auf dem Boden, sehe mich um.
Die Szenerie, die ich erblicke, erscheint mir wie die mittelalterliche Darstellung eines Folterkellers, die man kaum mehr als einige Momente erträgt, bis das Entsetzen so nachhaltig zuschlägt, dass man nicht mehr träumen möchte.
Würde ich meinen Arm ausstrecken, könnte ich den Fuß von Lars berühren, der von einem zwischen seinen Schulterblättern steckenden Haken baumelt. Sein Bruder liegt ein ganzes Stück entfernt im Inneren der Halle und würde man die Leiche heben, bliebe der Kopf wohl auf dem Boden zurück, so viel Fleisch wurde aus dem Hals gebissen.
Sie oder wir. So einfach war das am Ende.
Amy!
Ich richte mich auf, stehe wacklig auf den Beinen und bewege mich zur Verbindungstür. Dann überlege ich es mir anders und gehe zum noch immer halb gefüllten Wassereimer. Ich tauche meine Hände tief ein und wasche mir in Windeseile das Blut vom Gesicht, vor allem von der Mundpartie. Als Kannibale von Berlin möchte ich Amy nicht gegenübertreten.
Meine Hose besteht wie meist nach einer Verwandlung nur noch aus einer Ansammlung blauer Fetzen, bedeckt aber immerhin das Becken, das Hemd ist hinüber. Ich ziehe mir rasch die Stiefel an, öffne die Verbindungstür und mache mich auf das Schlimmste gefasst.
Amy sitzt noch immer in derselben Position auf dem Stuhl, in der sie von Lars in die Halle geschleift wurde. Ihre Knöchel sind an die Stuhlbeine gefesselt, die Arme nach hinten gebogen und an den Handgelenken mit Kabelbindern festgezurrt.

Sie sitzt mit dem Rücken zu mir, hat sich aber gedreht, um zu sehen, wer durch die Tür kommt.
»Gero«, kommt schwach aus ihrem Mund. »Wie …? Was …?«
Ich knie mich neben den Stuhl und sehe ihr ins Gesicht. Ohne einen Ton von sich zu geben, laufen zwei Tränen aus ihren Augen über die Wangen. Sie legt ihren Kopf gegen meine Stirn. Ich bücke mich, zerre an den Kabelbindern, bekomme sie aber weder an den Knöcheln noch an den Handgelenken auf.
»Scheiße. Warte!«, sage ich und richte mich auf.
Ich gehe wieder zur Tür. Amy schüttelt hektisch den Kopf.
»Bleib hier, bitte! Gero!«
»Sekunde!«, rufe ich, während ich bereits das gefunden habe, was ich suche: Die Zange. Ich renne zurück zu Amy, bücke mich und knipse die Fesseln auf. Sie reibt sich die malträtierten, dunkelroten Stellen. Wir stehen beide auf und erst jetzt wird uns klar, dass sie keinen Fetzen Kleidung am Körper trägt.
»Warte«, sage ich erneut, aber diesmal mit dem Anflug eines Lächelns im Gesicht, denn sie dreht sich leicht von mir ab. Wieder sprinte ich in die Halle mit den Schweinehälften und bringe dieses Mal ihre Klamotten mit. Die Bluse hat gelitten und zeigt zwei lange Risse, bedeckt Amys Oberkörper aber noch immer einigermaßen. Amy zieht sich rasch Jeans und Schuhe an, dann drängt sie zur Verbindungstür. Ich halte sie am Arm fest.
»Was ist los?«, fragt sie mich irritiert.
»Amy. Versprich mir eins.«
»Alles. Hauptsache, wir verschwinden hier.«
Ich nicke.
»Es sieht schlimm aus da drüben. Du schaust nicht hin. Okay? Wir hauen nur ab und gehen schnurstracks zum Ausgang.«
Das erste Mal seit wir diese Hölle betreten haben, sehe ich in ihren Augen wieder diese Funken an Energie, die mir von Anfang an aufgefallen sind.
»Keine Ahnung, was du mit diesen Bastarden gemacht hast, Superman. Aber eins weiß ich. Sie haben es verdient. Wenn du willst, schau ich nicht hin. Können wir?«
Wir verlassen die leere Halle Hand in Hand, ich ziehe Amy an der Wand entlang zur Ausgangstür, die sich quietschend öffnet.

Sommerlich warme Nachtluft empfängt uns. Ich merke nun erst, wie durchgefroren ich bin. Ein Geräusch rechts von uns elektrisiert mich. Ich drücke mich an die Wand und ziehe Amy mit mir, die noch immer meine Hand hält.
Nur etwa fünfzehn Meter von uns entfernt sehe ich einen bulligen, großen Kerl. Er zieht einen Mann, der bewusstlos zu sein scheint, über den Boden zu einem dunklen, großen Wagen. Dort liegt bereits eine andere regungslose Gestalt. Der bullige Typ atmet erleichtert aus, richtet sich dann auf, wodurch ich sein Gesicht erkenne.
Es ist Buck.

Tag 5, 4 Uhr

Der Mond schiebt sich hinter einer großen Wolke hervor und wärmt mein Gesicht. Du hast mir das Leben gerettet! Ich schließe für einen kurzen Moment die Augen, um dem goldenen Begleiter zu danken.
Amy sitzt bereits zitternd in dem schwarzen Cadillac Escalade, einem dieser großen SUVs, die man normalerweise nur aus amerikanischen Filmen kennt. Buck zerrt die beiden Männer in den Laderaum und bittet mich um Mithilfe. Als ich den ersten an den Knöcheln packe, fällt mir der dunkelrote Streifen am Hals auf, beim zweiten achte ich dann nicht mehr darauf, ihn sorgfältig auf die Ladefläche zu bugsieren. Beiden hat Buck vermutlich mit einer Drahtschlinge das Licht abgedreht.
»Sind noch weitere drin?«, fragt er mich. Ich nicke und forme mit Zeige- und Mittelfinger eine Zwei.
Danach wird es richtig finster. Die Drecksarbeit mit den Zwillingen wartet auf uns. Ich erzähle von den Maschinen, die der Lodenmantel erwähnt hat. Wir streifen uns Einweghandschuhe über, die Buck aus dem Wagen holt. Dann inspizieren wir die dritte Halle, die an die anschließt, in der Amy gesessen hat. Ein etwas flacherer Bau mit unzähligen Maschinen unterschiedlichster Bauart. Viele blinken, scheinen aber nicht zu arbeiten. Einige davon sehen aus wie riesige Fleischwölfe und sind mit einer Art großem Rohr verbunden. Buck schaut sich das Ganze an und nickt mir zu.

Anschließend gehen wir zum Wagen zurück, schleppen die beiden Toten in die Halle zu Lars und Sven. Danach holt Buck zwei Kanister, einen großen und einen kleineren aus dem Escalade, die er in die erste Halle stellt.

Nun folgt der Teil, den ich für immer aus meinem Gedächtnis verbannen möchte: Die »Entsorgung« der Männer. Leider kommen wir nur sehr langsam voran und während wir den letzten Kerl in die Maschine stopfen, frage ich mich, ob das nicht in ein paar Stunden auffliegen wird. Buck scheint die Anlage zu verstehen und zeigt auf die Verbindungsrohre, die offensichtlich zu einer großen Mischmaschine führen. Trotzdem bleibe ich skeptisch. Aber welche Wahl haben wir? Irgendwelche unwissenden Kunden werden in den nächsten Tagen Döner, Hamburger oder sonstige Hackfleischprodukte zu sich nehmen, mit der Spezialnote »frischer Nazi Zwilling«.

Als wir den grässlichen Teil erledigt haben, drückt mir Buck den kleineren Kanister in die Hand. Wir verteilen die Flüssigkeit überall dort, wo wir uns aufgehalten haben. Buck erledigt das so routiniert, als hätte er Übung darin. Ich vermute, dass das Zeug aus den Behältern unsere DNA-Spuren vernichtet.

Als wir die Hallen verlassen und uns dem Wagen nähern, bleibt Buck kurz stehen.

»Ich frage dich das nur einmal und du sagst mir die Wahrheit.«

»Spar dir den Ton«, antworte ich. »Also?«

»Sorry, Mann. Aber wenn es um meine Schwester geht, werde ich zum Tier«, erwidert er und kann natürlich die Ironie seiner Worte nicht einordnen. Ich auch!, hätte ich nämlich gerne geantwortet.

»Also. Gero, bitte die Wahrheit. Was haben die mit ihr gemacht?«

Das erste Mal sehe ich in seiner sonst überlegen dreinblickenden Hackfresse den Schimmer von Angst. Ich lege ihm eine Hand auf die Schulter.

»Nichts. Soweit ich weiß. Die waren nur sehr kurz allein. Sie hat einiges an Prügel einstecken müssen, das war alles. Aber frag sie selbst.«

Schweigend verlassen wir den Ort des Terrors und gehen zum Wagen.

»Steig ein«, brummt er und es klingt wie ein Befehl.

Ich steige nicht ein. Nicht nur, weil ich allergisch gegen Anweisungen bin, sondern weil ich ihm keine fünf Meter über den Weg traue. Er hat meinen Wagen verwanzt, mich in das Messer der Nazis laufen lassen und soeben wie ein Profikiller lautlos ein paar Wachen erledigt. Wer weiß, ob er in seinem Monsterschlitten nicht eine Knarre mit Schalldämpfer zieht und mir »Plopp, plopp!« ein, zwei hübsche Löcher in die Stirn brennt.

»Worauf wartest du?«, zischt er mir zu und steigt auf der Fahrerseite ein. Seine Wangenknochen mahlen, als würde er mit den Zähnen Diamanten herstellen. Ich stelle mich an die Beifahrertür und klopfe gegen das Fenster. Amy lässt die Scheibe runter.

»Ich gehe zu Fuß. Will nicht enden wie die Typen, die eben noch hinten drin gelegen haben.«

»Gero. Buck wird dir nichts … du kannst ihm vertrauen. Wirklich.«

»Ich glaube weder ihm noch dir irgendetwas. Aber du bist mir was schuldig.«

Sie senkt den Kopf, sieht mich an, nickt. Buck beugt sich in unsere Richtung. »Hört auf zu quatschen, Ladys! Wir müssen weg!«, zischt er und startet den Motor des Escalade.

»Ich knöpfe mir morgen Rosenthal vor«, sage ich zu Amy, die ihre Scheibe nach oben fährt, dann aber stoppt.

»Er heißt Harmann«, ruft sie mir zu. Dann gleitet das Fenster nach oben, der Escalade fährt einen Halbkreis und entfernt sich von mir. Er verlässt das Grundstück und biegt nach rechts auf eine Straße ab. Ich setze mich in Bewegung und verlasse ebenfalls das Gelände durch das breite, offene Tor. Fast trete ich in eine zerbrochene Flasche, kann aber elegant ausweichen. Ich besitze also wieder zehn ordentlich gewachsene Zehen. Es geht nichts über die Selbstheilung eines Lupus! Vor dem Tor sehe ich verschiedene Schilder von Export-Import-Firmen und den Hinweis auf einen Schlachthof, dessen Maschinen heute mehr Futter bekommen haben als geplant.

Zuerst muss ich mich orientieren. Schon als Kind konnte ich die Himmelsrichtungen durch die Sterne bestimmen. Seit meiner Zeit bei den Einzelkämpfern hat sich diese Fähigkeit noch verfeinert, aber all das spielt nur in der Zweiten Liga gegen meine unschlagbare Nase. Der Geruchssinn eines Lupus stellt alles in den Schatten.

Ich befinde mich irgendwo im Norden Berlins, das steht fest. Der Kerosingeruch liegt hier so konzentriert in der Luft, dass der Flughafen Tegel nicht weit sein kann. Vielleicht irgendein Industriegebiet in Reinickendorf?

Eins steht fest: Meine Wohnung liegt im Südosten. Der Mustang parkt weit im Westen. Ohne Geld und ordentliche Kleidung bleibt mir erst mal nur eins, nämlich der Weg zu Fuß. Die U-Bahn fährt um diese Uhrzeit nur in großen Abständen, Busse sollte ich in meinem Aufzug wohl eher meiden.

Ich trabe los und richte mich auf einen längeren Lauf ein. An geschlossenen Läden, verlassenen Gewerbegebieten, schlummernden Wohngebieten vorbei gehe ich in mittlerem Tempo Richtung Kreuzberg.

Nach zwei Kilometern sehe ich einen Fuchs am Straßenrand, der sich duckt, zwei Schritte zurückgeht, aber nicht flüchtet, als ich an ihm vorbeitrabe.

Eine dieser kleinen und lärmenden Kehrmaschinen wässert und reinigt in der Nähe des Hansaviertels einen Platz, den ich nicht kenne. Der Fahrer blickt mich kurz und teilnahmslos an, als ich die nassen Stellen umgehe und bei Rot über die Ampel spurte.

Nach einem weiteren Kilometer schlägt mein inneres Radar aus. Dieser sechste Sinn, der vor allem vom Geruch gesteuert wird und über den alle Wölfe verfügen, um ihr Rudel auch über größte Distanzen zu finden.

Ansgar!

Er ist unterwegs und steuert auf mich zu.

Ich muss mich bremsen, um nicht laut loszujubeln, und nehme wieder Tempo auf, und zwar in die Richtung, in der ich ihn wittere.

Wie ein Marathonläufer aus Kenia fliege ich geradezu über die Straßen. Als ich die Viktoria am Großen Stern erblicke, kann ich im Geiste fast nach Ansgar greifen, sehe ihn aber noch nicht. Ich beschleunige.

Am Fuß der Siegessäule erkenne ich ihn. Er kauert auf einer Treppenstufe und winkt mir bereits aus der Ferne zu. Als ich noch zehn Meter entfernt bin, steht er auf und breitet die Arme aus.

Wir prallen aneinander und umarmen uns, dann gibt er mir eine leichte Ohrfeige.

»Bruder, was machst du?«

»Hast du mich gesucht?«, frage ich zurück.

»Ja. Ich habe gespürt, dass etwas nicht stimmt, aber da war so wenig Geruch von dir in der Luft. Doch dann, dann konnte ich dich riechen! Was ist passiert?«

Er tritt einen Schritt zurück und lacht.
»Du brauchst ein neues Hemd!«
»Scheiße, ja. Hast du Geld für ein Taxi dabei?«
»Wovon redest du, Bruder? Ich bin mit dem Wagen hier.«
»Hast du den Mustang geknackt?«
»Gero, du sprichst in Rätseln. Ich bin mit meinem Wagen hier.«
»Dein Wagen? Hast nichts erzählt davon.«
»Da drüben.« Ansgar zeigt auf einen sehr neu wirkenden, dunkelblauen Dodge Challenger, eines der schönsten Muscle Cars, das die Highways dieser Welt befährt, auf Augenhöhe mit dem Mustang. Wenn eines die jungen Männer am Polarkreis vereint, ist es die Vorliebe für stark motorisierte amerikanische Schlitten. Nirgends habe ich in meinem Leben so viele PS-Monster gesehen wie in Kiruna, Narvik oder auf den Lofoten. Ich habe mich früher oft gefragt, woran das liegen könnte. Die Langeweile, die Abwesenheit von Polizeistreifen, die Nähe zum amerikanischen Cowboy-Verhalten des einsamen Reiters in dünn besiedelten Gegenden, der ein ausdauerndes Pferd oder einen mächtigen Wagen benötigt? Keine Ahnung. Aber was dem Deutschen meiner Generation der Fußball bedeutet, das sind für uns Nordländer amerikanische Autos.
Ich pfeife anerkennend durch die Zähne, als ich einsteige. Im Fußraum stoße ich gegen eine Bierdose. Ich bücke mich nach ihr und streife dabei einen kleinen, zylindrischen Gegenstand, den ich aufhebe und betrachte. Ein Lippenstift.
»Jetzt erzähl«, muntert mich Ansgar auf, als ich mich in den Sitz werfe.
»Morgen«, brumme ich und schließe die Augen.
Ansgar stößt mich in die Rippen.
»Gestern Abend hat jemand nach dir gefragt.«
»Wer denn?«, frage ich müde zurück.
»Freund von dir. Nannte sich ›der Dude‹.«
Ich richte mich auf.
»Hat er angerufen?«, frage ich. Ansgar schüttelt den Kopf.
»Nein, Bruder. Der war in der Wohnung. Also in deiner. Wollte wissen, was der riesige Ire in seiner Bude zu suchen hat. Und wo du steckst, natürlich. Er meldet sich morgen nochmal.«

Tag 5, 10 Uhr

Ich kann mich nicht mehr erinnern, wovon ich geträumt habe. Die zwei tiefen Kratzspuren auf meiner Brust, das getrocknete Blut unter meinen Fingernägeln und auf dem Laken zeugen von unruhigem Schlaf. Dennoch fühle ich mich nicht gerädert, sondern kräftig und voller Tatendrang. Das liegt einerseits an den zwei großen Bechern Kaffee, die ich mir an dem kleinen Tisch in der Küche einverleibt habe, andererseits an Ansgar, der mir grinsend mit großer Aufmerksamkeit zuhört und last but not least an Noodles, der auf mir herumhüpft und sich offensichtlich über meine Rückkehr freut. Soeben schließe ich die vergangene Nacht mit dem Verschwinden meiner amerikanischen Freunde ab und fummle zwei Camel aus der Packung. Ich schnappe mir das Zippo und zünde erst Ansgars, dann meine Zigarette an.
»Fucking Nazis!«, bellt er. Ich pflichte ihm nickend bei und nehme einen tiefen Zug. Noodles will mir die Zigarette stehlen, doch ich drehe die Hand im letzten Moment weg. Er zieht eine Schnute.
»Scheißbande. Aber da haben sie sich mit den Falschen angelegt, was, Bruder?« Er schwingt die Faust.
»Du sagst es.«
»Erinnerst du dich noch an Opa Tjorven? Er hat immer von der Schlacht um Narvik erzählt.«
»Und natürlich von seinen Heldentaten«, grinse ich.
»Die mit jedem Glas Kartoffelschnaps größer wurden. Fehlte nur noch, dass er Hitler in den Arsch getreten hat.«
Wir blödeln herum und kauen die Anekdoten unserer Verwandten durch, bis Ansgar wieder auf die letzten vierundzwanzig Stunden zurückkommt.
»Was wollten die Arschlöcher eigentlich genau von dir, Bruder?«
Er steht auf und geht zur Tür, betrachtet den Rahmen und nickt. Dann springt er hoch und krallt sich mit seinen Fingern in den schmalen Vorsprung des oberen Türrahmens. Noodles betrachtet das ebenso interessiert wie ich. Ansgar zieht sich an dem kurzen Rand hoch und macht Klimmzüge. Dabei treten seine gut definierten Muskeln heraus, Bizeps wie Trizeps. Ich weiß, dass er mindestens fünfzig davon schafft. Angeber.

»Wenn ich das wüsste. Ich bekomme die Puzzlesteine nicht so richtig zusammen. Wahrscheinlich glauben die, dass ich mit Amy unter einer Decke stecke. Schließlich habe ich sie an der Straße aufgelesen. Zehn Minuten später passiert dieser Unfall und dann beklaut sie ihn auch noch!«
»Aber dieser Rosenthal, der war gar nicht so ängstlich, hast du erzählt. Beim Treffen mit den Nazis«, ächzt er während seiner Klimmzüge.
»Mhm.«
»Aber warum?«
Ansgar dreht den Kopf zu mir, ohne seine Übung zu unterbrechen.
»Und Harmann? Wer ist das?«, fragt er.
»Wenn ich Amy richtig verstanden habe, sind Harmann und Rosenthal identisch. Aber das ergibt überhaupt keinen Sinn.«
Wir nebeln die Küche ein, bis es plötzlich in meinem Oberstübchen klimpert und der Groschen fällt.
»Natürlich! Das war immer nur Harmann, mit dem ich zu tun hatte. Deshalb haben die sich in dem Nazi-Hauptquartier so freundlich verhalten! Weil er einer von ihnen ist!«
Ansgar lässt sich fallen, kommt wieder an den Tisch, beugt sich nach vorn und haut auf die Platte. Der in meinem Schoß sitzende Noodles erschrickt und lässt einen Apfelschnitz auf den Boden purzeln, den er kreischend aufhebt.
»Ja, Bruder! Außerdem, eine japanische Sekretärin und ein italienischer Schneider? Solche Zufälle gibt's doch gar nicht. Das sind die Achsenmächte!«
Ich drücke meine Zigarette aus und trinke den letzten Schluck Kaffee. Ansgar möchte mich mit Koffein vergiften und gießt nach. Ich schnippe mit den Fingern.
»Beide wollten diese Tasche! Die Amis auf der einen Seite, die Nazis auf der anderen.«
Ansgar schüttelt den Kopf. »Aber wenn die unbedingt an die Tasche wollten, warum haben die sich das Teil nicht einfach bei der Testamentseröffnung geschnappt? Der Alte, Harmann oder Rosenthal oder wie er auch immer heißt, wäre doch leichte Beute gewesen.«
»Stimmt«, nicke ich. »Das heißt, dass die auf irgendeine Reaktion von ihm gewartet haben. Vielleicht, dass er mit den Unterlagen ir-

gendwen aufsucht? Oder etwas aus einem Schließfach holt? Denn die waren uns ja auf den Fersen.«

»Und Rosenthal?«, fragt Ansgar. »Ist der nur eine Erfindung von Harmann?«

Ich zucke die Schultern.

»Dann wär's eine verdammt gute. Ich habe im Netz zig Artikel zur Juweliersfamilie Rosenthal vom Ku'damm gefunden.«

Wir rauchen weiter. Ansgar sieht mich an.

»Wir müssen die Arschlöcher fragen.«

»Wir müssen die Arschlöcher fragen, genau. Ich freue mich schon auf das Interview mit dem Albino-Arier.«

»Bruder! Das klingt großartig!«, reibt er sich die Hände. Seine Eckzähne blitzen, sobald er lacht.

Ich grinse, hebe dann aber die rechte Hand, um ihm zu signalisieren, dass wir noch nicht loslegen.

»Zuerst treffe ich mich mit Amy.«

»Soll ich mir ihren Bruder vornehmen?«, beugt sich Ansgar nach vorn und wirkt wie ein Jäger, der überlegt, welche seiner Flinten er für die Löwenjagd einpacken soll.

»Nein. Noch nicht. Den knöpfe ich mir erst mal selbst vor.«

»Auf unsere Art, Bruder?«, beugt er sich nach vorn.

»Werden wir sehen. Eins steht jedenfalls fest.«

»Na?«, fragt er und springt wieder am Türrahmen hoch. Diesmal zieht er sich nur mit dem rechten Arm nach oben, was selbst ihm nur unter lautem Ächzen gelingt. Ich drücke meine Zigarette aus und sehe ihm zu.

»Die Nazis wollten einen Döner aus mir machen. Die Amis haben mich benutzt und verarscht. Ab sofort wird zurückgeschlagen.«

Ansgar springt ab, landet aber nicht nur auf den Beinen, sondern auf allen vieren. Er hebt den Kopf in den Nacken und jault wie ein Wolf.

»Jämmerlich!«, lache ich. Er steht auf, legt seine Stirn an meine und greift mit seiner rechten Hand in meinen Nacken, was ich bei ihm ebenfalls mache. Noodles klettert dabei auf meinen Rücken.

»So will ich dich hören, Bruder! Wir gehen jagen!«

Ich verpasse ihm eine aufmunternde, leichte Ohrfeige und löse mich dann wieder.

»Wenn die Zeit reif ist, unbedingt! Aber zuerst will ich herausfinden, worum es geht.«
Ansgar bewegt sich wieder zum Rahmen, als es an der Wohnungstür klingelt. Ich springe auf und drücke auf den Knopf der Gegensprechanlage.
»Dude hier«, schnarrt es aus dem Lautsprecher.

»Keine Garantiesumme! Dafür den gesamten Jackpot aus den Startgeldern.«
Der Dude lehnt sich auf dem Küchenstuhl zurück, als hätte er mir eben einen Koffer mit dem Hauptgewinn der Klassenlotterie über den Tisch geschoben. Dabei betrachtet er Noodles argwöhnisch, der ihm, auf meinem Schoß sitzend, den Mittelfinger zeigt. Der kleine Affe koaliert gern mit den Mächtigen, eine sehr menschliche Eigenschaft!
Noch immer muss ich grinsen, weil ich mich über den unerwarteten Besuch und die Rückkehr des Dudes aus Norwegen freue. Dass er nicht nach Berlin gekommen ist, um mich zu sehen, sondern weil hier die Aussicht auf leicht verdiente Kohle winkt, verüble ich ihm nicht, das ist Teil seiner Ganovennatur.
Ansgar und der Dude tauschen zu Beginn einige höfliche Floskeln aus, bis Pierre, wie der Dude eigentlich heißt, damit herausrückt, worum es geht.
»Also nochmal die Kurzfassung. Nördliches Sachsen. Morgen Abend. Ich habe den Tipp von Smitty erhalten, auf den ist Verlass. Zu einhundert Prozent! Der Ort wird erst zwei Stunden vorher bekanntgegeben, per SMS werden die GPS-Koordinaten übermittelt. Wegen der Bullen, logisch! Niemand muss sich vorher anmelden, aber die starten pünktlich um Mitternacht. Teilnahmegebühr fünfhundert Euro. Ja, Leute, das ist scheißeviel, aber landet alles komplett im Jackpot. The winner takes it all.«
»Wie lang ist der Kurs?«, frage ich.
»Keine Ahnung. Das sind immer Rundkurse, durch den Wald, 'ne Menge Kurven und so. Soll ja ein Spektakel für die Zuschauer sein. Ich schätze so zwei bis drei Kilometer? Zehn Runden vielleicht?«
»Wahrscheinlich mehr«, antworte ich.
»Schätze ich auch«, stimmt Ansgar zu.

»Maximal zwei Mann in einem Wagen. Also Gero, greifen wir uns den Jackpot?«
»Was denkst du, wie viele teilnehmen?«, frage ich ihn. Er schürzt die Lippen, was Noodles recht gekonnt imitiert.
»Smitty meinte, so fünf bis acht Wagen. Einmal waren es sogar sechsundzwanzig! Bis die Bullen kamen und die Hälfte der Wagen konfiszierten. Die Staatsgewalt steht nicht auf illegale Rennen, das untergräbt die Moral und daran verdienen die Brüder nichts. Aber geh mal von zehn Wagen aus, dann reden wir über fünf Mille! Kein schlechtes Preisgeld für ein bisschen Im-Kreis-Herumfahren. Und das kannst du ja schließlich. Also. Sind wir dabei?«
Ich muss keine drei Sekunden nachdenken und schlage in die ausgestreckte Hand des Dude. Sein Händedruck entspricht weniger dem eines Eisenbiegers als dem eines Heiratsschwindlers.
»Hast du das Startgeld?«, bohre ich nach. Er seufzt laut und tief. »Ich dachte, du. Wird knapp, wenn wir die Kohle bis morgen Abend auftreiben müssen.« Wir blicken beide zu Ansgar.
»Verstehe«, grinst er und steht auf. Er verlässt die Küche und kehrt mit ein paar Geldscheinen in der Hand zurück, die er auf den Tisch wirft. Der Dude ordnet die fünf zweihundert Euro Scheine und legt sie penibel nebeneinander.
»Zwei Teams sind besser als eins«, meint Ansgar und fischt sich die letzte Camel aus meiner Packung. Während er sich die Zigarette anzündet, schnappt sich Noodles die Scheine und flitzt mit ihnen aus dem Zimmer. Der Dude und ich springen auf, dabei fallen die Stühle um, Ansgar hält sich vor Lachen den Bauch.
Im Wohnzimmer kreisen wir Noodles ein. Beim Versuch, uns auf ihn zu stürzen, stoßen wir wie in einem Slapstick-Film aus den Dreißigern mit den Köpfen zusammen. Nach einem Dutzend Flüchen, mehreren Würfen mit Sofakissen und nervigem Gekreische von Noodles schaffen wir es schließlich, den haarigen Dieb zu ergreifen. Der Dude hält ihn an den Beinen, ich an den Armen. Allerdings gelingt es mir nicht, seine Finger zu öffnen.
»Der kleine Scheißer hat Muskeln!«, presse ich zwischen meinen Zähnen hervor, während ich weiter vergeblich versuche, seine Finger aufzubiegen. Der Dude hält Noodles die Nase zu, worauf dieser japsend die Hand öffnet. Wir schnappen die fallenden Scheine und las-

sen Noodles los, der über Stuhl und Sofalehne auf die Lampe hüpft. Von dort schimpft er, zeigt uns erst den Stinkefinger und dann seinen kleinen, roten Affenarsch.
»Was soll eigentlich der Scheiß mit dem Affen? Hast du den aus demselben Laden wie Moses?«, fragt der Dude schnaufend.
»Ach, Moses, ja. Tut mir leid, ich wusste nicht, dass du jetzt schon zurückkommst. Ich hab ihm ... also ich war ihm was schuldig. Und er brauchte eine Bleibe.«
»Kein Thema. Der macht erstklassige Rühreier mit Speck«, klopft mir der Dude auf die Schulter.
»Und der Affe?«
»Mein Pflegekind. Lange Geschichte.«
Der Dude schüttelt den Kopf, dann geht er Richtung Küche.
»Dein Handy vibriert schon die ganze Zeit. Hörst du das gar nicht?«, zeigt der Dude auf mein Smartphone, das noch auf dem Wohnzimmertisch liegt, und betritt die Küche. Tatsächlich habe ich den Lautsprecher ausgestellt und den Vibrationsalarm überhört. Ich greife mir das Smartphone und sehe sieben Kurznachrichten, alle von Amy. Sie schreibt, dass sie mich nicht erreichen könne, aber unbedingt mit mir reden wolle, ich solle mich doch melden.
Gesagt, getan, ich rufe zurück. Amy zeigt sich erfreut, begeistert, fragt mich, ob ich gut nach Hause gekommen sei, sie hätte sich Sorgen gemacht und plappert an einem Stück, bis ich ihr das Wort abschneide.
»Amy, komm zum Punkt.«
»Was meinst du?«
»Du weißt, was ich meine. Wenn ich eins in den letzten Tagen gelernt habe, ist es das: Hinter dem ganzen einlullenden Smalltalk von dir oder deinem sauberen Bruder steckt immer irgendetwas anderes, das vor allem euch nutzt, nicht aber dem armen Idioten auf der anderen Seite. Jetzt die Ansage: Für mich gelten ab sofort andere Regeln. Kein Schmus der Wie-geht's-dir-Sorte mehr, okay? Also nochmal, was willst du? Du willst mitkommen, wenn ich Harmann aufsuche, stimmt's?«
Am anderen Ende der Leitung setzt eine kurze Pause ein.
»Und? Kann ich?«, fragt Amy schließlich.
»Wenn du mir alles erzählst.«
Die nächste Pause und ein laut vernehmliches Seufzen.

»Gero. Du hast ein falsches Bild von mir.«
»Ich weiß. Du hilfst Omis über die Straße und pflegst kleine Spatzen. Also?«
»Ja, ich erzähl's dir. Und wann brichst du auf?«
»Hast du einen Wagen?«, frage ich, da mein Mustang noch in der Nähe von Harmanns Laden parkt.
»Ich könnte einen organisieren«, antwortet Amy, während ich auf die Uhr blicke.
»Um eins bei mir.«
Dann lege ich auf.

Während Noodles die Lampe als Schaukel benutzt, entwerfen wir einen Schlachtplan. Mein Mustang muss unbedingt nochmal durch einen Check, bevor er an einem Rennen teilnimmt. Aber da ich heute Nachmittag etwas Wichtiges mit Amy und Rosenthal-Harmann vorhabe, bitte ich den Dude, sich um den Wagen zu kümmern. Er soll ihn zu Mehmet bringen, dem türkischen Mechanikergott meines Vertrauens. Währenddessen werde ich mit Amy Harmann einen Besuch abstatten.
»Harmann?«, fragt der Dude nach.
»Ich habe mich mit einer Bande Nazis und dem amerikanischen Geheimdienst angelegt. Die wollten Hackfleisch aus mir machen, dabei bin ich in diese Scheißsache nur reingestolpert wie ein ahnungsloser Depp. Da sind noch ein paar Rechnungen offen, die ich begleichen möchte. Aber die Einzelheiten erkläre ich dir später, einverstanden? Mich juckt's in den Fäusten und Amy muss jede Minute eintreffen.«
»Nazis? Geheimdienst-Amis? Ich bin raus«, sagt der Dude und putzt sich die Hände ab, eine Geste, die er einem befreundeten algerischen Falafelbudenbesitzer abgeschaut hat.
»Aber wer ist Amy? «, fragt er nach.
»Amy, Country-Girl-Sweetheart, würde dir gefallen. Buck, ihr Bruder, Moses, der Boxer, Sean, seine frühreife Schwester und ein Hauptquartier voller arischer Bürstenschädel, die eine Unterhaltung mit Zangen und Lötkolben führen. Alles in den letzten Tagen passiert, alle kennen und hassen gelernt. Nicht zu vergessen diese Kettensäge auf zwei Beinen!«, zeige ich auf Ansgar. Der lacht und klopft mit den Knöcheln auf den Küchentisch.

»Die Säge braucht frisches Holz!«, grölt er. Der Dude blickt mich verständnislos an, während mein Handy eine frische Kurznachricht meldet.
»bin da, süßer! warte unten, kisses, amy«
Ich stehe auf, Noodles klettert dabei hoch auf meine Schulter. Er merkt, dass ich verschwinden möchte, und hat wohl keine Lust, wieder allein zuhause zu bleiben.
»Dude?«
Er blickt mich argwöhnisch an.
»Ja?«
»Könntest du dich heute Nachmittag um Noodles kümmern? Der braucht Gesellschaft.«
»Nicht dein Ernst!«, protestiert er.
»Come on. Du kannst dafür noch ein wenig mit dem Mustang herumkurven.«
Er nickt resigniert, als nähme er vor Gericht gerade eine verdiente Freiheitsstrafe an. Ansgar lacht und verlässt schließlich mit mir die Wohnung. Vor dem Haus zwinkert er mir zu, klopft mir dann mit den Worten »Hab ein Date!« auf die Schulter und will sich verabschieden. Ich halte ihn am Ärmel fest.
»Mit wem?«
»Der kleine Feuerkopf, Bruder«, grinst er, reißt sich los und spurtet einige Meter weg von mir, bis er sich wieder umdreht.
»Ikke bry deg, bror!«, lacht er mir auf Norwegisch zu, der Sprache unserer Heimat auf den Lofoten.
Ich soll mir also keine Mühe machen, ihm nachzulaufen. Er hält sich immer für den Besten.
Meistens ist er das.
Ich allerdings auch.

Tag 5, 13 Uhr

Der schwarze Cadillac Escalade parkt blubbernd halb auf dem Bordstein. Durch die blickdichten hinteren Fenster kann ich nicht in den gesamten Wagen hineinsehen, erkenne aber Amy hinter dem Steuer. Sie lässt das Fenster herab und lächelt mich freundlich an. Die blauen

Flecken der letzten Nacht hat sie mit viel Make-Up überdeckt. Nun wirkt Amy zwar übertrieben stark geschminkt, aber nicht wie ein Prügelopfer.
»Schön, dich zu sehen. Steig ein.«
»Und hinten versteckt sich dein Bruderherz mit einem Chloroformfläschchen?«
Sie schüttelt den Kopf und seufzt laut.
»Nein.«
»Ach, Scheiß drauf.« Ich gehe zur Beifahrertür und steige ein.
Im Cadillac empfängt mich das Innenleben eines modernen SUVs, in diesem Fall der Luxusausführung. Ich fühle mich wie in einer Kleinfähre, die zum Raumschiff Enterprise gehört. Drei kleine Monitore zeigen den Weg per Navigationssystem, die momentan gespielte Musik und natürlich die Kenndaten des Wagens wie Verbrauch und Geschwindigkeit. Die Außengeräusche dringen nur gedämpft herein.
Amy legt den D-Gang des Automatikgetriebes ein, dabei fällt mir erneut auf, über welch sonnengebräunte, schöne Hände sie verfügt, die von keinem Schmuck verziert werden. Sie trägt eine dunkelblaue Jeans, Westernstiefel und ein ärmelloses, verwaschenes Jeans-Top, das ein Tattoo auf der rechten Schulter entblößt, welches mir bislang gar nicht aufgefallen war, trotz der fehlenden Bekleidung heute Nacht. Aber da habe ich sie meist von der linken Seite gesehen. Das Tattoo zeigt ein mittelalterliches Schiff namens Santa Margarita. Unter dem Schriftzug finden sich noch mehrere Buchstabenkürzel, die ich nicht entziffern kann.
»Gefällt's dir?«, fragt mich Amy, als sie bemerkt, worauf ich starre.
»Ungewöhnlich«, antworte ich und lehne mich zurück. Dann fummle ich meine Camel Packung aus der Brusttasche und stecke mir eine Zigarette zwischen die Lippen.
»Eigentlich ist das ein Nichtraucherauto«, verzieht Amy das Gesicht.
»Eigentlich wären wir jetzt beide tot«, antworte ich, während ich das Zippo aus der Hose ziehe und meine Zigarette anzünde. Ich lasse das Beifahrerfenster herunter und lehne mich nach rechts.
»Du hast recht. Entschuldige. Das ist so eine amerikanische Gewohnheit«, antwortet Amy, während sie auf die Straße blickt. Wir nähern uns auf der gut befahrenen Skalitzer Straße dem Halleschen

Tor. Die Hochbahn fährt über uns gerade rumpelnd in den Bahnhof ein, während Amy die Musikanlage über den Bordcomputer bedient. Aus den Boxen schmettert schmalziger Country-Pop.
»Ist das etwa Dolly Parton?«, frage ich. Amy lacht.
»Meine softe Seite, weißt du?«
Der Strom der Wagen fährt bei Grün wieder los, als sich Amy zu mir dreht.
»Wo müssen wir denn genau hin?«
»Du weißt doch, wo sich sein Laden befindet, Amy. Lass das Theater.«
»Sei nicht so streng mit mir, okay? Zu Harmann, klar, aber wie fahre ich da am besten?«
Unsere Blicke treffen sich für einen kurzen Moment und ich wünsche mir, ich könnte ihr vertrauen.
»Fahr rechts ran«, sage ich bestimmt.
»Was?«, fragt Amy mit verwirrtem Blick zurück.
»Rechts ranfahren!«
»Okay, okay!«, erwidert sie, blickt über die Schulter und zieht zwei Spuren nach rechts in eine Bushaltestelle. Dort wartet bereits ein rundes Dutzend Menschen.
»Was ist denn los?« Sie stellt den Motor nicht ab, was uns bereits den ersten missbilligenden Blick eines älteren Herrn mit Rucksack und Mephisto-Schuhen einträgt.
»Ich will genau wissen, was du suchst. Worum es geht. Was diese Nazi-Arschlöcher gesucht haben. Und ihr beiden sauberen Geschwister sucht vermutlich dasselbe wie die. Vor allem aber interessiert mich, wieso du nochmal mit zu Harmann gehst? Ich kann es mir zwar denken, will es aber von dir hören!«
Sie blickt mich kurz an, kaut auf ihrer Lippe.
»Das Bild, nicht wahr?«, fahre ich fort. »Denn sonst hätte ich nie wieder etwas von dir gehört. Oder Buck hätte mir nachts einen Besuch abgestattet, mit einem Schalldämpfer versteht sich, um auch noch den letzten Zeugen zu beseitigen. Du sagst mir jetzt sofort, worum es geht!«
Lautes Hupen schreckt uns beide auf. Ich drehe mich um und sehe die riesige Front eines gelben Doppeldeckerbusses nah an unserer Stoßstange. Amy lässt die Reifen quietschen und fädelt sich wieder

in den Verkehr Richtung Potsdamer Platz ein. Sie wirkt nachdenklich, scheint aber nicht antworten zu wollen.
»Amy. Gestern bin ich fast ertrunken, nachdem ich für dich den Samariter gespielt habe. Danach wollten mich die Nazi-Drecksäcke erst in Stücke schneiden und anschließend zu Hackfleisch verarbeiten. Ich habe null Bock mehr auf irgendwelches Gesäusel. Siehst du den Kanal?«, zeige ich nach links auf den Landwehrkanal, den wir entlangfahren.
»Ihr habt mich herausgefordert. Hättet ihr nicht tun sollen. Und wenn du mir nicht in zehn Sekunden sagst, worum es bei dem Scheißbild geht, dann schwöre ich dir, dass wir beide wieder einen Ausflug unter Wasser unternehmen werden. Aber ob du dieses Mal rauskommst, kann ich nicht garantieren.«
Amys Augen füllen sich mit Wasser. Eine Reaktion, die ich nicht erwartet hätte. Ich zünde mir eine Zigarette an.
»Du machst mir Angst«, sagt sie so leise, dass ich es kaum verstehe.
Ich seufze und verdränge das aufkommende Mitleid. Eigentlich möchte ich sie viel lieber in den Arm nehmen, gleichzeitig aber auch ohrfeigen.
»Tut mir leid. Aber du erinnerst dich an die letzten vierundzwanzig Stunden? Also? Zehn, neun, acht …«
Amy blickt nach rechts auf den dichten Verkehr. Taxiert sie tatsächlich ihre Chancen, abzuhauen und mir nichts zu sagen? Oder will sie einfach nur Zeit gewinnen?
»Drei …«, überspringe ich ein paar Zahlen.
Sie legt ihren rechten Arm auf meinen linken, will wohl verhindern, dass ich ins Lenkrad greife. Dabei ahnt sie nicht, dass ich den Wagen keinesfalls in den Kanal stürzen würde. Aber die Drohung scheint zu wirken.
»Ja. Das Bild. Es enthält eine geheime Botschaft.«
Wir halten an einer Ampel. Nach rechts zweigt die Straße tief in den Tiergartentunnel ab. Dahinter erstrecken sich die Hochhäuser des Potsdamer Platzes.
»Geht doch«, antworte ich und blicke nach links. Eine Träne bahnt sich eine lange Bahn über ihre Wange. Dann folgt eine zweite. Sie greift während des Fahrens in die Tasche ihrer Jeans und zieht ein

bereits zerknülltes Papiertaschentuch hervor, in das sie schnäuzt. Scheiße, bei mir wirkt das leider immer. Immer!
Wir stehen an der größeren Kreuzung von Potsdamer Straße und Reichpietschufer.
»Das wollte ich nicht«, krächzt sie und tupft sich die Tränen ab. Dann blickt sie nach links und rechts in die Kreuzung hinein.
»Bin ich noch richtig?«
»Bleib einfach hier, weiter am Kanal entlang. Reichpietschufer, Urania, Wittenbergplatz, Ku'damm, immer geradeaus. Aber vorher halten wir an. Du erzählst mir alles.«
»Mhm. Sag mal …«, dehnt sie ihre Worte, während sie beim Anfahren über die Kreuzung die Spur wechselt, weil vor uns eine Gruppe Radfahrer die Fahrbahn verengt. Alle tragen Warnwesten mit der Aufschrift einer Sightseeing-Firma und Helme.
»Was?«, frage ich zurück und schnippe meine Kippe zwischen zwei der radelnden Touristen hindurch. Eine stämmige Dame mit kurzen, blonden Haaren schwingt die Faust und ruft mir etwas Unfreundliches in einer skandinavischen Sprache zu.
»Ich habe heute noch nichts Richtiges gegessen. Weiß Mister Berlin, wo wir auf die Schnelle eine Pizza herbekommen?«, lächelt sie mich schief an und ich verfluche, wie leicht ich mich von azurblauen Augen und apart verteilten Sommersprossen beeinflussen lasse. Ganz besonders, nachdem ich die Lady zum Weinen gebracht habe. Dass sie schon wieder scherzt, imponiert mir.
»Weiß er. In der Uhlandstraße gibt's die beste Minipizza von Berlin. Kommt hinter dem Bahnhof Zoo. Einfach weiter geradeaus.«
Wir gleiten durch den dichten Verkehr. Als Beifahrer betrachte ich gewohnte Wege mit anderen Augen, bemerke Details wie die vielen Kameras am Verteidigungsministerium, das wir passieren. Ich sehe zu Amy und treffe ihren Blick. Sie öffnet leicht die Lippen, sagt dann doch nichts, sondern biegt an der Urania Richtung Ku'damm ab.
»Ich liebe das KaDeWe«, meint Amy und zeigt auf das berühmte Kaufhaus zur Linken. »Da fühle ich mich in eine andere Zeit versetzt. Roaring Twenties, you know? Frauen mit langen Nähten an ihren Nylons und die Männer tragen alle Hüte. Verstehst du?«
»Yup, sehr gut sogar!«, pflichte ich bei und würde gern nach ihrer Hand greifen.

Massen von Touristen strömen die Tauentzienstraße entlang. Durch die immense Schalldämmung des Escalade kommt mir die Szenerie vor wie ein Film, dem der Ton fehlt. Ich lasse das Fenster herunter und die Geräusche hinein. Als wir die Kreuzung mit dem Kranzler-Eck passieren, deute ich auf baldiges Abbiegen hin und kurz darauf befinden wir uns in der Uhlandstraße, wo wir tatsächlich einen Parkplatz finden, allerdings im eingeschränkten Halteverbot.
»Gibt einen Strafzettel«, sage ich zu Amy beim Aussteigen.
»Nicht für mich. Diplomatenauto«, antwortet sie grinsend.
»Da ist keine 0-Nummer und kein Etikett dran«, nörgle ich.
»Glaub's mir, Süß…, Gero. Wo ist denn jetzt die Pizzeria?«
Ich zeige zum Taormina auf der anderen Seite. Wir überqueren die Uhlandstraße.

»Die sind wirklich lecker!«, erklärt Amy, während sie das letzte Stück ihrer vierten Minipizza isst. Sie kann reinhauen wie ein Bauarbeiter, noch ein Pluspunkt.
»Wie man isst, so arbeitet man!«, hat mir meine Mutter beigebracht. Nach der harten Ansage im Auto will ich ihr nicht schon wieder drohen, sondern lasse sie zu Ende essen. Ich blicke zum Tresen, wo ein junges Paar auf eine Bestellung zum Mitnehmen wartet. Sie beschäftigt sich mit ihrem Smartphone, er schaut auf den Monitor an der Ecke, der ein Fußballspiel der italienischen Serie A Liga zeigt.
»Das Bild. Richtig?«, fragt sie mich. Ich stehe auf, hole uns zwei Bier aus dem Getränkeschrank und zeige die Flaschen Luigi hinter dem Tresen, der mir daraufhin zunickt. Amy und ich stoßen an.
»Dann leg mal los.«
Amy nimmt einen tiefen Schluck, unterdrückt damenhaft den Rülpser und lehnt sich zurück. An unserem Tisch sitzt zwar niemand, aber sie dämpft sicherheitshalber die Stimme. Ich beuge mich zu ihr.
»Wo fange ich an? Ich will dich nicht langweilen, aber ich gebe dir kurz die Vorgeschichte, okay?«
Ich nicke, rücke noch etwas näher.
»Buck und ich waren früher gar nicht so dick miteinander, weißt du? Nichts von wegen kleine Sis, großer Bro. Als ich aufs College ging, war er schon bei irgendwelchen Special Forces im Irak im Einsatz. Aber nicht in Uniform, sondern verdeckt in Zivil. Er sprach wenig

davon, wenn wir uns sahen. Buck machte sein Ding, ich meins. Du weißt ja, nationale Sicherheit und so.«
»Schon gut. Ich muss nicht eure Lebensgeschichte hören. Weiter.«
»Lach jetzt nicht, aber alles begann mit den Indiana-Jones-Filmen. Die haben mir immer gefallen. Und Jurassic Park. Und Lara Croft! Amerikaner eben, Filme sind für uns Anleitung zum Leben. Und so was wollte ich machen! Für Ausgrabungen habe ich mich schon immer interessiert, aber auch für Abenteuer. Jedenfalls habe ich Archäologie studiert. Natürlich nicht, um in einem Museum Schriftrollen abzustauben, sondern weil ich ganz spannende Relikte finden wollte.«
»Mhm.«
»Mir wurde es an der Uni irgendwann zu langweilig. Da gab es leider keinen Professor Jones mit Schlapphut! Nur lernen und lesen, lesen und lernen. Ich habe das Studium geschmissen und bei Mel Fisher angeheuert.«
»Mel Fisher?«
»Der größte Schatzsucher, der je gelebt hat! Damals jedenfalls. Er hat die Santa Margarita entdeckt!«, zeigt sie auf ihre Schulter und fährt fort. »Mel hat mir alles beigebracht. Am Anfang war ich das Kaffeegirl, das Mädchen für alles, aber irgendwann, na ja, wir hatten eine Affäre und dann war ich seine Vertraute.«
»Amy. Bevor Rosenthal oder Harmann oder wie er sonst heißt heute Abend seinen Laden schließt, möchte ich dort noch auftauchen. Kannst du zum Punkt kommen?«
»Sorry. Okay. Ich kürze ab. Amy ist eine Schatzsucherin. Ich bin verdammt gut darin, wenn ich das so unbescheiden sagen darf. Buck ist verdammt gut darin, Leute aufzuspüren, die sich verstecken wollen. Beim zweiten Irakkrieg traf er einen israelischen Kollegen, der ihn um Hilfe bat. Buck sollte alte Nazis in den Staaten finden. Wie jeder weiß, flüchteten die meisten nach Südamerika, aber ein paar ganz Clevere schafften es in die United States! Weil sie die Identität von anderen annahmen.«
»Rosenthal.«
»Genau. Aber den fand Buck gar nicht, sondern einen anderen. Als er ihn aufspürte und etwas unsanft verhörte, ging der alte Mann drauf. Bei ihm fand Buck Hinweise auf einen Zirkel von sechs alten Nazis, die ziemlich nah an, na, du weißt schon, standen.«

»Ich weiß gar nichts, wen meinst du?«
»Na, der hässliche Arsch, der euch damals anführte. Schnauzbart, Seitenscheitel? Hitler!«
»Mich hat der nicht angeführt. Erzähl weiter.«
»Die besaßen viel Kram von ihm. Memorabilia. Ganz persönliche Sachen. Kleidung, Uhren, Fotografien, eigene Bilder. Das hat er mir erzählt und dann haben wir uns zusammengetan.«
»Eigene Bilder? Von Hitler? Stimmt, war er nicht Maler in jungen Jahren?«
»Genau. Klingelt es jetzt?«, fragt Amy lächelnd.
»Das Bild. Harmann!«
»Das Bild! Vom Führer persönlich gemalt. Aber natürlich ist Buck nicht hinter einem beschissenen Bild her, selbst einem von Hitler. In dem Bild soll sich ein Hinweis befinden.«
»Worauf?«
»Auf einen sagenhaften Schatz! Den wollen Dutzende Schatzsucher seit Jahrzehnten finden. Jeder Profi in unserem Geschäft weiß, dass kurz vor Kriegsende immense Goldschätze der Nazis weggeschafft wurden. Die brauchten etliche Arbeiter, um das Zeug zu verladen. Die wurden danach alle erschossen. An der Aktion waren insgesamt sechs Nazis, meist von der SS, beteiligt. Klingelt's wieder?«
»Diese sechs hat Buck gesucht, richtig?«
»Bingo! Fünf hat er nach und nach gefunden und getötet. Sorry, aber ich habe kein Mitleid für diese Männer, auch wenn sie alt waren. Bei keinem fand sich ein Hinweis auf den Schatz. Ich habe mir alles gründlich angesehen. Harmann ist der Letzte in der Reihe und wir sind uns sicher, dass der Hinweis im Bild steckt. Er wohl auch. Erinnerst du dich, wie ich problemlos die Tasche mitnehmen konnte und wie eisern er das Bild festhielt, selbst, als er in Lebensgefahr war?«
Ich nicke.
»Warum hast du das Bild nicht mitgenommen?«
»Ich kam nicht richtig ran und die Luft wurde knapp.«
»Wieso bist du dir jetzt so sicher?«, frage ich nach.
»Keine Ahnung. Ein Gefühl? In der Tasche waren etliche Listen mit vielen Namen. Buck hat alles kopiert, falls darin doch eine Geheimbotschaft stecken sollte. Gut, dass er das gemacht hat, denn letzte Nacht wurde bei uns eingebrochen und die Tasche gestohlen.«

»Während wir in der Kühlhalle waren? Bestimmt der Typ im Lodenmantel und sein Albino-Riese«, äußere ich meine Gedanken, zu denen Amy nickt.

»Weißt du, was ich glaube, Gero? Die Nazis von gestern Abend wissen gar nichts von dem Bild und Harmanns Plan, damit an den Schatz zu kommen. Die haben nur Angst, dass wir weitere alte Nazis aufdecken, die noch leben. Du hast doch gesehen, wie viele alte Säcke bei der Testamentseröffnung waren. Oder sie befürchten, dass wir irgendwelchen Schmutz ausbuddeln, der ihrer Bewegung schadet, was weiß ich? Die waren nur an den Unterlagen interessiert, oder? Sie haben gesehen, dass ich die Tasche geklaut habe, und erst da kamen sie auf die Idee, dass was Brisantes dahinter stecken muss. Meine Theorie: Jetzt, wo sie die Papiere wieder haben, machen sie keinen Ärger mehr.«

Ich denke über Amys Worte nach.

»Vielleicht. Vielleicht auch nicht. Vergiss nicht, dass wir einige von ihnen getötet haben. Das müssten sie bald herausfinden. Wie ich die Brüder einschätze, werden sie das nicht auf sich sitzen lassen. Schatz hin oder her.«

»Wahrscheinlich hast du recht«, stimmt Amy zu.

»Deshalb sollten wir die Zeit nutzen und Harmann gleich einen Besuch abstatten. Hast du eigentlich einen Plan, wie du an das Bild herankommst?«

Amy grinst.

»Oh yeah! Zeig ich dir im Auto.«

Tag 5, 15 Uhr

Amy parkt den auffälligen SUV einen Block von Harmanns Laden entfernt. Als wir aussteigen, nimmt sie eine große Mappe aus dem Fonds, wie sie Grafiker benutzen, um großformatige Ausdrucke für Präsentationen zu transportieren. In diesem Teil befindet sich eine Kopie des Bildes, das wir gleich besorgen und austauschen wollen. Amy wusste durch eine Abhöraktion von Buck, welches Bild bei der Testamentseröffnung übergeben werden sollte, und ließ eine Nachbildung anfertigen. Das hat sie mir vor fünf Minuten mit fühl-

barem Stolz erzählt und ich habe ihr einige anerkennende Worte gezollt.
In einem Punkt erzielten wir allerdings keine Einigkeit: Wer das Bild anschließend an sich nimmt. Ich befürchte, dass sich Amy vom Acker macht.
»Amy?«, sage ich zu ihr, während wir den Ku'damm entlanggehen.
»Hm?«
»Ist 'ne tolle Handtasche.«
»Dir gefällt meine Handtasche?«, lacht sie. »Hätte ich dir nicht zugetraut, dass du dich für so was Weibisches interessierst. Die habe ich von meiner Mutter geerbt. Schlangenleder!«
»Darf ich mal?«, greife ich nach der Tasche. Sie lässt mich gewähren und blickt mich amüsiert an. Ich öffne die Handtasche, hole Handy und Schlüsselbund heraus, stecke beides in meine Hose und gebe Amy die Tasche zurück. Ihr Lächeln verschwindet, Falten ziehen über ihrer Stirn auf.
»Was soll das?«
»Bekommst du nachher wieder. Mehr fällt mir im Moment nicht ein, damit du dich nicht mit dem Bild davon machst.«
»Du bist unmöglich.«
»Mag sein. Okay, da vorne ist Rosenthals Laden. Harmanns, meine ich. Alles klar, wie wir vorgehen?«
»Wie besprochen, Sir!«, deutet Amy einen militärischen Gruß an.

Wir betreten den Juwelierladen. Nur etwa vierundzwanzig Stunden sind vergangen, seit ich das letzte Mal hier war, aber mir kommt es nach dieser düsteren Nacht sehr viel länger vor.
Eine junge Verkäuferin in adrettem dunkelgrauem Kostüm stöckelt uns entgegen.
»Guten Tag. Kann ich Ihnen behilflich sein?«, flötet sie den üblichen Text.
»Wir möchten zu Herrn Rosenthal«, antworte ich und bewege mich zur rückwärtigen Tür, die ins Innere führt. Die junge Dame eilt in unsere Richtung, um uns den Weg zu versperren, schafft es aber nicht.
»Haben Sie einen Termin?«, ruft sie nervös hinter mir, während ich bereits die Tür öffne. Ich drehe mich um.

»Wir werden erwartet. Achtung, Kundschaft!«, nicke ich mit dem Kopf in Richtung Eingangstür, wo ein älteres Ehepaar den Laden betritt, sie in einer leichten Pelzjacke, er in einem marineblauen Sakko mit goldenen Knöpfen, das er Admiral Hornblower gestohlen haben muss.

Die Verkäuferin murmelt etwas, ist offensichtlich hin- und hergerissen, nähert sich aber dann dem Ehepaar. Sie wirft einen letzten besorgten Blick zu uns, den ich mit einem aufmunternden Lächeln beantworte, dann ziehe ich die Tür hinter uns zu.

Michael Jackson mit einem Affen im Arm würde Sayuri wohl weniger überraschen als mein Erscheinen. Sie sitzt wie üblich hinter ihrem Schreibtisch am Computer, weshalb ich nur ihre obere Hälfte erkennen kann. Die besteht heute aus einer dunkelgrünen, recht engen Bluse mit angedeuteten Schulterklappen, einer sehr stilvollen Sechziger-Jahre-Frisur mit aufgetürmtem Haar und einem vor Staunen aufgeklappten Mund. Ihre Reaktion lässt verschiedene Interpretationen zu: Ist sie überrascht, dass ich noch lebe? Oder nur, dass ich heute auftauche, wo mir ihr Chef doch freigegeben hat?

Aus dem Nebenraum höre ich Geräusche von auf- und zugezogenen Schubladen. Harmanns Anwesenheit kompliziert zwar den Austausch des Bildes, aber da ich mit dem alten Sack sowieso noch ein Hühnchen rupfen will, passt mir das gut in den Kram.

»Gestern Abend konnte ich nicht kommen. Ihr Chef hat Ihnen bestimmt schon erzählt, dass wir schwimmen waren. Sogar ohne Badehose.«

Ihre Unsicherheit verfliegt wie der Rauch einer Zigarette im Herbstwind. Sie setzt ein breites Lächeln auf.

»Oh ja, Herr Rosenthal erzählte mir davon. Seine Chauffeure geraten immer wieder in die außergewöhnlichsten Situationen.«

»Ja, es ist schon verflucht lästig, dass man immer wieder das Personal ersetzen muss, weil ein paar Nazis um Mitternacht noch Tango tanzen wollen«, entgegne ich. Mein Vorgänger starb, ich bin dem Tod von der Schippe gehüpft und die kleine, japanische Bitch dreht es so hin, als wären wir selbst schuld daran gewesen. Großartig!

»Was kann ich für Sie tun?«, fragt Sayuri mit einem abschätzigen Blick auf Amy, als wollte diese eine Ausgabe des neuesten Obdachlosenmagazins verkaufen.

»Frau, äh, Jones und ich müssen etwas Dringendes mit Herrn Rosenthal besprechen«, kommt mir wenig flüssig über die Lippen, weil mir zum ersten Mal auffällt, dass ich Amys Nachnamen überhaupt nicht kenne.
»Er befindet sich leider außer Haus«, entgegnet Sayuri kühl. »Aber wir haben ja Ihre Nummer und rufen Sie an, sobald die Aussicht auf ein Gespräch besteht.«
Amy und ich blicken uns an.
»War sonst noch etwas? Ich bin leider sehr beschäftigt!«, legt Sayuri ihre Stirn übertrieben in Falten.
»Beschäftigt, my ass! Was soll das affige Getue? Man hört doch genau, dass jemand im Büro ist«, ruft Amy verärgert und schreitet zur Tür. Sayuri schnellt wie ein geölter Blitz aus ihrem Stuhl und schiebt sich zwischen Tür und Amy. Sie trägt einen kurzen, weitgeschnittenen Faltenrock und sieht mit den Stiefeln und dem Armyhemd aus wie die feuchte Fantasie eines Militaristen, der Mangas liebt.
»Kein Zutritt!«
Sie drückt ihren Zeigefinger gegen Amys Brustbein. Der steigt die Zornesröte ins Gesicht. Wenn Amerikaner eines nicht ausstehen können, ist es, angefasst zu werden, und man kann förmlich zusehen, wie bei Amy eine Sicherung herausfliegt.
»Finger weg! Bitch!«, knurrt sie, schnappt sich Sayuris Zeigefinger und will ihn umdrehen. Die windet sich geschickt heraus, geht rasch einen halben Schritt zurück und dann kommt das, was ich erwartet habe, allerdings in rasend schneller Ausführung: Ein perfekt gedrehter Roundhouse-Kick. Ihre Fußkante trifft Amys Nase. Amy taumelt nach hinten, lässt die große Mappe fallen und fasst sich an die blutende Nase. Mit einem gellenden Schrei springt Sayuri ihr nach und ich wünsche mir eine Tüte Chips und eine Cola, um den Catfight würdig zu genießen.
Als sich Sayuri direkt vor Amy befindet, holt sie weit mit einem Arm aus. Bevor sie zuschlagen kann, knallt Amy eine Gerade heraus und trifft Sayuri unter dem Auge.
Schöner Konter, denke ich. Ein Cowgirl lässt sich eben nichts gefallen.
Sayuris Lippen werden schmal, ihre Augen verengen sich und nun zeigt sie, was sie irgendwann einmal von alten Meistern gelernt hat.

Wie ein ausgebildeter Kung-Fu-Kämpfer feuert sie einige Kombinationen mit ihren Fäusten auf Amy ab, trifft sie am Kopf, im Magen, wieder am Kopf und prügelt sie Richtung Fenster. Amy kann ihre Deckung gegen Sayuris Schlaghagel gar nicht schnell genug anpassen und kassiert einen Hieb nach dem anderen.
Ich erhebe mich, um ihr zu helfen, als ich sehe, dass Sayuri ein kleines Stilett aus ihrem Stiefel zieht. Heilige Scheiße!
Ich springe nach vorn und erwische gerade noch ihr Handgelenk, das ich mit Wucht umdrehe. Dabei sehe ich in ihre Augen, die mich an einen Pitbull erinnern, kurz bevor er Nachbars Dackel zerfleischt.
Mit der anderen Hand holt sie aus, aber ich ducke mich, nehme ihren Schwung mit und werfe sie an beiden Armen auf den Schreibtisch, von dem Stifte, eine Unterlage, ihr Terminplaner und eine halbvolle Kaffeetasse auf den Boden fliegen.
Sie dreht sich mit einer halben Rolle vom Schreibtisch und landet geduckt wie eine Katze auf dem Boden. Aus ihren Augen funkeln Blitze und ich frage mich, mit welchen Waffen dieser weibliche Ninja wohl als Nächstes anrückt, als die Tür zu Rosenthals Büro aufgeht.
Der alte Mann betritt den Raum.
»Was ist denn hier los?«, fragt er mit kräftiger Stimme, wie ich sie bei ihm noch nicht gehört habe. Das lässt darauf schließen, was für ein bestimmender Charakter dieser Rosenthal, nein, Harmann, früher gewesen sein muss.
Amy stillt das aus ihrer Nase kommende Blut mit einem Taschentuch, Sayuri zieht sich ihren Rock glatt und sammelt die Utensilien des Schreibtischs vom Boden auf, ich ziehe mir eine Camel aus der Brusttasche und stecke sie mir zwischen die Lippen.
»Rauchverbot, von Sarnau!«, fährt er mich an und wendet sich an Sayuri. Ich behalte die Zigarette im Mund, zünde sie aber nicht an. Amy murmelt etwas von »Ich muss mal kurz ins Bad« und verschwindet durch eine seitliche Tür, von der sie mir vorhin erzählt hat. Sie hat sich mit den Plänen befasst und kennt die Örtlichkeiten in- und auswendig.
»Ich habe Ihnen für heute frei gegeben, erinnern Sie sich?«, fragt er mich.

»Das war, bevor ich gestern noch einen Ausflug mit Ihren Freunden unternommen habe. Eine kleine Grillparty, bei der ich als Fleisch vorgesehen war«, antworte ich und gehe einen Schritt auf ihn zu, um seine Reaktion genau zu studieren. Wusste er davon oder nicht? Wenn nicht, will ich keine schlafenden Hunde wecken und ihm auch nicht eröffnen, dass ich seine wahre Identität kenne, sondern nur das Bild mitnehmen und mit Amy wieder abziehen. Wenn ja, dann ist Teil eins der Abrechnung fällig.
»Wovon reden Sie?«, fragt er, nach wie vor mit fester Stimme. Normalerweise erkenne ich Lügen recht treffsicher, doch Harmann gibt mir Rätsel auf. Er wirkt glaubwürdig, aber kann es wirklich sein, dass er unabhängig von der Nazi-Gang operiert und ausschließlich hinter dem Bild her ist, von dem diese nichts wissen?
»Ihre Freunde. Von gestern Nachmittag.«
»Wie kommen Sie darauf, dass es sich um Freunde von mir handelt?«
»Eher alte Kameraden?«, provoziere ich ihn. Ich habe keine Ahnung, wie lange Amy braucht, und versuche, noch etwas Zeit zu schinden. Harmann blickt mich kalt an.
»Mäßigen Sie Ihren Ton, sonst erhalten Sie morgen Ihre Papiere. Ich wünsche noch einen schönen Abend. Ihre nächste Einsatzzeit teilen wir Ihnen telefonisch mit. Sayuri? Kommen Sie in mein Büro!«, wendet er sich an sie und will die Tür zu seinem Büro öffnen.
»Moment!«, gehe ich ihm nach und ziehe ihn am Ärmel. Er dreht sich um und kann seinen Ärger kaum noch verbergen.
»Gero?«, höre ich hinter mir Amys Stimme. Sie tritt aus der Tür und lächelt mich an. Unter dem Arm trägt sie wieder die große Mappe.
»Was wollten Sie eigentlich hier?«, fragt Harmann misstrauisch.
»Ich bin Spezialistin für Marketing im Einzelhandel. Herr von Sarnau erzählte mir von Ihrem Geschäft und ich habe erst kürzlich eine Präsentation für den Gucci-Laden …«, plappert Amy, als Harmann den Arm hebt.
»Kein Interesse. Von Sarnau? War's das?«
Ich bremse mein Verlangen, weiter zu sticheln, und nicke. Amy verlässt das Büro, ich folge ihr. Als ich mich umdrehe, sehe ich Sayuri, die dieselbe Bewegung hinter Harmann macht wie ich und mir dabei in die Augen sieht: Sie spitzt ihre Lippen zu einem angedeuteten Kuss und zwinkert mir zu.

Tag 5, 16 Uhr

Wir sitzen im Escalade, Amy auf der Fahrerseite mit der großen Mappe auf den Schenkeln, deren Ecken gegen mein linkes Bein drückt, so groß ist das Teil. Amy schnauft laut vernehmlich, reibt sich die lädierte Nase und blickt mich von der Seite an. Wir grinsen um die Wette, bis wir anfangen, laut zu lachen. Dabei spritzt ein Tropfen Blut aus Amys Nase direkt auf die Mappe.

»Das ist es?«, frage ich. Sie nickt und entblößt beim Lächeln sämtliche Zähne.

»Zeig her.« Ich greife nach der Mappe, dabei habe ich das Motiv ja schon gesehen, nachdem ich Harmann aus dem Wasser gezogen habe. Aber ein allerletzter Schuss Misstrauen Amy gegenüber ist noch nicht verflogen. Sie öffnet die Mappe und zieht das Bild ein paar Zentimeter heraus. Ein zweiter Blutstropfen fällt aus Amys Nase direkt auf ihre Jeans. Sie fummelt in ihrer Hose nach einem Taschentuch und zieht eines heraus, das schon dicke Blutspuren von früheren Stillversuchen auf Harmanns Toilette zeigt. Glücklicherweise passiert all das am helllichten Tag, denn mir ist nicht entgangen, wie mein Innerstes auf diesen einen einzigen Blutstropfen reagiert hat: Mit einem leichten, aber spürbaren Anstieg der Pulsfrequenz und einem Kribbeln entlang meiner Wirbelsäule.

Ich fasse vorsichtig an Amys Kinn und drehe ihren Kopf zu mir. Sayuris Prügel haben Spuren hinterlassen. Am meisten hat die Nase abbekommen, die glücklicherweise nicht gebrochen ist. Am Jochbein unter dem Auge zeichnet sich ein dunkelblauer Fleck ab, auch die Haut wurde dort leicht aufgerissen, ebenso seitlich am Kinn.

»Du musst zum Arzt, Amy.«

Sie schüttelt den Kopf.

»Wegen der paar Kratzer? No way! Wir schauen uns zuerst das Bild in aller Ruhe an.«

»Im Ernst?«

»Ja. Mach dir keine Gedanken, Süßer. Moment, ich muss das kurz checken«, antwortet sie und blickt auf ihr Handy. Sie liest mir Bucks Nachricht vor, der sich um einen General von der NSA kümmern muss, der heute die Berliner Spionageabteilung besucht, für die Buck arbeitet. Er fragt, ob alles glatt gelaufen sei, und bittet darum, dass sich Amy so rasch wie möglich meldet, sobald sie sich das Bild angesehen hat. Amy tippt die Antwort ein.

»Deine Entscheidung, Amy. Aber wir müssen das trotzdem behandeln. Wo ist denn hier der Erste-Hilfe-Kasten?«

Amy zeigt auf die Armlehne im Fonds. Ich krieche halb nach hinten, öffne die Lehne und ziehe ein Erste-Hilfe-Kissen heraus, als Amy den Wagen startet.

»Wir sollten besser verschwinden«, sagt sie leise und fährt Richtung Lietzenburger Straße, in südlicher Richtung weg von Harmanns Laden. Erneut tropft etwas Blut auf ihre Hose und ich spüre meinen Puls nun im Ohr rauschen. Ich drehe mich zu ihr.

»So geht das nicht. Lass mich fahren.«

An der nächsten roten Ampel steigen wir beide rasch aus, gehen um den Wagen herum und tauschen die Plätze.

»Zu dir oder zu mir?«, frage ich, doch bevor Amy antworten kann, erkundige ich mich bereits nach ihrer Adresse. Das Risiko, dass sich Ansgar oder jemand anderes in meiner Wohnung befindet, ist einfach zu groß. Sie nennt mir eine Straße in der Nähe der Krummen Lanke.

Wir fahren den Hohenzollerndamm entlang stadtauswärts Richtung Südwesten. Amy durchsucht das Erste-Hilfe-Kissen und findet allerhand Verbandsmaterial, das sich aber nicht eignet, um die Blutung an der Nase zu stillen. Sie reißt eine Packung auf, fummelt eine Mullbinde heraus und drückt sie sich gegen die Nase. Ich schenke ihr einen bedauernden Blick, den sie mit einer wischenden Handbewegung kommentiert.

»Schau weg!«

Wir befinden uns auf der Clayallee, für mich bereits das zweite Mal diese Woche nach meinem kürzlichen Trip in die Außenstelle der Botschaft. Danach passieren wir das Alliiertenmuseum. Auch beim hundertsten Mal erfreue ich mich am Anblick des beeindruckenden Rosinenbombers, der auf einem großen Platz steht und den ich als Teenager mit meiner Schulklasse besichtigt habe. »Sonst wären hier alle jämmerlich verhungert und erfroren!«, bläute mir meine Mutter immer wieder ein.

Würde ich an der nächsten Ampel links abbiegen, käme ich zu Harmanns Domizil.

In dieser schönen, grünen Ecke im Südwesten Berlins lebten früher die meisten Amerikaner. Deren Zahl nimmt seit dem Ende des Kalten Krieges kontinuierlich ab, aber noch immer ist hier die Dichte an Cadillacs oder Pick-ups höher als in jedem anderen Teil der Stadt. Rechts der Straße sieht man die ehemaligen großen Wohnblöcke der Unteroffiziere und Mannschaften, die linke Seite mit den freistehenden Häusern und kleinen Villen wurde von den höheren Offizieren bewohnt.

Amy beschreibt mir den Weg zu ihrem Haus, während sie sich die Mullbinde auf die Nase drückt. Ich biege auf die Argentinische Allee ab, kurz darauf in die Onkel-Tom-Straße, passiere zwei kleine Straßen und stehe schließlich vor einem hübschen, zweigeschossigen Haus, das sich gemeinsam mit einem Dutzend ähnlicher Gebäude in einer kurzen Sackgasse befindet. Hinter den Häusern ragen die Bäume des angrenzenden Waldes über die Dächer. Ganz in der Nähe befindet sich die sogenannte Krumme Lanke, ein im Wald gelegener See, den ich während meiner Schulzeit ab und zu besuchte. Das war von Kreuzberg zwar ein weiter Weg, aber die sich dort sonnenden, gepflegten Mädchen aus gutem Haus waren für uns so etwas wie edle Burgfräulein, die wir uns ansehen wollten, eine interessante Abwechslung zu den abgezockten, mit allen Wassern gewaschenen Mädels aus unserer Schule.

Ich stelle den Motor ab und will nach hinten zur Mappe greifen, komme aber zu spät. Amy war schneller und steigt mit der Mappe unter dem Arm aus.

»Schöne Ecke hier«, bemerke ich und laufe Amy nach, die schon das kleine Tor am Zaun öffnet und sich schnellen Schrittes zur Haustür an der Seite bewegt. Als sie die Tür aufschließt, beschleunige ich und verkürze den Abstand. Sicher ist sicher.

Tag 5, 16.30 Uhr

Amy hetzt durch den quadratischen Flur in ein großes Wohnzimmer, vor dessen Panoramafenster ein großer, rustikaler Tisch steht, auf den sie die Mappe legt. Während sie sie öffnet und vorsichtig nach dem Bild greift, schaue ich mich um.

Man merkt dem Raum an, dass er von Amerikanern bewohnt wird. An den Wänden finden sich diverse Fotos von Amys High-School- und College-Zeiten sowie etliche Aufnahmen von Buck im Kreise irgendwelcher Kumpels aus Army und Geheimdienst. Manchmal befindet er sich in Gesellschaft Uniformierter, andere Male grinsen bullige Kerle mit Sonnenbrillen, Schulterhalftern und Scharfschützengewehren gemeinsam mit ihm in die Kamera, teils vor Palmen, teils vor Gebäuden, die arabisch wirken. Ein besonders großes Bild mit goldenem Rahmen hängt in der Mitte der großen, rückwärtigen Wand. Es zeigt Amy und einen älteren Kerl mit Schnauzer und ledriger Gesichtshaut. Beide tragen Taucheranzüge und knien lachend auf einem Boot, zwischen ihnen eine Kiste, in der sich allerhand Münzen befinden. Über dem Kamin hängt eine Flinte, auf dem Sims darunter stehen diverse Pokale, auf denen stilisierte Footballspieler aufgedruckt sind.
Ich drehe mich wieder zu Amy, die die Mappe auf den Boden geworfen hat, damit sie sich ganz auf das Bild konzentrieren kann. Sie bemerkt gerade noch, wie ihr ein Tropfen Blut aus der Nase rinnt und wischt ihn mit der flachen Hand weg. Ich verscheuche böse Gedanken, die tief aus meinem Innern kommen. In ihnen spielen Amys nackter Körper und sehr viel von ihrem Blut eine wesentliche Rolle.
»Wir verarzten dich. Das dauert nur ein paar Minuten. Danach konzentrieren wir uns auf das Bild, okay?«, schlage ich vor. Amy seufzt und blickt auf das kitschige Motiv.
»Ich sehe nichts. Absolut nichts!«, schüttelt sie den Kopf.
»Hast du was zum Desinfizieren?«, frage ich sie. Amy überlegt kurz.
»Im Bad, oben.«
»Na, komm«, fordere ich sie auf. Nachdem sie keine Anstalten macht, sich vom Bild zu trennen, greife ich nach ihrer rechten Hand und ziehe sie vom Tisch weg.

Amy sitzt auf dem Rand der Badewanne, ich gehe etwas in die Hocke. In meiner linken Hand halte ich eine kleine Flasche mit Betaisodona, die mir Amy gegeben hat, in meiner rechten einen Waschlappen, den ich mit der desinfizierenden Flüssigkeit getränkt habe. Wir haben uns darauf geeinigt, die Wunden unter dem Auge und am Kinn zu behandeln.

»Könnte sein, dass das ein bisschen weh tut«, warne ich sie. Amy kaut auf ihrer Lippe, schluckt und nickt mir zu.
»Na los.«
Ich tupfe die offene Stelle am Jochbein vorsichtig ab. Amy zuckt zusammen, dann sehe ich, wie sich ihre Augen mit Wasser füllen. Sie beißt sich auf die Lippen, lässt aber einem leisen Schluchzer freien Lauf. Ich bemühe mich, die unangenehme Prozedur rasch zu beenden, schon allein, um die Blutung zu stillen und IHM keinerlei Möglichkeit zu geben, sich auf irgendetwas später in der Dunkelheit zu freuen. Nach der Wunde unter dem Auge wende ich mich der am Kinn zu, die noch ein bisschen tiefer ist. Amy wimmert leise, dann rollen Tränen ihre Wange hinab.
»Sorry. Ist gleich vorbei«, versuche ich, sie zu trösten, und tupfe die letzten Stellen mit der roten Flüssigkeit ab.
»Das geht schon. Ich habe nur Angst, dass Narben zurückbleiben«, lächelt mich Amy schief an. »Ich bin ein eitles Mädchen aus Kentucky«, grinst sie und wischt sich die Tränen mit dem Handrücken vom Gesicht.
»Was könnte dich schon entstellen, Schönheit? Doch keine lächerliche, kleine Narbe«, murmle ich und lehne mich zurück, um mein Werk zu betrachten. Die beiden Wunden sind großflächig versorgt, aber Amy wird ihr Spiegelbild nicht mögen.
Sie will sich nochmal die Nase abtupfen, dabei fällt ihr der blutige Waschlappen aus der Hand. Wir bücken uns gleichzeitig danach und stoßen dabei mit den Köpfen zusammen.
»Jesus Christ!«, ruft Amy und hält sich die schmerzende Stirn. »Willst du mir auch noch eine Beule verpassen?«
Die Spannung entlädt sich in lautem Lachen. Wir wiehern schließlich um die Wette und nie habe ich Amy bezaubernder als in diesem Moment gefunden. Angeschlagen, blutend, lachend und mit den Augen einer Kämpferin.
Dann küsse ich sie.

Fluch und Segen – die Nase eines Lupus. Nicht immer möchte man den Mix aus Alltags- und menschlichen Gerüchen wahrnehmen und schon oft wünschte ich mir den unempfindlichen Sensor eines ganz normalen Menschen.

Vor vielen Jahren beging ich den Fehler, einer Liebsten mitzuteilen, was ich alles an ihr rieche. Die junge Lady reagierte verschnupft und fragte, ob ich ihr durch die Blume sagen wolle, dass sie stinke. Seitdem behalte ich die Eindrücke meiner Nase für mich.

Amy duftet wunderbar nach dem berühmten grünen Gras ihrer Heimat Kentucky. Fast habe ich das Gefühl, als könnte ich den Rasenmäher hören, der ein letztes Mal über die Pferderennbahn geschickt wird, bevor das Rennen beginnt. Herbstlaub, durch die Nüstern atmende Pferde und der Duft kalter Morgenluft finden sich ebenfalls auf ihrer Haut, die hell schimmert wie bei vielen rotblonden Menschen. Ich komme ihrem Gesicht so nah, dass ich nichts anderes sehe als gefühlte drei Milliarden Sommersprossen, die sich rhythmisch von mir weg und wieder hin zu mir bewegen und dabei immer neue Muster erzeugen. Ihr Grübchen rechts des Mundwinkels scheint mich gleichsam zu verspotten und anzuspornen, während ihre Pupillen immer größer werden. Amy umklammert meine Hüften mit weichen, alabasterfarbenen Schenkeln und entwickelt dabei mehr Kraft, als ich ihr zugetraut hätte. Das Athletische ihrer Beine kompensiert sie mit einer weichen, spitzen Zunge, die kleine elektrische Schläge verteilt.

Für einen kurzen Moment fällt mir auf, dass wir auf Tweety-Bettwäsche vögeln, was ich befremdlich finde. Nachdem sie mir mit Wucht ihre Fingernägel in die Hinterbacken gerammt hat, als wollte sie sich einhaken, verschwinden meine Bedenken im Schweiß und Keuchen von uns beiden.

»Die harte Tour also?«, frage ich, während ich spüre, dass sie meine Haut aufritzt, und höre für eine Sekunde auf, zu stoßen. Sie knallt mir ihre flache Hand gegen die Wange und entblößt lachend ihre Zähne.

»Let's ride, Cowboy!«, feuert sie mich an. Reize nie den Wolf zum Spaß, Baby! Ich greife ihre Handgelenke, ziehe sie weit nach oben, bis ich beide Arme mit der rechten Hand fixieren kann. Sie windet sich, kann sich aber meinem kräftigen Griff nicht entziehen. Mit meiner linken Hand umfasse ich ihren Hals und drücke leicht gegen ihre Kehle.

»Bastard!«, keucht sie, doch ihr Becken verrät die Wahrheit.

Fünf Wimpernschläge später bittet sie um mehr Bewegungsfreiheit, die ich ihren Armen schenke und weitere zehn danach zittert helles

Amy-Fleisch unter mir so heftig, dass ich ihr als Antwort tausend kleine Wölfe schenke, die Zuflucht in Mamas Höhle suchen.
Zur Belohnung beißt sie mich in die Wange.
Über den Geruch gemähten Grases aus Kentucky legt sich der Duft frischer Liebe.
Wir keuchen, umarmen uns, mein Puls nähert sich gesünderen Schlagzahlen. Nach zwei Minuten gleite ich auf einem leichten Schweißfilm von ihr und lange auf ihrem Nachttisch nach der Zigarettenpackung, die ich dort deponiert habe.
»Gib mir auch eine«, krächzt Amy mit belegter Stimme. Ich ziehe zwei Camel aus der Packung und flippe das Zippo auf.
Amy räuspert sich und blickt nach Süden auf meinen verlängerten Rücken.
»Nice butt! Könnte aber etwas Sport vertragen.«
Ich lege die Zigaretten zurück auf den Nachttisch. Amy grinst und streckt mir die Zunge raus. Ich lege mich quer über das Bett zur anderen Seite und greife mit langem Arm nach meiner Jeans, die ich heranziehe und aus der ich den Gürtel herausschiebe.
Amys Augen werden groß, sie lacht mit gespieltem Schrecken und zieht sich die Bettdecke über den Körper, bis nur noch ihr Gesicht zu sehen ist.
»Amy war unartig!«, gackert sie.
»Amy war sogar sehr unartig!«, knurre ich und läute Runde zwei ein.

Tag 5, 18 Uhr

Wir sitzen aufrecht am Kopfende des Bettes, noch immer unbekleidet und rauchend, aber mit der Bettdecke bis zum Bauch und dem Bild vor uns.
»Was für ein grauenvoller Kitsch«, seufzt Amy. Ich nicke, ziehe an der Camel und stelle den Aschenbecher auf das Bett, damit sie besser rankommt.
»Was erwartest du von einem asexuellen Nichtraucher und Vegetarier?«, antworte ich. Sie dreht sich zu mir und zieht anerkennend die Mundwinkel nach unten.
»Ein Mann mit Bildung! Woher weißt du das?«

»Als Kind gab's lange dunkle Winter in Norwegen, kein Internet und nur ein paar Fernsehprogramme. Da habe ich mir jede Doku reingefressen, die lief. Aus purer Langeweile. Natürlich auch den ganzen Nazi-Scheiß. Oder frag mich irgendwas zu Haubentauchern. Oder der Geschichte des Stahls. Oder …«

»Schon gut, du Poser-Brain!«, würgt mich Amy ab.

Wir widmen uns wieder der eigentlichen Aufgabe: Wo in, am oder hinter dem Bild ist ein Hinweis auf den Schatz versteckt? Auf den ersten Blick konnten wir bislang nichts erkennen. Der Rahmen scheint unversehrt, der Rücken der Leinwand ebenfalls. Nirgendwo findet sich ein vorsichtig ins Holz geklemmter Zettel, eine Schatzkarte auf der Rückseite oder ähnliches.

»Ich bin Schatzsucherin, aber keine Kunsthistorikerin. Verdammt!«

Amy legt das Bild genervt zur Seite, ich nehme es hoch.

»Was wäre, wenn das Motiv selbst ein Hinweis ist und gar keine Botschaft versteckt wurde? Einer dieser Bäume vielleicht? Unter dem könnte der Schatz liegen«, werfe ich in den Raum. Amy schüttelt den Kopf.

»Diese doofe Wald- und Wiesenszenerie hat er bestimmt in Österreich gemalt. Siehst du die Berge im Hintergrund? Der Schatz befindet sich aber garantiert in Berlin oder jedenfalls in der Umgebung. Das haben zwei der Nazis erzählt.«

»Die Buck erledigt hat?«

»Mhm.«

»Du hast mir noch immer keine Details erzählt, worum es sich bei dem Schatz handelt.«

Sie holt tief Luft.

»Doch. Ich habe dir alles erzählt, was ich weiß. Nämlich nicht viel. Nur zwei Infos und beide stimmen ganz sicher. Es muss um sehr, sehr viel Geld oder Gold oder andere wertvolle Dinge gehen. Die Nazis wollten den Schatz als Starthilfe für ihre neue Existenz.«

»Neue Existenz?«

»So geht die Legende. Für Argentinien zum Beispiel oder eines der anderen Länder, in das sie flüchten wollten. Die Nazis wussten, dass sie den Krieg verlieren, die waren nicht dumm. Außerdem haben die immer alles gründlich geplant, dafür waren sie bekannt, nicht wahr? Also haben sie Geld beiseite geschafft. Viel Geld.«

»Woher weißt du denn, dass der Schatz nicht längst geplündert wurde?«
»Dafür gibt's keine Garantie, Baby«, antwortet Amy. »Aber die Nazis, die Buck ausgequetscht hat, waren überzeugt, dass er noch da ist. Seit Kriegsende wurde immer wieder danach gesucht. Ich hoffe, dass wir uns nicht irren. Aber wieso war Harmann so scharf auf das Bild? Nur, weil es vom Führer ist? Die ganze Sache wegen so einem Fanartikel? Hilf mir, ich kenne mich mit Nazis nicht so aus.«
»Meinst du, ich etwa?«, frage ich lachend zurück. Sie zuckt die Schultern, ich denke über Harmanns Motivation nach und komme zu einem klaren Schluss.
»Der Typ hat etliche Menschen auf dem Gewissen, schon in Deutschland damals. Dann haut er ab. In den Staaten ermordet er eiskalt einen Flüchtling und nimmt seine Identität an, um Jahre später zurückzukehren. Meinst du, der sitzt abends in seiner Uniform vor dem Bild und singt Wagner nach? Der alte Sack ist nicht sentimental, der will den Schatz!«
Amy strahlt breit von Ohr zu Ohr, umarmt mich und gibt mir einen Kuss.
»Ich könnte mich an dich gewöhnen, smart ass!«, flüstert sie.
»Danke, danke. Und die zweite Info?«, frage ich, während ich ihren Arm streichle.
»Berlin und Umgebung, wie ich gesagt habe. Das Bild soll angeblich einen eindeutigen Hinweis auf den Schatz enthalten. Eine Karte. Eine Ortsangabe. So was.«
Wir starren erneut auf das Gemälde, prüfen nochmals gründlich das Material, Rahmen und Leinwand, finden aber nichts Ungewöhnliches.
»Wir müssen das anders untersuchen. Mit Infrarot oder so. Vielleicht findet Buck irgendwas. Die Jungs in der Agency haben tolle Apparate«, schlägt Amy vor.
Diesmal schüttle ich den Kopf.
»Dann bin ich raus aus dem Spiel. Wenn Buck das Bild hat, sehe ich euch nie wieder.«
Amy presst die Lippen aufeinander und zieht dann einen Schmollmund. Sie dreht sich zu mir.
»So denkst du von mir?«, fragt sie mit ernstem Blick.

Plötzlich höre ich Schritte. Wir schrecken auf, Amy legt das Bild auf die rechte Seite des Doppelbettes und schon steht Buck in der Tür. »Wenn man vom Teufel spricht …«, seufze ich.

Amys bulliger Bruder steht im Türrahmen und hält sein Sakko in der rechten Hand. Er trägt eine zur Jacke passende Anzughose, ein weißes Hemd mit marineblauer Krawatte, ein Schulterholster, in dem eine Pistole steckt, blitzblank polierte Schuhe und im Gesicht einen Ausdruck des Missfallens. Seine Kiefermuskeln mahlen angestrengt, was immerhin bedeutet, dass er mich nicht an Ort und Stelle erschießt, sondern überlegt, wie er mit der Situation umgehen soll.
»Fuckin' Kraut!«, presst er sich aus dem Gebiss. »Jedes Mal, wenn ich dich sehe, bist du fast nackt. Bist du fuckin' Tarzan, asshole?«
Ein Mann, der unbekleidet im Bett sitzt und sein Gemächt nur mit einem von Adolf Hitler gemalten Bild bedeckt, sollte einem bewaffneten Gegenspieler mit Demut begegnen und ihn nicht reizen.
»Es ist nicht das, wonach es aussieht«, kalauere ich und hoffe auf einen entspannenden Lacher, der aber ausbleibt.
»Doch, ist es«, korrigiert mich Amy. Will sie ihren Bruder auf die Palme bringen? »Und ich bin nicht mehr die kleine Cheerleader Sis. Alright?«, legt Amy nach und richtet sich auf, achtet aber darauf, dass sie sich ausreichend bedeckt.
Buck ringt mit sich selbst und ich befürchte, dass er sich noch den gesamten Zahnschmelz abkaut. Dann fängt er sich, atmet tief aus und will näher kommen, stoppt dann aber abrupt.
»Verdammt, zieh dir was an! Fuckin' Kraut! Und du auch!«, richtet er sich an Amy, dreht auf dem Absatz um und verlässt das Zimmer. Ich nutze die Gelegenheit und schlüpfe in Jeans und Hemd, als Buck mit drei Flaschen Bud-Light-Bier wieder im Türrahmen erscheint.
»Okay, kommt ins Wohnzimmer. Dann will ich gute Nachrichten hören. Denn ich habe schlechte.«

»Stoßen wir auf den Schatz an?«, fragt Buck und hält uns seine Flasche amerikanischen Biers entgegen. Wir stehen vor dem Wohnzimmertisch und gruppieren uns um das Bild, das vor uns liegt.
»Well …«, druckst Amy herum und stößt mit ihrer Flasche gegen die von Buck, was ich danach ebenfalls praktiziere.

»Wir haben noch nichts gefunden. Aber gib uns noch etwas Zeit.«
»Und ich dachte, dieser Scheißtag wird endlich besser!«, brummt Buck und nimmt ein paar tiefe Schlucke aus der Flasche.
»Ich habe auch ordentliches Bier, keine Sorge, Kraut. Muss aber nochmal in die fuckin' Agency«, meint er zu mir.
»Vielleicht weiß Harmann etwas«, werfe ich in die Runde. Buck blickt mich misstrauisch an.
»Was hast du ihm erzählt?«, schnaubt er Richtung Amy.
Sie hebt eine Hand als Zeichen, sich zu beruhigen.
»Er hat mir das Leben gerettet, Buck. Nachdem wir ihn ... um ...«, sucht Amy nach Worten, die ich ergänze.
»... reingelegt haben. Wobei ich fast abgesoffen wäre.«
»Shit happens«, grunzt er und leert die Flasche mit zwei tiefen Zügen.
»Ich habe ihm von den alten Nazis erzählt«, fährt Amy fort. »Aber die Idee mit Harmann ist doch nicht schlecht. Er ist der Letzte in der Reihe, right?«
»Right«, nickt Buck. »Aber was mache ich, wenn dem alten Mann bei der Befragung etwas passiert? Ein kleiner Herzinfarkt zum Beispiel, weil er Angst vor dem großen, bösen Amerikaner hat? Nach dem Auftritt heute im Laden und dem Unfall im See fällt der Verdacht sofort auf euch. Mindestens aber auf ihn«, zeigt er auf mich.
»Großartig. Fast ertrunken, dann gefoltert, getasert, beinahe in der Wurst gelandet und bald im Knast. Ihr macht mir Spaß!« Ich trinke mein Bier aus, das wie frisch abgefüllte Bullenpisse schmeckt.
»Poor Babe.« Amy fährt mir mit ihrer Hand durchs Haar.
»Keine Sorge, ich bin bestechlich. Der Schatz wird ab sofort durch drei geteilt«, antworte ich. Die beiden blicken sich an, Buck rollt mit den Augen, Amy lächelt und nickt.
In meiner Hosentasche vibriert das Handy. Ich ziehe es heraus und blicke auf das Display, das eine Nachricht vom Dude anzeigt. Nach zwei Daumenwischern präsentiert mir das Smartphone den Inhalt:
»Gero, heute abend schlachtensee? um acht fischerhütte! idee von moses und mir. ansgar? frag ihn. auch sean. bring das country girl mit, yeehaa! lol. cu, dude«
»Was machen wir jetzt mit dem Bild?«, fragt Buck. Amy zuckt die Schultern, mir kommt eine Idee.

»Wir zeigen das Freunden von mir. Manchmal ist man einfach vernagelt, aber fünf oder sechs Augenpaare sehen mehr als drei. Die Geschichte dazu müssen wir ja nicht verraten. Bilderrätsel sind doch gerade schwer in Mode. Der Dude hat so eine bescheuerte App, mit der er den ganzen Tag solche Rätsel löst.«
»Welcher Dude?«, fragt Buck nach.
»Freund von mir, wie gesagt. Was haltet ihr davon? Wenn's nichts bringt, sind wir so schlau wie vorher und können immer noch zu Harmann oder deinen Kumpels von der Agency damit. Aber die sollen bestimmt nichts davon wissen, schätze ich. Sonst kassiert Uncle Sam die ganze Kohle, richtig?«
»Clever Boy.« Buck holt drei neue Bud Lights aus dem Kühlschrank. Als er sie öffnet, fallen mir seine riesigen und breiten Daumen auf. Ob da mal ein Elefant draufgetreten ist?
»Na gut, warum nicht? Amy, du lässt ihn nicht aus den Augen.«
Sie grinst und legt die Hand zum militärischen Gruß an.
»Sir! Yes, Sir!«
Als Buck die zweite Flasche austrinkt, wischt er sich anschließend mit der Hand den Schaum vom Mund.
»Scheißtag. Der General geht mir auf die Eier. Will wissen, wie das geht, wie dies geht, ob wir die Vorschriften einhalten. Pain in the ass! Aber ich habe noch eine schlechte Nachricht, sagte ich ja bereits.«
Wir schweigen und sehen ihn an. Er blickt aus dem Fenster.
»Fucking Nazis. Schlaue Bastarde! Die suchen euch. Ich habe ein Telefonat abgehört. Die wissen nicht genau, was passiert ist. Keine Spuren und so, die haben wir beseitigt. Aber sie vermissen ihre vier Männer. Und jetzt fangen sie an, zu recherchieren. Wird nicht lange dauern, bis sie rauskriegen, wo ihr wohnt. Am liebsten würde ich dich in eine 747 setzen, Amy. Back to the States. Das Haus hier ist nicht sicher und deine Wohnung auch nicht«, zeigt Buck auf mich.
»Du könntest in einem Safe House von uns unterkommen«, schlägt er Amy vor. Die schürzt die Lippen und überlegt, als mir eine Lösung einfällt.
»Morgen Abend findet ein Autorennen statt. Auf privater Basis. Nicht ganz legal. Zwei bis drei Autostunden südlich von hier. Da könnten wir hinfahren, wären erst mal weg aus Berlin. Und heute Abend sind Freunde von mir am Schlachtensee. Kommt doch ein-

fach mit! Zwei Fliegen mit einer Klappe. Anschließend geht Amy mit zu mir.«
»Ach?«, hakt Buck mit deutlich ironischem Unterton nach. »Dort ist sie sicherer als hier?«
»Du kennst meinen Cousin nicht. Und Noodles!«
»Who the fuck is Noodles?«
»Egal. Was meint ihr?«, blicke ich zu Amy, die mich bereits anlacht.
»Racing in Germany! Buck? We're on board!«

Tag 5, 19 Uhr

Amy fährt mich zu meiner Wohnung nach Kreuzberg. Das liegt sicher nicht nur daran, dass wir guten Sex hatten oder Amy anderen Menschen gerne hilft, sondern vor allem an ihrer Natur als Schatzsucherin. Denn ich habe darauf bestanden, das Bild mitzunehmen. Es war Buck deutlich anzusehen, dass er ernsthaft über eine gewalttätige Lösung dieses Problems nachdachte, aber schließlich willigte er ein. Amy trägt jetzt ein reinrassiges Cowgirl-Outfit mit Westernstiefeln, einem mittellangen, weiten Rüschenrock, einer weißen Bluse mit großzügigem Ausschnitt und sogar einen Hut, den sie während des Fahrens abgelegt hat.
Während wir über die Stadtautobahn Richtung Neukölln fahren und bereits auf die Tempelhofer Ausfahrt zusteuern, versuche ich vergeblich, den Dude zu erreichen, um die Einzelheiten für unseren Abend am Schlachtensee zu besprechen. Immerhin komme ich bei Ansgars Handy durch, der unkonzentriert wirkt.
»Hast du ein Mittagsschläfchen gemacht, alter Mann?«, frage ich ihn.
»So ähnlich, ja.«
»Dann steh mal auf, wir kommen gleich nach Hause.«
»Ich bin nicht in deiner Bude. Worum geht's, Bruder?«
»Wo bist du denn?« Ansgar antwortet nicht, also fahre ich fort.
»Wir wollten heute Abend an den Schlachtensee. Ist ein Badesee im Westen Berlins, mitten im Grunewald. Da gibt's die sogenannte Fischerhütte. Wie der Name sagt, steht das Teil direkt am Wasser. Wir, das sind der Dude, Amy, ihr Bruder, der später nachkommt, und ich. Moses hat wohl zugesagt, Sean noch nicht, aber so ganz habe ich das

in der Nachricht vom Dude nicht verstanden. Von denen habe ich leider keine Handynummer.«

Aus Ansgars Handy dringen Geräusche, die ich nicht einordnen kann. Geraschel, Geflüster, Getrappel, das selbst für meine empfindlichen Ohren zu leise bleibt, um die Personen zu identifizieren.

»Ansgar?«

»Ja, Bruder?«

»Mann, was ist denn los mit dir, du Trantüte? Kommst du jetzt mit? Ich würde sagen, dass wir gegen neun Uhr dort sein sollten. Entweder fährst du per Navi dorthin oder kommst zu mir und wir rauschen mit 'ner Muscle-Car-Kolonne zum See.«

»Wie es der Zufall will! Seans Nummer hat sich irgendwie in mein Handy geschlichen. Ich rufe sie an und kümmere mich darum.«

»Zufall? My ass! Aber okay, mach das. Und bring Moses mit!«

»Ihr Bruder ist kein großer Fan von mir.«

»Mir egal. Du packst ihn gemeinsam mit dem Dude in deinen Wagen, okay? Ich versuche es jetzt nochmal bei ihm. Bis später!«

Amy fährt den Mehringdamm entlang, wo wir zuerst rechts die Bergmannstraße und dann links Curry 36 passieren. Mein Magen reagiert sofort und bittet um rasche Füllung. Ich werfe der besten aller Wurstbuden mit den wie immer langen Schlangen davor einen sehnsüchtigen Blick zu, beschließe aber, die Nahrungsaufnahme noch um ein bis zwei Stunden zu vertagen.

Kurz darauf lassen wir das Kottbusser Tor hinter uns und ich sehe bereits das Haus, in dem ich seit einigen Monaten wohne. Ich deute auf einen Parkplatz unter der Hochbahn, als mir ein irritierendes Gefühl die Wirbelsäule hinaufkriecht, ein bei mir fast untrüglicher, instinktiver Hinweis auf Gefahr. Was mein Unterbewusstsein zuerst auslöste, wird beim Aussteigen durch meine Nase unterstützt. Der Geruch von Angst, Blut, Schweiß und anderen Körperflüssigkeiten erfasst meine empfindlichen Sensoren. Ich blicke nach oben zu meiner Wohnung, während Amy das in Papier gewickelte Bild aus dem Fonds holt.

»Bleib erst mal hier.« Ich schiebe sie sanft wieder zurück vom Bordstein. Sie blickt mich verwundert an.

»Was ist los, Baby?«

»Wahrscheinlich gar nichts. Ist nur so ein Gefühl. Ich sag dir Bescheid, wenn die Luft rein ist, okay?«

»Kein Problem. Take your time.«
Ich überquere die Straße und schließe die Haustür auf. Im selben Maß, wie der Geruch stärker wird, steigt mein Adrenalinpegel. Ich wünschte, dass ich meinen Colt dabei hätte, aber der liegt ja auf dem Grund eines Sees.
Zwei Treppen hinauf, dann stehe ich vor meiner Wohnungstür, die zu einem Viertel offen steht, was wohl durch ein Brecheisen verursacht wurde, denn das Holz zeigt deutliche Beschädigungen, lange Splitter ragen aus Rahmen und Tür. Vorsichtig zwänge ich mich durch den Spalt und betrete den Flur. Von dort sehe ich im Wohnzimmer die Beine eines Mannes, der Rest befindet sich außerhalb meines Blickfelds. Als ich leise zwei Schritte nach vorne gehe, um mir ein Bild zu verschaffen, fliegt mir etwas entgegen.
Ich kann mich gerade noch ducken, aber das dunkle Unbekannte streift mich bereits an der Schulter und krallt sich dort fest.
Noodles!
Er kreischt mir laut ins Ohr, klettert von mir runter und flitzt um die Ecke. Ich gehe ihm nach und sehe nun den Rest des Mannes.
Der Dude liegt mit dem Rücken auf dem Boden, als würde er schlafen. Was das friedliche Bild stört, ist vor allem die Farbe seines Gesichtes, die ins Dunkelblaue geht. Kinn und Hals präsentieren sich noch dunkler, schimmern schwarz-violett.
Ich gehe sofort auf die Knie und tätschle seine Wange.
»Dude! Dude! Wach auf.«
Was mich beängstigt, ist nicht nur, dass er auf die leichten Klapse keine Reaktion zeigt, sondern dass ich überhaupt keine ordentliche Atmung feststellen kann.
Ist er deshalb so blau im Gesicht?
Ich rase zum Fenster, reiße es auf.
»Amy! Komm hoch, schnell!«
Keine Minute später knien wir neben dem Dude. Amy tastet seinen Hals ab, schiebt vorsichtig seine Kiefer auseinander und blickt in den Mund.
»Hast du 'ne Ahnung? Was ist mit ihm?«, frage ich mit wachsender Panik. Ich vernehme noch immer nichts, was sich nach Atmen anhört, nur ein sehr gequältes, kaum wahrnehmbares Röcheln. Ich habe mir als Stuntman etliche Knochen gebrochen, als Soldat miter-

lebt, wie ein Kamerad ein Bein verlor, aber ich habe mich bis zum heutigen Tag immer von allem Medizinischen ferngehalten. Das bezahle ich jetzt, denn ich habe keine Ahnung, wie ich dem Dude helfen soll.

»Krankenwagen!«, rufe ich und fummle zittrig mein Handy aus der Hose.

»Er muss einen Schlag auf den Kehlkopf bekommen haben. Vielleicht ein Kieferbruch. Hinten ist alles geschwollen. Und die Zunge ist auch reingerutscht«, antwortet Amy mit ernstem Gesicht.

»Scheiße! Kannst du die nicht rausziehen? Hab ich mal im Fernsehen beim Fußball gesehen, da ging einer deshalb fast drauf«, schlage ich vor und entsperre mein Handy, was mir erst im dritten Durchgang gelingt, so nervös bin ich.

»Kann ich. Aber wenn alles geschwollen ist, bringt das nichts. Bis der Krankenwagen da ist, ist er …«

»Was?«, schreie ich sie an.

»… ist er erstickt. Tot! Wir brauchen ein Messer, ein sehr spitzes. Hast du eins? Los, such!«

Ich werfe das Handy auf den Boden und rase in die Küche. Das Fischmesser, das mir meine Eltern geschenkt haben! Ich reiße die Schubladen auf, wühle wie ein Berserker durch das Besteck, finde schließlich das Fischmesser und renne damit zurück zu Amy, bei der sich inzwischen dicke Schweißperlen auf der Nase gebildet haben.

»Wir müssen unter den Kehlkopf«, erklärt sie. Ich nicke.

»Kannst du so was?«, frage ich zurück, während der Dude keinen Mucks mehr von sich gibt und ich mich kaum noch traue, ihn anzublicken.

»Ich hab 'ne Sanitätsausbildung vom College, aber so was habe ich nie gemacht. Nur in der Theorie gelernt. Das dürfen nur Ärzte.«

»Amy, er geht uns drauf!«, schreie ich.

Sie holt Luft. Einmal, zweimal, dann setzt sie das Messer in einer leichten Kuhle am unteren Hals an. Ein konzentrierter, gefasster Blick zu mir, den ich durch heftiges Nicken beantworte.

Als würde sie in frisch gefangenen Kabeljau schneiden, dringt sie mit der scharfen Klinge des Fischmessers in den Hals. Sie wirkt angespannt, aber nicht ängstlich, als sie mit dem Messer tiefer geht und einen drei Zentimeter langen Schnitt erzeugt.

Ich bete zu den Göttern des Nordens und folge dem Lauf des Messers, während sich Amy einige Schweißtropfen von Nase und Auge wischt. Sie sucht mit der Klinge die passende Stelle, scheint sie aber nicht zu finden. Die Zeit des Dude läuft ab und ich möchte schreien, fluchen, bringe aber keinen Ton raus.
Dafür der Dude.
Ein leises Pfeifen dringt aus der Wunde am Hals. Ich blicke Amy an, sie nickt, lacht leise und nun entlädt sich die Anspannung tatsächlich in zwei kleinen Tränen, die ihr über die frischen Wunden von heute Nachmittag laufen.
Zehn Minuten später atmet der Dude zwar nur flach, aber bereits regelmäßig. Amy kommt mit Verbänden aus dem Bad zurück.
»Das ist heute der Erste-Hilfe-Tag, was, Honey?«, fragt sie mich lächelnd. Ich stehe auf, nehme sie in den Arm und küsse sie. Wir verarzten den Dude, wobei ihm Amy einen Verband um den Hals verpasst, der nur an einer Stelle ein Loch hat, durch das er Luft bekommt.
»Bilde ich mir das ein oder wird die Farbe im Gesicht schon heller?«, frage ich Amy.
»Die Schwellung geht zurück. Wahrscheinlich doch kein Kieferbruch. Manchmal kommt so was nur durch einen Wespenstich.«
»In diesem Fall eher eine Wespe mit Brecheisen«, kommentiere ich.
Als wir gerade aufstehen wollen, schlägt der Dude die Augen auf.

Pierre sitzt auf dem Boden, lehnt mit dem Rücken am Sofa und wirkt reichlich benommen. Seine Augen flattern hin und wieder, aber seine Gesichtsfarbe kommt fast im Zeitraffer zurück. Noodles liegt auf meinem Oberschenkel und muss sich von der Aufregung ebenso erholen wie ich, wobei ich mir Hilfe bei einer Zigarette hole. Nur Amy, die so eng neben mir sitzt, dass sich unsere Beine berühren, wirkt so ruhig, als würde sie täglich Kälber aus Kühen ziehen und als wäre ein Luftröhrenschnitt eine nette Abwechslung. Ich biete ihr eine Zigarette an, die sie lächelnd annimmt. Als ich das Päckchen dem Dude vor die Nase halte, schüttelt er den Kopf.
»Nee, lass mal«, krächzt er. »Das Zeug bringt einen um.«
Der Gag löst die Spannung. Wir lachen und für einen Moment möchte ich ihm dafür auf die Schulter klopfen, befürchte aber, dass das der Wunde nicht gut tun wird und lasse es.

»Was ist passiert?«
Er räuspert sich, holt vorsichtig Luft.
»Geht das mit dem Reden einigermaßen?«, frage ich nach. Er nickt.
»Irgendwer hat mir was Spitzes in den Hals gerammt. Deshalb kann ich verdammt nochmal nicht besonders gut sprechen«, flüstert er gepresst.
»Ihr wart das, oder?«
Ich nicke und zeige auf Amy. Noodles blickt meinem Finger nach, dann zu mir.
»Sie hat dir das Leben gerettet, Dude.«
»Wirklich?«
»Du warst im Gesicht so blau wie 'ne Sporthose von Hertha BSC. Noch ein paar Sekunden und du wärst erstickt. Kein Scheiß, Mann.«
Der Dude hebt schlapp die Hand und streckt sie Amy entgegen. Die schüttelt sie und lacht ihn an.
»Nice to meet you.«
»Gleichfalls. Pierre. Aber alle nennen mich den Dude. Du bist …?«
»Amy. Und alle nennen mich Amy.«
»Vielen Dank, Amy. Wirklich. Vielen Dank!«, ächzt er mühsam.
»Ach, ich war gerade da. Right place, right time«, zuckt sie die Schultern.
»Nochmal, Dude. Ernsthaft. Was ist passiert? Also ich meine den Zeitpunkt, bevor wir dir ein kleines Loch ins Fleisch schneiden mussten.«
Er kneift die Augen zusammen.
»Kann ich ein Bier haben? Oder gluckert das am Hals raus?«, blickt er Amy an.
Wir brüllen vor Lachen, wodurch Noodles von meinem Bein fliegt, kreischt und sich gestenreich beschwert. Ich stehe auf und gehe in die Küche, während Amy ihm die verschiedenen Wege von Speise- und Luftröhre erklärt. Noodles folgt mir, inspiziert den Kühlschrank und fischt sich einen uralten Apfel aus dem Gemüsefach, den ich nicht mehr anrühren würde, da ich runzliges Obst hasse.
»Ein lebender Müllschlucker? Endlich machst du dich nützlich«, tätschle ich seinen warmen Affenkopf, den er sofort wegzieht. Der Apfel bedeutet dem kleinen Bastard momentan mehr als meine Zuneigung.

Ich öffne drei Flaschen Bier, gehe zurück und setze mich wieder neben den Dude, der sein Bier ansetzt. Weil sich die Muskulatur noch nicht erholt hat, kann er nur einen sehr kleinen Teil schlucken, der Rest läuft ihm am Mundwinkel heraus. Amy geht auf den Knien ein kleines Stück nach vorn und wischt ihm mit einem Papiertaschentuch das Bier vom Kinn. Er nickt dankend.
»Viel kann ich nicht erzählen. Die Arschlöcher waren schon in der Wohnung, als ich gerade hochkam. Wollte flitzen, als ich sah, dass das Schloss aufgebrochen war. Du weißt ja, Gewalt und der Dude, das passt nicht zusammen.«
Ich ziehe grinsend an der Zigarette.
»Aber da hat mich schon einer gepackt und reingezogen. Die haben dich gesucht!«, räuspert er sich mehrere Male und fährt schleppend fort.
»Als ich nichts erzählen konnte, was sie hören wollten, knallte mir einer was vor den Hals. Das ging so schnell, dass ich nicht mal gesehen habe, was es war. Ein Rohr? Keine Ahnung. Tat jedenfalls scheißweh.«
Er macht eine kurze Pause und nimmt einen Schluck Bier.
»Ich habe keine Luft mehr bekommen, dachte, ich ersticke. Dann die schwarze Wand. Der Dude im Nirvana. Als Nächstes habe ich was Spitzes an meinem Hals gespürt, dachte, ich hätte einen Alptraum. Schneiden mir die Taliban den Kopf vom Rumpf?« Er holt tief Luft. »Dann sehe ich dein Gesicht vor mir.«
»Die Typen«, hake ich nach. »Wie sahen die aus? Armyklamotten, Springerstiefel, kurze Haare, dumm und sportlich?«
Der Dude blickt mich ratlos an.
»Nazis?«, hilft ihm Amy auf die Sprünge.
Er schüttelt den Kopf, räuspert sich nochmal. Noodles hat es sich wieder auf meinem Bein bequem gemacht und leckt sich Apfelreste von den Fingern.
»Überhaupt nicht. Eher das Gegenteil. Zigeuner, würde ich sagen. Goldzähne, Trainingshosen, Badelatschen, dunkle Erscheinung. Die Kerle, die man hier am Kotti manchmal sieht. Die Frauen und Kinder von denen wischen die Scheiben. Fünf von denen waren es. Mindestens.«
»Miri«, sage ich leise.
»Was für ein Miri?«, fragt der Dude nach.

»Ich hatte ihn und seine Leute kurz erwähnt, erinnerst du dich? Die Typen, für die Moses geboxt hat und die ihm angeblich Geld geschuldet haben.«
»Stimmt. Was wollten die von dir?«
»Lange Geschichte. Moses kennst du ja inzwischen, hat er dir nichts von dem Streit mit Miri erzählt?«
»Nee. Der ist nicht sonderlich gesprächig.«
»Okay, die Kurzform. Er hat für die geboxt, auf der Kirmes. Da haben wir uns kennengelernt. Weißte sicher inzwischen von ihm. Ich hab ihn aufgelesen und der traurige Riesenkloß erzählte mir, dass die ihm eine Menge Geld schulden. Also sind wir hingefahren und wollten die Kohle. Dummerweise hatten die eine ganz andere Auffassung von diesem Thema und wollten uns nur was zu essen anbieten. Lange Rede, kurzer Sinn: Es kam zu einer Prügelei und während die auf dem Boden lagen, plünderten wir deren Uhrenbestände. Teures Zeug, das wir dort fanden.«
»Ihr habt die erst vermöbelt und dann bestohlen?«, fragt er ungläubig nach.
Ich verziehe das Gesicht.
»Nicht nur das. Jetzt kommt die Pointe. Als wir nochmal nachgerechnet haben, wie viel die Moses tatsächlich schulden, kamen ein paar Nullen weniger raus.«
Amy lacht leise auf und schüttelt den Kopf. Der Dude findet die Story weniger witzig.
»Hättet ihr das nicht vorher klären können, ihr Superchecker? Ich habe also deine völlig berechtigten Prügel eingesteckt, richtig?«, blickt er mich mit blutunterlaufenen Augen an. Man merkt ihm die Anstrengung beim Sprechen an, allerdings auch die Wut über die unnötige Aktion, die durch die Dummheit von Moses und meine Sorglosigkeit ausgelöst wurde.
Ich nicke. »Ja, Mann.«
»Nicht zum ersten Mal«, legt er nach.
»Nein, nicht zum ersten Mal«, bestätige ich.
Ein kurzer Moment der Stille kehrt ein. Amy überlegt wohl, wie ich das wieder gut machen kann, doch was sie nicht weiß, ist, wie ich den Dude aus der schlimmsten Klemme seines Lebens geholt habe. Als er sich vor etlichen Jahren mit den falschen Typen anlegte, die

ihm das Licht ausblasen wollten. Arabische Drogendealer, denen er in die Quere gekommen ist, weil der Dude auch einen Teil vom Kuchen wollte.
Es gab nur ein »er oder sie«, keine Alternative. Ich habe die Typen damals getötet und dem Dude die ganze Wahrheit über mich offenbart. Was in manchen Nächten aus mir werden kann. Damals wurde das Band unserer Freundschaft fest verknotet und hält bis heute die stärksten Belastungen aus. Außerdem lässt er seitdem die Finger vom Drogengeschäft, das ich hasse. Das war die wichtigste Bedingung, die ich ihm damals stellte.
»Der Teufel kennt seine Brüder«, proste ich ihm zu.
»Scheiß drauf«, hält uns der Dude die Bierflasche entgegen. Drei Flaschen stoßen an.
»Wir müssen zum Arzt. Am besten ins Krankenhaus. Dringend. Wirklich!«, mahnt Amy.
»Gut«, stimme ich zu. »Dann fahren wir am besten ins Urban und ich sage auf dem Weg dahin den anderen ab.«
»Wie? Absagen? Warum?«, krächzt der Dude. Nichts liebt er mehr als Geselligkeit in bierseliger Runde, selbst mit einem Loch in der Luftröhre.
»Okay, dann rufe ich die anderen an und bereite sie darauf vor, dass wir uns verspäten. Vámonos!«, stehe ich auf und ziehe erst Amy, dann den Dude vom Boden.
Ich spüre fünf Affenfinger, die sich in meine linke Hand schmiegen.
»Ist schon gut. Du kannst mitkommen. Aber nur, wenn du dich benimmst!«
Ich strecke Noodles meine rechte Hand zum High Five hin. Wie immer ignoriert er sie.

Fünfzehn Minuten später befinden wir uns in der Notaufnahme des Urban-Krankenhauses, das sich auf der anderen Seite des Kanals befindet. Noodles habe ich im Auto gelassen. Als wir zum Krankenhaus liefen, hing er an der Scheibe mit dem Gesichtsausdruck eines Hundes, den man im Sommerurlaub an der Raststätte aussetzt.
Eine schlecht gelaunte, ältere Dame mit randloser Brille und Haaren, die aussehen, als hätte sie in eine Steckdose gefasst, sitzt am Empfang

der Notaufnahme. Sie besteht darauf, dass wir Platz nehmen, bis wir aufgerufen werden, und knallt ein Klemmbrett mit einem Patientenfragebogen auf den Tresen. Ein klares Zeichen, uns zu den etwa fünfundzwanzig anderen Wartenden zu gesellen, die, nicht überraschend in diesem Teil Berlins, vor allem türkischer und arabischer Herkunft sind.
Der Dude stöhnt bei dem Gedanken, die halbe Nacht in diesem Raum zubringen zu müssen. Er steht mit Amy einen halben Meter hinter mir und gibt eine gute Vorstellung als ächzender Schwerverletzter ab, der jeden Moment zusammenklappt. Doch die Mutter Courage dieses Krankenhauses beeindruckt das nicht im Geringsten.
»Frau ...«, beuge ich mich nach vorn, um ihr Namensschild zu lesen. »... Stranzkowski. Mein Freund hält nicht mehr lange durch. Können Sie uns nicht vorziehen? Heute Abend findet die Goldene Hochzeit seiner Eltern statt. Sein Vater hatte einen Schlaganfall, der bekommt nur noch die Hälfte mit, aber er hat trotzdem schon dreimal nach Pierre gefragt – dem einzigen Sohn der beiden!«
Im Ranschleimen an und Überreden von Menschen war ich schon immer eine Niete. Frau Stranzkowski verzieht nicht mal einen Mundwinkel, lässt sich aber zu einem kurzen Blickkontakt herab und klopft mit einem knöchernen, verwachsenen Zeigefinger auf einen vor ihr liegenden Zettel mit einer Reihe von Namen. Sie beugt sich leicht nach vorn und flüstert mir zu: »Der Herr da hinten links leidet vermutlich unter einer Nierenkolik. Der jungen Patientin neben der Säule tut der Bauch sehr weh. Ohne dem Herrn Doktor vorgreifen zu wollen, tippe ich auf eine Blinddarmreizung. Sie heult schon, seit sie hier reingekommen ist. Sehen Sie den kräftigen Herrn an der Tür? Seinen blutigen Verband? Arbeitsunfall beim Schlachten. Ich könnte noch weiterlesen, aber ich glaube, wir sind uns beide einig, dass wir hier ...«, ihr Ton wird schneidiger, »... streng nach der Reihenfolge aufrufen! Noch Fragen, junger Mann?«
»Nur eine. Sagt Ihnen Clara Schumann etwas?«, lasse ich mich nicht abwimmeln.
»Hat die auch was am Hals?«, knurrt Lady Stranzkowski zurück.
Ich ziehe einen zerknüllten Fünfzig-Euro-Schein aus der Hosentasche und schiebe ihn vorsichtig unter das Klemmbrett, das ich dann in die Hand nehme und auf den Arbeitstisch der Empfangsdame

lege. Durch den hohen Tresen kann niemand außer mir und Frau Stranzkowski auf diese Ablage blicken.
Sie blickt über den Rand der Brille erst zu mir und dann auf den Patientenfragebogen, der sich durch den knittrigen Schein leicht aufwölbt. Die knochigen Finger ziehen den Fünfziger heraus. Einen Wimpernschlag später befindet er sich in der obersten Schreibtischschublade, in der ich einen angebissenen Schokoriegel und ein Sudoku-Rätselheft erkenne.
Lady Stranzki beugt sich nach vorn, ich komme ihr etwas entgegen.
»Sie gehen wieder raus, dann setzen Sie sich vor die zweite Tür links.«
Mit dem Klemmbrett in der Hand verlassen wir den Warteraum und platzieren uns vor einem der Behandlungszimmer.
»Wer zur Hölle ist Clara Schumann?«, fragt der Dude.
»Ja, wer ist das?«, stimmt Amy ein.
»Ungebildetes Volk. Die war früher auf dem Hundert-Mark-Schein. Hab ich irgendwann bei Günther Jauch gesehen und den Scheiß nie vergessen. Warum auch immer.«

Während der Dude professionell verarztet wird, telefoniere ich mit Ansgar und kündige unsere Verspätung an. Amy informiert Buck.
Kurz darauf fahren wir bereits Richtung Südwesten. Amy sitzt jetzt wieder am Steuer. Da der Schlachtensee nicht weit von Bucks und ihrem Haus liegt, kennt sie den Weg und benötigt keine Orientierungshilfe von mir oder dem Navi. Der Dude lümmelt auf der Rückbank mit Noodles und widmet sich seinem Smartphone, ebenso wie ich.
Diesmal werde ich fündig. Auf der Seite der »Berliner Zeitung« entdecke ich eine Meldung über den mysteriösen Tod eines Büffels und den grässlichen Unfall eines Mitarbeiters vom Wachpersonal im Zoologischen Garten. Nervös scrolle ich rasch nach unten.
Beide Tode werden derselben Ursache zugeschrieben: Ein oder mehrere Kampfhunde scheinen in den Zoo eingedrungen zu sein. Dort hätten sie zuerst den Büffel gerissen und seien dann auf den Wächter losgegangen, der bei seiner Flucht unglücklich ins Krokodilbecken gefallen sein muss. Der Artikel zitiert im spekulativen Teil kurz einen bekannten Wolfsexperten, der sich zu der Frage äußert, ob sich die in Brandenburg heimischen Wölfe Berlin nähern und vielleicht für

den Vorfall verantwortlich sein könnten. Er verneint diese Frage eindeutig und erläutert, wie scheu die Tiere seien, die schon kleinere, menschliche Siedlungen meiden und sicher nicht in eine Metropole einwandern würden. Der Hinweis auf die jüngst wieder häufig auftretenden Wildschweinunfälle in Berlin sei absurd.
Der Artikel widmet sich etwa auf einem Viertel seiner Länge dem Tod des Wachmannes und im Rest dem Ableben des Büffels, dessen mutmaßliches langes Leiden deutlich ausführlicher beschrieben wird als bei dem bedauernswerten Mann im Krokodilbecken. Seltsam, wie die Menschen in modernen Gesellschaften ticken, aber in diesem Falle ist das gut für Ansgar und mich.
Warum macht sich Ansgar um solche Dinge keine Sorgen? Mich beschäftigt es jedes Mal wieder, ob ich erwischt werde, ob man mir auf die Spur kommt. Vor nicht allzu langer Zeit kam ich nur um Haaresbreite davon, als die Berliner Polizei sogar einen weltweit anerkannten Experten und Jäger für Paranormales aus Frankreich anheuerte. Hercule de Fortesquieue, meist im Auftrag des Vatikan unterwegs, machte Jagd auf mich – glücklicherweise erfolglos, aber er kam mir so nah wie nie zuvor ein Mensch.
Ansgar dagegen scheint sich keine Gedanken zu machen. Manchmal bewundere ich seine Haltung, an der alles abperlt, manchmal kotzt sie mich an. Auf alle Fälle muss ich ihn heute Nacht im Auge behalten.
Als wir Zehlendorf erreichen, senkt sich bereits die Sonne. Gegenüber zeigt sich ein halb voller Mond.
Ein Hinweis der Götter, wachsam zu bleiben.
Oder auf die Jagd zu gehen.

Tag 5, 22.30 Uhr

»Soll ich das Bild im Auto lassen?«, fragt Amy, als der Dude auf dem Parkplatz der Fischerhütte bereits den Wagen verlässt und draußen mit Noodles auf uns wartet.
»Schätze, das ist die beste Lösung. Ist doch sowieso viel zu dunkel für eine kleine Ratestunde. Und wer weiß, irgendwer kippt aus Versehen sein Bier drauf. Ist der Escalade sicher, also gegen Einbruch?«
Amy grinst.

»Spezialschlösser, Spezialglas, Spezialstahl, die Klasse zwei Agency-Ausrüstung. Buck fährt keine normalen Autos.«
Ich nicke und verstaue das Bild auf der Rückbank unter einer Decke.
»Was ist denn Klasse eins Agency-Ausrüstung?«, frage ich, als ich meine Tür öffne.
»Ich glaube, die können fliegen. Mit Warp Antrieb«, antwortet Amy und verlässt ebenfalls den Wagen. »Aber wenn ich dir mehr verrate, muss Buck dich erschießen.«

Wir sitzen zu acht an einem großen Tisch im Biergarten der gut besuchten Fischerhütte: Moses und Sean, Ansgar, der Dude, Amy und der erst später eingetroffene Buck sowie Noodles und ich. Für Noodles haben wir eine improvisierte Leine aus einem Stück Schnur im Escalade gebastelt. Er zerrt ständig an dem Teil, als müsste er ersticken, aber ich kenne da kein Pardon. Es wäre mir sehr peinlich, Reinhild beichten zu müssen, dass er in den Grunewald abgehauen ist.
Ein Stück oberhalb unseres Areals befindet sich noch ein gediegener Restaurantbereich, in dem man bedient wird, aber im Sommer halten sich die meisten Gäste wie wir im Biergarten auf und holen sich selbst ihre Getränke und Speisen. Vor wenigen Minuten ist auch Buck eingetroffen, der in seinem Anzug etwas overdressed wirkte. Nachdem er Jacke und Krawatte abgelegt und die Ärmel hochkrempelt hat, gibt er als Einstand eine Runde Bier aus und bricht damit das Eis.
Die offensichtliche Verletzung des Dude steht zu Beginn im Mittelpunkt unserer Gespräche. Während er den anderen ausführlich berichtet, wie sich das zugetragen hat, holen Amy und ich die erste Ladung Bratwürste für die Runde. Als wir zurückkehren, höre ich aus dem Mund des Dude, wie er sich im Kampf gegen eine Handvoll schwer bewaffneter Roma geschickt zur Wehr setzte, aber durch eine fiese Attacke auf den Hinterkopf überrascht und außer Gefecht gesetzt wurde. Er atmet nach dem letzten Satz schwer aus, schließt die Augen und trinkt sein Bier, um den dramatischen Augenblick zu unterstreichen.
»Wow!«, kommentiert Sean ergriffen mit noch immer offenem Mund.

»Das ist der Dude!«, unterstreiche ich mit geballter Faust. Er blickt mich an, ich grinse zurück, versaue ihm aber nicht den Auftritt.
»Hast du die Uhren noch?«, frage ich Moses.
»Moses hat alles«, brummt er. »Die behalte ich. Gehören mir.«
»So ganz stimmt das nicht, Moses. Für die paar Kröten, die sie dir noch geschuldet haben, haben wir einen ganz schönen Ärger veranstaltet. Die Uhren sind viel mehr wert.«
»Ist das vielleicht eine von denen?«, fragt Buck und deutet auf eine TAG Heuer an Moses' Handgelenk, die mir gar nicht aufgefallen war. Moses nickt und zieht seinen Arm unter den Tisch.
»Darf ich die mal sehen?«, fragt Buck freundlich.
»Er sammelt Uhren!«, ergänzt Amy.
Moses zieht die Uhr widerwillig vom Arm und will sie Buck überreichen, doch Noodles spritzt dazwischen, schnappt sie sich und flitzt damit unter den Tisch. Er zieht dabei so kräftig und unerwartet an der Leine, dass sie mir aus den Fingern gleitet.
»Er darf nicht abhauen!«, rufe ich. Alle bücken sich und greifen unter dem Tisch nach dem kleinen, flinken Noodles, der kreischend im Zickzack von links nach rechts rennt. Mehrere Versuche misslingen, bis ihn Moses am Schwanz zu fassen bekommt und nach oben zieht. Noodles zetert, als wollten wir ihn häuten, was uns erhebliche Aufmerksamkeit der anderen Gäste beschert. Moses reicht mir Noodles über den Tisch und ich muss aufpassen, dass er mich nicht beißt, so wütend ist er. Es gelingt mir, ihm die Uhr abzuluchsen. Zum Dank spendiert er mir ein paar Kratzer auf meinem Handrücken.
»Hast du ihm das beigebracht?« Buck grinst, als er die Uhr entgegennimmt. Noodles geht vor mir auf alle Viere und zeigt mir seinen kleinen, hässlichen Arsch, was die Stimmung endgültig auf den Siedepunkt bringt.
Buck hält die Uhr gegen das Licht, bedient mehrfach das kleine Zahnrad und reicht das Teil Moses zurück.
»Gute Arbeit. Erstklassige Kopie. Aus Polen?«
Moses' Gesicht färbt sich rot vor Wut und Frustration. Sean streichelt lächelnd seine Wange. Buck winkt ab.
»Don't worry, fella. Look!«, zeigt er auf eine Armbanduhr. »I love Omega watches. Aber die hier ist nicht echt. Trotzdem mein Darling.«

»Jedenfalls müssen wir uns mit denen einigen«, richte ich mich an Moses. »Wenn die Dinger falsch sind, haben sie sowieso kaum Wert für uns. Behalt das Teil am Arm, den Rest geben wir zurück, dann wird die Friedenspfeife geraucht.«
Während wir die Bratwürste futtern, schaue ich mich um. Jeder Tisch des großen Biergartens ist besetzt, kein Wunder in dieser lauen Sommernacht. Ein großer Teil des feinen Südwestens von Berlin scheint sich heute Abend hier versammelt zu haben. Die Dichte an teuren Hemden, edlen Düften und verjüngten Botox-Gesichtern ist beeindruckend.
Hier mit Freunden, einem schönen Countrygirl und gutem Bier zu sitzen, klingt nahezu perfekt. Trotzdem kann ich mich nicht komplett entspannen. Das liegt weniger an den Roma oder den Nazis, die uns auf den Fersen sind, sondern an Ansgar.
Wie immer zeigt er sich bestens gelaunt, unterhält die Runde mit geistreichen Bemerkungen und scharfsinnigem Witz. Aber mir passt nicht, wie sich Sean an ihn schmiegt und ihn anhimmelt. Womit ich nicht der Einzige bin, denn Moses' offensichtliche schlechte Laune liegt nicht nur daran, dass er die Kopie einer Luxusuhr am Arm trägt. Immer wieder blickt er zu Ansgar, schafft es aber nicht, seinen Groll zu artikulieren.
Was Moses nicht weiß und ihn noch weit mehr beunruhigen würde: Ansgars Liebschaften teilen alles Mögliche mit ihm. Viel Spaß, Abenteuer und wahrscheinlich großartigen Sex wie alles an ihm natürlich immer großartig sein muss, nur eins besitzen sie nicht: eine Zukunft.

Inzwischen tummeln sich mehr als ein Dutzend Bierflaschen auf unserem Tisch. Bis auf Buck, der später zurück zu seinem General muss, und Sean, die grundsätzlich wenig trinkt, haben alle ordentlich gebechert. Das lockert die Stimmung ebenso auf wie die Präsenz von Noodles. Nach seinem gekonnten Auftritt als Dieb von Bagdad genießt er seinen Starstatus, springt von Sitz zu Sitz, darf sich hier was vom Teller nehmen und dort aus einer Flasche trinken.
Schließlich kommen wir auf das wichtige Thema des morgigen Tages zu sprechen. Das Rennen.
»Ihr macht also auch mit?«, fragt der Dude Buck und Amy.
»Yup!«, kommt es wie aus einem Mund von beiden zurück.

»Dann treffen wir uns Morgen am besten um sechs bei Gero, einverstanden?«, fragt der Dude in die Runde.
»Musst du nicht arbeiten?«, wende ich mich an Buck.
»Nachtschicht heute. Aber morgen frei«, antwortet er. »Mit was für Wagen fahren wir denn eigentlich? Ich lege mal vor: Unser Caddie Escalade V8 bringt 409 PS«, prahlt er und bleckt sein Football-Captain-Werbe-Gebiss.
Ansgar zischt durch die Vorderzähne. »Nicht schlecht, Uncle Sam! Mein Powerhouse ist ein Dodge Challenger SRT8. 470 PS«, grinst er und erhält einen Knuff von Sean. Alle schauen zu mir.
»Der Fahrer macht's aus, ihr Angeber. Mein Pony wird's euch zeigen. 68er Mustang, mehr gibt's nicht zu sagen. Wie geht's dem überhaupt?«, frage ich den Dude.
»Mehmet hat ihn morgen Vormittag fertig.«
»Also dann um sechs bei mir. Der Dude kennt die Einzelheiten. Am besten fahren wir in einer Kolonne hin.«
Wir stoßen an. Buck und der Dude sorgen für Biernachschub, der mir langsam zu Kopf steigt und meine Zunge lockert. Ansgar hat seine kürzliche Niederlage im Armdrücken nicht verwunden und fordert von Moses eine Revanche. Der lässt sich nicht zweimal bitten. Gläser werden weggeräumt, die beiden setzen sich über Eck an den Tisch.
»Ein Zehner auf Moses.«

Niemand setzt auf Ansgar, was ihn zusätzlich anstachelt. Dass man einem Gegner mehr zutraut als ihm ist er nicht gewohnt, und entsprechend legt er sich ins Zeug.
Moses allerdings wird von sehr viel stärkeren Kräften als der eigenen Eitelkeit unterstützt. Seine immense Physis potenziert sich durch die Wut und Abneigung gegen Ansgar. Anders als bei ihrem Wettkampf im Molly's geht es Moses diesmal nicht nur um einen sportlichen Wettstreit.
Ganz gegen seine sonst bescheidene Natur spielt er offensichtlich mit Ansgar, um ihm ein für alle Mal zu zeigen, wer von beiden der Stärkere ist. Er lächelt und pfeift sogar kurz ein Liedchen, während er keinen Millimeter nachgibt und bei Ansgar sämtliche Sehnen hervortreten. Ich ziehe meinen imaginären Hut vor Moses, denn ich kenne Ansgars leistungsfähige Muskeln.

Eine Gruppe junger Männer und Frauen vom Nebentisch richtet ihre Aufmerksamkeit auf unser Gegröle. Gut gekleidete, schnöselige Typen Anfang zwanzig und ihre blondierten Begleiterinnen mit Louis-Vuitton-Täschchen und flachen Schuhen mit goldener Spange oben drauf erfreuen sich an dem wilden Getue, das in Zehlendorf so selten auftritt wie ein radfahrendes Känguru. Erst die Nummer mit einem keifenden Affen an einer Leine, dann der Schwanzvergleich beim Armdrücken, das verspricht Abwechslung durch rohes Gesindel, dem man mit wohligem Schauder zusieht.

Sie drehen ihre Stühle zu uns, zwei der Jungs stehen auf, um einen besseren Blick zu erhaschen, einer davon trägt ein hellblaues Seidentuch im Hemdausschnitt.

Ich werfe Moses einen strengen Blick zu, es mit seiner Show nicht zu übertreiben, da ich Ansgar kenne und ahne, dass er das nicht auf sich sitzen lassen wird. Moses zwinkert mir zu und danach drückt er Ansgars Arm auf den Tisch, als hätte er mit einer Sechsjährigen gerungen. Allgemeines Gejohle unter den Anwesenden. Moses' Schulter wird geklopft, Sean wirft Ansgar einen »Ist doch nicht schlimm!«-Blick zu. Der bewahrt mühsam die Fassung, doch ich sehe an seiner pochenden Schläfenader, was er jetzt am liebsten veranstalten würde.

»Was für ein Underperformer!«, kommentiert der Typ mit dem Seidentuch von oben herab und gesellt sich zu seinen Damen, die einen Hugo trinken oder wie auch immer das Modegesöff heißt, bei dem diese verwöhnte Brut mal richtig die Sau rauslässt.

Kein Blitz fährt schneller in die Erde als Ansgar aufspringt und einen Riesensatz nach vorn macht. Noch bevor sein Stuhl zu Boden fällt, packt er den jungen Typ bereits von hinten am Kragen, reißt ihn herum und zieht ihn am Hemd zu sich heran.

»Hast du was gesagt, Bürschchen?«, zischt er sein Opfer an, aus dessen Gesicht jegliche Souveränität gewichen ist. Der Rest seiner Gruppe reagiert eingeschüchtert und verstört, nur ein Freund von ihm fragt leise, ob alles in Ordnung sei.

»Komm, lass den Jungen«, höre ich Bucks ruhige Stimme, und als ich zu ihm blicke, fällt mir auf, wie gut ich sein Gesicht erkennen kann. Denn weit oben am Nachthimmel steht der Mond, was mir unvermittelt die Nackenhaare aufstellt. Wie gut hat sich Ansgar in solchen Situationen unter Kontrolle?

Ich gehe zu den beiden und flüstere so leise, dass es niemand außer ihnen hören dürfte.
»Lektion erteilt, Bruder. Der macht sich doch bereits in die Hose. Komm, wir trinken noch was. Gegen Moses zu verlieren ist keine Schande. Ich versuche es erst gar nicht.«
Das Seidentuch nickt heftig. Ich ziehe Ansgars Hände vom Hemd des Typen, was er schließlich zulässt. Der Eingeschüchterte gesellt sich zurück zu seiner Gruppe. Die packen ihre Gläser und verziehen sich an einen Tisch weit weg von uns.
»Proleten!«, »Brutale Typen!« und »Gut, dass du dich nicht gewehrt hast. Gewalt ist keine Lösung, Jan-Henrik!«, vernehmen meine empfindlichen Ohren noch aus einiger Entfernung und Ansgar dürfte es ähnlich gehen.
Ich gebe ihm ein Bier aus, die gute Laune kehrt zurück in die Runde, bis die Uhr schließlich Mitternacht schlägt. Buck verabschiedet sich von uns, der Dude gähnt und Amys Hand liegt unter dem Tisch auf meinem Oberschenkel.
Die Gespräche werden ruhiger und zäher, der Alkohol macht sich auf den schweren Zungen bemerkbar. Ansgar möchte eine letzte Runde für alle ausgeben, doch niemand geht darauf ein. In Anbetracht des morgigen Rennens beschließen wir, den Abend an dieser Stelle zu beenden.
Im Durcheinander des Aufbruchs schnappe ich mir Moses. Ich möchte ihm keine Angst machen, aber erreichen, dass er Sean nicht aus den Augen lässt.
»Du gehst mit zu Sean?«, frage ich ihn leise.
»Mhm. Da wohne ich doch jetzt.«
»Gut!«, klopfe ich ihm auf die Schulter.
»Ansgar?«, fragt Amy meinen Cousin. »Kannst du den Dude mitnehmen, bitte?«
Er zögert nur eine Sekunde, dann grinst er und nickt. Wenn Ansgar für eine Sache Verständnis aufbringt, ist es die Jagd. Auf Menschen, Tiere und schöne, weibliche Körper.
»Kein Problem.«
Der Dude nimmt Noodles mit, der darauf achtet, dass er großen Abstand zu Ansgar hält, vor dem er offensichtlich Angst hat. Das scheint aber außer mir niemandem aufzufallen. Kurz darauf hören wir den

Challenger brummig starten, die Reifen auf dem Schotterboden knirschend wenden und sitzen schließlich allein an dem mit Flaschen übersäten Tisch.
»Ich wusste gar nicht, dass wir noch etwas vorhaben«, eröffne ich Amy, die eng angeschmiegt neben mir sitzt. Sie reibt ihre Wange an meiner.
»Wanna swim, Beachboy?«, flüstert sie mir leise ins Ohr. Ihr Atem kitzelt nicht nur die feinen Härchen dort, sondern schickt ein paar sensorische Signale an mein Becken.
Die Wärme an meinem Hals verhindert eine rasche Antwort, denn ihr Ursprung kommt nicht von der schönen, wärmenden Quelle auf zwei Beinen neben mir.
Der Mond schickt mir seine Strahlen direkt auf die Haut. Kein Vollmond zwar und die Verwandlung in der Nacht des Schlachthauses verheißt ein hohes Maß an Sicherheit für heute. Selten verwandle ich mich in so kurzen Intervallen. Dazu kommt, dass kurze Intervalle meist auch nur kurze Verwandlungen bedeuten und umgekehrt – je weiter das letzte Mal zurückliegt, umso länger regiert dann der Lupus.
Seit meiner ersten Verwandlung vor vielen Jahren haben sich die Abstände zwischen ihnen verkürzt. Ein Umstand, der mir Sorge bereitet. Wenn ich Ansgars Ausflüge richtig interpretiere, verwandelt er sich bestimmt zehn Mal pro Monat, wenn nicht sogar häufiger! Wie kommt er nur damit zurecht?
»Woran denkst du, Honey? Ob du eine Badehose brauchst?«, grinst sie. Angetrunken wirkt Amy noch einen Tick reizender als sonst.
Sie zieht mich vom Stuhl hoch.
»Okay, aber lass uns lieber zur Krummen Lanke gehen, da springen weniger Leute rum«, schlage ich vor.

Tag 6, 0.45 Uhr

Welcher Teufel hat mich geritten, mitten in der Nacht im hellen Mondlicht nackt mit Amy im See zu schwimmen? Okay, ich kenne die Antwort. Er befindet sich gerade unter Wasser, regiert den Mann wie den Wolf.

Amy schwimmt mit langen Zügen vom Ufer weg. Sie liegt beim Brustschwimmen fast horizontal auf dem Wasser, wodurch ich diese anatomische Besonderheit erkenne, die viele Frauen aufweisen: Zwei tiefe Grübchen links und rechts der Wirbelsäule, knapp oberhalb des Pos.

»Schaust du mir auf den Arsch?«, ertappt sie mich und dreht sich im Wasser um.

»Schuldig im Sinne der Anklage«, antworte ich. Sie spritzt mir Wasser ins Gesicht und schwimmt einige Meter davon. Ich kraule ihr kräftig nach, hole sie ein und tauche sie unter Wasser.

Während ich die Bewegung ausführe, fährt mir ein stechender Schmerz in den Ellenbogen.

Scheiße! Ich sehe nach oben. Der Mond schickt seinen Weckruf. An IHN.

Amy taucht auf, prustet, protestiert, greift nach mir. Normalerweise würde sie es nie schaffen, mich unter Wasser zu drücken, aber in diesem Fall helfe ich sogar nach. Als sie auf meine Schultern drückt, atme ich aus und sinke sofort unter Wasser.

Ich hoffe, dass der kalte See IHN beruhigt, schon allein, weil es stockfinster wird. Ich sehe nur noch einen letzten schimmernden Rest von Amys Bein, ansonsten befinde ich mich in fast kompletter Dunkelheit.

Am liebsten würde ich mich einfach treiben lassen. Irgendwohin. Stundenlang. Bis alles in mir zur Ruhe gekommen ist. ER vor allem.

Meine Schenkel schwellen an, als hätte jemand einen Blasebalg angeschlossen und würde mich von innen aufpumpen.

Wenn ich einfach den Mund öffne? Wie fühlt sich ertrinken an? Irgendwer meinte in einer Doku, dass das ein verdammt schmerzhafter Tod sein soll.

Schmerzhafter als der Biss eines Werwolfs in den Hals?

Ich schwebe. Strecke alle Gliedmaßen. Über mir erkenne ich nur noch schemenhaft die Bewegung eines Körpers.

Amy hat jetzt bestimmt Angst. Aber besser, sie fürchtet sich noch ein wenig, als IHM zu begegnen.

Tauchen war eine Pflichtdisziplin während meiner Zeit bei den Einzelkämpfern und machte mir großen Spaß. Ich konnte meine Luft mehrere Minuten anhalten. Allerdings war ich damals top in Form,

hatte kein Bier im Blut und kämpfte nicht mit einem Dämon, der aus schlechten Träumen erwachen möchte, um auf Jagd zu gehen.
Ich spüre, dass ER sich nicht entscheiden kann. Das deutet auf eine kurze Verwandlung hin, aber selbst diese kann ausreichen, um Amy zu gefährden.
Meine Luft reicht noch höchstens eine Minute. Ganz dumpf höre ich Amy rufen.
Dann spüre ich nichts mehr. Kein Ziehen, kein Stechen, die Schwellung geht zurück. Ich könnte jubeln! Vielleicht half die Kälte ja doch. Ich lege den Kopf in den Nacken. Zwei, drei kraftvolle Züge nach oben und ich tauche auf.
»Gero!«, schreit Amy mit Verzweiflung in der Stimme. Ich befinde mich etwa fünf Meter hinter ihr. Sie hat das Plätschern gehört und dreht sich zu mir um.
»Sorry, aber ich wollte nach ein paar Perlen für dich tauchen«, erkläre ich ihr japsend. Sie schwimmt wütend zu mir und knallt mir eine Ohrfeige ins Gesicht. Die kommt durch das bremsende Wasser nicht besonders hart und ich hätte sie abwehren können, aber Amy hat natürlich alles Recht der Welt, sich zu beschweren.
»Du blöder, blöder, saublöder Kerl! Was sollte das denn? Ich hatte Angst! I was fucking afraid! Blöder Idiot! Depp, du!«, schleudert sie mir entgegen. Ich widerspreche nicht, während wir auf der Stelle strampeln, um nicht unterzugehen.
»Sorry, Babe.«
»Du Horst!«, sagt sie ein letztes Mal und schwimmt Richtung Ufer. Ich muss lachen.
»Ich Horst?«, rufe ich, kraule ihr nach und hole sie ein. Ihr Gesicht zeigt bereits Anzeichen von Milde.
»Heißt das nicht so im Deutschen? Du machst dich zum Horst? Also zum Idioten? Hat mir Buck beigebracht.«
»Du Horst klingt eher lustig«, sage ich und halte sie an der Schulter, als sie weiter schwimmen möchte.
»Was denn?«, fragt sie und spielt die Genervte.
»Es tut mir wirklich leid, Babe. Ich wollte dir keine Angst machen.«
»Schon gut«, antwortet sie, wobei sie mir mit ihrem Mund sehr nah kommt. Ich rieche den Alkohol und trotz des dominanten Seewassers wieder das Gras von Kentucky. Mit einem kräftigen Griff ziehe

ich sie zu mir heran. Sie schlingt ihre Beine um meine Hüfte, küsst mich und wie es sich für ein Cowgirl gehört, fackelt sie nicht lange. Ich spüre ihre weiche Zunge auf Erkundungstour und ihre warmen Brüste an meinem Oberkörper. Einiges an mir reagiert sehr erfreut darauf, was auch Amy bemerkt.
»Oh Boy!«
Ich gerate durch das Gewicht von Amy immer wieder unter Wasser, schlucke etwas vom leckeren Krumme-Lanke-Wasser, tauche prustend wieder auf.
»Komm, wir gehen an den Rand«, schlage ich vor. Amy schwimmt voraus und präsentiert mir wieder ihre speziellen Grübchen, die mich zu verspotten scheinen.
»Schau nicht hin, Perverser!«, höre ich von vorn.
Als uns noch etwa zwanzig Meter vom Ufer trennen, trifft mich Thors Hammer. Direkt in die Wirbelsäule, von wo sich ein stechender Blitz in Richtung Kopf ausbreitet. Ich möchte schreien, tauche aber lieber meinen Kopf unter Wasser.
»Ist was, Süßer? Du machst mir jetzt aber keine Angst mehr, oder?« Amy dreht den Kopf zu mir. Im Mondlicht sehe ich ihr schönes Gesicht und wünsche mir, dass es noch lange so erhalten bleibt. Auf jeden Fall über diese Nacht hinaus. Doch schon fangen meine Finger an, zu wachsen, die Glieder strecken sich.
Der Kopf bleibt verschont. Noch.
»Nein, keine Sorge«, stoße ich die Wörter mit hoher Geschwindigkeit heraus, weil ich nicht weiß, wie lange ich noch reden kann. »Nur ein kleines Spielchen für mein versautes Cowgirl, okay?«, schlage ich vor, während mein Herzschlag beschleunigt.
Bitte, bitte, jetzt nicht! Noch nicht! Bleib drin!
ER dreht sich bereits in meinem Innern. Nun fühle ich die Lava über den Brustkorb erst in den Hals und dann ins Gesicht steigen.
»Wir … also du …«, ächze ich, während mir die Götter alle Knochen auseinanderreißen, um sie anschließend wieder zusammenzustecken. Einfach so. Weil sie es können.
»Geht's dir gut?«
»Klar, Baby. Ich bin nur so scharf auf dich. Also!«, beeile ich mich, denn schon spüre ich die ersten Impulse in Zunge, Zähnen und Kiefer.

»Nicht umdrehen. Okay? Nicht! Umdrehen!«
»Alrighty, Babe. Aber beeil dich, das Wasser ist kalt!«, antwortet sie und erreicht das Ufer an einer Stelle mit etwa einem Meter Wassertiefe. Sie lehnt sich mit dem Oberkörper auf das Gras, als wäre sie im Freibad und würde mit einer Freundin am Beckenrand tratschen.
Mein Kiefer wächst nach vorn, in meinem Kopf breitet sich das damit verbundene Knacken entsetzlich laut aus. Ob Amy das auch hört? Ich kann kaum noch kontrolliert schwimmen, doch ein Gedanke beherrscht mich: Mein letztes Gefühl ist sein erstes! Übergib ihm das! Denk daran!
Ich werfe die Arme nach vorn, achte darauf, dass die spitzen Krallen, die herauswachsen, Amy nicht verletzen. Gleich bin ich an ihr dran und beiße mir fest in den Handrücken, um vor Schmerz nicht jaulen zu müssen.
»Süßer, endlich«, dreht Amy leicht ihren Kopf nach hinten. Ich stoße dagegen, etwas zu fest, habe mich nicht mehr unter Kontrolle.
»Schon verstanden, bad boy!«, schnurrt sie.
Während ich mit IHM kämpfe, schiebt mir Amy ihr Becken entgegen. Ich ziehe sie an den Hüften fest zu mir, wobei ich zittere und den Eingang zu Amy nicht treffe. Sie ist ein geschicktes Mädchen, hilft etwas nach und schon passen wir perfekt zusammen.
Ihr tiefes und lautes Keuchen ist der letzte Auslöser, um das schwere Schloss zu SEINEM Gefängnis mit einer großen Ladung Dynamit zu sprengen.
Ich unterdrücke den Schrei, den ich der Nacht schenken möchte.
Mein letzter Gedanke gehört Amys heißem Fleisch.

Frau stöhnt!
Lupus will. Frau!
Nicht jagen. Jetzt Lust!
Lupus macht Leben!
Komm her. Frau! Ziehe ran. Fest. An Lupus.
Weiches Fleisch. Ganz glatt.
»Autsch! Du grober… du … ja …!«
Will beißen. In Schulter. Öffne Schnauze.
Frau drückt gegen Lupus. Lasse Biss.

Gefühl besser unten. Viel Gefühl dort. Nicht beißen. Besser unten.
Lupus stößt hart. Viel Muskeln, ja!
Stößt. Härter. Schneller.
Frau bewegt sich. Gut. Sehr gut. Bewegt sich mit Lupus.
»Süßer, du tust mir… lass es … nein! Mehr!«
Helle Frau. Im Licht. Schöne Frau.
Körper ist leicht. Vorsicht, Lupus! Ist dünn. Nicht kaputt machen. Lupus braucht noch.
Lupus gibt ihr. Lupus gibt ihr Lupus.
Alles.
Viel. Von sich. In Frau. Tief in Frau.
»Oh mein Gott!«
Frau stöhnt laut. Schreit.
Sie krallt Hände. In Gras. Vorn kämpft Frau. Hinten drückt sie gegen Lupus. Schreit zu viel.
Keucht, stöhnt. Dann noch mehr.
Frau zittert jetzt. Zittert wie verrückt. Lupus spürt Zittern von Frau überall.
Lupus schenkt ihr nochmal. Von sich. Ganz viel.
Frau gehört Lupus.
Nur mir!
Lupus der Stärkste! Der Stärkste!
Ganz viel. Schenkt Lupus. Ganz viel. Neuen Lupus!
Frau stöhnt. Herz schlägt laut und schnell. Bei Frau. Liegt wie tot, aber Herz schlägt.
Auch Lupus. Erschöpft jetzt. Alles weg. Raus. In Frau.
Fertig mit Frau. Jetzt keine Lust mehr. Auf Amy.
Gehe runter von hellem Körper. Zittert noch, Körper von Frau. Hat Gänsehaut. Überall.
Stoße ab. Von Frau, in Wasser. Nach hinten.
Lupus schwach jetzt.
Mensch. Kommt. Wieder.

Wir suchen im Mondlicht unsere Klamotten zusammen. Mich fröstelt in der warmen Sommernacht. Der See hat mich ausgekühlt, trotz unserer hitzigen Episode. Amy braucht drei Versuche, um in ihren Slip zu steigen, so wacklig steht sie auf ihren Beinen.

Kurz darauf gehen wir zum Parkplatz der Fischerhütte zurück. Amy zieht an meinem Arm, als Zeichen, unser ohnehin geringes Tempo zu verlangsamen. Noch immer haben wir kein Wort gesprochen. Hat sie etwas mitbekommen? War das selbst für ein hartgesottenes Cowgirl zwei Nummern zu derb?

»Nicht so schnell, Süßer«, flüstert sie matt.

»Sorry. Sag mal, war das …?«, deute ich den Satz nur an, denn wenn ich eines hasse, sind es Gespräche über Sex, genauer gesagt nach dem Sex. War es auch schön für dich, Schatz? Bist du gekommen, habe ich dich ausreichend befriedigt und darf dich bald wieder besteigen? Aber ich muss rausfinden, ob sie etwas gesehen hat, was sie nicht sehen sollte.

»Was?«, fragt sie zurück.

Wir sehen den Escalade fünfzig Meter vor uns auf dem inzwischen weitgehend geleerten und nun auch dunklen Parkplatz. Auch die Lichter der Fischerhütte weiter hinten sind abgeschaltet.

»Ich weiß nicht. Zu … hart?«, frage ich.

Sie bleibt kurz stehen, wir blicken uns an.

»Gero. Süßer! Was glaubst du, warum ich so langsam mache?«

Ich zucke die Schultern. Sie seufzt leise und geht weiter.

»Weil ich weiche Knie habe. Und weil mir alles weh tut! Ich glaube, ich kann in den nächsten Tagen nicht sitzen, nicht gehen, überhaupt nichts machen. Vielleicht lege ich mich in eine Badewanne voller Eselsmilch, damit sich meine Kleine erholt.«

»Scheiße«, kommentiere ich und muss mir ein Grinsen verkneifen, was ihr nicht entgeht. Sie holt theatralisch zu einer Ohrfeige aus, platziert ihre Hand aber sanft auf meiner Wange.

»Sorry, wirklich«, lüge ich.

»Ja ja. Erzähl's dem Mond!«, antwortet sie müde und ahnt nicht, welche enge Beziehung wir beide pflegen.

Amy öffnet den Escalade mit der Fernbedienung, als mir eine Idee kommt.

»Wollen wir nicht im Wagen schlafen?«

Nach dem Einbruch der Roma bei mir zu Hause und der Warnung von Buck vor den Nazis erscheint es mir sicherer, wenn wir weder zu ihr noch zu mir fahren. Amy liest meine Gedanken und zuckt die Schultern.

Mit wenigen Handgriffen entsteht eine Liegefläche im Fonds des geräumigen Escalade und zwei Minuten später liegen wir darauf. Leider existiert für uns beide nur eine hauchdünne Wolldecke, die wir zum Schutz auf das Bild des Führers gelegt hatten. Amy quetscht sich eng an mich und legt eines ihrer Beine auf meine Schenkel.
»Don't worry. Ich gehöre nicht zu den Frauen, die danach kuscheln wollen. Aber mir ist kalt, Süßer.«
»Kein Ding. Komm ran«, ziehe ich sie noch ein Stück näher an mich. Schon nach kurzer Zeit werden ihre Atemzüge langsamer flacher. Ich streichle leicht über ihren Rücken, als sie noch einmal die Augen aufschlägt, sich zu mir nach oben zieht und mir einen feuchten, sanften Kuss gibt.
»Danke.«
»Wofür, Babe?«
Zum ersten Mal seit wir wieder an Land sind, lächelt sie.
»Für den verdammt besten Sex in meinem Leben? Ich habe keine Ahnung, was das war, und ich glaube, dass ich das auch gar nicht so genau wissen will. Nur eins noch, Cowboy. Lass uns das bald wiederholen! Aber bild dir jetzt bloß nichts darauf ein, okay?«
Sagt es und dreht sich um. Wir nehmen die Löffelchenposition ein. Amy schnappt sich meine linke Hand und legt ihre hinein.
Ein wunderbarer Moment, perfekt zum Einschlafen.
Doch etwas irritiert mich. Ein Geruch in der Luft. Ein Signal meines siebten Sinns. Eine Irritation, die Gefahr verkündet. Und den Tod.
Ich warte, bis Amy eingeschlafen ist. Schon nach wenigen Minuten atmet sie so regelmäßig, dass ich mir sicher bin, sie nicht mehr zu wecken, wenn ich mich bewege.
Vorsichtig löse ich mich aus unserer Schlafstellung und öffne die Heckklappe. Ich gleite leise hinaus und stelle mich aufrecht hin, recke meine Nase in die Luft und schalte jedes mögliche Radar ein, das mein Körper besitzt.
Mit geschlossenen Augen konzentriere ich mich. Filtere alles Unnötige heraus, bis mir mein Unterbewusstsein Farben, Signale und Gerüche schickt, die zuerst kein eindeutiges Bild ergeben.
Doch dann setzen sich die Mosaiksteine zusammen und ich kann förmlich riechen, wessen Blut soeben vergossen wurde.
Das eines jungen Mannes mit blauem Seidentuch.

Tag 6, 11.30 Uhr

Ansgar erscheint eine halbe Stunde später als vereinbart in der Reichenberger Straße. Obwohl ich ein ungeduldiger Mensch bin, ziehe ich weder ein missmutiges Gesicht noch knalle ich ihm eine ätzende Bemerkung an die Stirn.

Denn Ansgar bringt das Geld für meinen Wagen mit.

Er wirkt ausgeschlafen, bestens gelaunt und tatendurstig.

»Alles klar, Bruder? Entschuldige die Verspätung, aber bei der Western Union hat es ewig gedauert, bis das Geld da war. Nimmt der Türke immer nur Bares?«

»Das ist nicht ›der Türke‹, sein Name ist Mehmet und er ist der Gott aller Getriebe und Nockenwellen. Sprich mit mehr Respekt von einem der wichtigsten Menschen in Kreuzberg.«

»Aye!«

Wir betreten den Hof zu Mehmets Werkstatt, der für mich so etwas darstellt wie Scotty, der Chefmechaniker, für Captain Kirk auf der USS Enterprise: Ein unverzichtbares Element, um die wertvolle Maschine in Gang zu halten.

Wir betreten den Hof zu seiner Werkstatt und ich sehe schon aus der Ferne Mehmet und seinen unverkennbaren Schnauzer, mit dem er wohl schon auf die Welt kam. Während er vor dem Verkaufstresen mit einem Kunden spricht, gestikuliert er. Beide lachen, danach schütteln sie sich die Hände. Als er wieder ins Innere zu einer der Hebebühnen gehen möchte, beschleunige ich den Schritt und rufe nach ihm.

»Mehmet!«

Er sieht mich, winkt und dreht sich zu einem seiner zahlreichen Brüder oder Cousins um, die den größten Teil der Belegschaft stellen. Dem gibt er auf Türkisch ein paar Anweisungen und kommt uns dann mit gestreckter Hand entgegen.

»Na, mein Lieber! Dein Wagen ist fertig«, strahlt er mich an, als hätte er den Mustang wiederbelebt.

»Super. Das ist übrigens mein Cousin Ansgar.«

»Ah, Familie. Grüß dich!«

Nach einem kurzen Smalltalk erklärt mir Mehmet, was er alles erneuert beziehungsweise ausgetauscht hat. Vor allem die Stoßdämpfer

hätten es nötig gehabt. Seine Mechanikerehre gebietet es, mir alles haarklein zu erklären, was ich mir auch pflichtschuldig anhöre, obwohl ich eigentlich nur flott den Wagen mitnehmen möchte. Wie immer platzt die Werkstatt aus allen Nähten, sämtliche Hebebühnen sind besetzt und an jeder zweiten wartet einer der verölten Mechaniker auf Mehmets Anweisungen. Der typische Kreuzberger Kunde liefert hier seinen Kleinwagen oder uralten Mercedes ab, weshalb ich mit dem Mustang zu den Exoten gehöre und immer von Mehmet persönlich bedient werde.
»Ich habe ihn auch waschen lassen.« Mehmet übergibt mir den Schlüssel und erläutert, dass er rund tausendsechshundert Euro erhält, allein der Materialpreis für die Stoßdämpfer und die Teile für die Lenkung würden den größten Teil ausmachen.
Ansgar legt die Scheine auf den Tisch. Mehmet küsst wie immer das Bündel und steckt es sich in die Brusttasche.

Als wir im Wagen sitzen, fühle ich mich wieder komplett. Mein Pony und ich. Unzertrennlich seit Jahren. Ich starte den Motor und höre das schönste Geräusch dieses Planeten: das satte Du-Dumm meines Mustangs.
»Ich weiß, was du heute Nacht getan hast, Bruder«, raunt mir Ansgar zu. Er lehnt seinen rechten Arm aus dem Fenster und zündet zwei Zigaretten an. Eine davon reicht er mir. Ich nehme sie und fahre den Wagen rückwärts vom Hof durch die schmale Einfahrt. Das sonore Blubbern erregt die Aufmerksamkeit zweier türkischer Jungs von vielleicht zehn Jahren, die mit ihren BMX-Rädern den Gehweg unsicher machen. Sie verziehen anerkennend ihre Mundwinkel, als der Mustang auf die Straße einbiegt.
»Ach ja?«, frage ich zurück, obwohl ich genau weiß, dass Ansgar nicht flunkert.
»Du hast ihr das Biest gezeigt«, grinst er. »Du weißt«, tippt er sich gegen die Nase und zeigt mir damit an, dass ich noch ihren Geruch an mir trage, trotz der schnellen Dusche vorhin bei Amy zu Hause. Ebenso weiß er, dass mir auch seine Aktivitäten nicht verborgen bleiben. Aber es scheint ihm egal zu sein, oder er vertraut auf meine Loyalität.
Was er kann.

Egal, ob es sich um ein blaues Seidentuch am Hals eines Zehlendorfers handelt oder um eine Kellnerin aus der Victoria Bar.
Unser Blut ist dicker als alles andere.

Tag 6, 12.45 Uhr

Nachdem ich mir in der Kantstraße ein Paar Cowboystiefel gekauft habe, cruisen wir über den von Touristen stark frequentierten Ku'damm. Der reparierte Wagen muss schließlich eingefahren, die Zigaretten aufgeraucht und wir beide im lässigen Mustang dem Rest der Welt präsentiert werden. Mit einem Wort: Ein herrlicher Sommertag, der noch dazu mit einem Autorennen enden wird. Kann es noch besser werden?
»Mir knurrt der Magen, Bruder. Wo bekommt man hier in der Gegend ein gutes Steak oder einen ordentlichen Burger?«, fragt Ansgar, während er seinen rechten Arm am offenen Fenster bräunt.
»Das Juleps in der Giesebrechtstraße macht erstklassige Burger und noch bessere Steaks. Die öffnen aber erst abends«, überlege ich laut und denke über weitere Alternativen nach.
»Der Western Saloon in Reinickendorf ist zu weit und um diese Uhrzeit auch geschlossen. Ich hab's! Das Tony Roma's am Potsdamer Platz. Die besten Spare Ribs in der Ecke, nur zehn Minuten von hier.«
»Gib dem Pony die Sporen, Bruder!«
Als ich am Adenauerplatz den Wagen wende und dabei fast in den Aston Martin eines distinguierten, älteren Herrn rausche, klingelt mein Handy. Die Nummer kommt mir bekannt vor, ohne dass ich sie auf Anhieb zuordnen kann. Die Stimme erkenne ich allerdings sofort. Das erste Mal höre ich sie nicht in souveräner oder schnippischer Tonlage, sondern mit einer sorgenvollen Nuance.
»Sayuri hier, bitte verzeihen Sie die Störung, Herr von Sarnau, aber ich muss Sie dringend sprechen! Hätten Sie heute noch ein paar Minuten Zeit für mich? Bitte!«
»Ich bin etwas überrascht. Worum geht's denn?«, frage ich, während ich durch den dichten Verkehr auf dem Ku'damm nur Schritttempo fahren kann.

»Herr Rosenthal. Ich mache mir Sorgen um ihn. Er ist heute nicht in den Laden gekommen. Ohne abzusagen. Ich kann ihn auch nicht erreichen. Das ist noch nie passiert. Könnten wir uns treffen? Bitte!«
Ansgar blickt mich fragend an, ich zucke die Schultern.
»Später geht's bei mir nicht mehr. Wenn, dann jetzt gleich. Wie es der Zufall will, bin ich sogar in Ihrer Nähe.«
»Oh! Das wusste ich nicht. Ich halte mich im Moment im Helmut-Newton-Museum auf, weil ich einen Bericht für ein japanisches Kulturmagazin schreiben muss. Wissen Sie, wo das ist?«
»Nein, keine Ahnung.«
»Direkt neben dem Bahnhof Zoo. Ein schönes, renoviertes Gebäude, etwas zurückgesetzt von der Hardenbergstraße. Sie müssen nur auf der Rückseite des Bahnhofs entlangfahren. Ich komme dann raus.«
»Newton? Hat der nicht diese halbnackten Frauen auf hohen Hacken fotografiert?«
»Unter anderem, ja.«
»Dann komme ich rein.«

Ansgar konnte ich auf eine spätere Mahlzeit vertrösten, was er ohne großes Gemecker hingenommen hat. Während ich mich mit Sayuri treffe, flaniert er irgendwo über Ku'damm, Breitscheidplatz und Kantstraße, wahrscheinlich auf der Suche nach Röcken mit schönen Beinen darunter. Da es mitten am Tag ist und heute Abend alle in den sächsischen Dschungel aufbrechen, droht dem unbekannten Mädel, das im Moment noch ahnungslos ihre Prada-Einkaufstüten fünf Meter vor Ansgar trägt, keine Gefahr. Auch morgen wird ihr Puls noch schlagen.
Ich betrete das Museum und falle vor Schreck fast wieder die Treppe hinab, als ich die Eintrittspreise sehe. Genervt bezahle ich das teure Ticket und gehe hinein.
Tatsächlich hängen an den Wänden nicht nur die mir bekannten Bilder mehr oder weniger nackter Dominas, die mir immer einen Tick zu perfekt waren, um mich dauerhaft zu fesseln. Dennoch gefallen mir einige der Fotos sehr, insbesondere auch Motive, die ich von ihm noch gar nicht kenne. Rauchende Promi-Ladys, ganz versunken in den Moment des Fotos. Diese Eindrücke teile ich allerdings mit fast niemandem, die Ausstellung zieht wenig Menschen an. Vielleicht

liegt es an der Uhrzeit oder dem Wochentag, aber die Räumlichkeiten präsentieren sich bis auf die älteren Aufsichtspersonen menschenleer.
»Danke, dass Sie gekommen sind!«, höre ich Sayuris Stimme hinter mir und drehe mich um.
Ich muss mich zwingen, den Mund geschlossen zu halten und kein »Wowee!« auszustoßen. Sie trägt einen eng anliegenden Catsuit in dunklem Lila, der in der Mitte durch einen breiten Gürtel aus schwarzen Ringen unterbrochen wird. Ihre Haare hat sie heute straff zu einem Pferdeschwanz zusammengebunden, der recht weit oben beginnt und damit die gigantischen Kreolen zur Geltung bringt, die an ihren Ohren baumeln. Ihre High Heels, das auffällige, katzenartige Make-Up und der dunkle Lippenstift unterstreichen ihren Sixties-Look. Emma Peel lässt grüßen.
»Ist ja auch ein kleiner Bildungsausflug«, antworte ich. Wir schütteln uns die Hände.
»Ich liebe Helmut Newton. Schon als Teenager in Japan habe ich ihn verehrt. Vielleicht, weil seine Bildsprache gut zu unserer Kultur passt. Er ist sehr genau, achtet auf jedes Detail. Und seine Models vereinen Eleganz, Würde und Energie, finden Sie nicht?«
Sie blickt mich an, während wir an einer Wand mit mehreren Bildern derselben nackten Frau vorbeilaufen, deren strenger Gesichtsausdruck wirkt, als würden sie gerne kleine Pfadfinder zum Frühstück verspeisen.
Zwei auf einmal.
»Und er spart bei den Kostümen. Kluger Mann.«
Sie lächelt höflich über den lauen Witz, erklärt mir noch ein paar Hintergründe, kommt dann aber zum Punkt.
»Ich glaube, es hat etwas mit Ihnen zu tun.«
»Mit mir?«
»Ja. Mit Ihnen und dieser Amerikanerin. Keine Stunde nach Ihrem Auftritt in unserem Laden erhielten wir Besuch von zwei Männern. Sehr unangenehme Menschen.«
»Okay. Kannten Sie die beiden?«
»Einen davon habe ich vor Monaten bei Herrn … Rosenthal gesehen.«
»Rosenthal, so so. War es nicht vielleicht Herr Harmann?«

»Das spielt doch jetzt keine Rolle«, vermeidet sie eine ausführliche Antwort. »Der Ältere war mir bekannt, ein Herr Beekmann, in dessen Haus die Testamentseröffnung stattfand. Der andere …«
»… war ungefähr so groß wie Moby Dick, genauso weiß und genauso hässlich«, ergänze ich und treffe auf zustimmendes Nicken.
»Es kam zu einem sehr lauten Wortwechsel in Herrn Rosenthals Büro. Danach sind sie gegangen und haben sowohl Herrn Rosenthal als auch das Bild mitgenommen. Herr Rosenthal wirkte bedrückt. Ich glaube nicht, dass er freiwillig mit ihnen gegangen ist.«
»Gut, das habe ich verstanden. Aber mir ist noch nicht klar, was genau Sie von mir wollen. Vielleicht erklären Sie mir das am besten draußen. Ich sterbe vor Hunger und muss dringend etwas essen.«
»Wie können Sie jetzt an Essen denken?«, fragt sie mich genervt.
»Ich kann immer an Essen denken, Fräulein Sayuri! Meinen Sie, dass es für die Stadt nichts Wichtigeres gibt, als sich um einen alten Nazi Sorgen zu machen, der von zwei jungen Nazis entführt wurde? Dezimiert euch ruhig, mich stört's nicht!«
»Es war ein Fehler, Sie anzurufen!«, zischt sie mir wütend entgegen, macht aber keine Anstalten, sich zu verabschieden.
»Gut möglich. Aber okay, ich hör's mir wirklich an. Draußen. Ich weiß schon, wo. Kommen Sie mit?«

Ich mochte das alte West-Berlin schon immer besonders gern, was sicher auch daran liegt, dass meine Mutter eine »Charlottenburger Göre« ist, wie sie sich selbst gerne bezeichnet. Nach einer langen Zeit der Vernachlässigung lebt die Ecke rund um den Bahnhof Zoo seit einigen Jahren wieder auf. Es wird renoviert, saniert und neu gebaut, dass es eine wahre Pracht ist. Zwei Neubauten haben es mir besonders angetan: Das prunkvolle, nagelneue Luxushotel Waldorf Astoria und eine vor einiger Zeit eröffnete Wurstbude von Curry 36 direkt am Bahnhof Zoo.
Dort verputze ich gerade eine Currywurst. Sayuri blickt mir missmutig zu. In ihrer Gourmetwelt feiner Genüsse ist eine Brühwurst mit hausgemachtem Ketchup bestimmt ein finsteres Sakrileg.
Sie legt mir nochmal ausführlich dar, dass sie sich erhebliche Sorgen macht, und fragt, ob ich nicht zu Beekmanns Haus fahren könne, um Rosenthal dort zu suchen. Eigentlich könnte ich das Gespräch

gleich beenden, weil mir das Schicksal des alten Drecksacks völlig am Allerwertesten vorbeigeht. Mich interessiert allerdings, wieso die Nazis auf die Spur mit dem Bild gekommen sind und ob sie vielleicht inzwischen herausgekriegt haben, auf welche Art es auf den Schatz verweist.

Last but not least ist Sayuri ein verflucht heißes Babe.

»Ich lasse es mir durch den Kopf gehen, versprochen!«, sage ich zu ihr, während ich die letzten Reste der köstlichen Sauce mit dem Brötchen auftunke. Wir Berliner können keine Süßspeisen und keinen Teig fabrizieren, aber in puncto Wurst bleiben wir ungeschlagen.

»Das hilft mir nicht weiter«, antwortet sie mit gesenktem Kopf. Was ist nur aus der Killer Ninja geworden oder der schnippischen Chefsekretärin? Hängt sie wirklich so sehr an dem alten Sack?

»Wie heißt er wirklich?« Ich sehe ihr in die Augen. Wenn sie mich jetzt wieder anlügt, kann sie sich an die Polizei wenden und sieht mich nie wieder.

»Sie haben es eben schon gesagt. Wollen Sie mich demütigen? Oder können wir die Vergangenheit ein anderes Mal aufarbeiten? Manchmal erscheinen die Dinge anders als sie tatsächlich sind.«

»Ist das Konfuzius? Oder Sun-Tzu? Oder von wem stammt der Kalenderspruch? Also klipp und klar Lady Butterfly. Eigentlich ist mir das Schicksal Ihres Bosses scheißegal. Andererseits habe ich mit den Arschlöchern noch eine Rechnung offen. Aber heute geht's nicht mehr. Da gibt's nichts zu verhandeln.«

»Gar nichts?«, fragt Sayuri und fixiert mich mit ihren extrem dunklen Pupillen, als wolle sie mich hypnotisieren. Sie bewegt sich nur wenige Zentimeter nach vorn. Dabei berührt ihre Brust meinen Arm kaum merklich und schenkt ihm etwas von ihrer Wärme. Ihre Mundwinkel schieben sich nur minimal nach oben, ihr Körper erfährt eine leichte Streckung. Alles in allem verändert sie ihre Position nur marginal, trotzdem kann ich ihrer einladenden Aura schwer widerstehen. Emma Peel beherrscht das Spiel.

»Für eine Fahrt nach Brandenburg bleibt nicht mehr genug Zeit.«

»Das meinte ich nicht«, antwortet sie mit Samt in der Stimme.

Meine Lenden jubeln und mein Gewissen prügelt das Lustzentrum in mir, das bereits Bilder einer gelenkigen Asiatin auf mir produziert, die ihre Kreolen mit Würde trägt und zwar nur ihre Kreolen. Ich kal-

kuliere die Zeit, die uns für eine Nummer bleibt, als eine Hand gegen meine Schulter donnert.
»Bruder, wollten wir nicht gemeinsam essen?«

Tag 6, 20.45 Uhr

Unser kleiner Konvoi brettert auf der linken Spur über die Autobahn zwischen Leipzig und Dresden. Rechts am Horizont zeichnen sich die Kuppen des Erzgebirges ab und genau dort wollen wir auch hin, begleitet von Johnny Cash, der soeben den »Ring of Fire« besingt, durch den er und seine Geliebte June Carter mussten, bevor sie zusammenkamen. Der Dude und ich futtern Cheeseburger, von denen wir uns ein halbes Dutzend an der letzten Raststätte gekauft haben. Direkt hinter mir befindet sich Ansgar mit Sean als Beifahrerin in seinem Dodge Challenger, das Schlusslicht bilden Amy und Buck in ihrem wuchtigen Cadillac Escalade.
»Was meinste, wie stehen die Chancen? Dein Pferdchen hat immerhin ein paar Jahre auf dem Buckel, Meister.« Um seine Bemerkung zu unterstreichen, schlürft er laut seine Cola durch den dicken Strohhalm.
»Der Escalade hat keine Chance. Das Schiff ist einfach zu schwer. Du hast ja gesagt, dass das ziemlich fiese Kurse sind. Im Wald, enge Kurven, steile Auffahrten, richtig?«, frage ich nach und leere den Becher ebenfalls geräuschvoll.
»Meinte Ronny, yup.«
»Mit einem Flugzeugträger gewinnst du keinen Kanu-Slalom. Der Dodge von Ansgar dagegen dürfte 'ne harte Nummer werden.«
»Der hat fast zweihundert PS mehr als dein Pony. Und ist dreißig Jahre jünger. Korrigier mich, wenn ich Müll erzähle.« Als er seinen Satz beendet, fällt ihm ein großes Stück Salat auf den Sitz. Ich hasse es, wenn der frisch gewaschene Mustang verdreckt wird!
»Alles korrekt«, antworte ich. »Und mach das da weg«, zeige ich auf den Abfall.
»Dafür hast du viele Karren zu Schrott fahren dürfen«, grinst der Dude und spielt auf meinen früheren Job als Stuntman an. Er fummelt nach dem Salatblatt zwischen seinen Beinen, hebt ungelenk das

Becken, fischt das Grünzeug vom Sitz, blickt es an, zuckt mit den Schultern und schiebt es sich in den Mund.
Ich nicke und sehe in den Rückspiegel. Durch die höhere Bauweise des Escalade kann ich Amy über Ansgars Challenger hinweg erkennen, wenn auch nicht besonders gut auf diese Entfernung durch zwei Autoscheiben hindurch. Allein der Anblick ihres rotblonden Feuerkopfs beschert mir zwei zusätzliche Pulsschläge. Buck trägt natürlich eine Sonnenbrille wie all diese Agency-Typen. Wahrscheinlich erhalten sie bei der Einstellung einen ganzen Schuhkarton voll mit Brillen und diesen gerollten Kabeln, die sich vom Ohrstöpsel über den feisten Nacken irgendwo in den Rücken hinabziehen.
Vor uns ziehen die Wagen rechtzeitig nach rechts, wenn sie mich heranpreschen sehen. Die alte Erziehung wirkt noch. Schön an die Regeln halten. Ansonsten genieße ich die Fahrt wie auf allen Ost-Autobahnen. Dreispurige Start- und Landebahnen für mein Pony, vergleichsweise wenig Verkehr, weniger bockige Fahrer als im Westen, wo einen die Citroën-Fahrer mit Greenpeace-Aufkleber stundenlang nicht überholen lassen, damit auf den Malediven der Meeresspiegel nicht steigt.
Nochmal blicke ich zurück, diesmal zu dem Wagen direkt hinter mir. Ansgar fährt wie ich mit einem Arm am Lenkrad, die andere liegt hinter dem Nacken von Sean, die sich eng an ihn lehnt. Ich kann mir vorstellen, wie unwohl sich Moses, der in Berlin auf Noodles aufpasst, bei dem Gedanken fühlt, das seine Schwester einen Ausflug mit Ansgar unternimmt. Ich habe mir fest vorgenommen, die beiden im Auge zu behalten. Das wird sicher nicht einfach. Aber das, was ich befürchte, darf nicht passieren.
Vor mir schert im Schleichtempo ein VW Sharan auf meine Spur aus, auf dessen Heckfenster die Namen aller Kinder steht, die die Familie in den letzten Jahren produziert hat.
»Sonntagsfahrer«, brummt der Dude.
»Ist noch ein Cheeseburger da?«, frage ich ihn. Er reicht mir den letzten und verputzt seinerseits eine Tüte Chicken Wings. Hin und wieder werfe ich einen Blick auf seine fettigen Finger, was der Dude auch registriert. Ich kenne seine Angewohnheit, entweder die eigene Jeans oder umgebende Textilien zu nutzen, um die Pfoten wieder sauber zu bekommen.

»Ich pass schon auf. Mann!«
Das Handy klingelt.
»Süßer, isses noch weit?«, fragt mich Amy.
»Musst du etwa schon wieder auf die Toilette?«, frage ich zurück, worauf sie mit einem Lachen antwortet.
»Wir wissen nicht genau, wo das stattfindet. Die Bullen haben in den letzten Jahren einige Rennen platzen lassen, deshalb erfährt man den exakten Ort erst zwei Stunden vorher per SMS. Hatte ich doch schon erzählt! Wir fahren erst mal in die Berge, der Dude weiß, wohin. Da warten wir.«
»Um Mitternacht geht's los?«
»Oder um zehn oder elf. Wird man sehen.«
Der Sharan zieht wieder nach rechts. Ich überhole ihn. Der Fahrer blickt mich müde an. Seine Frau und die vier Kinder hinten drin setzen ihm wahrscheinlich zu, aber schlimmer noch ist die Sackgasse, in der er sich mit diesem Auto befindet. Ich nicke ihm aufmunternd zu, er sagt leise irgendwas, das ich natürlich nicht verstehe.
»Da ist die Ausfahrt ins Vogtland«, zeigt der Dude auf ein Schild. Ich setze den Blinker und beschleunige, damit es die anderen beiden hinter mir auch noch an dem armen Kerl vorbeischaffen.

Tag 6, 22.45 Uhr

Vor einer halben Stunde erhielt der Dude den geheimnisvollen Anruf. Anschließend machten wir uns auf in den Süden, Richtung tschechische Grenze. Wir schlängelten uns durch Serpentinen in die Höhe, wobei der Wald immer dichter wurde und die Nacht immer schwärzer.
Vor uns sehe ich nun eine ganze Reihe von Lichtern und links und rechts an der Straße parkende Autos mit Insassen. Einige mit angeschalteter Innenbeleuchtung und häufig laut wummernder Musik. Je näher wir den Lichtern kommen, umso mehr spielt sich an den Straßenrändern ab: Überwiegend junges Publikum, das aus Bierflaschen trinkt, Ghettoblaster aufgebaut hat, raucht und lacht. Party im Wald.
Der Dude zeigt nach links, ich setze den Blinker und biege von der Waldstraße ab auf ein Gewerbegrundstück, das von unzähligen

Autoscheinwerfern beleuchtet wird. Im Hintergrund reckt sich ein großes hallenartiges Gebäude in den dunklen Nachthimmel.

Ein Typ in einer Basecap winkt uns herein und zeigt mehrfach nach rechts. Er geht im Laufschritt voraus, bahnt uns einen Weg durch die dichte Menschenmenge. Ich habe das Gefühl, durch die Besucher eines Volksfestes zu fahren, so viele scheinen sich das Rennen ansehen zu wollen. Fast jeder hält ein Getränk in der Hand. Ich sehe einen Verkäufer mit einem tragbaren Würstchengrill, den er sich umgeschnallt hat, weiter hinten einen Popcornstand und gleich mehrere Tische mit Bierfässern und krakelig geschriebenen Preisschildern.

Der Typ mit der Basecap hält an und gibt uns ein Zeichen, auszusteigen, was wir auch tun. Als ich den Wagen verlasse, bemerke ich, wie laut die Musik spielt, die irgendein DJ auflegen muss, den ich aber nicht sehe.

Wir befinden uns rechts der Einfahrt, wohl auf dem ehemaligen Parkplatz einer stillgelegten Metallfabrik. Dort stehen mehr als ein Dutzend Autos unterschiedlichster Fabrikate, die eines eint: Sie können verdammt schnell fahren. Nicht ganz überraschend für diesen Landesteil handelt es sich weniger um teure Sportwagen als um aufgemotzte und hochgetunte Rennschüsseln vor allem der Marken Volkswagen, Opel und Mazda.

Ein Typ um die dreißig mit bulliger Figur, Jeans, T-Shirt mit Duffy-Duck-Aufdruck, Bauchtasche, nagelneuen Nike-Tretern und raspelkurzen, aufgestellten Haaren kommt uns entgegen, in seinem Schlepptau zwei Typen, die aussehen wie jüngere Ausgaben von ihm, allerdings ohne Bauchtasche.

»Ihr seid die Berliner?«, streckt er seine Hand aus, die der Dude ergreift. Er spricht mit stark sächsischem Akzent.

»Du bist Ronny?«, fragt Pierre und erhält ein knappes »Ja!« als Antwort. Ronny mustert unsere drei Wagen.

»Ist ja mal was ganz Neues. Muscle Cars! Bissi Abwechslung im Vogtland! Welche Ehre!«

Inzwischen gesellen sich Buck, Amy, Sean und Ansgar zu uns. Sean umklammert Ansgars Hüfte, der einen ordentlich gefüllten Briefumschlag in der rechten Hand hält. Buck hat sogar die Sonnenbrille abgenommen. Amy gibt mir einen leichten Klaps auf den Hintern. Ronny kommt noch etwas näher, wir bilden einen Halbkreis.

»So, Freunde der Nacht. Die Regeln. Ich hab's schon den anderen Nasen da drüben erklärt«, zeigt er auf die Fahrer, die an ihren Wagen lehnen, sich mit ihren Freundinnen unterhalten oder zu uns blicken. Ronny fährt fort.
»Ich hab kaum noch Spucke, brauche dringend ein Bier und habe beschissene Kopfschmerzen. Also konzentriert euch, damit ich das nur einmal erzählen muss, klaro?«
Keiner reagiert, er nickt.
»Achtzehn Wagen insgesamt. Die passen hier auf dem Hof nebeneinander in eine Linie. Da vorn gibt's ein Lichtsignal, ist eine mobile Ampel. Die schaltet von Rot, fünf Sekunden, auf Gelb, drei Sekunden, dann wird's Grün und ihr fahrt los.«
»Alle nebeneinander?«, fragt der Dude nach.
»Genau. Bis ihr auf dem Rundkurs seid. Sobald ihr hier vom Gelände fahrt, biegt ihr auf der Hauptstraße nach rechts ab. Von der müsst ihr nach ungefähr zwo Kilometern wieder rechts in einen Waldweg abbiegen. Waldweg, klaro? Kein Asphalt, Freunde! Da geht's verdammt steil runter, also passt uff! Hat geregnet heute Nachmittag, da isses rutschig wie auf 'nem alten Freudenmädchen. Wir haben an der Stelle einen großen Pfeil in roter Neonfarbe aufgestellt, den sieht auch ein Blinder mit Krückstock. Ansonsten einfach den anderen nach. Nach ungefähr einem Kilometer geht's dann wieder rechts auf eine Hauptstraße, den Berg hoch und ihr kommt da vorn durchs Ziel. Dreimal die ganze Prozedur, immer schön rechts rum. Der Erste bekommt die gesammelten Startgelder abzüglich meiner bescheidenen Provision. Wir starten in fünfzehn Minuten. Soweit alles klar?«
Ronny sagt »gereeschnet«, »Gillomädr« und »eenfach«, was ich gerade noch verstehe, Ansgar, Amy und Buck aber offensichtlich überhaupt nicht, wie ich ihren verständnislosen Gesichtern ansehe.
»Alles klar«, antworte ich und nicke den anderen zu. »Ich erklär's gleich nochmal.«
»Aber die anderen sind hier aus der Gegend, Ronny, oder?«, hakt der Dude nach.
»Sind se. Und nu?«
»Dann haben die ja einen Vorteil. Kennen die Strecke. Wir fahren zum ersten Mal den Parcours, dann auch noch nachts. Können wir nicht

wenigstens von weiter vorn starten? Oder eine Übungsrunde fahren?«
Ich sehe Ronny förmlich an, wie sich seine Kopfschmerzen durch die Frage des Dudes verschlimmern.
»Seid ihr den ganzen Weg aus Berlin gekommen, um rumzuheulen?«
»Schon gut«, schalte ich mich ein. »Eine Frage noch. Gibt's irgendwelche Regeln? Also ich meine für den Wettkampf, das Fahren gegeneinander?«
Ronny blickt mich an, als hätte ich ihn gebeten, mir seine Mutter zu verkaufen. Dann lacht er unvermittelt los.
»Freunde! Regeln? Ihr seid lustig. Regeln keine! Wenn was passiert, euer Pech! Wärt ihr halt zu Hause geblieben! Wir haben aber zwei große Abschlepper, die euch aus dem Graben ziehen können, stehen da hinten. So, und jetzt zum Wichtigsten: Zahlemann und Söhne! Lasst mal das Startgeld rüberwachsen, damit wir loslegen können. Die Bullerei hat uns schon lang auf dem Kieker. Wenn die unser kleines Ablenkungsmanöver in dreißig Kilometer Entfernung nicht fressen, kommse bald hier vorbei. Deshalb starten wir jetze und trödeln nicht mehr rum. Also! Fünfhundert von jedem Wagen.«
Er öffnet seine Bauchtasche, die vor Scheinen nur so überquillt. Jetzt wird mir klar, wozu er seine beiden misstrauischen Kumpels mitgebracht hat. Sicher ist sicher.
Ansgar zählt Ronny zwanzig Fünfzig-Euro Scheine in die Hand für ihn und mich, anschließend erhält er von Buck fünfhundert.
»Danke, Freunde!«, lächelt Ronny zum ersten Mal, was ihn mir fast sympathisch macht. Zumindest sülzt er nicht herum, sondern zeigt ehrlich, was ihm etwas bedeutet.
»Zehn Minuten«, sagt er mehr zu sich selbst als zu uns, während er auf die Uhr blickt. Er winkt einem Typen in der Nähe zu, der zu ihm rennt und ihm ein Megafon in die Hand drückt.
»Start in zehn Minuten!«, dröhnt es blechern aus dem antiken Teil über den Parkplatz. Hektik setzt ein, die Fahrer steigen in ihre Schlitten und fahren langsam vor zu einer Linie, die von zwei Helfern mit einem schlichten Seil markiert wird, das sie in die Höhe halten.
Ich erkläre den anderen in Windeseile, wie sie fahren müssen, danach schütteln wir uns die Hände oder umarmen uns. Amy drückt mir einen Kuss erst auf die Wange, überlegt es sich dann anders und platziert den nächsten auf meinen Lippen.

»Du gewinnst, Cowboy«, flüstert sie und beißt zur Unterstreichung in mein Ohrläppchen. Anschließend setzen wir uns ebenfalls in die Autos. Der Dude wirkt nervös, als ich mich ganz außen platziere und damit den schlechtesten aller Startplätze einnehme. Zwischen Ansgar, Buck und mich hat sich noch ein Audi geschoben, mein direkter Nachbar beim Kampf um eine gute Position, bevor es auf die Hauptstraße geht. Ich zwinkere dem Fahrer zu, einem sehr jungen, hageren Burschen mit halblangen Haaren. Er reckt den Daumen.

»Audi RS6. Allrad, Power ohne Ende, verdammt guter Wagen«, sage ich zum Dude.

»Drei Minuten!«, röhrt das Megafon.

»Lass nochmal kurz checken«, murmle ich.

»Was denn checken?«, fragt der Dude mit leichter Panik im Gesicht. »Soll ich jetzt den Co-Piloten machen oder was? Bremsen, Ölstand und so was durchgeben? Auf der Strecke sagen, wo es langgeht? Gero, das kannst du nicht verlangen!«

»Mit Check meine ich, ob genug Zigaretten in der Packung sind und ob die Rammstein-Kassette drin liegt.«

»Ach so. Sorry, bin etwas nervös.«

»Kein Ding.«

»Alles da. Soll ich dir unterwegs immer eine anmachen? Und die Musik?«

»Ich glaube, das funktioniert nicht, da muss ich mich konzentrieren und brauche beide Hände am Lenkrad. Aber zum Start. Und das mit der Mucke habe ich mir eben anders überlegt. Keine! Ich brauche den Motorensound zur Kontrolle.«

»Hmkay.«

»Eine Minute!«, bellt das Megafon. Der Dude zündet mir eine Zigarette an, während ich den Motor starte. Das Pony zittert, Vorfreude macht sich breit, Adrenalin und Testosteron sausen durch meinen Körper und jubeln.

Er reicht mir die Camel, die ich tief einsauge und zwischen den Lippen lasse.

Die Ampel steht auf Rot. Dann springt sie auf Gelb. Mein Puls beschleunigt, mein Blick fokussiert sich auf einen Tunnel, der an der Ampel endet. Ich lege den ersten Gang ein, spiele mit der Kupplung bis zum letzten, möglichen Millimeter und tippe das Gas an.

Es wird Grün.
Die Kupplung springt nach oben, mein rechter Fuß drückt das Pedal bis zum Anschlag, die Reifen drehen rauchend durch, bis sie den Wagen freigeben. Das Heck schlingert leicht, dann braust der Mustang mit Wucht nach vorn. Dreihundert amerikanische Pferde galoppieren über den Parkplatz.
Achtzehn Wagen jagen zur Ausfahrt, durch die höchstens fünf nebeneinander passen. Ich jage das Pony bis aufs Maximum, schaffe es aber nicht an dem Audi vorbei, der so weit nach links kommt, dass ich gegen die Mauer knallen würde, wenn ich nicht bremse – was ich tue. Dadurch muss ich gut sechs bis sieben Wagen vor mir passieren lassen, bin aber noch vor Bucks Escalade auf der Straße, wo ich die Kurve mit angezogener Handbremse nehme, um sie dann im richtigen Moment wieder zu lösen. Dadurch überhole ich zwei Wagen und bin nun Fünfter. Vor mir sehe ich Ansgar an dritter Position und den Audi an erster.
Meine Ausbildung als Stuntman verschafft mir die allerbeste Kurventechnik für Verfolgungsjagden. Dafür sind der Audi und Ansgar auf halbwegs gerader Strecke verflucht schnell unterwegs und vergrößern erst einmal den Abstand zu mir.

In der zweiten Runde habe ich mich an den Kurs gewöhnt und befinde mich bereits auf dem dritten Platz. In jeder Kurve mache ich einige Meter gut, denn ich ziehe die Handbremse an und lasse den Mustang durch den Bogen driften, damit er danach wieder mit hoher Geschwindigkeit auf die Gerade donnern kann. Ansgar und der Audi vor mir müssen jedes Mal bremsen. Trotzdem komme ich immer näher, beiße auf die Zähne, während mein schöner Wagen auf dem Waldboden fürchterlich durchgerüttelt wird.
Wieder geht es auf die Hauptstraße, während das Heck des Mustangs kontrolliert ausbricht und durch die Kurve saust.
»Ich schaff das, ich schaff das! Ich hab sie gleich!«, schreie ich zum Dude und blicke für einen sehr kurzen Moment nach rechts, um die Konzentration nicht zu verlieren.
Seit dem Start habe ich keinen Mucks mehr von ihm gehört. Er klammert sich mit der rechten Hand fest an dem Haltegriff über der Tür, die linke krallt sich seitlich an den Sitz. Seine Gesichtsfarbe ist

im Dunkeln schwer zu erkennen, dürfte aber zwischen erbsengrün und leichenblass schwanken.
Wir erklimmen den steilen Hügel, der auf die Hauptstraße und Zielgerade führt. Dann geht's in die letzte Runde. Der Audi und Ansgar brettern soeben durch das Ziel. Auf beiden Seiten der Straße johlen Hunderte Zuschauer, die Bierflaschen schwenken und uns anfeuern. Der Fahrtwind der schnellen Autos verwirbelt die Haare der Mädels und ich mag mir gar nicht ausmalen, was passiert, wenn einer der Schlitten von der Strecke abkommt und in die Zuschauer rast.
Als wir in einer langen Rechtskurve auf der anderen Seite ein letztes Mal bergab fahren, sehe ich, wie Ansgar versucht, am Audi vorbeizukommen. Er bremst vor der Kurve, die in den Waldweg führt, sehr spät und setzt sich damit vor den Audi, wird allerdings nach links getrieben, wodurch sich der Audi rechts innen an ihm vorbeischieben kann. Durch ihr Manöver haben beide Geschwindigkeit verloren und ich drifte bis an die Stoßstange von Ansgar heran. Die beiden befahren den engen Waldweg nebeneinander, ich bin nur etwa zwei Meter hinter ihnen, komme aber wegen der schmalen Fahrbahn nicht vorbei. Der Audi legt Zentimeter um Zentimeter zu, hat eine leicht höhere Endgeschwindigkeit als Ansgars Kiste.
Eins weiß ich: In der nächsten Kurve, die wieder nach oben führt, komme ich an beiden vorbei! Meine Kurventechnik und das alte Pferdchen unter mir geben den Ausschlag. Dann geht's nur noch einen Kilometer weiter ins Ziel.
In etwa zweihundert Metern Entfernung erkenne ich bereits die Kurve, als ich sehe, wie Ansgar direkt vor mir mit seinem Challenger den Audi mit voller Absicht seitlich rammt!
»Scheiße!«, ruft der Dude entsetzt.
Der Audi gerät aus der Spur und schießt nach rechts in den Wald. Glücklicherweise kann der Bursche erstklassig fahren und vermeidet einen Aufprall auf die ersten Bäume, gerät dann aber mit einem Rad über einen Baumstumpf, wodurch der Wagen kippt und eine Seitwärtsrolle hinlegt. Er schlittert etliche Meter weiter, bis er schließlich nochmals kippt und nach einigen Drehern auf dem Dach liegen bleibt.
Ansgars Wagen ist ebenfalls aus der Spur geraten und nach links vom Weg geschleudert worden, hat sich dann aber wieder gefangen. Er

fährt mit durchdrehenden, schlammverspritzenden Reifen von rechts kommend zurück auf den Waldweg. Das wäre die Gelegenheit, ihm den Weg abzuschneiden, ihn nicht mehr vorbeizulassen und das Preisgeld einzusacken. Außerdem sollte ich mich besser beeilen, denn im Rückspiegel sehe ich bereits einen Nissan heranbrettern.
Ich ziehe nach rechts vom Waldweg und fahre zum Audi.

»Geht's dir gut, Junge?«, frage ich den Audi-Piloten, während er kopfüber angeschnallt in seinem Sitz hängt. Er nickt und reckt den Daumen, stöhnt und bringt ansonsten kein Wort heraus. Ich krieche durch das kaputte Fenster und muss mich orientieren, bis ich den Auslöseknopf des Gurts finde. Anschließend ziehe ich den Nachwuchs-Vettel nach draußen, während ich hinter uns die letzten Teilnehmer des Rennens über den Waldweg rasen höre.
Er stützt sich auf meine Schulter und humpelt mit mir zum Mustang.
Kurz bevor ich meinen Wagen erreiche, sehe ich auf der anderen Seite des Weges drei Hirsche, die uns mit ihren Blicken fixieren und sich keinen Millimeter bewegen. Für einen Moment bleibe ich stehen und verspüre den Wunsch, mich für die nächtliche Störung zu entschuldigen. Dann gehen wir weiter.
Ich scheuche den Dude vom Beifahrersitz auf die Rückbank. Er sieht mitgenommener aus als der junge Kerl, der eben einen Unfall um Haaresbreite überlebt hat.
Ich drehe mich zum Dude um, lege meinen Zeigefinger an die Lippen und hoffe, dass er das Zeichen versteht.

Als wir eintreffen, lässt sich Ansgar von unserer kleinen Gruppe bereits feiern. Sean hält seinen Arm in die Höhe, als würde der Ringrichter den Sieger beim Boxen präsentieren. Wie es bei illegalen Rennen wohl üblich ist, hält man sich nicht lange mit offiziellen Prozeduren auf, sondern zahlt das Geld aus, verkündet den voraussichtlich nächsten Starttermin und alle verdrücken sich in Windeseile zurück in die sächsischen Dörfer und Städte, aus denen sie gekommen sind. Rings um uns herum wird entsprechend hektisch abgebaut, eine Soundanlage verschwindet im Inneren eines Golfs GTI, Bierfässer landen auf einem Pickup.

Der angeschlagene Audi-Fahrer humpelt zu Ronny, um mit ihm die Modalitäten für das Abschleppen seines Wagens zu klären. Ich klopfe ihm zum Abschied aufmunternd auf die Schulter.
»Erstklassig gefahren. Super Wagen. Das nächste Rennen gewinnst du.«
Danach geselle ich mich zu den anderen, die vor Ansgars Challenger stehen und reihum aus einer großen Flasche Champagner trinken. Sean tanzt ausgelassen um Ansgar herum. Dieser hält ein Bündel Geldscheine in der Hand und grinst mit Sean um die Wette, die ihn anhimmelt und immer wieder küsst. Bis auf den Dude, der seinen Ärger über Ansgars Aktion nur mühsam unterdrücken kann, zeigen sich alle bestens gelaunt. Auch Amy und Buck, die anscheinend als Siebte ins Ziel gekommen sind, aber dennoch Spaß hatten.
»Lass uns feiern, Bruder!«, strahlt mich Ansgar an. Ich gehe zu ihm und umarme ihn.
»Glückwunsch.«
Unsere Blicke treffen sich für einen kurzen Moment.
Dickes Blut, Ansgar. Unser Blut, Gero.
Buck zollt mir anerkennende Gesten. Auch wenn ich als Letzter ins Ziel gekommen bin, hat er gesehen, wie lange ich weit vor ihnen lag. Amy schmiegt sich an mich, legt mir ihren Arm um die Hüfte und gibt mir einen Kuss.
»Du fährst wie ein Henker! Wahnsinn! Mein Babe! Aber wo warst du plötzlich?«, fragt sie mich und ordnet meine verstrubbelten Haare.
Ein kurzer Blick von Ansgar, ein langer vom Dude.
»Muss eine schlammige Pfütze gewesen sein, die ich übersehen habe. Das Rad dreht durch, das Heck bricht aus, ich komme von der Strecke ab. Hab dann gleich Mal einen Pechvogel eingesammelt, dem es genauso ging. Ansgar hätte ich sowieso nicht mehr gepackt.«
Buck reicht mir seine Hand, ich schlage ein.
»Siebter mit deinem Panzer? Sauber«, zolle ich ihm Respekt. Er lacht.
»Und jetzt? Was fangen wir mit dem angebrochenen Abend an?«, fragt Ansgar in die Runde. Erfolg macht glücklich.
»Ich werde mich betrinken«, brummt der Dude, während hinter uns die letzten Wagen vom Hof fahren und die Beleuchtung Lampe für Lampe abgeschaltet wird. Nur ein uralter Toyota steht noch direkt vor dem Verwaltungsgebäude, vermutlich Ronnys Schüssel.

»Auf alle Fälle fahren wir nicht mehr zurück«, meint Sean. »Nochmal drei Stunden durch die Nacht? Gibt's vielleicht ein Hotel in der Nähe?«, unterstreicht sie ihre Frage mit einem Gähnen. Ich weiß genau, was das Mädel möchte, das noch vor zwei Minuten nicht im Geringsten müde wirkte. Eine Nacht mit Ansgar ohne den störenden Moses in der Nähe.

Tag 7, 2.45 Uhr

Der kleine Gasthof am Waldrand kurz vor der Autobahn hat tatsächlich noch Zimmer frei, allerdings nur drei. Da Amy mit mir und Sean mit Ansgar nächtigen möchten, müssen sich Buck und der Dude eine Bude teilen, was beide so freudig zur Kenntnis nehmen wie die Ankündigung einer Wurzelbehandlung.

Wir liegen im Bett. Während sich Amy an mir zu schaffen macht, versuche ich mich auf die Geräusche im Nebenzimmer zu konzentrieren. Dank meines formidablen Gehörs weiß ich, was die beiden treiben. Nicht, dass ich das hören möchte. Der Sex anderer Menschen hat mich noch nie angetörnt und der von Bekannten schon dreimal nicht. Mein Alarmradar soll mir alles melden, was auf eine Verwandlung Ansgars hindeutet. Ich habe keine Ahnung, was ich im Ernstfall dagegen unternehmen soll, aber ich werde Sean nicht opfern.

»Ich bin so fucking proud of you, Babe!«, flüstert Amy. Dann rutscht sie nach unten, um mir ihren ganz persönlichen Preis für das Rennen zu verleihen.

Es gefällt ihr, dass ich den Typen aus dem Wagen gezogen habe, anstatt als Erster durchs Ziel zu fahren. Das freut mich und ich habe mir ihre Anerkennung auch verdient. Teilweise zumindest. Sie weiß nämlich nicht, dass ich nicht nur aus Edelmut gehandelt habe. Für mich war selbstverständlich, dass ich dem Jungen helfe, aber noch wichtiger, dass Ansgar das Rennen gewinnt. Ich kenne ihn. Eine erneute Niederlage hätte er nur kompensieren können, indem Blut fließt.

»Oh yeah!«, stöhne ich plötzlich. Meine Konzentration hüpft von Ansgar und einem längst vergangenen Autorennen zu diesem einen

Punkt im Süden, den Amys Zunge virtuos bearbeitet. Hin und wieder schenkt sie mir einen lüsternen Blick.
»Kleine Bitch«, ächze ich.
»Mhm. Gern!«, nuschelt sie.
»Mit vollem Mund spricht man nicht«, belehre ich sie. Wir lachen beide, was ihr in dieser speziellen Situation schwerer fällt als mir. Sie klatscht mir auf den Schenkel, als Zeichen, die Klappe zu halten, was ich brav befolge.
Ich genieße die Sensation des Gefühls.

Amy hat sich auf die Seite gerollt und schlummert, während ich mich leise aus dem Bett schleiche. Das Ganze kommt mir vor wie ein Déjà-vu von letzter Nacht, aber ich hoffe, dass es nicht genauso ausgeht. Ich stelle mich an die Wand, auf deren anderer Seite Ansgar und Sean liegen, und presse mein Ohr dagegen, schließe dabei die Augen und sauge viel Luft in die Nase. Kein Mucks, kein verdächtiger Geruch, nichts.
Vielleicht versuche ich es kurz ohne störende Wand? Ich verlasse auf Zehenspitzen das Zimmer, lehne die Tür vorsichtig an und befinde mich auf dem Flur. Nun lausche ich direkt an der Tür der beiden, doch außer regelmäßigen Atemzügen vernehme ich kein Geräusch. Irritiert, aber auch beruhigt, gehe ich zurück zu unserem Zimmer. Ich schließe leise die Tür und drehe mich um, als ich direkt in Amy hineinlaufe, die die Flasche Mineralwasser in der Hand hält, die wir uns von unten mit aufs Zimmer genommen haben.
»Vorsicht!«, schreit sie, doch schon fliegt die Flasche auf den Boden, zerschellt in Scherben und Amy taumelt durch meinen Stoß nach hinten. Sie droht, in das Glas zu treten, weshalb ich sie kräftig zum Bett schubse, dabei aber selbst das Gleichgewicht verliere. In Vorbereitung auf den schmerzhaften Fall schütze ich meine Hände und ziehe sie nach oben. Der linke Arm landet dafür direkt in zwei großen Scherben.
»Oh Baby, nein!«

Wir liegen in Löffelchenstellung im Bett. Amy streichelt meinen lädierten Arm, den sie mit zwei Handtüchern dick bandagiert hat. Das Innere hat sich bereits mit Blut vollgesogen.

»Süßer, das Game mit den Verletzungen ist doof. Macht mir keinen Spaß mehr! Wir müssen mal was anderes spielen«, murmelt sie. »Morgen gehst du damit zum Arzt. Das ist eine tiefe Fleischwunde, da brauchst du eine Tetanusspritze.«
Ich brumme etwas Unverständliches zurück.
»Versprochen?«, fragt sie und dreht mir den Kopf zu.
Als Antwort küsse ich sie.
»Was ich vor allem brauche, ist Schlaf. Nacht, Babe.«
Vor dem Einschlafen reibt Amy ihren warmen Hintern an meinem Becken, als würde sie sich vergewissern wollen, dass ich nicht weglaufe. Hin und wieder seufzt sie leise und streicht über die Wunde, deren Heilungsprozess sich längst in vollem Gang befindet. Ein weiterer Vorteil von Lupusgenen: Erstklassiges Heilfleisch, das sich gegenüber normalen Menschen mit dem Faktor Eintausend reproduziert.
Ich sehe zu, wie der Mond einen Kreis gelben Lichts auf Amys Schulter malt. Dann reibe ich meine Nase an ihrem wunderbar weichen Nacken und schließe die Augen. Der Geruch saftigen Grases aus Kentucky bleibt als letzter Eindruck, bevor ich endlich wieder einmal in einen dunklen, ruhigen Schlaf falle.

Tag 7, 10 Uhr

Wir sitzen an einem langen Frühstückstisch. Buck holt sich die letzten Brötchen, da die alte, etwa siebzigjährige Dame des Hauses das Buffet bereits abräumt. Sie spricht denselben schwer verständlichen Dialekt wie Ronny, was aber weniger drastisch auffällt als ihre immensen Brüste. Bei einer Frau, die kaum größer ist als ein Zwerg auf hohen Hacken, frage ich mich, wie sie es schafft, nicht ständig vornüber zu kippen. Sie trägt ansonsten eine gestreifte Bluse mit einer Perlenkette, eine extrem weite Jogginghose sowie Lockenwickler im Haar und wirkt so patent, als könne man Pferde mit ihr stehlen. Dann benötigt sie für ihren riesigen Vorbau vermutlich einen extra Gaul.
Nur auf unseren ausdrücklichen Wunsch hin hat sie das Buffet nicht schon vor einer Stunde abgeräumt. Hier bei den fleißigen Waldbe-

wohnern wird ungefähr zwischen halb sieben und halb acht gefrühstückt, alles andere grenzt an verdammungswürdige Faulenzerei.
Da wir dem Sündenpfuhl Berlin entstammen, ließ sie Gnade vor Recht ergehen. Wir konnten ihre leckere selbstgemachte Marmelade verzehren, ebenso wie Schinken, der so frisch und würzig schmeckt, als wäre er heute Morgen erst aus einer Sau geschnitten worden.
In der Mitte des Tisches liegt das Bild. Amy, Buck und ich haben uns darauf geeinigt, dass jetzt eine gute Gelegenheit dafür sei, die anderen zu konsultieren. Buck erzählte etwas von einer geheimen Nachricht und dass ihm der amerikanische Botschafter dieses von ihm erworbene Bild gegeben habe, um es zu entschlüsseln, er komme aber allein nicht auf die Lösung. Der Maler habe ein Faible für solche Scherze gehabt, blablabla, es sei eine Art Vorläufer heutiger 3D-Bilder. Finde die Botschaft! Sean, Ansgar und der Dude kaufen die Geschichte und vertiefen sich in das kitschige Gemälde des hässlichen Schnauzbarts, der besser weiter diesen Scheiß gemalt hätte.
Amy, Sean und Ansgar sitzen am Tisch und brüten über die Komposition des schwülstigen Bildes. Buck steht ebenso wie ich mit einer Kaffeetasse hinter dem Trio und blickt von oben auf die gemalte Landschaft, während sich der Dude gerade flüssiges Koffein in die Tasse gießt.
»Ich seh nix«, äußert Sean, die mir vorhin als Erste quicklebendig im Frühstücksraum entgegenkam, ein Grund inneren Jubels für mich. Sie summt ständig irgendwelche irischen Lieder vor sich hin, wirkt gelöst und zufrieden. Genau gesagt erscheint sie mir sogar das erste Mal als junge Frau und nicht als ein Teenager, der zu schnell erwachsen wurde. Sie trägt heute keinerlei Make-Up, sondern nur das pure Glück im Gesicht.
»Du?«, richtet sie sich an Ansgar, der den Kopf schüttelt und sich ungewohnt wortkarg gibt, die Hände aber nicht von Sean lässt.
»Wer hat das gemalt?«, fragt er mich. Ich zucke die Schultern und blicke zu Buck.
»Luis irgendwas. Holländischer Maler«, antwortet er. »Gebt Gas! Ich muss bald los.« Buck zeigt auf seine Uhr. Vorhin erwähnte er, dass er spätestens um zwei in Berlin sein müsse, was seine Laune ebenso wenig hebt wie der Umstand, dass niemand etwas Geheimnisvolles in dem beschissenen Bild erkennt.

Der Dude schlendert mit einem großen Pott Kaffee zu unserem Tisch, dann stutzt er kurz. Er geht nochmal einen halben Meter zurück und zeigt auf das Bild.
»Da! Ein Muster. Und ich will verdammt sein, wenn ich das nicht kenne.«
Fünf Augenpaare richten sich auf ihn.
»Spuck's aus, Dude. Wo? Was?«, dränge ich ihn.
Er stellt sich in eine bestimmte Position zum Gemälde, hält den Kopf ein wenig schief und grinst.
»Nur, wenn das Licht aus diesem Winkel aufs Bild fällt. Seht ihr es?«
Stühle werden verrutscht, alle stehen auf, stellen sich neben den Dude. Tatsächlich erscheinen in dem gemalten Waldstück sechs dunkle Punkte, die paarweise an drei Stellen auf das Bild verteilt wurden. In der Mitte der Punkte befindet sich ein aus Bäumen geformtes Oval und weiter links davon ein deutlich erkennbares Kreuz.
»Was soll das sein?«, fragt Sean in die Runde. »Die Erde? Ein Tempel?«
»Ein Symbol vielleicht«, meint Buck.
»Eine Kultstätte?«, wirft Amy in den Raum. »So was wie Stonehenge? Diese Säulenpaare könnten auf den Stand der Sonne hinweisen.«
Wir rätseln noch eine Weile und sammeln Vorschläge, die weder mich noch Amy überzeugen. Da Buck unbedingt aufbrechen muss und wir in dieser einsamen Ecke nicht unnötig abhängen wollen, unterbrechen wir unser Bilderrätsel. Buck greift nach dem Bild, doch ich ziehe es mit einem Ruck zu mir. Amy grinst, Buck brabbelt genervt etwas, das sich nach »Fucking Kraut!« anhört.
Ansgar bezahlt unsere Zimmer vom gestrigen Gewinn, während wir uns auf die Autos verteilen. Amy fährt bei mir mit, der Dude bei Buck, mit dem er sich ganz gut zu verstehen scheint, obwohl Buck im Schlaf anscheinend ganze kanadische Wälder absägt.
»Ich hab das schon mal gesehen. Dieses Muster«, meint der Dude zu mir, bevor er zu Buck in den Escalade steigt. »Es liegt irgendwo da hinten drin«, deutet er auf seinen Kopf. »Da hinten, Gero. Aber ich komm noch drauf.«

»Johnny Cash, Limp Bizkit oder Rammstein?«, frage ich Amy, als unsere kleine Kolonne losfährt, diesmal mit Buck an der Spitze, Ansgar in der Mitte und wir als Schlusslicht.

»Rammstein!«, jubelt Amy.
»Wie, du kennst die?«, frage ich zurück und fädle auf den Zubringer ein.
»Jeder Metal-Fan in den Staaten kennt Rammstein! Ich war beim Concert im Madison Square Garden und habe laut ›Du hast‹ mitgesungen. Hast du die mal live gesehen?«
Ich schüttle den Kopf. »Nope. Konzerte sind nichts für mich. Zu viel Menschen. Aber die Bühnenshow soll geil sein.«
Wir plaudern eine Weile über Musik, Autos, die USA, Berlin und Deutschland, bis sie mich nach meiner persönlichen Geschichte fragt. Ob ich aus Berlin stamme? Nein. Woher meine Eltern kommen? Norwegen und Deutschland. Ob ich Geschwister habe? Nein.
»Ganz allein als Kind, das könnte ich mir nicht vorstellen. Buck war immer für mich da, weißt du? Hat auf mich aufgepasst. Manchmal war mir das schon zu viel, aber ich war immer happy über meinen großen Bruder. Er hat nur zu viel Power! Meinem Partner vom Abschlussball bei der Prom Night hat er aus Versehen fast den Kiefer gebrochen, nur, weil der mir kurz in den Ausschnitt gegriffen hat.«
»Aus Versehen, ja?«, lache ich.
Sie interessiert sich für mein Vorleben, dreht sich auf dem Sitz zu mir und legt mir eine Hand auf den Oberschenkel. Es fühlt sich gut an, wie sie Nähe sucht und erzeugt, aber gleichzeitig ermahnt mich meine innere Stimme zu Vorsicht und Distanz. Früher oder später musste ich bisher alle enttäuschen, schon aus Interesse an ihrem Gesundheitszustand. Und wer schluckt es dauerhaft hinunter, dass der Liebste immer mal wieder auf Jagd geht und seine Mitmenschen zu Gehacktem verarbeitet?
Andererseits siegt bei mir meist der Bauch über den Verstand, gute Vorsätze hin oder her. Ich drücke ihre Hand, was mir ein bezauberndes Amy-Lächeln beschert, das allerdings sofort wieder verschwindet, als sie einen kurzen Blick auf meinen linken Arm wirft.
»Süßer, hast du den Verband abgenommen?«, fragt sie mich angesichts des Ärmels, der nicht von einem dicken Verband aufgeplustert wird. Tatsächlich habe ich die Handtücher nach dem Frühstück ins Bad geworfen und gehofft, dass Amy die Veränderung nicht auffällt. Ich war allerdings so leichtsinnig, mir wegen der sommerlichen Temperaturen das Hemd leicht hochzukrempeln.

»Jetzt habe ich so viel erzählt, spuck du doch mal aus. Wie war das mit dieser spanischen Galeere?«

»Galeone, nicht Galeere. Und lenk nicht ab, Süßer.«

Sie öffnet ihren Sicherheitsgurt und greift über meine Brust hinweg nach meinem linken Arm, will die Oberseite zu sich drehen. Ich spanne die Muskeln an, doch sie gibt nicht nach. Damit sie mir mit ihrem Kopf nicht noch länger die Sicht auf die Autobahn versperrt, lasse ich den Arm locker. Sie zieht ihn über meinen Bauch, rollt den Ärmel hoch und blickt ungläubig auf die zwar nicht unversehrte, aber fast verheilte Haut.

»Sag mal, spinne ich? What the fuck?«

Sie dreht den Arm mehrfach, überlegt, ob es nicht doch eine andere Stelle war, und schnappt sich sogar noch den rechten. Auch der zeigt sich ohne frische Wunde. Konsterniert lässt sie sich in den Sitz fallen, schnappt sich eine meiner Zigaretten aus der Mittelkonsole und zündet sie sich mit düsterer Miene an.

»Nicht das erste seltsame Ding. Die Nacht in der Lagerhalle. Eigentlich müsstest du … müssten wir tot sein.«

Sie rekapituliert die Ereignisse und ich ahne, wohin die Reise geht.

»Wie bist du da rausgekommen? Festgekettet? Die waren bewaffnet! Am Ende lagen die tot auf dem Boden. Bevor Buck kam!«

Sie blickt in die Ferne, fährt fort.

»Im See. Das war auch … lass es mich so ausdrücken: Merkwürdig. Sehr geil! Keine Frage! Aber. Was war das?«

Ich fische mir ebenfalls eine Camel aus der Packung und wünsche mir, dass vor uns plötzlich ein Alien-Mutterschiff über der Autobahn erscheint, die ersten fünfzig Wagen zerblastert und anschließend eine Panik ausbricht, die sich gewaschen hat.

Sie dreht sich zu mir.

»Und ich hab das nicht geträumt! Du hattest zwei tiefe, verdammt gefährlich tiefe, klaffende Wunden an deinem Arm. Genau da! Ich hab's verbunden, ich weiß es!«

Ich puste den Rauch in ihre Richtung, neble sie ein. Amy findet das nicht lustig.

»Steckst du mit den Nazis unter einer Decke? Bist du so eine fucking Nazi-Superweapon? Frankenstein from Nazi Hell?«, fragt sie mich mit bierernstem Blick, bis ich laut loslache.

»Yep! Und ich hänge gern an Fleischerhaken von der Decke. Einfach, weil das geil ist! Frankenstein-Fitness für Anfänger. Und ich saufe gern in einem Wagen ab, um glücklich mit dem Bild des Führers unterzugehen!«
Auf ihrem schönen Gesicht erscheint ein Lächeln. Sie atmet laut aus.
»Aber, Süßer. Ich bin nicht blöd. Erklär's mir. Wie geht das?«
»Liegt an den Genen. Hab ich von meinem alten Herrn geerbt«, antworte ich und lüge zumindest bis zu diesem Punkt nicht. »Irgendein Defekt, so was wie zu viele Antikörper. Mein Vater war sogar mal an der Uni in Oslo, wo sie ihn untersucht und völlig auf den Kopf gestellt haben. Ein ganzes Team mit weißen Kitteln, großen Brillen und Klemmbrettern. Nahmen sich ihn vor, als wäre er E.T. Fanden aber nichts heraus. Ich erzähle das niemandem, weil mich sonst jeder für ein Monster hält. Wie du! Aber soll ich mich über diesen ›Defekt‹ beklagen? Erst als Soldat und später als Stuntman war das einfach nur perfekt. Ich hab mir was gebrochen oder gerissen und war eine Woche später wieder am Set.«
»Du verscheißerst mich jetzt nicht, Süßer?«
»Das ist die Wahrheit. Ich schwör's, Baby.«
Um diesen dreisten Spruch zu unterstreichen, blicke ich ihr fest in die Augen. Das hilft meistens.
Sie lässt sich zurück in ihren Sitz fallen und betrachtet den Verkehr vor uns. Amys kleine Zahnrädchen arbeiten, aber zumindest hakt sie nicht weiter nach. Wir plaudern anschließend über Filme und ganz besonders Western, die wir beide lieben. Dann schweigen wir eine halbe Stunde und lauschen dem Man in Black, Johnny Cash.
Als wir uns Berlin nähern, spüre ich ihr Knie an meinem Oberschenkel.
»Wann fahren wir wieder an den See, Süßer?«

Tag 7, 14.30 Uhr

Buck ist mit Amy weiter in Richtung Amerikanische Botschaft gefahren, nachdem er den Dude abgeladen hatte. Ich parke meinen Wagen unter der Hochbahn und gehe gemeinsam mit Pierre und dem Bild unter dem Arm über die Straße. Als ich die Haustür auf-

schließe und den Briefkasten öffne, überholt mich der Dude und geht vor.
»Ich komme aber nur kurz mit. Moses wollte nachher noch bei mir vorbeischauen. Boxen an der Konsole«, erzählt der Dude, während wir die Treppe in den zweiten Stock hinaufsteigen.
»Klug, dass du das gegen ihn nur im Spiel versuchst. Ihr scheint euch zu verstehen. Freut mich«, antworte ich, da ich es tatsächlich gut finde, wenn Moses sich nicht ausschließlich auf Sean konzentriert.
»Yup. Außerdem wollte er Noodles vorbeibringen. Der muss dann irgendwie zu dir. Kriegen wir schon hin, wa?«, höre ich ihn auf den Stufen vor mir, während ich mir die Post ansehe. Rechnungen, Rechnungen und Werbung. Wie immer.
Vor der Wohnungstür angelangt, zieht der Dude eine Plastiktüte vom Türknauf, während ich den passenden Schlüssel suche. Obwohl das Brecheisen den Rahmen zersplittert hat, konnte ich die Tür gestern wieder abschließen.
»Kleines Geschenk für dich?«, fragt er und greift neugierig in die Tüte. Ich betrete die Wohnung und gehe wie immer zuerst ans Fenster, um es zu öffnen und frische Kreuzberger Luft in die Bude zu lassen.
Das Bild lege ich auf den Tisch. Hinter mir höre ich das Geräusch taumelnder Schritte und drehe mich um.
Der Dude stolpert rückwärts kreidebleich gegen den Türrahmen des Flurs und lässt die Tüte auf den Boden des Wohnzimmers fallen. Etwas purzelt heraus, das ich im ersten Moment nicht erkenne, bis sich mir sämtliche Nackenhaare aufstellen und eine Gänsehaut über die Wirbelsäule kriecht.
Auf dem Boden liegt eine abgetrennte Hand.
Der blanke Horror, Ekel, meine Empfindungen fahren im Magen Achterbahn. Dem Dude geht's ähnlich, er sinkt am Türrahmen langsam auf den Boden, bis er sich wieder aufrichtet und ins Bad stürmt. Ich höre, wie er sich laut würgend übergibt.
Ich versuche, möglichst nicht hinzusehen, und nähere mich dem herrenlosen Körperteil. Aus meiner Hose ziehe ich ein Taschentuch und fasse damit die Hand an, bei der mir nun etwas auffällt, das ich kenne: Einen schwarzen Siegelring mit aufgedrucktem, goldenem Kreuz.

Harmann.
Ich kann den Ekel kaum noch beherrschen und werfe die Hand in die Tüte, wo sich noch etwas anderes befindet, das ich aber nicht mehr sehen will. Vermutlich die zweite Hand, wenn ich mir die Größe und Farbe ansehe, die durch die Tüte schimmern. Allerdings bemerke ich am oberen Rand ein Stück Papier, das ich mit spitzen Fingern herausziehe.
Ein Foto des kitschigen Bildes, das auf meinem Tisch liegt. Vielleicht von der Testamentseröffnung, vielleicht aber auch von Harmanns Kopie?
Der Dude kotzt sich noch immer aus, auch wenn inzwischen nicht mehr viel im Magen sein dürfte. Zittrig zünde ich mir eine Zigarette an, bis mir ein Gedanke kommt, was die grauenvolle Post bedeuten soll. Ich gehe ans Fenster und scanne die Umgebung nach allen Seiten hin, bis ich das erkenne, was ich vermutet habe.
Der kleine Lieferwagen mit der alten, grauen Plane, der mir schon neulich bei der Rückfahrt von Brandenburg im Rückspiegel aufgefallen ist, steht auf der gegenüberliegenden Seite in einer Parkbucht der Skalitzer Straße.
Der hünenhafte, arische Albino auf der Fahrerseite blickt mir direkt in die Augen.

»Du gehst hinten raus, okay?«, schärfe ich dem Dude ein. Er nickt stumm und will offensichtlich nur noch eines: Diese Wohnung verlassen und möglichst bis an sein Lebensende nicht mehr betreten. Erst das Rohr gegen den Hals, nun abgetrennte Hände in einer Tüte, die beschissenen Vorfälle häufen sich. Diese Bude hat ein ganz schlechtes Karma, so viel steht fest. Hier ziehe ich weg.
Aber bevor es so weit ist, wird abgerechnet. Nicht sofort. Wenn ich eines von meinen Lehrmeistern beim Militär gelernt habe, kommt zuerst der kluge, taktische Rückzug, bevor man mit aller Wucht zurückschlägt. Es ist seltsam, aber in der Krise laufe ich zur Hochform auf. Druck, Angst und Wut schärfen meine Sinne, wie es bei anderen Kokain, ein langer Schlaf oder die richtige Umgebung schaffen.
Der Dude verlässt die Wohnung, indem er sich an der Wand des Flurs entlangschiebt, um eine maximale Entfernung von der Tüte einzuhalten.

»Mach's gut!«, rufe ich ihm nach und gehe dann zum Bild. Ich verschiebe es so, dass ausreichend Licht auf das Gemälde fällt. Anschließend mache ich mit meinem Smartphone eine Vielzahl an Fotos und positioniere mich dabei so hinter das einfallende Licht, dass die ominösen sechs Punkte gut zu sehen sind. Zur Sicherheit schicke ich die zwei besten Aufnahmen sofort an den Dude. Anschließend hole ich aus dem Bad ein großes Handtuch und wickle das Bild darin ein.
Zu dumm, dass mein Revolver verloren gegangen ist, er hat mir schon oft nützliche Dienste geleistet. Notieren: Neue Knarre besorgen!
Mitten auf der Skalitzer dürfte mir nichts passieren, aber sicher ist sicher. Ich gehe ins Schlafzimmer, öffne den Kleiderschrank und ziehe die Schublade mit meinen Army-Utensilien auf. Ihr entnehme ich ein sehr kleines, aber scharfes und gezacktes Nahkampfmesser, das ich in die rechte Gesäßtasche meiner Jeans stecke.
Wenn Buck und Amy erfahren, dass ich das Bild zurückgegeben habe, werden sie wenig begeistert sein. Aber wenn sie die beiden wesentlichen Teile des Plans gehört haben, dürften sie mir zustimmen. Und wenn nicht – Scheiß drauf!
A man's gotta do what a man's gotta do.

Ich verlasse das Haus mit leichtem Gepäck ebenfalls über den Hof und den Hinterausgang, um in einem großen Bogen zu dem Lieferwagen zu laufen. Auch wenn die belebte Skalitzer Straße so viel Sicherheit gewähren sollte, dass die Typen nicht auf offener Straße versuchen werden, mich zu überwältigen und in den Lieferwagen zu schaffen, will ich kein Risiko eingehen. Vermutlich wollen sie ohnehin nur das Bild.
Der Lieferwagen befindet sich in etwa fünfzig Metern Entfernung vor mir. Eine Gruppe junger brasilianischer Touristen, die sich auf den Kotti zubewegt, läuft schnatternd direkt vor mir und bietet mir Sichtschutz. Ich laufe am Lieferwagen entlang bis zum Führerhaus und sehe vom Gehweg aus hinein. Beekmann und sein Hüne unterhalten sich mit Blickrichtung auf meine Wohnung. Beekmann trägt ein kurzärmliges, braunes Hemd, Albino Hulk ein einfaches schwarzes T-Shirt, das seine gewaltigen Brustmuskeln kaum bändigen kann.
Ich klopfe ans Beifahrerfenster.

Beekmann blickt mich verdutzt an und lässt das Fenster herunter.
»Herr von Sarnau, schau an!«, begrüßt er mich mit diesem süffisanten Lächeln, das ich ihm mit einem Wagenheber aus dem Gesicht schlagen möchte. Albino Hulk beugt sich zum Lenkrad vor, um mich sehen zu können.
»Ich habe was für Sie«, halte ich das verhüllte Bild in die Höhe.
»Höchst erfreulich«, kommentiert das Beekmann. »Aber wollen wir das hier auf der Straße klären? Lassen Sie uns doch nach hinten gehen. Dann können wir uns in Ruhe davon überzeugen, ob wir nicht schon wieder mit einer schlechten Kopie abgespeist werden.«
»Einen Teufel werde ich tun. Sie bekommen Ihr Scheißbild von Ihrem Scheißführer. Und das auch!« Ich werfe ihm die Plastiktüte mit Harmanns Händen auf den Schoß.
Er zuckt zusammen, läuft rot an und wischt die Tüte hektisch wie eine lästige Wespe vom Sitz in den Fußraum. Albino Hulk steigt auf der Fahrerseite aus, ein BMW verfehlt ihn knapp und umkurvt ihn hupend, und stürmt auf mich zu. Meine freie rechte Hand greift in die Gesäßtasche zum Messer.
»Hans!«, ruft Beekmann laut. »Nicht!«
Der Hüne geht wieder auf Abstand, bleibt aber auf dem Gehweg stehen.
»Ich weiß nicht, was mich dieser Abfall angeht«, knurrt Beekmann und lässt die Maske des ironischen Biedermanns fallen.
»Lassen wir das Gequatsche«, antworte ich. »Das ist das Original«, zeige ich auf das verdeckte Bild. »Auf jeden Fall das Bild, das bei der Testamentseröffnung übergeben wurde. Keine Ahnung, ob es echt oder irgendwas wert ist, interessiert mich auch einen feuchten Schmutz. Mit eurer gesamten Nazischeiße will ich nichts mehr zu tun haben. Nehmt diesen Dreck und lasst mich in Ruhe.«
»Wir werden es gründlich prüfen«, antwortet Beekmann mit kaltem Blick. Dann nickt er seinem Hulk zu. »Zeig ihm die Bilder.«
Der Albino geht zurück zur Fahrerseite und zieht ein iPad aus der Ablage in der Tür. Zwei, drei Wischer mit dem Finger, dann hält er mir den Bildschirm so vor die Nase, dass auch Beekmann die Bilder erkennen kann.
Das erste Foto zeigt unsere Gruppe am Abend in der Fischerhütte, offensichtlich mit einem Teleobjektiv aufgenommen. Beekmann

nickt dem Albino zu, er scrollt weiter. Amy lachend. Der Dude trinkend. Sean ausgelassen singend.
»Ich würde Ihnen ungern weitere Päckchen zukommen lassen, falls Sie verstehen, was ich meine«, beendet Beekmann die kleine Fotoshow, die mein Blut zum Kochen gebracht hat.
»Jetzt hören Sie mir mal zu«, beuge ich mich nach vorn. Beekmann weicht keinen Millimeter zurück, wodurch ich seinen schlechten Atem und seine verfaulte Persönlichkeit riechen kann. Hulk kommt etwas näher, um sein Herrchen zu beschützen, verharrt aber vor mir. Hinter uns laufen Passanten vorbei, weshalb ich meine Stimme senke. Ich warte noch kurz, bis eine über uns ratternde U-Bahn vorbeigefahren ist. »Wenn einem meiner Freunde auch nur ein Haar gekrümmt wird, dann verfolge ich Sie und Ihre Nazibrut, bis ich den Letzten getötet habe. Glauben Sie, dass mich so was einschüchtert?«, zeige ich auf die Tüte im Fußraum.
»Ich bin nur durch Zufall in diese braune Scheiße geraten und will damit nichts mehr zu tun haben. Aber fordern Sie mich nicht heraus. Meine Sippe geht bis zum Äußersten, wenn es darauf ankommt. Denken Sie an Ihre Hilfsarbeiter, die jetzt in der Hölle schmoren und Führerlieder singen.«
Beekmann wirkt amüsiert. »Sie hätten das Zeug für unsere Propaganda-Abteilung. Starke Worte, stramme Haltung, ein wahrer Soldat der Partei!«, grinst er mich mit einem Lachen an, wie man es von Politikern kennt. Die Mundwinkel verziehen sich nach oben, doch die Augen bleiben kalt. »Denken Sie darüber nach! Kräftige Burschen mit Mumm kann unsere Bewegung gebrauchen.«
Albino Hulk streckt mir seinen rechten Arm entgegen. Ich gebe ihm das Bild, worauf er das Handtuch abstreifen möchte, doch Beekmann schüttelt den Kopf.
»Das machen wir unterwegs, Hans. Ich vertraue Herrn von Sarnau in dieser Angelegenheit vollständig.« Er zwinkert mir zu.
»Auf Wiedersehen«, nickt er leicht mit dem Kopf zum Abschiedsgruß, während Hans das Bild in den schmalen Zwischenraum hinter den Sitzen legt.
Ich blicke dem Lieferwagen nach, der sich in den Verkehr einfädelt und Richtung Kotti davon fährt.
Wir werden uns ganz sicher wiedersehen, ihr Arschlöcher!

Teil eins meines vierstufigen Planes für die nächsten vierundzwanzig Stunden: Sayuri. Nach unserem gestrigen Treffen ist es für mich eine Frage der Ehre, sie persönlich über den Tod Harmanns zu informieren. Noch auf der Skalitzer stehend rufe ich sie an. Sayuri geht nach dem zweiten Klingeln ans Handy und stimmt meinem Vorschlag eines Treffens zu. Ihre gedrückte Stimmung lässt darauf schließen, dass sie das Böse bereits ahnt. Zu meiner Überraschung bittet sie mich in ihre Wohnung am Lietzensee in Charlottenburg.
Als ich zum Mustang gehe, treffe ich Sammy, der mit den Händen in der Hosentasche vor dem Wagen herumlungert.
»Na, alter Mann?«, begrüßt er mich grinsend.
»Sammy, hey! Was willst du?«
Er streckt die Arme und zuckt die Schultern.
»Darf ich nicht einfach hier rumstehen? Ist chillen jetzt auch schon verboten? Vielleicht will ich nur mit dir reden, oder so?«
»Nee, willst du nicht«, antworte ich und schließe den Wagen auf.
Er geht auf die andere Seite und zieht am Griff der Beifahrertür. Ich lehne mich von innen weit rüber und ziehe das Knöpfchen hoch. Sammy steigt ein.
»Bisschen cruisen und den Stress vergessen«, grinst Sammy und lässt sich in den Sitz plumpsen.
»Welchen Stress denn? Du gehst nicht in die Schule, arbeitest nix …«, erwidere ich. Sammy richtet sich mit erhobenem Zeigefinger auf.
»Kinderarbeit ist verboten, Alter!«
»Klugscheißer. Schule aber nicht! Also, welcher Stress?«
»Beziehungsstress«, stöhnt der Elf-, höchstens Zwölfjährige neben mir. So genau weiß das niemand. Was mich am meisten an dem ansonsten straßenschlauen, gewitzten und amüsanten Sammy nervt, ist, dass er ständig seine Schuhe verliert. Zugegeben, das Problem kenne ich von mir selbst, doch dafür gibt's einen verdammt guten Grund. Aber was treibt Sammy? Verkauft er seine Schuhe, werden sie ihm geklaut? Als ich auf seine Füße blicke, sehe ich dort ein paar riesige, ausgelatschte braune Halbschuhe, die er vermutlich aus irgendeinem Sperrmüllhaufen am Straßenrand gezogen hat.
»Wo sind die Sportschuhe, die ich dir gekauft habe?«, frage ich. Er zuckt die Schultern.

»Du, ich muss nach Charlottenburg. Könnte 'ne Weile dauern. Also überleg dir, ob du mitkommen möchtest.« Ich fädle mich in den Verkehr ein und nehme Kurs Richtung Westen.
»Charlyburg? Supergeil! Da laufen Mädels mit Geld rum. Hau rein!« Sammy lehnt sich zurück und zieht eine Sonnenbrille im Pilotenstil mit Goldrand aus der Brusttasche seines verdreckten, kurzärmligen Hawaii-Hemdes. Dann beugt er sich nach vorn, holt die Kassette aus dem Fach und sucht einen Musiksender, der die Charts spielt. Wir legen beide unsere Arme nach außen und kreuzen der Sonne entgegen.

Nachdem ich den Wagen in der Nähe des Ufers geparkt habe, tigert Sammy Richtung Kantstraße, um »Mädels klar zu machen«. Wir haben vereinbart, dass ich bei meiner Rückkehr zum Wagen höchstens eine Viertelstunde auf ihn warte, ansonsten muss er allein zurück nach Kreuzberg.
Ich stehe vor Sayuris Wohnungstür im dritten Stock eines teuer wirkenden, nagelneu sanierten Gebäudes mit aufwendigem Stuck und strahlend weißen Wänden im Hausflur. Ich höre ihre Schritte nahen, bevor sie die Tür öffnet.
Sie trägt ein kirschrotes figurbetontes, aber nach unten weit fallendes, knöchellanges Kleid im asiatischen Stil mit sehr kurzen Ärmeln, dazu passend halbhohe Slippers mit einem kleinen schwarzen Puschel oben drauf, die laut klackern, wenn sie über den Dielenboden läuft. Ihre Haare fallen glatt und lang über die Schultern und wie immer betont sie den eleganten Schnitt ihrer Katzenaugen mit einem dunklen Make-Up, was ohne Brille verdammt attraktiv aussieht.
»Ich habe uns grünen Tee gemacht. Mögen Sie das überhaupt?«, fragt sie, während sie vor mir durch einen langen Flur geht und dann ein lichtdurchflutetes Wohnzimmer auf der rechten Seite betritt. Die gesamte Wohnung wirkt, als wäre sie gestern von einem minimalistisch inspirierten Designer eingerichtet worden. Jedes Teil steht ideal arrangiert an seinem Platz. Perfekt, aber zu steril für meinen Geschmack.
»Ja, warum nicht?«, antworte ich höflich, obwohl ich mir kaum etwas weniger wünsche, als einen heißen Tee an einem Sommertag wie diesem. Wir setzen uns nebeneinander auf ein flaches, beigefarbenes

Sofa, als Sayuri kurz darauf mit ihrer Tasse in der Hand wieder aufsteht und eine Flügeltür zum Balkon öffnet.
»Schauen Sie«, deutet sie nach draußen. Ebenfalls mit der Teetasse bewaffnet, geselle ich mich zu ihr auf den Balkon. Er bietet einen fantastischen Blick über den Lietzensee hin zum Funkturm.
»Meine kleine Oase in dieser Stadt.« Sie nippt an ihrem Tee. Wir genießen den Ausblick für einige Momente, doch es kommt weder Leichtigkeit noch ein harmloses Geplauder in Gang.
»Etwas Schlimmes ist passiert, nicht wahr?«, spricht sie mich leise an.
»Ja.«
»Er ist …?« Sie lehnt sich gegen den Mauervorsprung des Balkons. Ich nicke.
»Wie ist das … was ist passiert?« Ich bemerke, wie sich ihre Wangen rot färben und ihr Brustkorb sich hebt und senkt. Ihre Augenlider verengen sich. Anzeichen von Trauer, aber auch aufkeimender Wut, die meine Antennen empfangen.
»Das wollen Sie nicht wissen«, antworte ich leise. Fast wie in Zeitlupe sehe ich, wie die bestimmt sehr teure und in Einzelstücken hergestellte, mit Ornamenten verzierte Teetasse aus Sayuris Hand fällt. In einer langen, flüssigen Bewegung zieht sie ein Stilett irgendwo hinter dem Kleid hervor und schwingt es nach vorn.
Hätte mich mein Radar auf ihre Attacke nicht vorbereitet, würde das Klirren des Porzellans auf dem Boden mit einem tiefen Stich in meine Bauchhöhle zusammenfallen. Aber so kann ich mich gerade noch einen Schritt nach hinten entfernen, ihr den Tee ins Gesicht schütten und danach ihr Handgelenk mit dem Stilett greifen. Sie windet sich schlangengleich aus dem Griff und rennt ins Zimmer, ich hetze ihr nach. Plötzlich dreht sie sich um und verpasst mir einen Kung-Fu-Tritt gegen die Brust, der mich Richtung Sofa befördert. Diesen Moment nutzt sie, um ein japanisches Katana-Schwert von seinem Ständer auf einem Sideboard zu holen.
Das Scheißding habe ich vorhin nicht bemerkt! Schon zieht sie das Teil aus seiner Scheide und baut sich in Kampfstellung vor mir auf: Ihre Lippen so dünn wie schmale, rosa Striche, ihre Augen verengt und vor Hass funkelnd, ihre Körper voller Anspannung.
Sie schreit etwas und schwingt das Katana über ihrem Kopf, geht dann mit federnden Schritten rasch auf mich zu. Ich springe zur

Seite, als das Schwert auf das Sofa saust und einen tiefen Riss hinterlässt. Geduckt springe ich zu einer großen, auf dem Boden stehenden leeren Vase und halte sie vor meinen Körper, als Sayuri das Katana plötzlich in der Horizontalen schwingt. Ich kann gerade noch nach hinten ausweichen, als sie die Vase zertrümmert, und stehe nun mit dem Rücken zur Wand. Mit einem gellenden Schrei will sie den finalen Hieb von schräg oben ausführen. Um dem zuvorzukommen, springe ich nach vorn, stoße sie gegen einen Sessel. Sie verliert das Gleichgewicht, ich greife nach dem Griff des Schwertes und entringe es ihr.

Sie holt zu einem Karateschlag aus, doch ich bin schneller und verpasse ihr eine gewaltige Ohrfeige mit der offenen Hand, die das Leichtgewicht durch den halben Raum fegt. Dabei tritt sie auf ihr Kleid und reißt den Saum an der Seite auf. Sie stolpert, knallt mit der Stirn gegen die Wand, dreht sich und sinkt auf den Boden. Durch das zerrissene Kleid bemerke ich ein gigantisches Tattoo, das sich vom Rücken über die Seite bis zur Leiste zieht. Ornamente, Blumen, Häuser, es gleicht einem aufwendigen japanischen Bild, wie man es aus alten Holzschnitten kennt.

Ich werfe das Katana hinter mir auf den Boden und gehe zu ihr, als sie zur Seite wegkriechen möchte. Wer weiß, ob sie eine versteckte Knarre unter dem Sofa hervorzieht? Ich werfe mich auf den Boden, ziehe sie an den Beinen zu mir und drehe sie von der Seite auf den Rücken, wobei sie mir ihre Faust gegen die Wange knallt. Nicht besonders schmerzhaft, aber doch so lästig, dass ich das nicht wiederholen möchte. Ich drücke ihre Arme auf den Boden und setze mich auf ihren Bauch.

»Aufhören!«, schreie ich sie an.

Sie versucht, sich zu befreien, bäumt sich auf. Vergebens. Das Kleid hat durch unseren Kampf weiter gelitten, der Riss sich verbreitert. Ich sehe nun weitere Teile des Tattoos, das sich über ihren ganzen Bauch zu ziehen scheint.

»Was ist das für ein Gefühl? Meinen Herrn zu töten! Bring es zu Ende, mach Schluss mit der kleinen, japanischen Hure!«, faucht sie mich an. Ich spüre ihre Beine, die sich um meine Hüfte schlingen und sofort Signale an meine Lenden schicken. Sie lacht, als sie es bemerkt, aber es hat nichts Befreiendes oder Erlösendes, sondern etwas

Irres. In mir toben Lust, Verstand und Moral, in ihr offensichtlich Wahnsinn, Geilheit und Hass.
Ich war schon immer experimentierfreudig und lange mit der Hand tief in den Süden, was einen ihrer Arme befreit. Sayuris Fingernägel bohren sich tief in das Fleisch meines Nackens.

Lady Tokyo kehrt mit gekämmten Haaren und einem zitronengelben, taillierten Kleid aus dem Schlafzimmer zurück, während ich nur mit der Jeans bekleidet die überall verteilten Scherben in eine Plastiktüte fülle, die ich in der Küche gefunden habe. Ich suche meine restlichen Sachen zusammen und ziehe Socken, Stiefel und T-Shirt wieder an.
Das erste Mal, seit ich vorhin die Wohnung betreten habe, wirkt Sayuri nicht mehr angespannt. Ihre Gesichtszüge spiegeln Trauer, zeigen sich aber auch weich und gelöst. Ich gehe an ihr vorbei in die Küche und werfe die Scherben in den Müll. Sie kommt mir nach, gießt uns zwei Glas Mineralwasser ein und zeigt auf die kleine Essecke.
»Es tut mir leid«, sagt sie, als wir uns setzen.
»Das vorhin? Muss es nicht.«
Sie blickt auf ihr Glas, trinkt einen kurzen Schluck und schweigt. Die Minuten vergehen und ich weiß nicht, was ich sagen soll. Ein heftiger Kampf, danach geschmeidiger Versöhnungssex – was will man mehr? Aber nun steht mir der Sinn nach Zigaretten, einer Fußballübertragung und Klappe halten.
Draußen zwitschern Vögel, das Geräusch der Müllabfuhr dringt nach oben. Ich sehe den Bläschen im Glas beim Aufsteigen zu. Sayuri räuspert sich.
»Wir waren glücklich. Er hat mich geliebt. Wollte mir alles vermachen. Den Laden, seinen Besitz. Alles.« Sie zeichnet mit ihrem Zeigefinger imaginäre Kringel auf den Tisch. Ich nicke.
»Es war perfekt. Aber wir waren nicht verheiratet.«
»Ja und?«
»Ich habe jetzt nichts mehr. Nichts! Seit du gekommen bist, hat sich alles geändert. Und durch diese Frau. Ihr habt alles zerstört.«
»Das mag für dich so aussehen, aber Harmann war kein Heiliger, nicht wahr?«, werfe ich ein, verkenne aber nicht ihr Argument. Ihr

muss es so erscheinen, dass wir die Kette tragischer Ereignisse in Gang gesetzt haben. Dabei hätte ihn Beekmann so oder so getötet.
»Er musste ja unbedingt dieses verfluchte Bild haben. Ich hätte es gleich verbrennen sollen. Es bringt jedem Besitzer nur Unglück. Schon immer.« Sie malt weiter mit ihrem Finger, stoppt dann und blickt mir in die Augen. Ich erkenne keine Wut, dafür Resignation.
»Was ist das Geheimnis des Bildes?«, frage ich.
»Das weißt du doch«, entgegnet sie. »Warum wolltet ihr es sonst stehlen?«
»Wegen des Schatzes«, werfe ich das Schlüsselwort in den Raum wie eine Jacke aufs Sofa. »Das ist dir doch sicher auch bekannt.«
»Ein großes Wort. Für viele ist es ein Schatz, ja. Für andere nur eine Waffe.«
»Wovon sprichst du?«, hake ich nach, sie antwortet aber nicht darauf.
»Ich habe jetzt niemanden mehr«, spricht sie mehr mit sich selbst als mit mir.
»Alles war umsonst. Weißt du, was in Japan die ehrenwerten Krieger machten, wenn sie einen Herrn töteten, der eine Konkubine besaß?«
»Ich ahne es. Aber ich kann dich nicht besitzen, Sayuri. Und ich habe ihn nicht getötet!«, antworte ich.
Sie weicht allen folgenden Fragen nach dem Schatz aus, bleibt freundlich, aber unbestimmt. Ihr starkes, dominantes und schnippisches Verhalten ist inzwischen völlig von ihr abgefallen. Wie leichter Nebel hat sich Trauer über sie gelegt. Schließlich verabschiede ich mich, stehe auf und werde von ihr zur Tür begleitet.
Als ich bereits die ersten Stufen nach unten gehe, höre ich, wie sie die Wohnungstür wieder öffnet.
»Gero-san?«, ruft sie mich.
Ich gehe zurück. Sie winkt mich nah zu sich heran. Unsere Nasenspitzen berühren sich fast und ich sehe sie heute zum ersten Mal lächeln. »Danke. Du hast Ehre in dir. Und noch etwas.«
»Ja?«
»Siegfrieds Schwert. Darum geht es. Warum soll ich es dir nicht sagen? Ich habe ja nichts mehr davon.«
»Welcher Siegfried?«
»Hast du in Geschichte gefehlt, Gero-san? Euer Siegfried! Die Nibelungen. Die Schlacht gegen die Römer.«

Ich nehme mir vor, später gründlich zu recherchieren, wovon sie spricht. Tatsächlich bin ich in Geschichte nicht sehr bewandert, ganz im Gegensatz zum Dude. Ich muss diese Information unbedingt mit ihm bequatschen, bevor ich es Buck und Amy erzähle.
Sayuri will die Tür schließen, als ich einen Fuß in den Spalt stelle.
»Eine Sache noch.«
»Ich höre.« Sie blickt mich neugierig an.
»Zieh für ein paar Tage ins Hotel. Oder zu einer Freundin. Ich glaube nicht, dass die was von dir wollen, aber mir wäre wohler dabei.«
»Und danach? Beschützt du mich?«
»Nur für ein paar Tage«, wiederhole ich und denke dabei an meinen Plan.

Tag 7, 18.30 Uhr

Sammy und ich sitzen im Mustang und fahren am KaDeWe vorbei, dem prächtigsten Konsumtempel Berlins. Ich erinnere mich an eine herrliche Episode mit Matte, als wir zwei Zwölfjährigen dort jeweils einen Supersoaker klauen wollten, diese gigantischen Wasserpistolen, die damals in Mode waren und die wir uns nicht leisten konnten. Wir wurden erwischt und hatten die Hosen gestrichen voll, als der Hausdetektiv mit der Polizei drohte, aber auch damit, die Eltern zu informieren. Der Typ arbeitete aber wohl im falschen Job, denn unsere Bettelei und Mattes Geheule, dass ihn sein Vater windelweich prügeln würde, kochte den Detektiv weich und er ließ uns laufen. Im Gegensatz zu Matte war mir das eine Lehre, denn ich habe danach nie wieder etwas gestohlen, abgesehen von ein paar Hunderttausend Euro, die wir letztes Jahr dem Kreuzberger Wettkönig Yildiray abgenommen haben. Aber das ist eine völlig andere Geschichte und der kriminelle Fettsack hatte es auch verdient.
Sammy lehnt sich aus dem Fenster und rülpst laut.
»Benimm dich, Sammy!«
»Boah, mein Bauch! Ich hab zu viel gegessen.«
Vor fünf Minuten hat er mir erzählt, wie er in der Kantstraße zwei Mädels in seinem Alter angesprochen hat und am Ende mit einem fetten Dönerteller für seine Unterhaltungskünste belohnt worden ist.

»Welche Geschichte hast du ihnen dieses Mal aufgetischt? Die vom unehelichen Sohn des nepalesischen Botschafters?«, frage ich.
Er schüttelt den Kopf.
»Das mit dem Botschafter ist doch voll behindert. Nee, Kindersoldat aus Burma! Ich habe fünfundzwanzig Männer getötet, aber dann wollte ich mehr vom Leben und bin nachts abgehauen. Bei Todesstrafe, wenn sie mich erwischen, weißt du? Dann bin ich zum Hafen geflitzt und habe mich zwischen den Bananen versteckt. Und wache auf einem Schiff auf, das nach Hamburg fährt. Hammer, oder? Jetzt lebe ich schon seit einem Jahr in Deutschland, will aber wieder nach Hause. Zu meinen Eltern. Und meinem Elefanten«, zieht er ein trauriges Gesicht und imitiert mit seinem rechten Arm einen Elefantenrüssel.
Wir lachen, er streckt die Hand zum High Five aus, ich schlage ein. Kein besonders edler Zug von ihm, sich mit Lügen durchs Leben zu schlagen, andererseits schließt fast jeder diesen kleinen Bastard ins Herz, selbst wenn er einen um ein paar Euro erleichtert. Vielleicht, weil er Dinge tut, die man sich selbst nicht traut. Vielleicht, weil er einfach das Leben verkörpert, das sich selbst im größten Schmutz durchsetzt und anderen dabei noch etwas Licht schenkt.

Ich lasse Sammy am Halleschen Tor aussteigen. Zehn Minuten später betrete ich meine Wohnung und denke daran, den Dude anzurufen. Siegfrieds Schwert.
Und Amy, wegen des Bildes.
Doch ich fühle mich unglaublich matt und meine Nerven sind erheblich strapaziert. Allein der heutige Tag mit den Händen in der Plastiktüte, mit Beekmann und seinem Albino, dann Sayuris Attacken mit Schwert und Stilett und unsere abschließende lange Nummer, das alles hat mir die letzten Reserven geraubt.
Meine Kiefer klappen weit auf, ich gähne, ziehe mir die Stiefel aus und lege mich aufs Sofa. Ich zappe mich durch einige Programme und finde nichts, was mich anspricht. Schließlich bleibe ich an einer Tierdoku über Bruce, den in Gefangenschaft lebenden Braunbär hängen, dem ein Mann beibringen möchte, wie man Lachse fängt. Bruce stellt sich unglaublich dämlich an, ein Bild des Jammers.
Meine Augenlider fühlen sich bleischwer an.

Ich schrecke aus einem tiefen, traumlosen Schlaf auf und weiß nicht, warum.
Ach doch, jetzt höre ich »Take a look around« von Limp Bizkit überdeutlich, den Klingelton meines Handys. Ich richte mich auf, schnappe das Smartphone und bemerke die Uhrzeit kurz nach neun Uhr abends.
»Ja?«, krächze ich ins Telefon.
»Dude hier. Hab ich dich geweckt? Klingst so angeknockt.«
»Bin eingepennt. Was los?«
»Moses ist hier, inklusive Noodles, wie angekündigt. Aber brachte 'ne Scheißstimmung mit, ist schwer geknickt.«
»Okay. Wieso?«
»Da gab's wohl einen Riesenkrach. Sean, Moses, Ansgar. Moses wollte, dass sie sich von Ansgar fernhält. Sie ist viel zu jung für ihn. Er tut ihr nicht gut. Und Ansgar wäre bloß ein aufgeblasener Angeber, so was in der Art. Traut man unserem Moses gar nicht zu, wa?«
»Stimmt. Da ist ihm wohl der Kragen geplatzt.«
»Du weißt, ich mag Moses. Aber Ansgar ist dein Cousin, also halte ich mich raus. Trotzdem wär's vielleicht besser, wenn du vorbeikommst und mit Moses redest. Von dir hält er viel, das weiß ich. Ich glaube, der macht sich ganz schön Vorwürfe. Sean hat ihn nämlich rausgeschmissen und daran kaut er gerade. Kaum ist er zurück bei seiner Schwester, gibt's Streit. Der glaubt jetzt, dass er alles falsch macht.«
Ich gähne und verpasse den nächsten Satzanfang des Dude.
»… schon spät dran. Polterabend, hatte ich das erzählt?«
»Nee«, reißt es mir erneut den Kiefer zu einem Gähnen auseinander. Wenn ich mich tagsüber hinlege, komme ich danach kaum noch in die Gänge.
»Also, muss los. Kümmer dich ums Riesenbaby!«, will der Dude auflegen.
»Warte! Dude!«
»Was denn?«
»Siegfried? Sagt der dir was? Nibelungen, Römer und so weiter?«
»Natürlich, aber warum fragst du?«
»Ich dachte immer, der wäre nur eine Sagengestalt. Gab's den wirklich?«

»Gero, ich hab's eilig! Was soll die Geschichtsstunde?«
»Ganz kurz, Dude. Wenn es ein Schwert von ihm geben würde, wäre das was wert?«
Eine kurze Pause am anderen Ende der Leitung.
»Ich glaube, bei mir fällt gerade der Groschen ...«, antwortet der Dude langsam. »Ist nicht gerade das Leichentuch von Jesus Christus, aber doch, das wäre verdammt viel wert, ein paar Millionen, würde ich schätzen. Woher weißt du das?«
»Erzähl ich dir nachher, falls wir uns sehen.«
»Das wird spät bei mir, eher unwahrscheinlich. Aber morgen, okay? Klingt spannend!«
Wir verabschieden uns. Ich blicke auf die Uhr, dann nach draußen. Es dämmert bereits. Das dürfte heute ein ruhiger Abend werden. Mit Moses plaudern, ihn beruhigen, mit Noodles spielen, gemütlich auf dem Balkon des Dude eine rauchen. Außerdem müssen wir die Rückgabe der Uhren an Miri bequatschen. Wird alles ganz easy. Endlich ein langweiliger, komplett entspannter Abend.
Ich finde noch eine halbvolle Camel-Packung, schnappe meinen Autoschlüssel und verlasse die Wohnung. Draußen empfängt mich die warme, leicht abgestandene Sommerluft Kreuzbergs.
Ab nach Steglitz!

Tag 7, 22 Uhr

Die Haustür zeigt sich verschlossen und auf mein Klingeln reagiert niemand. Na prima! Merkwürdig nur, dass oben im ersten Stock Licht brennt und ich die Stimmen zweier Männer höre.
Ich gehe an der Seite des allein stehenden und nicht sehr gepflegt wirkenden Hauses vorbei, überwinde eine hüfthohe Hecke und stehe nun auf der Rückseite mit den Balkonen. Im Wohnzimmer des Erdgeschosses sitzen ein Mann und eine Frau, beide um die sechzig. In einem alten Röhrenfernseher läuft irgendein Reality-Format, das mit halber Aufmerksamkeit verfolgt wird. Der Mann in seiner Trainingsjacke blättert in einer Zeitschrift, seine Frau in einem Hausanzug aus Plüsch strickt mit zufriedenem Gesicht. Ich halte mich links, damit mich die beiden nicht bemerken, und blicke nach oben.

Auch von hier zeigt sich die Wohnung des Dude beleuchtet.
Als ich mich der Hauswand nähere, schlagen meine Sensoren Alarm. Ich rieche Ansgar. Schlimmer noch. Ich fühle DIESEN Ansgar.
Zeit, zu handeln! Ich blicke mich hektisch um. Da, die Dachrinne! Ich umfasse sie mit beiden Händen und klettere an der Hauswand rasch nach oben, strecke mein rechtes Bein aus und erreiche mit dem Fuß das Balkongeländer. Mit einem kräftigen Stoß von der Dachrinne weg lande ich auch mit dem anderen Fuß auf dem Geländer und springe von dort auf den Balkon.
Im hell erleuchteten Wohnzimmer erkenne ich sehr genau die beiden Männer, die sich direkt gegenüber stehen und miteinander streiten. Genauer gesagt: Die sich bis vor Kurzem in den Haaren lagen, denn Moses' rot angelaufenem Gesicht ist der Ärger noch immer anzusehen. Allerdings verschwindet die Wut soeben und weicht fassungsloser Panik, die ihn paralysiert.
Ansgar verwandelt sich rasend schnell. Wofür ich einige Augenblicke brauche, passiert bei ihm in zehnfacher Geschwindigkeit. Bevor Moses begreift, was hier geschieht, führt Ansgars bereits wolfartiger Arm eine lange, sichelförmige Bewegung aus. Die scharfen Klauen fahren so rasch und kaum sichtbar über Moses' Hals, als hätten sie ihn überhaupt nicht berührt.
Zwei Wimpernschläge später erscheint ein dünner roter Strich am Hals von Moses, der sich rasch verbreitert. Er sinkt auf die Knie, hält sich mit beiden Händen den Hals, kann aber nicht verhindern, dass nun große Mengen dicken roten Blutes ausströmen.
»Moses!«, schreie ich.
Das Entsetzen über diese Szene lässt meinen Puls in die Höhe schnellen. Dieser grundgute, freundliche, riesige Kerl, der nichts weiter wollte, als sich mit seiner Schwester zu versöhnen, stirbt vor meinen Augen.
»Moses!«, rufe ich noch einmal und wecke damit Ansgars Aufmerksamkeit, der seine Schnauze in meine Richtung dreht. Er sieht mich an, bleckt die scharfen Zähne seines Mauls. Mein Körper verkrampft sich, ich spüre bereits, wie sich die Adern weiten, das Blut mit hohem Druck tief in meine Fasern gepumpt wird. Der Kiefer spannt, knackt, knirscht.
Unendliche Wut treibt meine Verwandlung voran.

Ich wende meinen Blick von Ansgar zu Moses. Seine Pupillen flattern, die Hände fallen vom Hals nach unten an den Körper, er kippt auf den Boden. Regungslos, während große Mengen Blut auf den Teppich strömen. Ich bin nicht fähig, mich zu bewegen, während Blitze durch meinen Körper zucken. Die sollen mich spalten, um IHM Platz zu schaffen. Wie ein geprügelter Hund gehe ich auf alle vier, keuche, huste, verliere meine Farbsichtigkeit.
Ein ohrenbetäubender Knall, gefolgt von einem Klirren, lässt mich den Kopf heben. Ansgar ist durch die Balkontür gesprungen und befindet sich direkt vor mir. Er knurrt, spürt meinen Hass, meinen Wunsch nach Vergeltung! Ich bade im Gefühl der Rache, sauge jeden Tropfen Adrenalin und Hass auf, um alles mitzunehmen und auf IHN zu übertragen.
Ansgars gelbe Augen fixieren mich.
Dann springt er mit einem gewaltigen Satz vom Balkon.
Ich schließe meine Lider. Als ich sie öffne, sehe ich die Nacht in rot.

Lupusbruder. Tötet Moses!
Hass!
Wo? Bist? Du?
Springe auf Balkon oben. Einen. Noch einen.
Rieche. Wittere. Nase hoch!
Da! Geruch von Lupusbruder! Weit weg schon. Richtung Fluss.
Über Dächer. Viele Dächer. Norden.
Oben, wo Polarstern. Norden! Wo ich Lupusbruder rieche.
Hauswand. Dach. Dach. Hauswand. Immer weiter. Schnell.
Hass macht schnell.
Wie der Wind. Wie Stern. Wie Lupus. Immer schneller.
Hetze. Springe. Fliege über Dächer.
Sehe Fluss vor mir. Wasser nein!
Lupusbruder dort über Brücke.
Brücke rot. Mit Ziegel. Kreuzberg.
Jage Lupusbruder nach. Hole auf. Will er? Dass ich aufhole?
Große Halle vor uns. Viele Lichter. Menschen. Viele. Ganz viele. Musik laut, brummt aus Halle. Konzert.
Lupusbruder springt weiter. Dort, zu großer Baustelle. Auf Kran. Klettert hoch.

Lupus klettert nach. Lupusbruder vor mir. Kann greifen. Fast.

Kran hat langen Arm. Oben. Dort ist Lupusbruder. Läuft auf Kran entlang. Weit oben. Bin jetzt auch auf Arm. Am Anfang. Lupusbruder keucht. Vor mir. Nah.

Dreht zu mir. Knurrt. Gelbe Augen. Scharfe Zähne. Zeigt Lupusbruder. Will nicht kämpfen. Knurrt nur. Mit Schnauze zu mir.

Aber Lupus will! Springe zu ihm. Er springt zu Lupus.

Kämpfen.

Bisse. Klauen. Böser Kampf. Fallen fast von Kran. Einer hält sich fest. Immer. Schwere, böse Bisse. Von mir in Lupusbruder, Schulter. Von Lupusbruder in Lupus, Arm. Blut fließt. Fällt hinab von Kran. Rot.

Beiße Lupusbruder in Nacken. Er jault auf. Laut. Sehr laut! Über ganz Berlin!

Dreht sich. Zieht mich an Armen. Er rollt sich. Ich fliege über ihn, lande auf Rücken. Er über mir. Will Zähne in Hals von Lupus rammen. Lupus bekommt rechten Arm. Dazwischen. Vor Zähne. Lupusbruder beißt Arm von Lupus durch.

Schreie, heule, jaule! Tut. Weh! Zu weh.

Lupusbruder stark. Will nochmal. Versucht, Hals zu beißen. Doch Lupus noch schneller, beißt Lupusbruder nochmal in Nacken. Lupusbruder beißt Lupus in Nacken.

Verkeilt. Wir zwei. Lupus sieht: Lupusbruder nur auf Lupus. Kein Halt an Kran.

Lupus beide Arme um Lupusbruder. Auch kaputter Arm. Hält Lupusbruder fest.

Rollt von Kran. Beide fallen.

Doch Lupus schlau. In letzter Sekunde: Arm nach oben, hält sich an Kran fest. Hängt in Luft. Lupusbruder hängt an Lupus.

Gelbe Augen fixieren. Mich. Lupusbruder fletscht Zähne.

Lupus wird schwächer. Verwandlung gleich! Komm hoch! Bruder! Genug Kampf!

Lupusbruder zuckt. Lupus zuckt. Will Lupusbruder greifen. Hochziehen.

Lupusbruder lässt los.

Fällt. Ganz tief. In Baustelle.

Sieht Lupus an.

Hass in Augen.

Tag 7, 23.30 Uhr

Mein Körper schmerzt, als wäre er unter eine Dampfwalze geraten. Mühsam klettere ich den Kran hinab, was eine gefühlte Ewigkeit dauert, bis ich den Boden der Großbaustelle erreiche. In einiger Entfernung leuchtet hell die O_2-Arena.

Ich gehe zur Stelle, an der Ansgar abgestürzt ist. Häufig bleiben mir von meinen Ausflügen als Lupus nur einzelne Aufnahmen im Gedächtnis, wie mit Blitzlicht geschossene Schnappschüsse, doch dieses Mal habe ich eine komplette Sequenz behalten. Den Film seines freien Falls werde ich wohl nie vergessen.

Mit pochendem Herzen suche ich das Areal ab, in dem zahlreiche Eisenträger in die Luft ragen. Ich befürchte, jeden Moment auf ein Bild des Horrors zu treffen, doch von Ansgar ist weit und breit nichts zu sehen.

Hatte er die Kraft für den Griff verloren, weil er sich zurück verwandelte? Doch dann müsste er hier irgendwo zerschmettert oder aufgespießt liegen.

Hat er sich freiwillig gelöst?

Moses zu töten, war einfach unverzeihlich und verlangte nach Vergeltung. Aber jetzt wünsche ich mir, dass Ansgar lebt und ich mit ihm sprechen kann. Ohne zu wissen, was dabei herauskommen würde. Nur das Wissen, dass mein Cousin noch lebt, würde mir reichen.

Ich setze mich auf eine Betonplatte und sammle meine Gedanken. Moses liegt tot in der Wohnung des Dude, der irgendwann heute Nacht nach Hause kommen wird. Vielleicht sogar in Begleitung. Moses muss dort weg. Das Blut ebenfalls. Wie soll ich das alleine schaffen?

Ich sitze hier nur mit einer Jeans bekleidet und muss eine Leiche verschwinden lassen, die mehrere Kilometer entfernt liegt und bald entdeckt werden kann.

Glücklicherweise befindet sich mein Handy noch in der Hosentasche und hat das Platzen der Jeansnähte überstanden, ohne herauszufallen. Es gibt nur einen Menschen, der mir jetzt helfen kann, und im Gegenzug kann ich ihm etwas dafür anbieten.

Doch zuerst muss ich zurück an den Ort des Schreckens.

Tag 8, 0.45 Uhr

»Woher hast du meine Nummer?«, fragt mich Buck genervt.
»Von Amy. Buck, es ist dringend. Ich brauche dich hier. Für eine …«, überlege ich, wie ich es am Telefon ausdrücken kann, ohne verdächtig zu klingen, »… Reinigungsaktion.«
»Ich verstehe kein Wort«, antwortet er. Ich verstehe, dass er keine Lust hat, seinen Arsch mitten in der Nacht für den Freund seiner Schwester hierher zu bewegen.
»Ich sage es nochmal: Es ist sehr dringend! Dafür habe ich gute Nachrichten, was die Mustererkennung betrifft.«
Eine kurze Pause am anderen Ende der Leitung.
»Wo bist du?«, fragt Buck, worauf ich ihm Pierres Adresse nenne.
Während er sich auf den Weg macht, habe ich mich mit Sachen des Dude eingekleidet und meine zerrissenen Klamotten vom Balkon in eine Tüte gestopft. Dabei musste ich mehrfach Moses passieren. Mit Gänsehaut, einem kotzüblen Gefühl im Hals und einem starren, nach oben gerichteten Blick schleiche ich in möglichst großem Abstand an der Leiche vorbei.
Dreißig Minuten später lässt sich die unangenehme Nähe nicht mehr vermeiden. Ich stehe mit Buck vor dem blutgetränkten Teppich. Er trägt ein Polohemd, Jeans und Sportschuhe, befand sich also offensichtlich nicht im Dienst, als ich ihn angerufen habe.
»Okay. Ich glaube nicht, dass du es getan hast, sonst hättest du mich kaum angerufen, right?«, fragt mich Buck und wirkt wie ein routinierter Gerichtsmediziner, der jeden Tag vor Leichen steht. Ich nicke.
»Du warst es nicht, hast aber auch nicht die Cops, sondern mich angerufen. Also bist du in die Sache verwickelt. Oder kennst den Mörder. Right?«
Wieder stimme ich nickend zu.
»Du erzählst mir jetzt alles. Wer es war. Warum. Und dann die gute Nachricht. Leg los«, brummt er und sieht sich dabei um.
Ich gebe ihm eine Version, die zu neunzig Prozent zutrifft. Die Eifersucht des Bruders auf den neuen Freund. Die Eskalation eines Streits. Der tödliche Angriff durch meinen Cousin Ansgar, den ich nicht mehr verhindern konnte. Nur die Passage mit dem Werwolf lasse ich weg und baue stattdessen ein scharfes Messer ein.

»Und ich soll dir helfen, einen Mord zu vertuschen? Bist du fucking stupid, Kraut? Ich bereue, dass ich überhaupt gekommen bin.«
»Das haben wir vor Kurzem schon mal gemacht, weißt du noch? Gemeinsam! Bei zwei Typen, die du kalt gemacht hast. Ohne dich und Amy wäre ich in diese ganze Nazischeiße gar nicht reingerutscht«, erinnere ich ihn daran, dass er mir etwas schuldig ist, und fahre fort. »Und ohne mich wäre Amy mausetot. Wie Moses hier. Aber vorher hätte sie dieses Nazi-Arschloch noch in den …«
»Ist ja gut! Point taken«, unterbricht mich Buck. »Du hattest noch eine gute Nachricht?«
»Inzwischen weiß ich, worum es sich bei dem Schatz handelt. Jedenfalls kenne ich einen Gegenstand davon. Das Schwert Siegfrieds!«
Buck sieht mich so interessiert an, als hätte ich ihm gerade die aktuellen Wetterdaten über Grönland mitgeteilt.
»Siegfried who?«
»Das ist ein deutscher Nationalheld. So eine Sagengestalt. Was weiß ich, wie euer George Washington, nein, eher noch wichtiger, weil viel älter. So zweitausend Jahre? Der Dude kann dir das alles erklären. Ein Ding, so sagenumwoben wie das Artus-Schwert! Er meinte, dass das ein paar Millionen wert sein müsste. Was glaubst du, was Amy dazu sagen wird, wenn sie das Teil in der Hand hält? Sie wird weltberühmt!«
Buck lässt die Worte sacken, nickt, sieht mich an, klopft mir auf die Schulter.
»Du wirst es deinem Freund sagen müssen. Ich habe Chemikalien im Auto, aber das Blut bekommen wir hier nicht mehr aus dem Holz, jedenfalls nicht in ein paar Minuten.«
»Ich kümmere mich darum. Aber erst mal müssen wir …«, verkneife ich mir das Ende des Satzes, weil es mir weh tut, Moses' Name in den Mund zu nehmen. Buck zeigt auf den großen Teppich unter dem Tisch.
»Den nehmen wir für den Transport. Und den kleinen Teppich aus dem Flur legen wir über den Fleck. Aber wo bringen wir die Leiche hin?«
»Ich dachte, das sagst du mir«, antworte ich.
»Wie stellst du dir das vor? Das ist nicht Hollywood, Kraut. Wir können Leichen nicht einfach so beseitigen. Und wenn, dann nur im

Rahmen eines Auftrags. Dann gibt's Nachfragen, Papierkram, den ganzen Scheiß eben. Keine Chance, Mann.«
»Mist.«
»Mir fällt nur die Lösung vom letzten Mal ein«, blickt er mich vielsagend an. Die Wurstfabrik. Ich schüttle den Kopf.
»Das kann ich ihm nicht antun«, seufze ich, als mir eine Idee kommt. »Hast du Schaufeln im Auto?«
»Genau eine. Als du Reinigungskommando gesagt hast, hab ich sie eingepackt.«
Kurz darauf rollen wir Moses in den großen Teppich ein, was mir unendlich schwer fällt. Dann verschwindet Buck nach unten und kehrt kurz darauf mit zwei Behältern zurück. Er verteilt die Chemikalien großzügig über die Stelle, auf der Moses lag. Die weißliche Flüssigkeit riecht kaum, dampft aber leicht, sobald sie auf den Boden trifft.
Ich gehe in die Küche, um ein paar Schluck Wasser aus dem Hahn zu nehmen. Danach wasche ich mir die Hände und suche ein Handtuch zum Abtrocknen. Als ich mich bücke, höre ich ein Geräusch unter der Spüle. Ich öffne vorsichtig die kleine Tür mit dem an der Innenseite angebrachten Mülleimer und sehe in der Ecke kauernd die verängstigten Augen einer kleinen, haarigen Gestalt, die am ganzen Körper zittert.
Noodles.

Tag 8, 3.15 Uhr

Es regnet mir in großen, warmen Tropfen auf Kopf und Arme, während ich das Grab aushebe. Inzwischen habe ich schätzungsweise achtzig Zentimeter geschafft und fühle, wie meine Kräfte schwinden. Buck hat von Anfang an klar gemacht, dass das mein Job sei, was ich ihm nicht verdenken kann. Er sitzt im Van und döst. Noodles hält sich im Fußraum auf. Die Fahrt auf meinem Schoß hat ihn etwas beruhigt, aber noch immer zeigt er sich verängstigt und weniger bewegungsfreudig als sonst.
Ich ackere mich durch den Waldboden in der Nähe von Spandau, bis ich nicht mehr kann. Es dürfte jetzt deutlich mehr als einen Meter

in die Tiefe gehen. Ich klettere aus der Grube und rauche eine Zigarette. Dabei merke ich, wie meine Finger zittern.
»Bin fertig.« Ich klopfe an die Scheibe. Buck richtet sich auf, reibt sich die Augen und verlässt den Wagen.
Wir tragen Moses bis an das Loch, wo wir ihn aus dem Teppich rollen. Anschließend legen wir ihn so sorgfältig wir können, in das Grab. Als ich zur Schaufel greife, hebt Buck den Arm als Signal, noch zu warten. Er holt aus dem Auto einen der großen Behälter, die er schon in der Wohnung benutzt hat, und fängt an, dessen Inhalt über Moses zu verteilen.
»Muss das sein?«, frage ich.
»Das muss sein. Vernichtet DNA. Deine und meine. Aber warte noch zwei Minuten.«
Er schleppt den Teppich zurück in den Wagen. Ich blicke nach unten. Es ist besser, keine Zeit zu verschwenden, um nicht das Risiko einzugehen, erwischt zu werden. Aber ihn einfach wortlos mit Erde bedecken?
Moses. Du armer Kerl. Hattest ein kurzes, hartes Leben. Mit einem prügelnden Vater und Typen, die dich ausgenutzt haben. Kaum triffst du den einzigen Menschen wieder, der dir etwas bedeutet, wirst du getötet.
Von einem Mann, den ich in euer Haus gebracht habe.
Das nächtliche Mondlicht beleuchtet seine entsetzliche Wunde nur schemenhaft, aber noch immer erkenne ich den Gesichtsausdruck des Entsetzens, den er mit den Tod genommen hat.
Moses. Wären wir uns doch nie begegnet.
Ich stecke die Schaufel in den Haufen Erde, den ich frisch ausgehoben habe.
Zwei Tränen laufen meine Wangen hinunter. Sie vermischen sich mit dem warmen Sommerregen, während ich diesen ruhigen, feinen Mensch begrabe.

»Danke«, sage ich zu Buck. Wir fahren über die Heerstraße zurück nach Berlin. Ich streichle Noodles' Rücken und ziehe mir eine Camel aus der Packung.
»Schon gut, Kraut. Aber no smoking!«, zeigt er auf meine Zigarette. Als er meine Enttäuschung sieht, nickt er.

»Okay, okay. Du hast gerade einen Mann beerdigt. Ich schätze, das ist Grund genug. Aber mach das Fenster auf.«
Wir düsen über die menschenleere, mehrspurige Straße nach Osten, wo ich bereits den Funkturm sehe. Mir sitzt der Schock der vergangenen Stunden noch immer auf der Seele, aber ich muss einiges zu Ende bringen und Buck ist dafür genau der richtige Ansprechpartner.
»Du musst die Nazis abhören, Buck.«
»Wovon sprichst du?«
»Ihr könnt das doch. Die haben jetzt das Originalbild und …«
»Was? Die haben das Bild? Das echte? What the fuck …?«
»Ich musste ihnen das geben«, antworte ich und erzähle ihm die Episode mit Beekmann und seinem Gorilla von heute Nachmittag. »Damit haben wir erst mal Ruhe vor ihnen. Auch Amy! Ich habe genug Fotos gemacht, auf denen wir das Muster erkennen und vielleicht vor ihnen beim Schatz sein können. Das Originalbild holen wir uns später einfach zurück. Aber falls die vor uns drauf kommen, wo das Teil liegt, wissen wir Bescheid. Wenn du sie anzapfst.«
Buck überlegt und ich ahne, worum seine Gedanken kreisen. Dieser Vorschlag bietet ihm die Möglichkeit, ganz allein an den Schatz ranzukommen. Warum soll er mir Bescheid geben, wenn er die entscheidende Nachricht erfährt? Dieses Risiko muss ich wohl eingehen.
»Sounds good to me. Aber wenn die nie am Telefon darüber sprechen?«, hakt er nach.
»Du hast doch bestimmt schon den Bauernhof verwanzt, wie ich dich kenne.«
»Nope«, schüttelt er den Kopf. »Ich wollte nur an Harmann ran. Sein Laden, sein Wagen, alles verbuggt, that's it. Kein Haus, kein Hof, hat mich nie interessiert. Aber ich kümmere mich darum.«
»Noch eine Bitte.« Ich schnippe meine Zigarette aus dem Fenster und sehe ihn an.
»Hm?«, brummt er.
»Mein Colt liegt in dem beschissenen See, in den uns Amy befördert hat. Wenn alles so funktioniert, wie ich mir das vorstelle, sind wir vor den Nazis am Schatz. Aber vielleicht gibt's ein Duell. Dann brauche ich eine Waffe. Denn die bringen mit Sicherheit genug Artillerie mit.«

Buck richtet seinen Blick für einen Moment nicht auf die Straße, sondern zu mir. Es ist ihm deutlich anzusehen, wie sehr ihm diese Nacht inzwischen auf die Nerven geht. Noodles drückt sich an mich.
»Kraut! Was noch alles? Soll ich morgen den Präsidenten zum Tee vorbeischicken? Jesus!«
»Buck, das nützt uns allen. Ich bin ein guter Schütze.«
Er wirft zwei Kaugummis auf einmal ein und malträtiert sie, als wären sie Teile von mir. Seine Kiefermuskeln mahlen mit Maximalkraft.
»Alright. Here's the deal, Kraut. Du bekommst eine nicht registrierte Waffe von mir. Und ein Drittel der Beute. Aber für den ganzen Stress hier versprichst du mir etwas.«
»Sag an.«
»Amy«, lässt er nur dieses eine Wort fallen und wir beide wissen, was er meint. Ich nicke.
»Nimm's nicht persönlich, Kraut. Ach, Fuck, nimm es persönlich! Wo du bist, sterben Menschen. Zu viele in zu kurzer Zeit. Mich kratzt das nicht. Aber ich will das nicht für meine kleine Schwester.«
»Fair enough«, antworte ich. »Das hatte ich sowieso vor. Aber erst nach dem Schwert, okay?«
»Word?«, fragt er und streckt seine rechte Hand in meine Richtung. Ich schlage ein.
»Word!«
Schweigend fahren wir Richtung Osten. Am Horizont zeigt sich ein erster Streifen in Orange, dem Noodles und ich entgegenblicken.

Tag 8, 11.30 Uhr

Wir schlafen in doppelter Embryonalstellung. Noodles kuschelt sich mit dem Gesicht voraus in meine Bauchhöhle und macht sich noch kleiner, als er schon ist. Ich vermute, dass es noch nicht mal der tödliche Angriff war, der ihn so verstörte, sonder vielmehr dieses Tier, das plötzlich vor seinen Augen aus Ansgar wuchs. Meine anschließende Verwandlung hat er wohl nicht mehr gesehen, sonst wäre er sicher nicht mit mir mitgegangen.
Als wir ins Bett fallen, wünsche ich mir nichts sehnlicher als einen tiefen, traumlosen Schlaf. Die immense Müdigkeit hilft, rasch ins

Dunkle zu fallen, doch was mich dort erwartet, beschert mir Schweiß, Angst und ein ständiges Wälzen im Bett. Nicht das Grab, das viele Blut, das aus Moses' Hals strömte oder der gnadenlose, tödliche Angriff verfolgen mich am meisten, sondern sein Blick. Dieses Entsetzen, mit jemandem ganz gewöhnlich zu streiten und dafür das Leben zu verlieren. Von einer Sekunde auf die andere. Dieser letzte Moment bitterer Erkenntnis.

Die Uhr zeigt fast zwölf Uhr mittags, ich muss doch länger geschlafen haben als ich dachte. Mein Magen knurrt, wovon Noodles aufgewacht ist. Ich setze mich auf die Bettkante, reibe mir die Augen und schlurfe in die Küche. Auch Noodles springt von der Matratze und greift nach meiner Hand. In der Küche angelangt, ziehe ich ihn mit Schwung nach oben und will ihn auf die Spüle befördern, doch er klammert sich wie ein Baby an mich und setzt sich auf meine Hüfte.

»Noodles, geh runter«, blicke ich ihn an, doch er reagiert nicht. Ich fülle die Kaffeemaschine und hole die Tüte mit den Obststücken aus dem Kühlschrank, schütte ein paar Schnitze und Nüsse auf einen Teller und platziere diesen auf dem kleinen Küchentisch. Noodles springt zu seinem Frühstücksteller, kurz darauf setze ich mich mit einer dampfenden Kaffeetasse zu ihm und überlege die nächsten Schritte.

Der Dude. Miri. Sean. Der Schatz. Beekmann.

Mich wundert das Ausbleiben eines hysterischen Anrufs. »Was soll das Blut auf dem Boden? Wo ist der Teppich? Was zur Hölle ist in meiner Wohnung passiert?«

Sein Anruf erreicht mich um zwei Uhr, als ich gerade zu einem ordentlichen zweiten Frühstück außer Haus aufbrechen will. Zu meiner Überraschung klingt der Dude weder hysterisch noch ärgerlich, sondern verkatert.

»Mann, Mann, Mann. Bin versackt. Ging das lange!«, krächzt er.

»Muss eine klasse Party gewesen sein. Sonst alles klar? Bist du gut nach Hause gekommen?«, frage ich vorsichtig nach. Er antwortet mit leiser Stimme.

»Da war ich noch gar nicht. Bin bei Vivi.«

»Vivi?«

»Cousine dritten Grades des Bräutigams. Oder so. Egal. Sind um halb acht heute Morgen ins Bett gefallen. Ich hätte ja noch weitergepennt, aber Sean hat mich schon dreimal angerufen.«
»Aha, wieso?«, frage ich mit steigendem Puls nach.
»Sie kann Moses nicht erreichen, der ruft nicht zurück. Und Ansgar ist verschwunden. Der ging eine Weile nach dem Streit mit Moses weg und ist seitdem nicht mehr zurückgekommen. Du hast doch gestern in meiner Bude mit Moses gesprochen, oder?«
»Ja.«
»Da bin ich erleichtert. Sean macht sich echt Sorgen. Kannst du sie nicht anrufen oder zu ihr fahren? Nimm Moses am besten gleich mit. Die sollen sich vertragen.«
»Dude, da gibt's ein Problem.«
»Hm?«, flüstert er zurück. Im Hintergrund höre ich eine Tür und eine Frauenstimme.
»Komm zurück ins Bett.« »Ja, sofort«, antwortet ihr der Dude.
»Ich muss was Wichtiges mit dir besprechen. Kann ich dir nicht am Telefon erklären. Was hältst du von der Victoria Bar heute Abend? Ich lade dich ein.« Da ich noch ein paar Kröten von Harmanns Honorar besitze, hoffe ich, dass dieses Argument beim stets abgebrannten Dude zieht.
»Das klingt irgendwie nicht gut. Und ich hab einen ganz schönen Brummschädel.«
»Na, komm. Ist ja noch 'ne Weile bis dahin.«
»Der Teufel kennt seine Brüder, wa?«
»Komm direkt zu mir, fahr nicht nach Hause«, bitte ich ihn.
»Wieso denn das?«, höre ich Misstrauen in seiner Stimme.
»Da riecht's übel nach Erbrochenem. Sorry. Erkläre ich dir heute Abend. Ich hol dich einfach ab, einverstanden?«
»Gero, meine Klamotten riechen nach Alkohol, Rauch und Schweiß.«
»Also wie immer. Passt!«
»Arsch«, lacht er. Dann gibt er mir die Adresse seiner neuen Bekanntschaft, wo ich um acht Uhr aufkreuzen soll.
Kurz darauf sitze ich im Café Übersee bei einem Lachsfrühstück. Auf meinem Smartphone läuft eine SMS von Amy ein, die ich gar nicht öffnen möchte. Was hat ihr Buck wohl von gestern Nacht erzählt?
»siegfried? fuckin' a! liebe dich, amy!!!!!!!!«

Tag 8, 20.30 Uhr

An diesem ganz normalen Wochentag ergattern wir problemlos einen Platz am Tresen der Victoria Bar. Der Dude trägt ein von den letzten vierundzwanzig Stunden recht zerknittertes weißes Hemd plus Sakko, ich bin dagegen komplett in Schwarz unterwegs.
»Einen New Yorker und einen Old Fashioned«, ordere ich bei der einzigen weiblichen Barmixerin, einer sympathischen, leicht rundlichen, blonden und bebrillten Lady, die wie alle im Laden mit weißem Oberhemd und dunkler Krawatte ausgerüstet exquisite Cocktails zubereitet.
»Mann, ich hätte auch gerne eine Bar«, schneidet der Dude ein Thema an, das wir schon oft besprochen haben. Seinen Traum fürs nächste Leben.
»Lass uns das machen«, antworte ich.
»Ja, nee, is klar. Wovon?«
»Das Schwert, Dude!«
Wir erhalten unsere Drinks. Mein New Yorker glänzt durch die Grenadine wie immer in Rot und wurde sparsam mit einer Kirsche dekoriert. Ich stoße mit dem Old Fashioned des Dude an. Der leckere Maker's Mark Whiskey rinnt meine Kehle hinab. Leiser Jazz von Billie Holiday rundet den erwartet guten Eindruck vom Drink ab. Eine Lady mit hochtoupierter Frisur wie aus den Sechzigern sitzt zu meiner Linken und ich frage mich, ob sie von vorn genauso apart aussieht.
»Das Schwert, schön und gut. Aber was bringt mir das? Das ist doch euer Ding.« Der Dude greift in die kleine Schale mit Erdnüssen, die vor unseren Drinks stehen, gemeinsam mit zwei Gläsern Mineralwasser. Ich drehe mich zu ihm.
»Wenn das Teil wirklich so viel wert ist, wie du sagst, bekommst du was von meinem Anteil. Dann kaufen wir den Laden hier.«
»Dein Ernst?«, grinst er.
»Klar. Wollten wir doch immer machen. Cheers!«
»Skol!«
Wir plaudern über unsere Lieblingsbar, warum ich Bourbon gegenüber Scotch favorisiere, gehen dann über zu den besten Filmtrilogien und landen schließlich unvermeidlich beim Fußball. Als ich die

dritte Runde Drinks bestelle, beschließe ich, die harten Themen anzuschneiden. Der Dude ist innerlich nun locker genug, um schlechte Nachrichten zu verdauen, aber noch nicht zu besoffen, um das Kommende zu besprechen.

»Ich muss dir was sagen«, räuspere ich mich. Der Dude bemerkt den ernsten Tonfall und nickt.

»Hattest du schon angekündigt. Also raus damit, versau mir den Abend«, grinst er.

Es fällt mir schwer und ich weiß nicht genau, wo ich anfangen soll, nehme erst mal einen Schluck des neuen Drinks. Dann rücke ich näher, Schulter an Schulter. Ich senke die Stimme und lege los. Von meiner Ankunft an seiner Wohnung bis zum bitteren Begräbnis im Wald lasse ich nichts aus und erzähle relativ schnell, um es hinter mich zu bringen. Als ich fertig bin, nehme ich einen tiefen Schluck und blicke anschließend ins Glas, warte auf die Reaktion des Dude.

Der stöhnt leise und trinkt ebenfalls, ohne die Geschichte zu kommentieren. Wir schweigen uns danach eine Weile an. Ich ziehe eine Camel aus der Packung und der eigentliche Nichtraucher Pierre bittet ebenfalls um eine, die ich ihm gebe und anzünde. Wir paffen den Rauch an die mit schönem, altem Holz vertäfelte Wand.

»Mann, Gero.«

»Ich weiß. Buck hat schon einen Eimer Salz in die Wunde gestreut.«

»Inwiefern?«

»Dass ich den Tod bringe. Dass Menschen um mich herum sterben.«

Der Dude legt kurz seinen Arm um meine Schulter, dann boxt er leicht dagegen.

»Scheißdreck! Okay, da ist was Wahres dran. Aber soweit ich das beurteilen kann, haben es die meisten bisher verdient. Davon weiß der Ami-Quadratschädel natürlich nichts. Solltest du dich von den Nazis abschlachten lassen? Und für Moses kannst du doch nichts!«

»Ohne Ansgar und mich würde er noch leben.«

»Ansgar, dieser Arsch!«, regt sich der Dude auf. »Den konnte ich von Anfang an nicht leiden.«

»Tatsache?«, hake ich nach. »Davon hast du nichts gesagt.«

»Mann, das ist dein Cousin. Ihr nennt euch sogar Brüder, seid so dick miteinander! Glaubst du, da nöle ich rum, als wär ich ein eifer-

süchtiger Wicht? Aber ich kann Typen nicht ab, die immer den Scheinwerfer auf sich richten müssen. Prahlt mit seiner Kohle, hat immer 'ne dicke Lippe, das ging mir verschärft auf den Zeiger, Gero!«
Ich nehme noch einen Schluck, er fährt fort.
»Ein Angeber, okay, nicht so wild, kommt vor. Aber er hat 'ne seltsame Aura. Ist viel zu gut drauf, finde ich. Wie ein Psycho, bei dem das umschlagen kann. Du weißt ja, dass ich meinen Zivi in der Klinik gemacht habe. Manisch-Depressive sind genauso. Brillant, wenn alles gut läuft, aber 'ne verfluchte Zeitbombe, wenn sie ins Tal rauschen. Na ja, sorry, dass das raus musste. Viel schlimmer ist das, was er getan hat.«
»Ja.«
»Was ist überhaupt mit ihm? Er war doch weg, als du ihn auf der Baustelle gesucht hast.«
»Sein Handy ist ausgeschaltet, kaputt, tot, was weiß ich. Ich habe keinen Bock, ihn zu sehen. Aber ich möchte wissen, wie es ihm geht. Ich weiß, dass du das nicht verstehen kannst.«
»Doch, kann ich. Trotz allem. Aber was anderes – was ist mit meiner Wohnung? Kann ich mich reintrauen? Oder sieht's schlimm aus?«
»Der Holzboden hat was abbekommen, aber da habe ich den kleinen Läufer draufgelegt. Den großen Teppich brauchten wir. Für ... na ja, du kannst es dir denken.«
»Knaller! Deine Bude ist verflucht, meine jetzt auch. Wie geht's weiter?«
Ich denke an die nächsten Schritte, für die ich den Dude gebrauchen könnte. Sean. Miri. Den Schatz.
»Die Sache mit Miri muss ich klären. Da wollte ich eigentlich mit Moses hin. Du hast natürlich keine Lust, denen nochmal zu begegnen, also mache ich das alleine. Hat Moses die Uhren bei dir in der Wohnung gelassen?«
»Yup. Und ich komme mit. Ich will den Arschlöchern in die Augen sehen, wenn du sie abknallst.« Seine Bemerkung bringt mich zum Lachen.
»Ich will mich mit denen einigen, Dude. Nächster Punkt. Der Schatz. Buck hört die Nazis ab, hatte ich ja erzählt. Aber schau dir nochmal das Foto vom Bild an, okay? Machen wir morgen, wenn wir zu Miri fahren.«

»Yup. Noch was?«
Ich trinke mein Glas aus und atme durch.
»Sean.«
»Scheiße, ja«, seufzt der Dude.
»Wie machen wir das?«, frage ich. »Ich habe mir den Kopf zerbrochen, mir ist aber nichts Besseres eingefallen, als ihr zu erzählen, dass er wieder abgedampft ist. Ab zum nächsten Rummelboxer. Weil er nicht sesshaft sein kann, irgendsowas.«
»Ist doch 'ne Kackstory«, brummt der Dude. »Aber eine bessere habe ich auch nicht. «
»Das ist beschissen für sie. Kaum ist der Bruder da, haut er wieder ab. Kaum verknallt sie sich, zischt auch der Lover ab. Aber soll ich ihr etwa sagen, dass Moses tot ist? Und wer ihn gekillt hat?«
Der Dude schüttelt den Kopf. »Nein, das geht nicht. Du musst ihr diese Abschiedsnummer von Moses auftischen.«
»Sollte das nicht jemand mit mehr Feingefühl machen?«, versuche ich, ihm den Ball zuzuspielen.
»Gero. Ich komme mit zu Miri, obwohl ich jetzt schon die Hosen voll habe, wenn ich nur daran denke. Die haben mir den Kehlkopf massiert, erinnerst du dich? Aber das mit Sean? Keine Chance. Ich decke diese, diese … na, du weißt schon, Sache von dir. Das Fell und die Zähne, literweise Blut und der ganze Scheiß bei Vollmond. Mach ich bis zum letzten Atemzug, mein Wort drauf! Aber die Nummer mit der Kleinen übernimmst du. Sorry, Mann.«
Wir trinken die Bourbons. Ich kaue auf meiner Unterlippe, nicke. Danach beuge ich mich nach vorn über den Tresen.
»In unseren Gläsern sammelt sich schon Staub an«, wende ich mich an die Barkeeperin und ordere Nachschub.

Tag 9, 17.30 Uhr

Der Mustang wird ordentlich durchgerüttelt, als der Dude und ich durch Lichtenberg kreuzen. Nach dem schwülen Sommerwetter der letzten Tage kündigen alle Nachrichten schwere Gewitter für die kommenden Stunden an. Noch sind keine dunklen Wolken zu sehen, aber der Wind frischt bereits kräftig auf.

»Noodles geht's wieder besser, wa?«, meint der Dude und streichelt den Kopf unseres vierbeinigen Begleiters, der neugierig aus dem Fenster blickt.
»Wer weiß, wie groß das Erinnerungsvermögen in so einem kleinen Affenhirn ist? Wahrscheinlich musste der Horroreintrag von gestern gelöscht werden, um Platz für das Frühstück heute Morgen zu schaffen«, spekuliere ich, was den Dude zum Grinsen bringt.
Die Wagen der Roma stehen noch immer an derselben Stelle wie vor ein paar Tagen, nur scheint heute kein gemeinsames Mittagessen stattzufinden. Ein paar Kinder springen über den verwahrlosten Platz und spielen Fangen. Wir gehen langsam zu dem größten, in der Mitte abgestellten Wohnwagen, der nach meiner Einschätzung Miri gehören dürfte. Der Dude trägt eine Plastiktüte mit den Uhren, die wir zurückbringen.
Als wir uns bis auf wenige Schritte dem großen Wohnwagen nähern, steigt ein unrasierter Typ mit halb offenem, braun kariertem Hemd, Jeans und Badelatschen aus dem Wagen. Ich erinnere mich dunkel, ihn bei unserer ersten Begegnung gesehen zu haben. Da der Dude einen Meter zurückweicht, vermute ich, dass sich die beiden in meiner Wohnung begegnet sind. In seiner rechten Hand hält er einen schweren, uralten Hammer.
»Tag. Ist Miri da?«, frage ich das Empfangskommando. Er führt seine schmutzige, linke Hand an den Mund, um mit zwei Fingern einen gellenden Pfiff auszuführen. Aus den umliegenden Wagen kommen fast ein Dutzend Männer, die sich langsam so um uns herum platzieren, dass wir uns in der Mitte eines Kreises befinden.
»Gero, lass uns gehen«, höre ich den Dude hinter mir flüstern.
»Miri«, wiederhole ich meine Ansage an den Hammermann. »Ist er da?«
Er gibt mir ein Zeichen, stehen zu bleiben, und verschwindet im Wagen. Ich ziehe mir eine Camel aus der Packung, stecke sie mir an und drehe mich mit der geöffneten Packung zum Dude.
»Die Dinger bringen einen um, sagte ich doch schon«, antwortet er.
Als ich mich wieder nach vorn drehe, erscheint Miri, der aus dem Wagen auf den Rasen tritt. Er trägt ein viel zu kurzes, rosafarbenes Polohemd, das im südlichen Bereich einen haarigen und stattlichen Bauch präsentiert, sowie die unvermeidlichen Badelatschen zur stone

washed Jeans. Ihm folgt der Hammermann, der versetzt hinter Miri stehen bleibt.
»Das wurde Zeit«, beginnt er das Gespräch.
»Wir bringen dir etwas zurück«, zeige ich auf die Plastiktüte, die mir der Dude reicht und die ich an Miri weitergeben möchte. Er nickt dem Hammermann zu, der die Tüte entgegennimmt und sie so öffnet, damit Miri hineinblicken kann.
»Und du glaubst, damit wäre die Sache erledigt?«, fragt er mit drohendem Unterton. Ich ziehe an meiner Zigarette.
»Schau mal, Miri. Moses hat sich verrechnet. Das habe ich aber erst hinterher erfahren. Für mich sah das so aus, als hättet ihr ihn gelinkt.«
»Und warum ist er nicht da und sagt mir das ins Gesicht?«
»Spielt das eine Rolle?«
»Ihr habt mich bestohlen! Vor meiner Familie!« Sein Zorn ist fast physisch spürbar. Die Entehrung ärgert ihn vermutlich noch mehr als der materielle Verlust der gefälschten Uhren.
»Das tut mir leid. Es war ein Missverständnis. Wäre ich sonst hier und würde dir deine Sachen zurückgeben? Außerdem war das eine gottverdammte Scheiße mit eurem Einbruch. Ich brauche eine neue Tür, er einen neuen Hals!« Ich zeige auf den noch immer sichtlich lädierten Dude.
»Ich spreche nachher Gebete für euch«, kommentiert Miri. »Oscar wurde der Kiefer gebrochen, als unser großer, dummer Freund mit Autobatterien um sich geworfen hat. Der fällt für ein paar Wochen aus. Wer ersetzt mir den Verdienstausfall?«
Ich frage mich, von welchen Verdiensten Miri spricht, war aber auf dieses Argument vorbereitet.
»Miri. Meiner Meinung nach haben beide Seiten genug einstecken müssen. Aber ich habe einen Vorschlag für dich, um die Sache abzuschließen.«
»Ich höre.«
»Ich treffe mich bald mit ein paar Leuten aus Brandenburg. Unangenehme Typen, mit denen ich eine Rechnung offen habe. Wann genau, kann ich dir nicht sagen, aber sicher in den nächsten Tagen. Dann steht der ganze große Hof leer. Dort gibt es jede Menge wertvollen Plunder. Antiquitäten wie Grammofone, alte Radios und so

weiter. Ich bin sicher, dass man damit einiges an Geld machen kann. Auf Flohmärkten zum Beispiel, aber was sag ich, ihr habt damit sicher mehr Erfahrung als ich.«

»Und wenn du mich reinlegen willst?«, fragt er misstrauisch nach.

Ich zeige auf den blauen Hals des Dude.

»Glaubst du wirklich, ich will das wiederholen?«

Schließlich gebe ich Miri eine Beschreibung des Hofes und des Weges dorthin, dafür erhalte ich von ihm seine Handynummer.

Als wir wieder im Auto sitzen, stöhnt der Dude erleichtert auf.

»Hoffentlich sehen wir die nie wieder. Super Idee übrigens, die Nummer mit dem Hof.«

Er beugt sich über Noodles und schaltet das Radio ein. Der Moderator berichtet über die Vorbereitungen von Hertha BSC für das kommende Pokalspiel gegen die Bayern.

»Das Olympiastadion war noch nie so rasch ausverkauft wie bei diesem Spiel. In weniger als einer Stunde sind online alle verfügbaren Tickets rausgegangen. Ein neuer Rekord für das traditionsreiche …«, erzählt der Moderator, während der Dude mit offenem Mund dasitzt und sich langsam ein sehr breites Lächeln bei ihm einstellt.

»Ich hab's! Gero, ich hab's! Das Muster!«

Er hüpft in seinem Sitz auf und ab wie ein Gummiball, was Noodles gefällt. Er kreischt und tobt synchron mit dem Dude. Sie tauschen High Fives aus.

»Na los, spuck's aus!«, fordere ich ihn auf, während ich an der Warschauer Straße vorbei fahre und Kurs auf Kreuzberg nehme. Er schüttelt den Kopf und gackert in sich hinein.

»Später. Ich muss das vorher unbedingt checken. Du wolltest doch noch einen Besuch machen. Setz mich vorher bei dir ab, dann flitze ich an den Rechner und schau mir das von oben an. Wenn das stimmt, Gero, wenn das stimmt!«

»Ich verstehe nur Bahnhof.«

»Gib Gummi, Alter! Ich will nicht nass werden.«

Der Dude spielt auf das Wetter an, das sich minütlich verschlechtert. Dunkle Wolken ziehen sich am Horizont zusammen und die Baumkronen wiegen sich bereits im auffrischenden Wind.

Meine Gedanken wandern weg vom kommenden Unwetter hin zur nächsten Stippvisite, die mir bereits jetzt Magenschmerzen verur-

sacht. Da ich vorhin angerufen habe, weiß ich, dass die Fahrt nicht vergebens sein wird. Sie ist zu Hause.
Ich nehme Kurs auf Tempelhof, zu Seans Wohnung.

Tag 9, 19 Uhr

Ich habe den Dude bei mir zu Hause abgesetzt, bevor ich zu Sean gefahren bin. Noodles wartet im Auto, weil es mir als keine gute Idee erschien, mich mit einem schlecht erzogenen Affen und einem nervigen, kläffenden Terrier in einem Raum aufzuhalten.
Wir sitzen uns in ihrer kleinen, aber hübschen Küche an einem winzigen Tisch gegenüber. Sean gießt uns beiden Kaffee ein, wobei sie ihren in jeder Menge Milch ertränkt. Von ihrer ansteckenden Lebensfreude der letzten Tage ist nichts mehr zu spüren. Um ihre Augen ziehen sich dunkelrote Ränder.
Sie öffnet ein Päckchen Tabak und dreht sich eine Zigarette. Ein Teil des Tabaks fällt auf einen Brief der Hausverwaltung, der vor ihr liegt und das ohnehin vorhandene Gefühlsdesaster weiter verschlimmert.
»Vier Wochen habe ich Zeit, dann muss ich raus«, sagt sie leise.
»Wieso können die dich räumen?«, frage ich nach. »Man kann jemanden doch nicht so ohne Weiteres auf die Straße setzen. Da muss man doch Fristen setzen.«
»Haben sie gemacht. Dreimal schon. Jetzt ist Schluss! Weil ich seit vier Monaten keine Miete bezahlt habe.«
»Scheiße.« Ich rauche ebenfalls. »Wieso hast du das versäumt?«
»Ich weiß nicht. Mein Onkel ist der eingetragene Mieter, weil ich noch keine achtzehn bin. Der hat mir immer was dazu gegeben. Jetzt ist er seit Monaten abgetaucht. Der hat Depressionen und geht nie ans Telefon, ich weiß auch nicht, wo der gerade steckt. Das Geld von der Kneipe reicht irgendwie nicht. Oder ich kann nicht damit umgehen. Ich bin einfach zu blöd.« Sie sieht mich an, zieht an ihrer Zigarette. »Alle verschwinden. Mein Vater. Mein Onkel. Moses. Ansgar. Was mache ich falsch, Gero? Hab ich eine ansteckende Krankheit? Bin ich so was wie eine Hexe? Warum hauen alle ab vor mir?«
Ich greife mit meiner Hand über den Tisch nach ihrer und drücke sie. Sie erwidert den Griff nicht, wirkt kraftlos.

»Unsinn. Erinnerst du dich an den Abend im Molly's? Das war wunderbar! Wir waren alle so begeistert von dir!«
»Ja, das war schön. Und was habe ich davon? Wer ist hier bei mir, wenn ich ihn wirklich brauche? Sag's mir.«
Ich lasse ihre Hand nicht los.
»Sean! Du bist ein ganz starkes Mädchen! Du läufst nur gerade durch ein schlimmes Tal. Da kommst du auch wieder raus. In dir steckt so viel Magie. Du leuchtest richtig von innen, wenn du singst! Leider bekommen wir nicht immer sofort etwas von dem zurück, was wir anderen geben.«
Nun drückt sie meine Hand, lächelt kurz, steht dann auf und holt die Kanne von der Maschine, um uns Kaffee nachzugießen. Bevor sie sich setzt, schließt sie das offene Küchenfenster, das der aufkommende Sturm immer wieder gegen den Rahmen schlägt.
»Was hat Moses gesagt? Sei ehrlich. Bitte.«
»Er ist kein sesshafter Typ. Du kennst ihn. Ich glaube, die letzten Tage haben ihm das gezeigt. Er geht nochmal mit irgendwelchen Rummelboxern auf Tour, das hat ihm wohl ein alter Kumpel vorgeschlagen. Schnelles Geld, das er später einsetzen kann, um sich eine Wohnung zu leisten, ein Auto, so was.«
Als ich die Worte ausspreche, ohne ihr in die Augen zu sehen, könnte ich vor mir selbst kotzen, weiß mir aber keinen anderen Rat, als ihr diese Lüge zu präsentieren. Bei Ansgar fällt mir die Erklärung für sein Verschwinden leichter, die ich ihr anschließend liefere. Dass er zu starken Gefühlsschwankungen neigt und leider nicht sehr verlässlich ist. Kein Trost für eine frisch verliebte junge Frau, aber an dieser Stelle will ich ihr keinerlei Hoffnung machen.
Sollte ich ihn irgendwann wieder in ihrer Nähe antreffen, werde ich ihn umbringen.

Tag 9, 21 Uhr

»Das sind die Türme«, zeigt der Dude auf den Monitor. Er sitzt an meinem PC und hat bereits einige Bilder geöffnet, die ich mir ansehen soll. Das Foto präsentiert zwei große Säulen, die ich kenne, denn ich bin schon etliche Male an ihnen vorbeigelaufen. Die schlanken,

hohen Türme befinden sich am Eingang des Olympiastadions, zwischen ihnen hängen die Olympischen Ringe.
»Preußen- und Bayernturm. Weiter hinten stehen die beiden anderen Paare. Friesen, Sachsen, Schwaben und Franken. Warum bin ich nicht früher darauf gekommen? Wahrscheinlich, weil das ein fast runder Kreis auf dem blöden Bild war. Da habe ich das Stadion nicht erkannt. Das Oval und die drei Paare, das isses!«
»Clever Boy«, schnalze ich mit der Zunge. »Und das Kreuz?«
Der Dude klickt ein Luftbild des Areals an, auf dem man gut das Fußball- sowie das Schwimmstadion von oben erkennt. Links davon platziert Pierre den Mauszeiger an der Stelle, wo sich auf dem Bild von Rosenthal ein Kreuz befindet.
»Wie heißt dieser große Platz nochmal?«, frage ich ihn.
»Das Maifeld. Da haben die Nazis ihre Aufmärsche geübt und bei den Olympischen Spielen 1936 gab's dort auch Wettbewerbe. Reiten, glaube ich. Heute wird das kaum noch genutzt, nur für Football und Kricket.«
»Ein riesiger Rasenplatz. Wo soll da mittendrin das Schwert sein?«
Er zuckt die Schultern.
»Keine Ahnung. Vielleicht liegt da nur irgendein Hinweis, ein Stein, ein Plan. Aber wenn die Nazis und Buck so einen Aufstand um dieses Bild machen, muss irgendwo das Schwert sein. Wenn nicht beim Kreuz, dann in der Nähe. Oder?«
Ich nicke und klopfe ihm auf die Schulter.
»Dann rufe ich mal Amy an.«
Er dreht sich mit dem Stuhl zu mir.
»Warum denn? Wir fahren hin und holen Siggis Zahnstocher. Jetzt gleich! Wieso sollten wir den anderen was abgeben? Die sauberen Geschwister haben dich reingelegt, erinnerst du dich? Jetzt machen wir es genauso. Kreislauf!«
»Nee, Dude. Vergiss es.«
Er rollt mit den Augen.
»Ich hasse euch Nordländer. Dieser bekackte Ehrenkodex!«
Als ich Amys Nummer eintippe, klingelt das Handy, was mich kurz zusammenzucken lässt. Buck meldet sich mit gehetzter Stimme.
»Die fahren los. Sind mit ein paar Mann unterwegs Richtung Berlin. Ein Kollege hat mir eben Bescheid gegeben. Wohin genau, weiß ich

nicht, aber das finden wir über die Handyortung raus. Wir sollten uns rasch treffen, am besten an einem strategisch günstigen Platz, falls wir die Verfolgung aufnehmen müssen.«
»Wir wissen, wo die hin wollen«, antworte ich.
»Really? Wohin? Und wer ist wir?«
»Der Dude und ich. Er hat es eben erst rausgefunden.«
»Super. Bring ruhig mehr Leute in den Club! Okay, jetzt spuck aus. Wo wollen die hin? Amy sitzt übrigens neben mir, just for info.«
»Lass uns treffen. Die brauchen schließlich ein bisschen, bis sie in Berlin sind.«
»Nochmal! Wo wollen die hin?«, fragt Buck mit einer Mischung aus Ungeduld und Ärger.
»Sagen wir in einer Stunde am Olympiastadion? Kennst du dich dort aus?«
»War einmal dort, aber auskennen? No way.«
»Da kann man wenig falsch machen. Vor dem Haupteingang befindet sich ein großer Parkplatz, auf beiden Seiten stehen Fahnenmasten, rechts und links vom Platz Bäume. Ungefähr auf halber Höhe des Platzes, auf der rechten Seite, warten wir. Am besten bringst du die passende Ausrüstung mit.«
Buck ist Profi genug, um an dieser Stelle nicht über das Telefon nachzufragen. Ich vermute, dass er mit Waffen und Taschenlampen erscheinen wird. Im Hintergrund höre ich Amy erst flüstern, dann mit Buck streiten. Er versucht ihr klar zu machen, dass die Sache zu gefährlich ist, um mitzukommen, was sie natürlich nicht akzeptiert.
»Buck!«, rufe ich ins Telefon. »Lass Amy ruhig mitkommen. Den Dude schleppe ich auch mit. Die beiden können im Wagen warten, da passiert nichts.«
»Love you, Babe!«, höre ich Amy rufen.
Wir beenden das Gespräch. Der Dude zeigt auf den Monitor, wo er weitere Seiten geöffnet hat. Diverse Links zu Siegfried. Ich schüttle den Kopf.
»Die Geschichtsstunde findet im Auto statt. Komm!«
Während ich mich umsehe, zieht der Dude seine Schuhe wieder an. Ein klares Zeichen für Noodles, dass wir aufbrechen. Er geht zum Schlüsselbrett, greift sich meinen Auto- und Wohnungsschlüssel und wartet vor der Tür.

»Hast du die Ausdrucke?«, frage ich den Dude, als eine Windbö den Wagen erfasst, während wir unter der Hochbahn entlang Richtung Charlottenburg fahren.

»Viermal«, nickt der Dude und zeigt mir ein Exemplar des gedruckten Luftbildes, auf dem er von Hand das Kreuz eingesetzt hat.

»Okay. Siegfried. Nur die Kurzform, keine langen Vorträge, Dude, okay? Wie ich schon sagte, dachte ich bisher, er wäre eine Sagengestalt, die nie wirklich gelebt hat. Wie kann ein Schwert zu einer Märchenfigur existieren?«

Ich sehe nach draußen und bemerke pechschwarze Wolkenberge in der Ferne. Zwischen ihnen und dem Horizont zeigt sich ein immer dünner werdender, gelber Streifen. Die Sonne verabschiedet sich, schwere Gewitter marschieren in unsere Richtung.

»Da haben sich über die Jahrhunderte Sagen und echte Vorbilder vermischt. Siegfried, Hermann der Cherusker, Arminius, wahrscheinlich derselbe Kerl. Hermann hat den Römern den Arsch versohlt. Schlacht im Teutoburger Wald und so. Weißte noch, oder hast du da in Geschichte gefehlt, Meister?«

»Geht so«, antworte ich. »Aber Siegfried? Das ist doch die Nibelungensage. Meine Eltern stehen da extrem drauf. Richard Wagner, dickes Symphonieorchester. Besonders bei Gewitter hören die sich das an.«

»So wie heute«, zeigt der Dude nach draußen.

»Genau. Aber Siegfried, der Drachentöter, aus einer Saga? Was hat der mit Hermann, dem wirklich lebenden Römerschreck gemeinsam? Verstehe ich nicht«, frage ich, als wir an der Urania vorbeifahren.

»Ein und derselbe, sage ich doch gerade! Also wäre möglich. Behaupten jedenfalls einige Historiker. Siegfried hat den Lindwurm getötet. Was war das, denk mal nach? Natürlich die Römer mit ihrer Schlachtordnung! Die hatten diese verschiedenen Taktiken, mit den Schilden über dem Kopf. Und sie waren damals allen anderen Gegnern weit überlegen. Dann latschten die durch den Wald, mit glänzenden Rüstungen, den Schilden, in einer ganz langen Schlachtreihe, vielleicht ein paar Kilometer lang, bestimmt jede Menge Fackeln. Wie sah das wohl aus der Ferne aus für so einen abergläubischen, zottelbärtigen Germanen, der gerade seinen Bärenschinken kaut?«

Ich pfeife durch die Zähne.
»Wie was Unbesiegbares, Riesiges. Wie ein Drache?«, grinse ich den Dude an.
»Gut erkannt, von Sarnau. Setzen!«, imitiert er einen Lehrer.
Nachdem wir diesen Teil abgehakt haben, rufe ich Miri an. Ich teile ihm mit, dass der Hof nun verwaist und die Gelegenheit günstig sei. Er bedankt sich für meinen Tipp, wir legen auf.
Dicke Tropfen prasseln plötzlich auf den Wagen. Noodles verkrümelt sich vor Schreck in den Fußraum, klettert aber kurz darauf wieder auf den Schoß des Dude.
Die Aufregung, Anspannung, das Adrenalin sind im Wagen förmlich zu greifen. Der Dude kaut auf seiner Lippe, ich zünde mir noch eine Zigarette an, lasse das Fenster wegen des Regens aber nur einen schmalen Spalt herunter.
Inzwischen hat sich die Sonne vollständig auf die andere Seite der Erdkugel verabschiedet. Dafür zeigt sich zwischen zwei Wolkenbergen für einen kurzen Moment ihr kleiner, fast voller Bruder, der allerdings sofort wieder verdeckt wird.
Warte ein Weilchen. Deine Zeit kommt noch.

Tag 9, 22.30 Uhr

Wir sitzen im hinteren Teil von Bucks dunklem Van, der regelmäßig von Windböen durchgeschüttelt wird. Der fensterlose Raum beherbergt vier Arbeitsplätze mit Monitoren und Stühlen, die von uns komplett belegt werden. Auf dem Boden in der Mitte liegt allerhand Material auf einer olivgrünen Decke: Ein riesiges Gewehr, eine Automatik-Pistole sowie die Ausdrucke der »Schatzkarte«. Buck zeigt auf zwei skurrile Teile, die wie hochmoderne Gletscherbrillen aussehen. Ich weiß, worum es sich handelt, will aber nicht den Schlauberger spielen und unterbreche Bucks Ausführungen nicht. Außerdem dürfte das mindestens für den Dude Neuland sein, für Amy womöglich auch.
»Davon habe ich zwei. Sehen fast aus wie stinknormale Skibrillen, haben aber Restlichtverstärker, Funkmikro, Headset und Minikamera. Ist dunkel draußen und so können wir in Verbindung bleiben.«

»Geiler Scheiß!«, kommentiert der Dude, dessen militärische Kenntnisse sich nur aus Konsolenspielen speisen. »Aber wieso nur zwei? Wir sind doch vier«, zählt er durch und zuckt die Schultern, als könnte Buck nicht rechnen. Als ich beim Einstieg in den Van den Krempel inklusive des Gewehrs sah, wusste ich sofort, wie sich Buck die Nummer vorstellt.

»Die Typen sind extrem gefährlich. Das ist ein Job für Buck und mich«, antworte ich. Amy blickt mich an und lächelt, während der Dude eine Schnute zieht.

»Ihr sitzt hier nicht faul rum, sondern überwacht die Operation«, fährt Buck fort und schaltet die Headsets an ihrem Bügel mit einem kurzen Griff ein. Auf den Monitoren zeigt sich das Bild der jeweiligen Kamera, momentan den Fußboden und einen Teil von meinen Stiefeln.

»Vor den Monitoren stehen kleine Mikros, da könnt ihr reinquatschen. Ihr habt unser Bild, unseren Ton und wir können hören, was ihr sagt. Roger?«

Alle nicken. Der Dude zeigt auf das Gewehr mit dem extrem langen Lauf und dem großen Zielfernrohr, das fast einen halben Meter messen dürfte.

»Und das da?«

»Ich bin Geros Back-up. Auf der Fahrt hierher hat Amy Baupläne studiert. Ich kann auf das Dach des Stadions klettern. Da werde ich mich auf die Lauer legen. Bevor du fragst – der wichtigste Job für einen Sniper ist nicht das Killen, sondern die Aufklärung.«

»Gero soll da allein hin? Na, super!«, beschwert sich der Dude. Buck fährt fort und zeigt auf mich.

»Ich habe mich über deinen Freund Gero schlau gemacht. Der war schon vor zehn Jahren mit unseren Boys in Afghanistan, bevor eure Army überhaupt offiziell aktiv war. Einzelkämpfer, eine ganz schöne Kampfsau, wie ich gehört habe. Ich gebe ihm von oben Rückendeckung. Bis die Nazis eintreffen, dauert es noch mindestens eine Stunde. Vom Dach aus kann ich das ganze Gelände überblicken und Gero Bescheid geben. Wenn's hart auf hart kommt, knalle ich die ab. Gero erledigt den Rest und tanzt hier wieder mit dem Schwert an. Right?«

»Right«, antworte ich.

»Aber das muss nicht passieren, oder? Also das mit den Typen?«, fragt Amy. »Wir wollen nur das Schwert! Geht dem Ärger aus dem Weg, bitte. Buck? Gero?«

Buck blickt mich an, ich nicke, um Amy zu beruhigen. Besser, ich teile ihr nicht mit, dass ich die Rechnung mit den Typen begleichen werde. Auf die eine oder andere Weise.

»Wir sollten nicht länger warten«, meint Buck und schnappt sich das Headset. Ich greife mir das zweite Teil sowie eine Kopie der Schatzkarte und schließlich die Automatikpistole, eine M1911 von Colt, die frühere Standardwaffe der U.S. Army. Buck legt das Gewehr in eine lange Tasche, ich verstaue den Colt im hinteren Bund meiner Hose.

»Alles klar?«, fragt Buck in die Runde. Der Dude reckt den Daumen, Amy kommt kurz zu mir, hält mein Gesicht in beiden Händen und gibt mir einen Kuss.

Ich öffne die Hecktür des Vans, wo mich ein warmer, heftiger Wind empfängt. Nach Osten, zur Stadt hin, zeigt sich eine sternenklare Nacht. Berlin präsentiert sich mit Millionen Lichtern. Buck folgt mir aus dem Van und schließt die Tür. Wir halten unsere Brillen in der Hand, Buck schultert die Gewehrtasche.

Dann drehen wir uns nach Westen, zum Stadion vor uns. Wie ein altertümlicher Tempel zeigt sich der massive Bau, während hinter ihm gewaltige Wolkenberge aufragen. In der Ferne zucken Blitze, der erste Donner grollt.

Wir traben los und laufen links am Haupttor vorbei, immer den Zaun entlang, bis wir an eine Stelle gelangen, die völlig im Dunkeln liegt. Eine Minute später befinden wir uns auf der anderen Seite, im Inneren des Stadiongeländes. Wir setzen die Brillen auf und trennen uns.

Ich laufe Richtung Westen mit der riesigen Betonschüssel rechts neben mir. Das Restlicht der Gläser verwandelt die Nacht in helles Grün.

»Check. Könnt ihr mich verstehen?«, flüstere ich.

»Ja, super, laut und klar, kristallklar sogar, bestens, Roger and over, Mann ist das eine geile Technik, fühle mich wie …«, höre ich den Dude.

»Shut up!«, unterbricht Buck. »Nur das Nötigste, okay?«

Ich beschleunige und gehe in einen flotten Dauerlauf über, bis ich den Rand des umzäunten Maifeldes erreiche. Nachdem ich auf der anderen Seite heruntergesprungen bin, lasse ich den Blick über das riesige Areal schweifen. Dann ziehe ich die Karte aus der Hosentasche und gleiche den Ausdruck mit dem ab, was ich vor mir sehe.
Ein dicker Tropfen fällt neben das Kreuz. Dann noch einer. Dann Tausende weitere. Der Himmel schüttet sich aus, von einer Sekunde auf die andere.
Ich richte meinen Blick auf den Boden und versuche, die Nadel im Heuhaufen zu finden.
»Bin ich hier ungefähr richtig? Was meint ihr?«, frage ich.
»Du … mehr … aufen … ero!« höre ich auf den Lautsprechern. Großartig! Vermutlich stört das Gewitter die Funkverbindung. Auch von Buck höre ich nichts, dafür zunehmenden Donner über mir.

Klatschnass bis auf die Haut suche ich seit einer gefühlten Stunde den getränkten Rasen ab und finde nichts, nicht mal die Andeutung einer Unebenheit, eines Steines, irgendwas. Die Verbindung zu den anderen bleibt unterbrochen. Dazu kommt, dass der starke Regen die Sicht trotz der Gläser stark behindert.
Ich beschließe, zu den anderen zurückzukehren, um abzuwarten, bis sich das Wetter bessert, und später neu zu starten. Als ich mich umdrehe, zuckt ein Blitz über die Tribüne des Maifeldes und fährt krachend in einen Mast. Das Licht erhellt den Boden vor mir. Etwa zehn Meter links von mir erkenne ich eine Art Riss im Gras. Als es wieder dunkel wird, gehe ich auf die Stelle zu. Eine gerade Linie, kaum zu sehen. Nur aus dem Blickwinkel des einfallenden Lichts wird der feine Graben erkennbar. Ich bücke mich und taste den wassergetränkten Rasen ab, der hier dünner wächst als an den Stellen drumherum. Insgesamt ertaste ich nicht nur eine, sondern vier gerade Linien, die sich zu einem Rechteck formen. Ich grabe mit den Fingern, bis ich den zugewachsenen Griff finde.
»Hört ihr mich?«, flüstere ich. Keine Antwort.
Ich ziehe die Luke am Griff nach oben, quetsche mich durch die enge, dunkle Öffnung und lande etwa zwei Meter tiefer auf dem Boden.
»Sie enttäuschen mich. Das hat lange gedauert«, höre ich Beekmann.

Im selben Moment geht das Licht an.
Ich reiße mir die Brille herunter, um mich in dem schwach beleuchteten Raum besser orientieren zu können. Während sich meine Augen an das Licht gewöhnen, greife ich nach der Pistole in meinem Rücken. Als ich sie nach vorne ziehe, spüre ich einen gewaltigen Stromschlag an meiner Hüfte.
Die Knarre plumpst auf die Erde, ich folge ihr.

Tag 9, 23.45 Uhr

Meine Körperfunktionen melden sich langsam wieder zurück, unterstützt von dem blonden Goliath, der mich am Kragen nach oben zerrt, bis ich auf den Knien lande. Er drückt mir seine Pranken fest auf die Schultern, was wohl bedeutet, dass ich in dieser Demutsstellung verharren soll. Auf meiner Zunge spüre ich einen metallischen Geschmack, an meinen auf dem Rücken zusammengebundenen Handgelenken grobes Seil. Ich kneife die Augen zusammen und öffne sie wieder.
Auf einem kleinen Stuhl vor mir sitzt Beekmann. Er trägt seinen Lodenmantel, einen dazu passenden Filzhut sowie glänzende Reitstiefel, die ihm Hans wahrscheinlich frisch geputzt hat. Zwischen seinen Beinen steht ein altes, großes Schwert, auf das er sich mit beiden Armen stützt. Er lächelt mich an wie ein Forscher, der dem Laborhasen mitteilt, dass er nun leider in zwei Teile geschnitten wird. Für einen guten Zweck.
Meine Augen gewöhnen sich an das gedimmte Licht. Wir befinden uns in einer kleinen Kammer von vielleicht vier mal fünf Metern Fläche und keinen drei Metern Höhe. Als Lichtquelle dient eine Signallampe, die die beiden vermutlich mitgebracht haben. Die grauen Wände wurden vor vielen Jahren verputzt, zeigen aber an mehreren Stellen Risse, an denen sich das Erdreich durchdrückt. Gestützt wird das Konstrukt von vier Pfeilern in jeder Ecke.
In dem schmucklosen Raum stehen einige Truhen, ein winziger Tisch und Beekmanns Stuhl, sonst keinerlei Mobiliar. Nichts deutet auf eine glamouröse oder geheimnisvolle Geschichte hin. Ich drehe den Kopf etwas nach hinten und bemerke nicht nur Beekmanns

Goliath Hans, komplett in Schwarz in sportlichem Outfit mit Cargohose, T-Shirt und Sportschuhen, sondern auch Sayuri.
Sie kniet wie ich leicht versetzt hinter mir, mit gefesselten Händen. Dabei trägt sie eine Art Kartoffelsack, den man ihr übergezogen hat, sonst nichts. Sie wirkt unverletzt, aber innerlich gebrochen, blickt stumpf auf dem Boden.
»Das Problem der Amerikaner war immer ihre Überheblichkeit«, spricht mich Beekmann an.
»Dabei haben diese kulturlosen Cowboys nur die Früchte geerntet, die wir gesät haben! Der erste Computer? Konrad Zuse! Die ersten Raketen? Peenemünde! Und da glauben diese Anfänger, sie könnten uns nachspionieren, ohne dass wir es merken? Das funktioniert vielleicht bei den Zottelbärten im Nahen Osten, aber doch nicht bei uns.«
Er zieht ein kleines Gerät aus der Tasche, etwa so groß wie eine Zigarettenschachtel, in mattschwarz und mit drei Dioden ausgestattet.
»Entdeckt jede Wanze. Und als wir gemerkt haben, dass man uns verfolgt, haben wir den Spieß einfach umgedreht. Ein paar entscheidende Wörter ins Handy sprechen und schon klingeln beim Ami die Alarmglocken. Wir hätten natürlich auch das Schwert einfach holen und wieder verschwinden können – aber das wäre doch nur der halbe Spaß, nicht wahr?«
Er beugt sich nach vorn und wirkt in seinem Lodenmantel ebenso hässlich wie seine großen Vorbilder. Alte, freudlose Männer mit der Lust am Quälen.
»Allerdings bin ich doch etwas enttäuscht, dass Sie hier allein erscheinen. Sitzt Ihr amerikanischer Freund in seinem klimatisierten Büro, während Sie die Drecksarbeit verrichten müssen?«
Als ich nicht antworte, donnert mir Hans seine Eisenfaust in die Nieren. Der Schmerz zerreißt mich fast, ich kippe stöhnend nach vorn. Er zieht mich wieder nach oben. Ich sehe zu Sayuri, die alles teilnahmslos hinnimmt.
»Schade. Das bedeutet zusätzliche Arbeit für meine Leute. Im Fall des amerikanischen Flittchens kommt immerhin etwas Vergnügen dazu.«
Er blickt auf die Uhr. In diesem Moment schlägt draußen ein Blitz ohrenbetäubend laut ein. Von den Kanten der Luke tropft Wasser in den Raum.

Beekmann zeigt auf das Schwert.
»Wie finden Sie es? Mit diesem perfekt geschmiedeten Stück deutschen Eisens schlug er die Streitmacht eines weit überlegenen Feindes. Dieses Schwert wird Symbol und Fanal unserer neuen Bewegung. Wie schon Hermann werden wir all unsere Feinde bezwingen und unser Volk zu neuer Stärke führen!«
»Das waren echte Krieger damals. Keine feigen Arschlöcher, die sich an Frauen und alten Männern vergreifen«, kotze ich mich aus. Hans will wieder zuschlagen, doch Beekmann hebt den Arm, um ihn zu stoppen.
»Für ein großes Ziel müssen Opfer gebracht werden. Was zählt da der Einzelne?«, blickt er mich spöttisch an. »Genug der Worte. Wir gehen. Bevor doch noch die Kavallerie anrückt, wer weiß?«
»Hans, öffne die Luke!«, befiehlt Beekmann. »Bei Gewitter haben wir die größte Schlacht unserer Geschichte gewonnen! Ich will den Geist Hermanns spüren!«
Hans nickt und klettert eine kurze Leiter nach oben, stemmt die Luke auf. Heulender Wind und laut krachende Blitze dringen in den kleinen Raum, ebenso wie Regen, der vor allem mich trifft, da ich unter der Luke kauere..
Beekmann steht auf und stützt sich dabei auf den mächtigen Zweihänder. Seine breitbeinige Pose soll an klassische Wächter erinnern, verkommt aber zur Karikatur eines schlechten Films. Er hebt seine Stimme und zeigt mit der rechten Hand auf Sayuri.
»Im Namen des deutschen Volkes verurteile ich dich wegen Hochverrats zum Tode. Du wirst jetzt deinem Herrn folgen. Letzte Worte werden nicht gewährt. Hans?«
Der Goliath stellt sich hinter Sayuri und richtet eine Pistole mit Schalldämpfer auf ihren Nacken. Sie kniet in ihrem Kartoffelsack, rührt sich noch immer kein bisschen, aber schließt die Augen.
Hans drückt ab. Ein dumpfes Plopp fährt durch den Raum. Sayuri kippt leblos zur Seite auf den Boden.
Mein grenzenloses Entsetzen fällt mit einer Empfindung tief in mir zusammen, die ich seit meinem Aufenthalt in dieser Todeskammer zum ersten Mal spüre. Und als ich nach oben blicke, erkenne ich, warum. Hinter den Gewitterwolken schiebt sich der gelbe, göttliche Mond hervor. Nicht in voller Pracht, aber seine Kraft und der Don-

ner reichen aus. Beekmann wird gleich etwas anderes spüren, als den Geist Hermanns.
ER erwacht.
Fasern weiten sich. Das Herz pumpt mit hohem Druck, meine Knochen erwachen zum Leben, strecken sich. Der Kiefer verformt sich, meine Zunge wird schmaler, aber länger, die Zähne schieben sich auseinander, aus stumpfen Quadern werden scharfe Reißer. Haare sprießen, überall.
»Was …?«, fragt Hans mit Blick auf Beekmann. Ich merke, wie rasend schnell die Verwandlung vonstattengeht. Bei Vollmond werde ich am stärksten, dann verlangen die Götter mit Macht nach IHM. Der furchtbare Tod von Sayuri, der Hass, die Wut, der Schrecken, all das befördert IHN gleich mit Wucht an die Oberfläche.
»Los! Erschieß ihn. Partisanen brauchen keine Verhandlung.« Beekmann wirkt beunruhigt, als er sieht, wie ich mich krümme. Die Maske des souveränen, brutalen Arschlochs fällt. Furcht ergreift ihn. Hans blickt mich ebenso ungläubig an, wirkt paralysiert, besinnt sich dann aber.
Er drückt ab.
Die Waffe klemmt.
Ich wälze mich auf dem Boden, während Beekmann Hans anschreit.
»Himmelarsch! Kein Wunder, dass wir den Krieg verloren haben. Dreckswehrmachtspistole! Such seine Waffe, die muss hier irgendwo auf dem Boden liegen. Beeilung!«
Wie ein verwundetes Tier suhle ich mich im Dreck, während ER mich fast zerreißt.
»Hier!«, ruft Hans. Er hat die Pistole gefunden.
Im selben Moment steigt ER empor.

Hans schießt auf Lupus.
Lupus duckt sich. Nach unten. Zur Seite.
Kugeln in Kopf schlecht. Kugeln in Körper. Egal.
Tun weh. Ja! Schmerz! Aber nicht lang. Fallen wieder raus. Wunde zu.
Hans drückt ab. Dann macht Pistole klick.
Beekmann schreit, Hans wirft Pistole auf Boden. Zieht Messer aus Stiefel.
Hans greift an. Mit Messer. Beekmann mit Schwert.

Aufpassen, Lupus! Schwert Silber? Kann Tod sein!
Drehe zu Beekmann. Hans sticht Messer tief in Lupus. Bauch.
Schmerz! Lupus jault! Laut!
Aber wichtiger. Schwert! Beekmann hält über Kopf. Will Lupus töten.
Springe. Greife Hand von Schwert. Drehe mit Lupus Kraft. Reiße!
Reiße Hand mit Schwert ab von Arm. Beekmann schreit. Hält Arm.
Hans sticht in Lupus. Dreimal, viermal. Schaut mich an. Staunen. Kann mich nicht töten. Nur Metall, Hans! Kein Silber!
Geht zurück, an Wand. Denkt nach. Weiß in Gesicht. Wie kann er kämpfen? Jetzt? Nimmt Fäuste hoch.
Mutiger Mann. Gibt nicht auf.
Beekmann. Der Wurm. Wimmert, liegt am Boden. Krabbelt zu Leiter. Will weg. Nach oben.
Erst Hans.
»Na komm, du Monster!« Hans ist tapfer. Großer Mann. Muskeln. Lupus soll kommen? Ja!
Hans wartet auf Boxkampf. Aber nehme Schwert. Er hebt Arme. Zum Schutz? Falsche Richtung!
Nicht oben, Hans. Vorn!
Ramme Schwert in Bauch von Hans. Ganz durch. Auf andere Seite. Lupus drückt mit Wucht, bis Schwert in Wand steckt. Hans. Auf Spieß. Versucht, zu reden. Sagt was. Irgendwas.
Dann still. Steht an Wand. Arme hängen. Schwert in Wand. Hans in Schwert.
Hans tot.
Beekmann oben aus Luke. Springe hoch.
Regen. Donner. Kracht! Blitze!
Ja! Thor! Hier! Bin! Ich! Dein Lupus!
Da. Beekmann. Kriecht wie Schlange. Laufe hin. Im Regen.
Plötzlich Pfeifen, leise. Lupusohren gut. Kommt von weit.
Dann dumpf. Wie Klatschen.
Beckmann liegt. Plötzlich. Tot.
Großes Loch in Beekmann-Kopf.
Wie?
Buck!
Lupusohren hören wieder. Pfeifen. Durch Luft. Dann Klatschen. Und großer Schmerz! Böser, gemeiner Schmerz! Schulter kaputt.

Sehe Knochen. Kommt raus aus Fleisch. Lupusknochen!
Wieder Pfeifen. Lupus duckt sich. Greift nach Beekmann-Fuß.
Dann Klatschen in Gras. Kein Schmerz. Gut.
Ziehe Beekmann mit. Wie Beute. Wie Hirsch in Wald. Weg! Schnell!
Werde schwächer. Und nass. Wieder Pfeifen. Weg! Weg, weg! Klatschen kommt näher.
Springe runter in Loch. Ziehe Beekmann mit. Toter, alter Mann fällt auf Lupus. Unten.
Regen auf Kopf von Lupus. Durch Luke.
Magen weh. Schulter Schmerz. Muss kotzen.
Werde schwach. Wie Kind. Verliere Farbe. Kein Rot mehr.
Augen zu.

Ich sehe die Decke über mir. Ein Tropfen läuft an ihr entlang, bis er auf eine leichte Unebenheit stößt und herabfällt. Langsam drehe ich meinen Kopf und erinnere mich, wieso ich in diesem Gruselkabinett liege. Ein blonder Hüne steht aufgespießt an der Wand, ein zweiter Mann liegt mit einem großen Einschussloch im Kopf und einem Armstumpf neben mir, auf der anderen Seite berührt mich ein Fuß der toten Sayuri.
Mühsam richte ich mich auf, setze mich hin. Ich höre etwas aus dem Brillenbügel krächzen, bücke mich und halte mir das Teil ans Ohr.
»Gero? Bist du da? Alles in Ordnung? Gero?«, höre ich den Dude.
Ich schlucke, spüre meine knochentrockene Kehle.
»Was ist passiert, Buck?«, höre ich wieder den Dude. »Wieso war deine Kamera plötzlich aus? Ich habe Schüsse gehört, aber nichts gesehen! Erzähl, Mann!«
»Eine Funkstörung, schätze ich. Das Gewitter«, antwortet Buck.
Von wegen, Buck. Im für dich günstigsten Moment brechen die Verbindungen ab? Leck mich! Die Wut befördert das Adrenalin und bringt meinen Körper sowie meine Neuronen wieder in Schwung. Beeilung jetzt!
Zuerst schalte ich das Mikro am Headset ab. Da ich sie wieder höre, dürfte das auch auf umgekehrtem Weg funktionieren.
Dann begebe ich mich zu Hans, der wie eine lebensgroße Marionette schlaff im Schwert hängt. Ich versuche, den Zweihänder herauszuziehen, aber es gelingt mir nicht, zu tief steckt er in der Wand. Guter

Stahl. Ich stemme ein Bein gegen die Wand, ziehe mit aller Kraft, rüttle, verkante das Schwert, dreimal, viermal, bis es nachgibt und ich mit dem Schwert in den Händen nach hinten gegen die andere Wand knalle. Hans' Leiche plumpst auf den Boden. Ich reiße ein Stück von seinem T-Shirt ab und benutze den Fetzen als Handschuh. In einer Ecke finde ich die Wehrmachtspistole und untersuche sie. Der Schlitten klemmt tatsächlich. Ich entnehme die Patrone im Lauf und lade die Waffe neu. Drei Kugeln des Magazins pumpe ich Hans in die Wunde am Bauch. Sollte seine Leiche irgendwann gefunden werden, starb er an Schusswunden.

Wenn ich aus der Luke aussteige, sieht mich Buck. Jetzt heißt es, zu warten.

Mit Erfolg. Nach einigen Minuten höre ich, wie der Dude auf Buck einredet, endlich nachzusehen, was los ist. Buck stimmt widerwillig zu. Ich höre es knacken, wohl das Zeichen, dass er seinen Platz auf dem Dach verlässt.

Nun aber los!

Ich verlasse die Kammer mit dem Schwert und renne in hohem Tempo zum Zaun. Mit der Knarre als kleiner Grab- und Schaufelhilfe verbuddle ich eilig das Schwert direkt am Fundament des Zauns. Danach sprinte ich zurück und schalte das Mikro ein. Rasch ein Lebenszeichen für die anderen geben, um Bucks Alternativplan »Töte Gero unten, wenn es oben nicht klappt« zu vereiteln.

»Dude? Seid ihr noch da?«, rufe ich ins Headset.

»Mann, bin ich froh, dass du lebst, Alter!«, höre ich den Dude jubeln.

»Ja. War knapp. Ich komme zu euch.«

»Warte. Buck ist auf dem Weg zu dir. Buck, hörst du mich?«, ruft der Dude ins Mikro. Es dauert ein paar Sekunden, bis sich Buck meldet.

»Roger. Bin auch gleich vor Ort. Wir kommen dann zu zweit. Mit dem Schwert, hoffe ich«, höre ich ihn grimmig antworten.

Buck steht in der Kammer zwischen den Leichen, ich sitze auf dem einzigen Stuhl. Seine düstere Miene spricht Bände. Nicht, dass ihn die drei Toten in der Kammer stören würden oder die Tatsache, dass ich fast draufgegangen bin. Etwas anderes ärgert ihn dafür zutiefst. Dass es von Anfang an kein Schwert in dem Raum gegeben haben

soll, kann er nur schwer schlucken. Ich erkläre es ihm damit, dass uns die Nazis reingelegt und das Schwert längst fortgeschafft haben müssen, bevor wir kamen.
»Was haben die mit euch gemacht? Erst ausgezogen und dann exekutieren wollen?«, fragt er mit Blick auf meinen nackten Oberkörper. Sayuris entsprechende Bekleidung lässt ihn vermuten, dass mir ähnliches wie ihr drohte.
»Hatten die vor, ja.«
Wir verschließen die Luke von oben, ohne darüber zu reden, was wir mit den Leichen machen. Keiner von uns hat Lust, sich damit zu befassen und wenn der Raum seit zig Jahren nicht entdeckt wurde, dürfte das auch einen weiteren Tag gut gehen. Buck murmelt etwas davon, dass sich sein Team kümmern werde. Mir ist es im Moment völlig egal.
Auf dem Weg zurück zum Parkplatz sprechen wir kein Wort miteinander. Buck teilt jedoch den beiden anderen per Funk mit, dass wir mit leeren Händen zurückkehren.
Die Luft fühlt sich an wie kühler Dschungel, ein leichter Film aus kleinen Tropfen legt sich auf die Haut. Ich greife nach hinten.
Die Wehrmachtspistole steckt in meiner Hose. Entsichert und griffbereit.
Als wir beim Van eintreffen, steigen Amy und der Dude aus. Amys Blick ähnelt dem ihres Bruders. Sie explodiert nicht gerade vor Freude über meine Rückkehr, dafür steht ihr die Enttäuschung über den fehlenden Schatz ins Gesicht geschrieben.
Der Dude umarmt mich.
»Alter, was bin ich froh! Du Kampfsau, verreckter, geiler Sack, du! Gero rockt!«, klopft er mich ab und ich befürchte, dass er mir gleich einen Kuss auf die Wange drückt.
»Und nun?«, fragt Amy, während sie ihre Hände in die Gesäßtaschen steckt. Buck verstaut das Gewehr im Van.
»Tja«, antworte ich. »Keine Ahnung.«
»Wir telefonieren am besten«, brummt Buck und steigt auf der Fahrerseite ein.
»Bye, Süßer«, winkt mir Amy zu, ohne sich mit einem Kuss oder einer Umarmung zu verabschieden. Eine Minute später verschwindet der Van.

Der Dude grinst mich an wie ein Honigkuchenpferd, während wir zum Mustang gehen, wo ich noch ein frisches T-Shirt im Kofferraum haben müsste. Ich öffne die Fahrertür und Noodles springt mir entgegen.
»Da siehste mal, wie wir uns freuen!«, lacht Pierre.

Wir fahren über Charlottenburg und den Potsdamer Platz Richtung Kreuzberg. Die erste Zigarette nach den Ereignissen schmeckt zum Niederknien gut.
Während der Dude mit Noodles High Fives austauscht, lasse ich meine Gedanken schweifen. Buck wollte von Anfang an alle töten. Auch mich. Er hat auf alles geschossen, was aus der Luke kam. Auf die Entfernung hat er wohl nicht genau erkannt, auf WAS er schießt, aber das spielte keine Rolle für ihn.
Ob Amy von seinen Plänen wusste?
Es ist mir fast egal. Sie interessierte sich nur für das Schwert. Eine wahre Schatzjägerin. Ich kann es ihr nicht mal verübeln.
»Hast du zu Hause was zu trinken?«
»Nichts, das wirklich gut schmeckt«, erwidert der Dude. »Wir holen beim Späti einen Jimmy Beam, was meinste?«
»So will ich dich hören«, antworte ich und stoße meine Faust gegen seine. Ich fahre einen kleinen Umweg. Am Reichpietschufer biege ich nach links ab, um durch die Hochhausschlucht des Potsdamer Platzes zu fahren. Ich liebe diese Strecke.
»Mann, das ist so geil«, sagt der Dude, als ich die hell erleuchteten Wolkenkratzer passiere.
Ein Paar mittleren Alters, er im hellen Anzug, sie in einem gelben, halblangen Sommerkleid, rennt direkt vor uns über die Straße auf den breiten Mittelstreifen mit den in den Boden eingelassenen Sternen von Filmstars. Er tritt dabei in eine Pfütze und versaut sich die Hose, sie lacht laut, zieht ihn dann aber auf den Gehweg, während ich scharf bremsen muss. Beide entschuldigen sich mit Handzeichen bei mir. Ich nicke und erfreue mich am Anblick des verliebten Paars.
»Wir sind so verdammt glückliche Schweine, dass wir in dieser Stadt leben, wa?« Ich cruise langsam über die große Kreuzung und denke, dass er recht hat, der Dude.

Vier Monate später, am frühen Abend

»Jetzt trödel nicht rum und bring die Chips mit, wir wollen anfangen!«, ruft Sean zum Dude in die Küche.

»Ein alter Mann ist doch kein D-Zug!«, blökt er zurück, während ich es mir bereits auf der Couch bequem gemacht habe. Mit dem besten Platz links außen, weil ich von dort gut an die Getränke rankomme und aus dem Fenster sehen kann. Meine alte Macke. Sichtkontakt zum Himmel ist fast so wichtig wie das Atmen.

Sean sitzt in der Mitte des Sofas und krault den Hinterkopf von Noodles, der wieder in seine angestammte Wohnung zurückgekehrt ist. Reinhild kam eine Woche nach den turbulenten Ereignissen zurück – allerdings nur, um ihre Wohnung schweren Herzens aufzulösen. Am Amazonas wolle man sie unbedingt für zwei Jahre fest vor Ort beschäftigen, in einem reizvollen Forschungsprojekt, das sie nicht ausschlagen könne.

Das brachte mich auf eine Idee, die ich Reinhild unterbreitete. Ich wollte die »verfluchte Wohnung«, so der Originalton des Dude, wechseln, der Dude seine ebenfalls, nachdem Moses dort gestorben war, und last but not least wurde Sean aus ihrer Bude geworfen. Da lag es nahe, dass wir die Kleine unter unsere Fittiche nehmen. Reinhild zeigte sich von der Idee entzückt, dass wir drei einfach in ihre Wohnung einziehen und sie ihr nach zwei Jahren wieder zurückgeben. Sie hat ihre Tiere fast komplett in den Zoologischen Garten zur Pflege gebracht, nur Noodles ist bei uns geblieben.

Reinhild und ich feierten den gelungenen Deal unter anderem mit einem exotischen Gesöff, das sie mitbrachte und das mir eine vierstündige Erektion bescherte – was uns beiden insofern nutzte, als wir einige Stellungen ausprobierten, die sie bei den örtlichen Indianern studiert hatte. Ich zog mir fast eine Bänderdehnung in der Leiste zu, war aber bereits dankbar, dass sie mir in Ekstase nicht wieder ihren Gips in die Hüfte rammte.

Von Ansgar habe ich eine kurze SMS erhalten, wenige lustige und belanglose Zeilen. Wir brauchen wohl noch eine Weile, bis sich unser Verhältnis wieder normalisiert. Höchstens eintausend Jahre.

»Wo bleibt der denn?«, knufft mich Sean in die Seite. Danach beugt sie sich nach vorn und bricht sich ein großes Stück von einer Tafel

Vollmilchschokolade ab. Wir kaufen inzwischen Süßes und Chips in großen Mengen ein. Das soll bei manchen Schwangeren normal sein, hörte ich.

Man sieht es Sean nicht an, nur im Gesicht wirkt sie einen Tick rundlicher. Ihr Bauch zeigt sich noch unauffällig und flach. Was uns wohl in einem halben Jahr erwartet? Mit Ansgar als Erzeuger? Hoffentlich ein nacktes, unbehaartes Baby! Wobei das nichts zu sagen hat, denn so kam ich auch auf die Welt.

Der Dude erscheint mit einer großen Schüssel Chips der Geschmacksorte Salt & Vinegar, sowie drei Bier in der Hand, darunter ein alkoholfreies für Sean.

»Was schauen wir überhaupt?«, fragt er, während er die Flaschen an uns verteilt.

»›Das gibt Ärger!‹«, antwortet Sean.

»Hey, ich frag doch nur«, zuckt er die Schultern und lässt sich auf die Couch plumpsen. Sean lacht laut auf.

»Du Doofer. So heißt der Film.«

»Eine romantic comedy«, spotte ich und fange mir einen Hieb auf die Schulter ein.

»Ja!«, antwortet sie. »Chris Pine, Tom Hardy und Reese Witherspoon. Zwei leckere Kerle und eine schöne Frau in der Mitte. Wie wir!«

Sie breitet die Arme aus, wir rücken näher. Ich drücke auf die Fernbedienung des Bluray Players und starte den Film.

Als das Intro abläuft, blicke ich auf die Wand hinter dem Fernseher. Direkt über ihm hängt mein großes Rentierfell. Rechts davon habe ich den gigantischen Zweihänder angebracht. Selbst für Laien wie den Dude und mich wurde nach einer kurzen Internetrecherche klar, dass es sich nicht um Hermanns Schwert handeln kann. Zweihänder wurden erstmals im Mittelalter geschmiedet.

Der Dude glaubt nach wie vor an die Existenz des echten Schwertes und vermutet, dass Harmann es rechtzeitig beiseitegeschafft hat, bevor ihn Beekmanns Schergen erwischten. Oder einer von Beekmanns Leuten? Pierre nervt mich seit Wochen damit, eine neue Suche zu starten, doch noch verspüre ich keine große Lust darauf. Das Teil oder auch bereits die Suche nach ihm scheint einem bösen Fluch zu unterliegen.

Ich sehe in die andere Richtung. Links zum Fenster hin habe ich ein Foto platziert, das ich rahmen ließ. Eines jener Bilder, das eine Gruppe mit Selbstauslöser macht und in dem mindestens die Hälfte Grimassen zieht. Es zeigt uns alle in aufgeräumter Stimmung an der Fischerhütte: Ansgar, Sean, Moses, Buck, Amy, den Dude, Noodles und mich.

Mein Blick bleibt an Moses hängen, wie eigentlich jeden Tag. Bevor mich die Schwermut ergreift, nehme ich einen Schluck Bier und drehe den Ton lauter.

»Das wird schön«, lächelt Sean. »Ich freu mich!«

Auch wenn sich die Gruppe auf dem Foto aufgelöst hat – die Bande unseres Trios werden noch länger halten. Sean möchte, dass wir beide die Taufpaten des Kindes werden. Der Dude und ich, ausgerechnet! Aber hey – a man's gotta do what a man's gotta do.

Über den Autor

© Sera Cakal

Rainer Stenzenberger kommt ursprünglich aus dem Reich der Wirtschaft und Politik. Mitte der 1990er-Jahre begründete er als Autor und Regisseur die erste deutsche Daily Soap im Internet, die »Kleine Welt«. Danach folgten Tätigkeiten als Drehbuchautor und in der Werbebranche. Im Jahr 2005 gewann er beim Writing Tournament des Scriptforums Berlin den Ersten Preis für die beste Dialogszene. Im be.bra verlag sind vom ihm bereits »Berlin Werwolf – Blutsbrüder« und »Berlin Werwolf – Rache« erschienen.

Besuchen Sie den Autor unter
www.facebook.com/BerlinWerwolf

Bereits erschienen

ISBN 978-3-8148-0795-7

ISBN 978-3-8148-0200-8